UMA BRUXA NO TEMPO

Constance Sayers

UMA BRUXA NO TEMPO

TRADUÇÃO *Carolina Selvatici*

TRAMA

Título original: *A Witch In Time*

Copyright © 2020 by Constance Sayers
Publicado pela primeira vez pelo Redhook, um selo da Orbit, parte do Hachette Book Group.
Direitos de tradução para a língua portuguesa arranjados por intermédio de Sandra Dijkstra Literary Agency e Sandra Bruna Agencia Literaria, SL. Todos os direitos reservados.

Direitos de edição da obra em língua portuguesa no Brasil adquiridos pela Trama, selo da Editora Nova Fronteira Participações S.A. Todos os direitos reservados. Nenhuma parte desta obra pode ser apropriada e estocada em sistema de banco de dados ou processo similar, em qualquer forma ou meio, seja eletrônico, de fotocópia, gravação etc., sem a permissão do detentor do copirraite.

Editora Nova Fronteira Participações S.A.
Av. Rio Branco, 115 – salas 1201 a 1205 – Centro – 20040-004
Rio de Janeiro – RJ – Brasil
Tel.: (21) 3882-8200

Dados Internacionais de Catalogação na Publicação (CIP)
(Câmara Brasileira do Livro, SP, Brasil)

Sayers, Constance
    Uma bruxa no tempo / Constance Sayers; tradução Carolina Selvatici. – Rio de Janeiro: Trama, 2021.
    416 p.

    Título original: *A Witch In Time*
    ISBN 978-65-89132-21-9

    1. Ficção fantástica norte-americana I. Título.

21-64201   CDD-813

Índices para catálogo sistemático:
1. Ficção: Literatura norte-americana 813
Cibele Maria Dias - Bibliotecária - CRB-8/9427

www.editoratrama.com.br

  / editoratrama

Para minha irmã,
Lois Sayers

Estou perdidamente apaixonado por uma lembrança.
Um eco de outra época, outro lugar.
— *Michael Faudet*

1

HELEN LAMBERT
Washington, D.C., EUA, 24 de maio de 2012

Assim que meu divórcio foi finalizado, um amigo marcou um encontro às cegas para mim. Entrei no Le Bar do Sofitel da rua 15 e perguntei pela "mesa do sr. Varner". A recepcionista apontou para um homem sentado sozinho junto à janela.

Washington, D.C. é, essencialmente, uma refinada cidade do sul dos Estados Unidos, onde as pessoas costumam se arrumar como tal. Em uma sala repleta de ternos azuis-marinhos, gravatas-borboleta e ocasionais camisas de tecido anarruga, Luke Varner não se encaixava nem um pouco. De preto da cabeça aos pés, ele parecia um diretor de arte de Nova York que havia pegado o trem na direção errada só para ficar cercado por homens corpulentos, com copos de uísque na mão, mastigando charutos apagados.

Ele olhou para mim e pude ver que não era nem bonito nem charmoso. O homem não tinha traços exóticos: na verdade tinha uma aparência bem neutra, como uma calça cáqui favorita. Por um instante, me perguntei o que havia passado pela cabeça de meu amigo Mickey. Aquele homem não fazia *nem um pouco* meu tipo.

— Sou Helen Lambert.

Estendi a mão suada, sinal que denunciava que eu não saía com ninguém havia quase dez anos. A primeira coisa que pensei foi que seria um encontro rápido — uma bebida, só por educação. Eu estava de volta à vida de solteira, e um pouco de prática não me faria mal.

— Olá. Luke Varner.

Ele se levantou e me examinou por um instante, como se estivesse surpreso com o que via.

Apesar de minha decepção em relação a ele, fiquei me perguntando se a descrição que Mickey havia feito de mim também tinha sido diferente. Luke voltou a se sentar, pensativo e quieto, como se estivesse solucionando um quebra-cabeça. Depois de pedir com um gesto que me juntasse a ele, um silêncio inquietante permaneceu.

— Mickey me falou sobre sua casa. Ele disse que é linda.

Eu me sentei e comecei a falar, a tagarelar, na verdade, mexendo sem parar no guardanapo de pano em meu colo. Para meu horror, fios brancos do guardanapo começaram a grudar em toda a minha saia preta. Acenei com o bendito guardanapo para a recepcionista, como se estivesse me rendendo.

O canto da boca de Luke Varner se ergueu em um meio sorriso ao ver minha tentativa fútil de chamar a atenção da recepcionista. De repente, percebi que gesticulava como uma atriz de vaudeville.

— Bom, é velha — disse Luke.

— Oi?

Eu o encarei, confusa.

— Minha *casa.* — Ele riu. — Você estava perguntando sobre minha casa. — Sua voz tinha uma textura de lixa, como se tivesse desfrutado de uma bela cota de cigarros ao longo dos anos. — Gosto de casas com detalhes históricos, ou com "personalidade", como chamam hoje em dia.

— Personalidade — assenti. — Mickey contou para você que às vezes trabalhamos juntos?

Luke se recostou na cadeira com o que pareceu ser um sorriso irônico.

— Ouvi dizer que você é diretora de uma revista.

— A *Em quadro.* — Eu ajeitei as coisas. — O nome é uma brincadeira com fotografia, o que está na foto ou "em quadro". Analisamos tendências, o que se tornará o foco de todos, seja na política mundial, na cultura, na religião, na moda, no estilo de vida… Temos correspondentes no mundo todo, e nossos repórteres e escritores procuram as tendências que começam a surgir. Somos conhecidos pelas fotografias.

Eu estava começando a parecer um folheto de propaganda, então me interrompi antes de acrescentar que a revista havia acabado de ganhar o National Magazine Award e sido descrita como "uma das revistas que mais contribuem não apenas para o cenário nacional, mas também global".

A recepcionista finalmente me entregou um guardanapo preto, e eu o coloquei no colo. Muito nervosa, cruzei as pernas para que parassem de tremer. Por que estava tão ansiosa por causa de um homem por quem já decidira que não tinha interesse? Imaginei que estava nervosa por estar voltando a sair com outras pessoas. Mas havia algo mais.

— *Em quadro*, isso mesmo — disse ele. — Eu já vi nas bancas.

— É maior que a maioria das revistas — acrescentei. — Isso faz as fotos se destacarem mais.

Ele respirou fundo e olhou para a mesa enquanto falava.

— Você não mudou nada. Quer dizer, *mudou*… o cabelo principalmente. Agora ele ganhou um tom acobreado. — Ele começou a analisar o garfo. — Sinto muito — murmurou.

— Oi? — Pensei não ter entendido. — Mas acabamos de nos conhecer.

Ri e rearrumei meus talheres.

Ele abriu o cardápio, o examinou, depois o largou na mesa. Então inclinou a cabeça.

— Não acha que sou nem um pouco familiar?

Balancei a cabeça, envergonhada de repente.

— A gente já se conhece? Eu tenho uma memória *péssima*.

— Nada? Mesmo?

Ele inclinou o corpo em minha direção. Presumi que fosse para que eu examinasse seu rosto. Seus pequenos olhos azul-escuros dançaram acima da vela acesa sobre a mesa. Notei um bronzeado não intencional em seu rosto, como se ele trabalhasse ao ar livre, e os pelos louros na barba malfeita — ou seriam grisalhos? Naquele momento, à luz da vela, alguma coisa *realmente* pareceu familiar.

— Não.

Mas era mentira.

— Eu odeio esse momento. — Ele esfregou as pernas, aparentemente nervoso. — Passo cerca de trinta anos odiando esse momento, mas você me chama e então voltamos a ele. — Ele circulou seu indicador fino para ilustrar. — Não vejo você há muito tempo.

— Desculpa… Eu te *chamei*?

— Ahã. A primeira vez foi em 1895, na França. — Ele fez uma pausa. — Na verdade, foi sua mãe, mas não precisamos entrar em detalhes.

— Minha *mãe*?

Imaginei Margie Connor, minha mãe, que naquele momento devia estar bebendo vinho em caixa e devorando queijo Gouda em seu clube do livro em Bethesda. Naquele mês, estavam relendo *A Bíblia envenenada*.

— Depois nos vimos em Los Angeles em 1935. A última vez foi em Taos, em 1970. Sinceramente, queria que você voltasse para Veneza ou algum lugar um pouco mais interessante. Vou te contar, Washington é um pântano. — Ele fez uma careta. — Eu sei que você acha parecido com Paris, mas…

Ele se interrompeu e se acomodou casualmente na cadeira, como se tivesse acabado de me contar sobre seu dia no escritório.

Suspirei alto o suficiente para chamar a atenção do homem na mesa ao lado.

— Me explique isso direito. Eu *chamei* o senhor em 1895? — Coloquei meu guardanapo em cima da mesa e olhei para minha jaqueta. Por fim, me levantei. — Sr. Varner, eu sinto muito. Deve estar me confundindo com outra pessoa.

— Helen — disse ele com uma autoridade que me surpreendeu. — Eu não sou nada bom nisso, mas fazer esse teatro todo é infantilidade. *Sente-se.*

— Me sentar? — Inclinei-me para a frente, apoiando as mãos na mesa. — Você é maluco, sr. Varner. Eu não conheço o senhor. Tenho 33 anos, não cem. Eu nunca me encontrei com o senhor na França… ou em qualquer outro lugar. E minha mãe? Ela trabalha para o Instituto Nacional de Saúde. Ela não… chamou você em 1895, posso garantir.

— Helen — disse ele, a voz mais baixa. — *Sente-se.*

Por algum motivo estranho, eu obedeci e me sentei, como uma criança.

Ficamos ali, olhando um para o outro. As velas nas mesas do bar iluminavam o local como pequenos postes de luz, e eu senti algo familiar. Então entendi. *Lampiões?* Balancei minha cabeça para afastar a imagem clara do rosto envelhecido daquele homem iluminado por um lampião. As imagens em minha cabeça se moveram rapidamente, como flashes — aquele homem sorrindo para mim enquanto descíamos uma larga avenida em um *omnibus*, o som de cascos batendo com vontade no asfalto, as luzes brilhando ao nosso redor, iluminando seu rosto com tons de sépia como uma lanterna ligada embaixo da coberta. Ele vestia roupas estranhas — quase uma fantasia da era vitoriana —, e o cenário estava errado. Senti-me zonza na cadeira e segurei a mesa com as duas mãos. Então me virei e olhei pela janela. Até as árvores, que balançavam suavemente com a brisa e haviam sido interligadas com luzes de Natal, cintilavam, conspiratórias, fazendo o rosto dele brilhar de forma misteriosa, como em outra época, como o de uma personagem trágica de um poema de Shelley.

Ele empurrou o cardápio.

— Você me chamou há pouco tempo, me pediu para fazer algo por você e eu fiz.

Comecei a protestar, mas ele levantou a mão.

— É sério, Helen? Nós sabemos do que estou falando. Não sabemos?

E eu sabia.

2

HELEN LAMBERT
Washington, D.C., EUA, janeiro de 2012

No final de janeiro, Roger, meu marido, me disse que estava tudo acabado entre nós. Nós havíamos avisado nossos advogados, mas, embora já estivéssemos separados havia um ano, nenhum dos dois tinha dado prosseguimento ao divórcio. Tínhamos tentado fazer terapia, morar juntos, morar separados, mas nada parecia consertar as peças quebradas de um jeito que nos fizesse sentir que tínhamos futuro. Sobretudo, eu me sentia trocada pelo primeiro amor dele, a Coleção Hanover.

  Roger era o curador e diretor da Coleção Hanover, um museu com mais de três mil pinturas francesas e americanas, além de uma das maiores coleções de fotografia em preto e branco já reunidas nos Estados Unidos. Isso faz com que a Hanover pareça uma construção, mas ela era muito mais do que isso. A Coleção Hanover era a obsessão do meu marido. Nenhum espaço era bom o suficiente para abrigá-la e não havia horas suficientes em um dia para que ele trabalhasse nela. Eu encontrava projetos de prédios e plantas de novas alas em guardanapos e pedaços de papel aleatórios — até no banheiro. Era difícil fazer Roger se concentrar de verdade em coisas comuns, como consertar uma lava-louça quebrada. Por três anos, Roger havia gerenciado uma campanha que arrecadara 85 milhões de dólares para construir a casa perfeita para sua coleção — e o sucesso dela se devia em grande parte à contratação de Sara Davidz, que, aparentemente, era um fenômeno da captação de recursos. Roger conseguira que o museu passasse a receber mais de 425 mil visitantes — nada mau, já que o Hanover, uma instituição privada, competia com os Smithsonian gratuitos espalhados por toda Washington. Em uma cidade de museus, Roger Lambert era um rei. Um sucesso do mundo da filantropia — um gênio louco —, ele havia sido tema de reportagens nas seções de estilo do *New York Times* e do *Washington Post*, bem como do *Chronicle of Philanthropy*. Até apresentara um famoso TED Talk sobre como iniciativas locais podiam arrecadar dinheiro para suas causas. Ele, então, havia chocado os moradores da cidade — decididamente, os melhores criadores de museus do mundo — ao resolver *não* trabalhar com um arquiteto americano, mas com uma empresa japonesa na construção de uma engenhoca composta por blocos de vidro às margens dos rios da cidade, uma região que vinha se valorizando rapidamente. A decisão de tirar o Hanover de sua sede, uma antiga mansão georgiana na rua Reservoir, em Georgetown, e levar para uma área moderninha na avenida Maine, fez com que, por certo tempo, o mundo dos museus ficasse contra ele. O *Washington Post* chegara a rotular o design do museu como "uma invenção ridícula e cara que lembrava uma pilha de cubos de gelo". Como a mansão imponente e labiríntica em Georgetown havia ficado vazia, crianças tinham começado a quebrar as janelas, o que forçara o instituto de preservação do patrimônio a tapar com madeira as janelas do imóvel abandonado. O que fizera Roger Lambert perder ainda mais sua influência.

 Roger e eu éramos um casal conhecido pelas festas em nossa casa em Capitol Hill. Todo mês, organizávamos um jantar para alguém que tinha dado uma entrevista para a última edição da *Em quadro* — como se "déssemos vida àquela edição". Nossa sala de jantar acomodava 16 pessoas confortavelmente; portanto, os convites para nossas reuniões mensais tinham se tornado valiosos. Roger e eu éramos cuidadosos com a lista de convidados e misturávamos pintores com políticos, matemáticos com músicos. Uma vez por ano, fazíamos um jantar só para artistas ou só para políticos, mas, para nós, o mais divertido era selecionar uma lista eclética de convidados que provocasse certa tensão. O convite em si era feito pelo telefone, por Roger ou por mim, e muitos ficariam surpresos ao descobrir que pessoas vinham de todo o mundo apenas para se sentar à nossa mesa. Mas nossa iniciativa nem sempre era bem recebida. Um fotógrafo de renome uma vez recusara o convite e desligara o telefone na minha cara, dizendo que éramos "burgueses demais" (e éramos mesmo, um pouco, mas isso era parte da diversão). Depois, um ator famoso havia saído, irritado, de nossa casa porque o havíamos feito se sentar ao lado de um cientista que não sabia quem ele era. Infelizmente, nossa casa na avenida Maryland não era próxima das rotas habituais dos táxis, por isso ele tivera que ficar esperando dez minutos no frio glacial do inverno um motorista de táxi nigeriano que também não sabia quem ele era.

Mas tudo havia terminado abruptamente no final de janeiro, quando Roger me levara para jantar em nosso restaurante vietnamita favorito na avenida Connecticut e me dissera que havia se apaixonado por Sara. Na verdade, a notícia não me deixara realmente surpresa. Eu havia, primeiro, suspeitado e, depois, *descoberto* sobre eles, mas não levara a moça, nem o caso deles, a sério. Eu havia achado que era só uma fase.

No entanto, ele me explicara que seu amor por Sara era um amor implacável e fulminante — do tipo que ele nunca havia sentido até ela entrar pela porta. Eu havia assentido como uma aluna obediente na primeira fileira da sala de aula, mexendo no meu *pho* enquanto ele me lançava um olhar descontrolado — um olhar que eu não via havia anos. Retiro o que disse — um olhar que eu *nunca* havia visto.

Conheci Roger na Universidade de Georgetown, quando ele se sentou ao meu lado em uma disciplina chamada "História Americana desde 1865". Era uma matéria que ninguém queria fazer porque o professor era famoso por nunca dar uma nota maior que 6. Apesar de veterano, Roger se matriculara tarde nas disciplinas, e por isso fora forçado a se inscrever naquela. Como eu cursava ciência política, ela era obrigatória para mim e, no fim, eu receberia uma rara nota 10.

Naquela época, eu andava pelo campus com meu cabelo ruivo em um rabo de cavalo alto e ostentava a franja curta, um par de óculos de gatinho e um volume grosso de *The Path to Power*, de Robert Caro — um dos vários livros que ele havia escrito sobre Lyndon B. Johnson —, embaixo do braço. De início, achei Roger irritante porque ele nunca estava preparado para a aula, mas ele deve ter percebido que eu me encantava com manobras políticas. Em meados daquele ano, ele manipulou o resultado da votação para rainha do baile a meu favor, enchendo febrilmente as urnas de votos e fazendo com que hordas de estudantes votassem em mim. Foi uma jogada tão típica de Lyndon Johnson que, sinceramente, fiquei lisonjeada. No fim, fiquei em um respeitável terceiro lugar e Roger foi recompensado por seus esforços com um encontro que durou dez anos.

Quando fechava os olhos, ainda podia ver nossa vida juntos — as madrugadas tomando café da manhã no Au Pied de Cochon, na avenida Wisconsin, vestidos com roupas formais depois de um baile; jantares no 2Amys e no Pete's em Friendship Heights, onde debatíamos sobre qual restaurante fazia a melhor pizza; a compra da grande e antiga casa geminada em Capitol Hill que mal podíamos pagar; os passeios até Charlottesville no jipe de Roger, com *Babe Rainbow*, de The House of Love, tocando em looping; e, por fim, a ansiedade dele ao me pedir em casamento entre as ruínas de Barboursville, durante o intervalo de *A décima segunda noite*, de Shakespeare.

Também tivemos momentos ruins. Roger e eu tentamos por vários anos ter um filho, mas não conseguimos. Acho que, para mim, isso virou uma obsessão. As doses mensais de clomifeno que me enchiam de esperança eram sempre alocadas na geladeira ao lado dos ovos. (E até eu percebia a ironia daquilo.) Nosso casamento teve cinco anos maravilhosos e dois não tão bons assim.

Mas a Coleção Hanover e Sara haviam mudado tudo. Roger explicara que havia ligado para seu advogado, que preparara a papelada para que o divórcio saísse rápido e esperava que pudéssemos comparecer ao tribunal trinta dias depois para "finalizar as coisas". Eu tinha lhe dado um abraço de despedida e voltado para o meu apartamento, me encolhido na minha cama e, num instinto primitivo e infantil, desejado que Sara se machucasse ou morresse — não sei o que preferia, exatamente. Eu não queria terminar com Roger. Queria meu marido de volta. Queria que os deuses empatassem o jogo. Agora sei que fui irresponsável com o desejo. Mas todos nós já desejamos que alguém morresse em algum momento, não é? Não quer dizer que a gente queira *de verdade*.

Duas semanas se passaram até que Roger ligasse novamente. Nossas conversas se tornaram puramente práticas, então imaginei que ele estivesse me ligando para falar sobre a assinatura do divórcio que ele tanto queria.

— Não posso encontrar você amanhã para falar da casa — disse ele. — A Johanna morreu.

— Sinto muito, Roger. — Fiz uma pausa. — A gente conhece alguma Johanna?

— A mãe da Sara, a Johanna — respondeu ele, irritado. — A mãe da Sara morreu.

Percebi que *a gente* realmente não conhecia nenhuma Johanna.

Quando casais se separam, percebemos nos detalhes que a distância entre os dois aumentou: um deixa de tomar café e começa a tomar chá, o outro usa uma camiseta nova que você tem certeza que nunca lavou, ou menciona um nome diferente em uma conversa. Roger tinha passado a ter toda uma agenda de nomes sobre os quais eu não sabia nada. Johanna era um deles e, aparentemente, ela tinha morrido.

Eu ainda estava aprendendo a não ter Roger. Pelo que percebi, nos divórcios, quando há outra parte envolvida — e Sara era de fato outra parte —, seus amigos lhe contam todos os detalhes por lealdade. Eles não têm certeza se sua situação conjugal vai ser permanente. Por isso, para se proteger, eles saem distribuindo informações: nomes, lugares, carros, momentos em que a viram, o que ela estava vestindo e onde ela faz as unhas. Então, com a mesma rapidez, a fonte de informação se esgota. Os mesmos amigos desviam o olhar e mudam de assunto quando alguém a menciona, porque já decidiram que é hora de você seguir em frente e que esconder os detalhes vai acelerar seu processo de cura. Mas, na verdade, isso nos afasta de todos eles. Naquele dia, enquanto Roger divagava sobre Johanna, percebi que me sentia absolutamente sozinha.

Na semana seguinte, cruzei com Roger no corredor do escritório do meu advogado. Ele tinha ido até lá passar o carro para o meu nome. Fiquei surpresa com sua aparência. Seu rosto parecia ter sido passado por um ralador de queijo — um ralador bem velho e enferrujado. Com as mãos cobertas por vários curativos ensanguentados, Roger explicou que a janela da casa de Sara havia se quebrado enquanto ele a limpava. E, ao me contar a história, a voz baixinha, ele não olhou para mim nem uma vez. Não consegui decidir se ele estava sentindo dor ou se já tinha me visto o suficiente, mas fiquei incomodada com algo que não consegui identificar direito. Então, naquela tarde, liguei para um amigo em comum, Mickey, e perguntei o que ele sabia. Durante um almoço no Off the Record, no Hay-Adams Hotel, Mick me explicou toda a situação.

— Primeiro — ele inclinou o corpo para a frente, como se conspirasse algo —, a mãe da Sara morreu em um acidente estranho em uma piscina de 1,20 metro de profundidade na ACM antes da aula de hidroginástica. Um metro e vinte? Quem morre num lugar assim? Quer dizer, é só ficar de pé, não é? — Ele deu de ombros. — Então, Sara, muito triste, começa a limpar a casa toda, inclusive as janelas. Que nojo, não é? — Mickey revirou os olhos. — Pelo jeito, tem janelas que vão do chão ao teto no novo anexo da casa dela.

Revirei os olhos.

— Claro que ela tem.

— Bom, uma dessas janelas maravilhosas quebrou em cima do Roger e dela. Poderia ter matado os dois. — Como se eu não entendesse a gravidade da situação, Mickey fez um gesto dramático, fingindo cortar o pescoço. — Já não se fazem mais janelas como antigamente, eu acho.

Então ele baixou a voz e soltou a bomba.

— A Sara pediu para ele ir embora. Ela acha que o relacionamento deles trouxe um carma ruim.

Tive que admitir que concordava com Sara. O universo estava tramando algo, mas não pude deixar de sentir que fora eu quem havia feito aquilo. Primeiro, Johanna, depois a janela. Eu devia estar delirando e sendo muito narcisista. Não conseguia controlar o universo daquele jeito, conseguia?

Então conheci *Luke*. E ele confirmou tudo.

3

HELEN LAMBERT
Washington, D.C., EUA, 24 de maio de 2012

Eu ia responder, mas Luke ergueu o indicador para me interromper. Me virei para o garçom parado atrás de mim.

— Vamos querer uma garrafa do Château Haut-Brion — disse Luke ao garçom em um francês perfeito. Ele anotou o pedido antes de se afastar. — Como eu estava dizendo, você me chamou, mas depois cancelou... Mudou de ideia. A esta altura, eu não deveria me surpreender, na verdade. Você não é vingativa. Nunca foi.

— De que *porra* você está falando? — sibilei.

Luke ergueu a sobrancelha.

— É sério, Red? — Ele estendeu a mão sobre a pequena mesa entre nós e tirou uma mecha de cabelo do meu olho. — Eu me lembro de que você desejou alguma coisa *muito* ruim, encolhida na sua cama. — Luke respirou fundo. — Estava torcendo para você me pedir para matar o cara, mas não pediu. Eu teria gostado de fazer isso. Desta vez, Roger Lambert é ainda mais babaca do que Billy Rapp, mais sem noção e sem graça. Por que é sempre ele, Red? Sempre. Acho que você não consegue evitar, não é?

— Pelo amor de Deus, do que você está falando? Quem é Billy Rapp?

Ele olhou para mim como se estivesse decidindo alguma coisa.

— Deixa pra lá.

— *Você* afogou a mãe da Sara — concluí, a voz falha.

— Não. — Ele apontou para mim. — Tecnicamente, você afogou.

Luke havia pedido aperitivos, e as batatas fritas com parmesão e trufas chegaram. Ele começou a comer as batatas como se estivéssemos tendo uma conversa casual sobre a banda que havíamos acabado de ver no Rock & Roll Hotel ou algo assim e não estivéssemos, na verdade, conversando sobre o assassinato de uma mulher. Só voltou a falar quando o garçom se afastou.

— É sério, Helen, você podia ter um pouco mais de cuidado com os garçons. — Pegou outra batata frita da bandeja prateada e apontou para mim antes de mergulhá-la na maionese. — Você foi descuidada. Disse que queria… Deixa eu pensar… Como foi que você falou? — Ele olhou para o teto. — "Que o mal recaia sobre a Sara."

— Eu disse que queria que ela *morresse*.

Como uma criança manhosa, peguei algumas batatas fritas e pus na boca. Mastiguei-as lentamente, esperando que isso demonstrasse meu nojo.

— Não. — Ele balançou a cabeça. — Você com certeza *não* disse isso. — Tomou um gole d'água. — Se tivesse dito isso, ela estaria morta. Ponto final. Você nunca se lembra dessas coisas, não é? Somos *muito* específicos em relação a isso — afirmou ele, balançando uma batata frita na minha direção.

— Eu nunca pedi para matar a mãe dela.

Recostei na cadeira e cruzei os braços, presunçosa.

— De novo. Você disse: "Quero que o mal recaia sobre Sara." — Ele ergueu as mãos. — *Mal* pode significar muita coisa. Você não pode brincar com essas coisas, Red. Com certeza devia saber disso, de algum jeito. — Estendeu a mão como se me apresentasse alguma coisa. — Se você pedir uma ave qualquer, pode receber uma galinha caipira ou um peru de Ação de Graças, não é? Precisão é a chave nesse caso.

Ele apontou para mim com os dois indicadores, como um político enfatizando uma questão. Então, como um louco em um filme B ruim, Luke Varner mudou de assunto:

— Eu gosto deste lugar. — Seu rosto se iluminou. — Me faz me lembrar da gente em 1938.

— Você é louco. — Baixei minha voz.

Ele me ignorou.

— Seu nome era Nora, na época. Nora Wheeler.

O nome que saiu de seus lábios me abalou, como uma música que tinha ouvido havia muito tempo, que estava fora do alcance de minha memória, mas pela qual eu ainda ansiava. Não admiti isso para ele, claro, mas o nome Nora Wheeler me era familiar. Tive um desejo estranho de corrigi-lo e dizer: *Não, você quer dizer Norma*. Aquela situação toda era absurda e estava mexendo com a minha cabeça. Decidi que esperaria mais cinco minutos, daria uma desculpa, iria ao banheiro e sairia pela porta dos fundos. No dia seguinte, eu falaria com Mickey sobre aquele encontro infernal.

Luke continuou beliscando enquanto o garçom abria o vinho e servia o Bordeaux nas duas taças, antes de pôr a garrafa entre nós.

— Posso mostrar uma coisa depois daqui?

Ele pegou a taça e tomou o vinho sem fazer nenhum outro gesto, sem girar ou cheirar o líquido, como se nada na bebida pudesse surpreendê-lo nem deixá-lo feliz.

Nós comemos em silêncio, e depois Luke insistiu em pagar a conta. Quando saímos do Sofitel, chamamos um táxi, mas eu parei antes de entrar.

— Vou no próximo — falei.

O segurança já tinha chamado outro táxi.

Luke deu de ombros.

— Me encontre na avenida Maine. Na Coleção Hanover.

— Não posso ir até lá. Meu ex-marido é…

— Roger Lambert… Você acha que não sei disso? — Ele balançou a cabeça e entrou no primeiro táxi. — Caramba, Red, às vezes, você… — pude ouvi-lo resmungar.

Era a minha chance de fugir. Entrei no táxi e pedi para o motorista seguir em direção ao meu apartamento na rua East Capitol. No entanto, quando o táxi desceu a avenida New York, passando pelo Museu Women in the Arts, a curiosidade começou a me incomodar. Para ser sincera, Luke tinha me deixado agitada, como se sentisse o formigamento antes de uma coceira. Apesar das coisas malucas que ele dissera, tinha algo nele que me deixava à vontade. Desde o divórcio, eu vinha me sentindo sem fôlego. Consegui soltar o ar pela primeira vez depois de um ano. Me inclinei em direção ao banco da frente e pedi que o motorista mudasse de rota. Minutos depois, o táxi me deixou na entrada do museu na avenida Maine. Luke estava encostado na parede fumando um cigarro.

— Não sabia se você vinha ou não.

— Você tem 15 minutos. — Uni as mãos à frente do corpo. — Me impressione.

Imaginei que alguém fosse nos mandar embora. O museu já estava fechado, mas Luke entrou na minha frente, passando pelas portas da frente como se trabalhasse lá. Não — como se fosse *dono* do lugar. Os funcionários o cumprimentaram com um "Bem-vindo, sr. Varner" simpático demais quando passamos pelos detectores de metal. Fiquei chocada porque, quando Roger e eu éramos casados, nunca entrávamos ali depois do horário de funcionamento. Na verdade, parei no corredor e me perguntei como tínhamos conseguido entrar no museu àquela hora, mas os vigias noturnos pareciam felizes em poder ajudá-lo.

Com vista para o rio, o prédio da Coleção Hanover ocupava um quarteirão inteiro e tinha três andares. Normalmente, eu confundia as salas e acabava perdida no meio da seção de pintores flamengos. Luke Varner não precisava de um mapa para percorrer as salas. Ele andava como se estivesse seguindo os corredores de um jogo de Pac-Man e em nenhum momento se virou para verificar se eu estava atrás dele. Ele sabia que o seguiria.

— Odeio este lugar.

Eu parecia uma criança em uma excursão obrigatória. Realmente odiava a engenhoca de vidro e mármore.

— Por quê?

Luke olhou para o chão liso, recentemente polido, suas botas rangendo. Sua voz ecoou pelo corredor.

Por quê? Era uma pergunta que eu havia me feito mil vezes. Acho que culpava a Coleção Hanover, mais do que Sara, mais do que os problemas de infertilidade, pelo fim do meu casamento. A criação daquele museu e o cuidado que meu marido tinha com ele eram uma ferida aberta entre nós fazia anos. Eu tinha sido contra a mudança do museu para aquele local e incentivara Roger a manter a coleção em sua sede original. Por outro lado, Roger considerava as salas antigas muito pequenas para expor "suas obras-primas" e dizia que precisava "rejeitar a nostalgia". Logo ele ficara obcecado com a ideia de um museu grande e claro, que mostrasse a dissonância entre as pinturas antigas e um espaço de exibição novo e estéril. Parecia ter sido possuído, dizendo que precisava de mais espaço para ampliar a coleção. Quando soubera que eu não concordava, ele havia parado de falar comigo sobre a mudança e de me mostrar as plantas. Sara, no entanto, achava que a mudança para a avenida Maine seria brilhante. O nome dela passara a surgir em nossas conversas com mais frequência. Ela gostava do terreno que tinham conseguido, depois da planta do prédio e do mármore. Em pouco tempo ela passara a acompanhá-lo em cerimônias de inauguração e em visitas técnicas.

— Este museu me custou meu casamento — gritei para ele à minha frente. — Ele parecia outra mulher. — Parei para pensar no que acabara de admitir em voz alta. — Até que outra mulher realmente existisse, claro.

— Aposto que isso foi pior, não foi?

Ele continuou andando, seguindo em zigue-zague pelas salas.

— Idiota — murmurei baixinho, ainda correndo para alcançá-lo.

— Vou fingir que não ouvi — disse ele.

A joia da coroa de Roger no museu era a instalação de Auguste Marchant recentemente concluída. Ele tinha a maior coleção de quadros de Marchant no mundo — maior inclusive do que os museus da França, a terra natal do artista. Desde que o conheceu, Roger colecionava as pinturas de Marchant com afinco. Ele começara cedo, quando o trabalho do artista era exibido apenas em museus de segunda categoria e podia ser comprado por uma ninharia. Roger via algo na devoção servil de Marchant ao nu feminino que eu nunca vira. A obra de Marchant tinha uma qualidade quase fotográfica, mas suas representações eram tão educadas que quase perdiam qualquer sexualidade. Caramba, Roger e eu havíamos ficado parados diante daquelas ninfas nuas milhares de vezes e ainda assim achava uma cadeira Eames mais sexy. Ninfas nuas e mulheres do campo pareciam ter sido esculpidas em pedra e transferidas diretamente para a tela em tons suaves de vermelho, verde e azul. Quando impressionistas como Manet, Matisse e Degas haviam começado a usar prostitutas e alcoólatras como modelos, a *verdadeira* Paris aparecera e deixara a técnica de Marchant com a aparência ainda mais antiga. Um rival especialmente grosseiro disse que as pinturas de Marchant eram tão "relevantes quanto cortinas". E, claro, o fato de Marchant, em seus últimos anos, ter passado a ganhar a vida projetando salões para seus ricos clientes o fez ser tratado ainda mais como uma antiguidade pelos colegas. Um dos raros artistas que foi rico em vida, Marchant não foi tratado com bondade pelos livros de História — por isso Roger pudera pagar uma ninharia por suas obras. Eu nunca tivera muita certeza de que elas valiam grande coisa. As molduras enormes e pesadas me lembravam de quadros sem graça de saguões de hotéis. No porão, trancados em um cofre, estavam os cavaletes, tintas e pincéis de Marchant — todos itens vendidos pela neta do artista, que precisara de dinheiro com o passar dos anos. Todos aqueles objetos haviam sido pacientemente comprados por Roger sempre que uma oportunidade aparecia.

Luke parou diante de uma grande pintura que eu nunca havia notado e que cobria toda a parede. Uma garota com pouco menos de 16 anos, cabelos longos e ruivos, de pé em uma escada, nos olhava. O cabelo da garota se misturava às roupas, que tinham tons de verde-musgo e marrom, provavelmente devido ao uso excessivo e à falta de lavagem. Seus pés estavam descalços e os braços estendidos diante de seu corpo, mas sua pele brilhava, rosada e macia como a de um querubim. A pintura era tão realista que parecia que a garota podia sair da moldura e pisar no chão de mármore abaixo dela. A modelo tinha hipermobilidade e seu cotovelo parecia quase virado ao contrário. Percebi aquele detalhe imediatamente, já que meus braços ficavam na mesma posição.

— E aí?

Luke estava diante da pintura com as mãos nos bolsos. Notei que seus cabelos louro-escuros começaram a enrolar na umidade de Washington, apesar do excesso de gel que ele aplicara.

— É bonito.

Descasquei um pedaço de esmalte da unha.

Ele riu e colocou a mão no rosto, exasperado.

— *É sério?* Só tem isso a dizer sobre este quadro? *Este quadro?*

Ele se virou, foi até o banco no centro da sala e se sentou como um adolescente irritado.

Olhei para a garota na tela.

— Eu disse que é bonito, mas devia ter explicado que Auguste Marchant nunca me impressionou muito. Era uma briga eterna entre mim e o Roger.

Dei de ombros. Quando me virei para Luke, minhas botas fizeram um barulho estridente no chão de mármore. Eu tinha ficado satisfeita com a roupa que vestira mais cedo — uma saia curta preta e botas —, mas, naquele instante, senti que trajava uma fantasia. Quase podia sentir o tecido macio e desgastado do vestido da menina e quis me enrolar nele.

— Ah, isso é lindo. Até poético. Marchant não a impressiona muito. Esperei vidas inteiras para ouvir isso… Vidas inteiras. — Ele balançou a cabeça e passou as mãos pelos cabelos, um professor frustrado com um aluno burro. — É *você*. — Apontou para a pintura como se eu fosse idiota. — Não consegue ver isso?

Eu gostaria de ter dito algo incrivelmente profundo para Luke Varner naquele momento, mas não o fiz. Em vez disso, inclinei a cabeça, olhei para a pintura e disse:

— Oi?

Fui até a placa de identificação com as mãos no quadril e li "*Garota na escada (Descalça), 1896*". Então me inclinei para a frente e fiz algo estranho, algo que nunca havia feito, algo que eu nem sabia *como* fazer. Olhei para as pinceladas. E por cima, pude ver a espessura da tinta, as camadas, a redução, e entendi como a pintura havia sido criada. Quando me levantei, vi que não sabia o que havia me levado a estudar uma pintura daquela maneira. Fui até o banco e me sentei ao lado dele. Me inclinei na direção de Luke e disse em um sussurro conspiratório:

— Parece que ele foi pintado em 1896.

Ele se levantou. Andando de um lado para o outro, ele ergueu o indicador para mostrar que havia se lembrado de alguma coisa. Então se aproximou de mim, se inclinou e olhou nos meus olhos. Senti cheiro de vinho em seu hálito, junto com um leve perfume que me surpreendeu de maneira agradável.

— Na verdade, foi pintado em 1895. A placa de identificação não está certa. Use sua imaginação um pouco, por favor. Vamos lá. Olhe para ele! Olhe de verdade. Tente se lembrar!

Ainda sentada, olhei para trás dele. A garota da pintura olhou de volta para mim. Usava o cabelo em um rabo de cavalo simples; mechas tinham se soltado e emolduravam seu rosto. Ela se parecia comigo quando eu tinha 13 anos, antes de usar aparelho, operar meu nariz quebrado e usar um cobre vivo para substituir minha tonalidade ruiva mais natural. O cabelo da garota era magnífico e indisciplinado. Enquanto olhava para ela, senti que tinha me esforçado muito para *não* me parecer com aquela menina. Seus olhos eram tristes e lúgubres.

— Ela parece muito triste.

— Você estava muito triste.

Luke parecia resignado ao fato de eu não acreditar nele.

Me levantei e alisei minha saia. Queria fazer alguma coisa com as mãos, então comecei a tirar fiapos imaginários do tecido.

— Foi um encontro muito interessante, sr. Varner. Muito interessante mesmo.

Sorri para ele e saí da sala, seguindo em direção à entrada do Hanover, o barulho de meus saltos ecoando pelo museu vazio. Luke Varner não me seguiu.

Quando voltei para meu apartamento, percebi que algumas das coisas que ele havia dito tinham mexido comigo. Não que eu acreditasse nele, mas também não deixava de acreditar. As coisas que ele sabia sobre Roger e a mãe de Sara eram perturbadoras. Imagino que ele podia ter descoberto aquilo através de Mickey, mas achava que não. Aquele homem parecia conhecer bem meus pensamentos.

Adormeci rápido naquela noite. Meus membros ficaram pesados e eu sonhei com a França: gramados e campos, girassóis e casas de pedra, poços com baldes e pisos de calcário frio, todos em tons de amarelo e verde que achei que nunca havia visto na vida. O verde-esmeralda da floresta, o verde azulado prateado dos arbustos e o verde intenso da grama macia do verão.

A grama parecia tão real que senti que eu podia estender a mão e tocar nela.

4

JULIET LACOMPTE
Challans, França, 1895

Fazia um calor surpreendente naquela manhã de junho, quando Juliet pisou na varanda de pedra, esperando que o piso estivesse frio. Em vez disso, o calor queimou sua sola, e ela voltou depressa para a cozinha. Sua mãe olhou para ela e franziu a testa antes de voltar a esfregar a panela.

— Volte depressa. Não fique perambulando por aí.

Juliet pisou com cuidado na varanda e não a achou tão quente na segunda tentativa. Ela olhou para a mãe e saiu correndo a toda velocidade até chegar à grama úmida e morna. A chuva da noite anterior ainda se agarrava às folhas, que faziam barulho sob seus pés, como se ela as esfregasse a cada passo. Enquanto corria, ela segurava o balde com os braços estendidos, tomando cuidado para não o deixar cair. O caminho até o poço passava pela casa do Monsieur Marchant. Ela parou diante do muro alto de pedra e esticou o corpo, ficando na ponta dos pés. Embora tivesse crescido, ainda não conseguia enxergar por cima do muro. Juliet contemplou o balde por um instante, virou-o de cabeça para baixo e subiu nele para poder ver melhor a propriedade. A porta da casa estava aberta e uma cortina branca tremulava na direção do pequeno jardim. Então os boatos eram verdadeiros. Marchant tinha voltado.

— Meu Deus, menina, você vai cair e se matar. Se quiser entrar, basta passar pelo portão.

Assustada, Juliet perdeu o equilíbrio e caiu de cima do balde de estanho.

— Me desculpe, senhor.

Ela olhou para os próprios pés. Ele os desenhara tão bem no ano anterior. Juliet voltou a olhar para Marchant e viu que ele a encarava.

— Nossa… Você cresceu desde o ano passado.

Ela se abaixou rapidamente e pegou o balde, querendo sumir. Não entendia por que sentia que era uma estranha para o homem que ficara tão próximo dela no ano anterior, depois de pintá-la dezenas de vezes. Ele estava vestido com uma camisa branca bem-passada e uma calça marrom simples. Eram suas roupas informais, pensou Juliet, não as que ele usava nos salões de Paris. Viu que ele ainda a analisava.

— Eu só queria saber, senhor…

Ela olhou para cima. Durante o inverno, ele deixara a barba, quase toda grisalha, crescer. Seus cabelos, da cor do campo não cultivado, situado além do muro de pedra, também haviam começado a ficar grisalhos nas têmporas e pendiam em torno de seu rosto como se ele tivesse se esquecido de cortá-los ou penteá-los.

— Eu só queria lhe dar boas-vindas.

— Acho que você pode vir amanhã de manhã, Juliet. Diga a sua mãe que pagarei novamente por seus serviços.

Ele se virou e caminhou em direção ao portão. Juliet o viu tirar um cachimbo do bolso da calça e enchê-lo de tabaco. Ela olhou para o próprio vestido de algodão e pensou em como estava sujo e no que Marchant devia pensar dela. A bainha estava coberta de lama porque ela tivera que correr atrás das galinhas e seus seios moldavam o algodão fino com a falta de pudor de uma criança. Juliet cruzou os braços. Estava prestes a completar 16 anos, não era mais uma criança.

Ela o viu virar a esquina e abrir o portão, fumando o cachimbo, sem se dignar a olhar de volta para ela.

A menina pegou o balde e desceu a colina verde em direção ao poço. Então acionou a bomba com movimentos rápidos. Levara anos para ser capaz de usar a bomba sem colocar o peso todo do seu corpo na manivela.

A água estava limpa, por isso Juliet imaginou que um dos servos dos Busson estivera lá mais cedo e limpara a água parada. Ela lavou o balde e, depois de examiná-lo para se certificar de que não havia terra nele, encheu-o até o topo. Pegar água toda manhã era tarefa de Juliet. Aos nove anos, sua irmã mais nova, Delphine, ainda não conseguia carregar o balde cheio por todo o caminho até a casa. O metal da alça cortava as mãos de Juliet, por isso ela subiu rapidamente a colina, passando-o de uma mão para a outra. Ela conseguia dar 102 passos antes de parar e trocar de mãos — bem acima dos 54 de quando começara a contar. Parando em frente ao portão dos Marchant, ela ajustou o balde e olhou para a casa. Não o viu, mas viu Madame Marchant em um vestido azul de algodão ir até a varanda, a barriga redonda por causa da gravidez. Juliet voltou a pegar o balde e correu em direção à sua casa.

Pôs o balde com cuidado em cima da mesa, orgulhosa por não ter derramado nenhuma gota. Então tirou as longas mechas ruivas grudadas em sua testa por causa do suor. Ponderou o que ia dizer. Sua mãe cortava cenouras e alho-poró.

— O Monsieur Marchant voltou para passar o verão.

— Eu soube.

A mãe franziu a testa e afastou uma mecha de cabelo escuro com o antebraço.

Juliet percebera que, um dia, sua mãe já havia sido linda, mas três filhos vivos e um morto haviam custado caro. Seus olhos azuis eram emoldurados por olheiras causadas por noites sem dormir, e suas roupas pendiam de sua estrutura esquelética. Juliet ficou surpresa ao ver a mãe dentro de casa em um dia como aquele. Normalmente, ela ficava cuidando de seu grande jardim, composto principalmente por temperos — alecrim, noz-moscada, lavanda, manjericão —, mas também por ervas mais exóticas, como acácia, ginseng, hibisco, helênio e artemísia. Apesar de seus dedos bronzeados estarem quase em carne viva de tanto lavar coisas, havia uma elegância sutil nela que sugeria uma lembrança de outros tempos. Embora nunca tivesse visto uma, Juliet imaginava que a mãe tinha a postura de uma grande bailarina. Havia uma história entre seus pais que passara a ser contada apenas com olhares e sussurros.

Durante o dia, a mãe de Juliet percorria os canteiros do jardim examinando as plantas, como um fazendeiro. Enquanto o pai de Juliet estudava o milho em busca de possíveis problemas na colheita, como pouca água ou sinais sutis de infestação, a mãe de Juliet tocava delicadamente em qualquer planta que não prosperasse com a mesma intimidade de um médico examinando um paciente.

Depois de secar as ervas entre folhas de papel por duas semanas, a mãe as estocava. Vendia algumas em forma de pasta ou óleo para o farmacêutico da cidade. E, no meio da noite, muitas vezes, mulheres chegavam à casa dos LaCompte e batiam suavemente na grande porta de madeira.

Durante essas visitas, normalmente em noites de lua cheia, a mãe de Juliet mandava Juliet e Delphine para o andar de cima, mas elas se sentavam em silêncio na escada e observavam a mãe levar a visitante para a cozinha, pegar vários frascos de ervas secas e óleo e conversar com ela em voz baixa. As histórias eram as mesmas: uma velha doente de tristeza por causa do marido morto; uma mulher má, uma colheita que havia sido arruinada. As mais jovens estavam preocupadas com seus sangramentos — ou com a falta deles, dependendo do caso. Sempre havia um ar de urgência naquelas visitas noturnas, cujos corpos fediam a suor e sangue e tinham unhas e pés sujos. A mãe de Juliet sempre sabia qual extrato consertaria tudo para aquelas mulheres doentes.

Quando iam à cidade, Juliet notava que as mulheres abriam caminho para sua mãe, acenavam em deferência ou lhes davam cestas com mais legumes da estação. Juliet às vezes via visitantes noturnas trazerem coelhos embrulhados em papel, como uma espécie de oferenda à luz do dia. Apesar de a fazenda não ser tão produtiva quanto poderia, Juliet sabia que a magia noturna de sua mãe mantinha a família alimentada, principalmente durante o inverno, mas também trazia certo risco para eles. Havia lugares em Challans onde sua mãe não fazia compras. Mais de uma vez Juliet ouvira o termo *la sorcière* ser lançado contra sua mãe quando as duas passavam. Juliet não entendia como as ervas poderiam ser um negócio perigoso no interior, mas ouvira falar de outras *sorcières* que tinham sido acusadas de "assassinato" quando os feitiços não haviam resolvido problemas médicos. As *sorcières* acusadas eram então arrastadas para a rua, amarradas a um pelourinho improvisado e queimadas.

Certa vez, Juliet até ouviu o pai dizer à mãe, em um tom ansioso, que uma jovem bruxa tinha sido forçada a sentar nua em brasas até que os habitantes da cidade tivessem certeza de que ela não seria capaz de "fornicar com o diabo" outra vez.

Por causa da delicada situação financeira da casa, Juliet sabia como proceder.

— Marchant disse que vai pagar você de novo se eu posar para ele.

— É mesmo?

A mãe limpou as mãos no avental.

— Ele disse que eu poderia voltar amanhã de manhã.

Juliet se aproximou e pegou os pedaços de cenoura e alho-poró que sua mãe havia descartado, tentando parecer útil.

— Não acho que seja apropriado para uma garota da sua idade posar para ele. Uma coisa era quando você era criança, mas agora não seria bom. Os Busson podem achar estranho.

Juliet estremeceu ao pensar naquilo. Durante o inverno, a mãe e o pai de Juliet tinham escolhido o filho mais velho dos Busson, Michel, para ela. O menino, de 17 anos, era magro, pálido e ruivo. Juliet não conseguia imaginar um marido pior para si mesma, mas os pais dele eram donos da terra que os pais de Juliet cultivavam. O fato de os Busson terem considerado o casamento tinha sido surpreendente devido à pouca importância social dos LaCompte. Juliet devia ter feito uma careta, porque sua mãe agarrou seu queixo e a encarou. Tinha as mãos molhadas e quentes.

— Não me parece certo. Você vai se casar com Michel Busson no ano que vem. — A mãe tinha os dentes cerrados. — Me ajude a lavar as batatas que seu pai trouxe ontem à noite.

Juliet olhou para as batatas empilhadas como pedras ao lado da janela. Foi até elas, sentindo a brisa atravessar seu vestido e subir por suas pernas enquanto passava pela porta aberta. Ela pegou um pano na cozinha, despejou um pouco de água do balde em uma tigela menor e começou a retirar a sujeira das batatas. Olhou de volta para a mãe, com o vestido verde sujo de terra. Então se lembrou de Madame Marchant e do vestido azul impecável dela.

— Você já esteve em Paris?

De soslaio, viu a mãe empalidecer com a pergunta.

— Que pergunta estranha...

— Por quê?

Juliet viu a mudança na expressão da mãe ao ouvir uma menção a Paris. A menina vinha pensando cada vez mais na vida na cidade. Gostava da sensação da terra e da grama entre os dedos dos pés descalços e da vida tranquila que sempre tivera ali, mas estava começando a sentir que faltava algo, que estava destinada a algo maior do que um Michel Busson magricela e uma vida tirando água do poço. A mãe de Juliet não falava sobre a vida que tivera antes de conhecer o pai dela. E, embora conhecesse toda a família de seu pai — sua avó, que ainda estava viva, seu tio e seus primos —, Juliet não sabia nada sobre os parentes da mãe, vivos ou mortos. Era como se a mãe tivesse surgido de uma concha, como no quadro que vira Marchant pintar no ano anterior.

— Eu morei em Paris há muito tempo.

Sua mãe pegou uma cebola e começou a cortá-la com movimentos rápidos.

— Você nunca me contou isso. — Juliet nem esperava uma resposta, muito menos a que havia recebido. — Você gostava?

— Não, na verdade, não. É um lugar difícil. Você não ia gostar de lá. Confie em mim. Michel Busson vai herdar a fazenda do pai. Você vai ter uma vida boa aqui, uma vida segura. Nunca vai ter medo de passar fome nem de sentir frio. Paris é um lugar difícil, cheio de trapaceiros e charlatães. Esse pintor... — A mãe balançou a cabeça. — Esqueça os sonhos, Juliet. Nada de bom pode vir disso.

— Eu não quero uma vida segura. Quero ir para Paris.

Juliet ainda girava o trapo, tentando limpar a bacia sem muito ânimo e entender o que acabara de saber sobre a mãe, quando ouviu a batida na porta. Ela se virou e viu Auguste Marchant parado. Ele vestira um paletó marrom para a ocasião.

— Isso porque você *sempre* teve uma vida segura. Não pode imaginar o sofrimento.

Sua mãe estava prestes a dizer mais, mas olhou para cima e viu Marchant à porta. Ela não pareceu surpresa.

— Monsieur Marchant. — Ela caminhou devagar até a porta, limpando as mãos na saia, e cruzou os braços. — Meu marido está no campo, se o senhor precisar da ajuda dele. Ele deve voltar no fim do dia.

As mulheres da vizinhança que chegavam à porta no meio da noite, escondidas por capas, pálidas e tremendo, acordando a família inteira eram tratadas com mais hospitalidade do que Monsieur Marchant estava sendo tratado.

— Posso entrar? — Marchant hesitou por um momento, mas não esperou a resposta da mãe de Juliet antes de entrar na cozinha. — Ah, jovem Juliet.

Juliet viu a mãe franzir a testa atrás dele.

— Percebi que eu não fui muito gentil com Juliet hoje pela manhã. — Ele olhou para os legumes em cima da mesa e depois para as duas mulheres silenciosas. — Pedi que ela viesse amanhã de manhã para uma nova série que estou fazendo. Temo ter sido grosseiro por não ter vindo falar com *a senhora* sobre isso antes. Fui extremamente mal-educado.

Marchant era um homem que gesticulava quando falava. Juliet pôde ver manchas de tinta em seus dedos e unhas.

Ela se virou para a janela e sorriu.

— Agradeço sua visita, Monsieur Marchant, e admiramos o belo trabalho que fez no verão passado com a nossa Juliet.

— A senhora ainda tem o quadro, não é?

— Tenho, sim.

A mãe de Juliet pareceu distraída.

Marchant se aproximou da mulher, como se já imaginasse que sua oferta ia ser recusada.

A mãe de Juliet o interrompeu quando ele estava prestes a falar.

— Mas Juliet vai se casar no ano que vem, quando fizer 17 anos, e eu tenho medo da imagem que isso possa passar para a família do garoto. O senhor entende, é claro.

— Ah, certamente, sra. LaCompte. Eu sei que imagem seria passada... para *a família do garoto*. — Ele pôs os dedos no queixo e acariciou a barba. — Olhe, minha nova série, na verdade, representa crianças. Crianças pequenas. Se me lembro bem do verão passado, a senhora também tinha um filho muito pequeno. Um bebê.

Ele esperou a resposta da mãe de Juliet.

— Tenho. Um filho. Marcel. Ele vai fazer três anos.

Juliet sentiu sua alegria se esvair. Monsieur Marchant não fora procurá-la. Toda aquela cena fora para conseguir Marcel. Ficou surpresa com o modo como ficara decepcionada ao perceber isso.

— Maravilha. — Marchant pôs as mãos nos bolsos. — A nova série que estou planejando mostra uma mulher com um filho pequeno. Claro, eu pagaria pelo trabalho de seus *dois* filhos. Que tal o dobro do valor do ano passado por cada sessão?

Sua mãe pareceu não saber o que responder.

— Com certeza o fato de sua filha e seu filho posarem juntos não seria visto como algo *inapropriado*.

— Eu... Vou ter que perguntar ao meu marido, é claro.

Juliet sabia que o valor pago no ano anterior pelo pintor por um dia era mais do que sua família ganhava em uma semana trabalhando nos campos. O valor oferecido por ela e Marcel era alto demais para o pai recusar. Ou ao menos ela esperava que fosse. Marchant fez uma ligeira reverência e saiu pela varanda. Juliet começou a falar, mas sua mãe ergueu uma das mãos.

— Fique quieta. Não preciso da sua opinião sobre esse assunto.

— Mas agora são cem francos por cada sessão. É mais do que você ganha no mercado em um dia.

— Eu sei o que o Monsieur Marchant nos ofereceu no ano passado.

— Quem sabe? Talvez meu quadro seja exposto em um dos salões de Paris.

A mãe de Juliet pareceu abalada com a ideia.

— Eu não quero que você pose para quadro nenhum. Não quero que seja vista como a... — Ela se interrompeu.

— O quê?

— A *amante* de um artista, Juliet. — Ela pousou os braços na mesa e olhou para baixo. — Você ainda é muito jovem, mas, como vai se casar, está na hora de aprender sobre essas coisas. — A mãe de Juliet voltou a cortar as cenouras e a jogá-las na bacia vazia. Então suspirou e olhou pela janela. — Você não tem ideia. Não tem ideia do que isso custaria a todos nós.

5

HELEN LAMBERT
Washington, D.C., EUA, 25 de maio de 2012

Eu acordei saciada, como se tivesse transado a noite toda. Tinha sido mesmo um sonho? Eu já havia ouvido falar sobre aquele tipo de coisa, mas nunca tivera nenhum. Olhando para o meu quarto, analisei tudo que me cercava. Pelo edredom espesso e pelo celular ao lado da cama, sabia que ainda estava em 2012. No entanto, era como se a cortina tivesse sido aberta para me mostrar outra época. E a menina era exatamente a da pintura de Auguste Marchant, *Garota na escada*. Tinha sido um sonho, claro, mas parecia mais uma transferência de lembranças. Eu não havia observado a menina, Juliet. Não, me lembrava de tudo que acontecera com ela na infância. Conhecia a sensação da pedra em seus joelhos quando ela caíra aos cinco anos de idade e cortara a perna; a textura da corda pendurada no carvalho do quintal para fazer um balanço. Não, eu havia *me tornado* a menina naquele sonho. Mesmo naquele instante, o fato de Marchant ter voltado à casa vizinha acelerava meu coração. Mas ouvi uma buzina na rua East Capitol e percebi que aquilo não era possível.

Por coincidência, encontrei Mickey no Starbucks da rua M, em Georgetown. Mickey era o editor de arquitetura e estilo de vida da *Em quadro*.

— Você está fantástica — exclamou ele. — E então... Luke Varner... Ele não é lindo daquele jeito sem graça que você gosta? Como se Steve McQueen tivesse sido contador.

Mickey estava namorando um sósia de Dwayne "The Rock" Johnson. Antes disso, ele havia passado por uma fase Benicio del Toro. Não que eu achasse aqueles sósias realmente parecidos com a celebridade em questão — eles costumavam ser mais gordos, mais baixos ou mais velhos do que suas versões cinematográficas —, mas Mickey estava convencido de que eram. E, quando se cansasse do sexo, ele entraria em outra fase. No ano anterior, ele havia passado por uma fase Baryshnikov, uma fase Peter O'Toole em *Lawrence da Arábia* e, em seguida, uma fase jovem Roger Moore em *O Santo*.

— Eu fui dormir cedo.

Não olhei para Mickey enquanto acrescentava creme demais no café, deixando que adquirisse um tom caramelo pálido.

Mickey se aproximou de mim na bancada.

— Ah — respondeu, desanimado. — Você não gostou dele?

— Ele era *interessante*.

Dei um gole na minha bebida. Estava muito quente, então fiquei segurando um copo para ter o que fazer com as mãos.

— Iiiiiih. Interessante nunca é bom.

Mickey balançou a cabeça, fazendo seus cabelos pretos, moldados por um corte Chanel irregular, moverem-se para trás e para a frente, como uma onda quebrando.

— Onde você o conheceu? E por que ele é rico?

— Ele é novo na cidade e acabou de comprar uma casa perto de Foxhall. A casa é maravilhosa pelo que soube, mas ainda não fui até lá. Eu o conheci na inauguração de uma galeria e sugeri que talvez você pudesse mostrar a cidade para ele. — Ao dizer isso, Mickey deu uma risadinha. — Se não gostasse dele, achei que pelo menos poderia conseguir uma boa reportagem para a edição de Casas no Outono. Ele é um Marchant, por isso é rico.

— Você falou com ele sobre a morte da mãe da Sara e tudo o que aconteceu?

Mickey pareceu confuso.

— Oi? Não. Por quê?

— Por nada — falei.

Então notei a gravata azul de Mickey. Estendi a mão e a puxei em minha direção, arrastando-o para perto de mim.

— Essa é a gravata mais azul que já vi.

— Eu sei. — Ele corou. — É Hermès. — Ele pôs a mão nela, puxou-a de volta como uma linha de pesca, e a endireitou. — Saia daqui, doida. Você já viu essa gravata um milhão de vezes.

— Já? — O tecido tinha tons diferentes de azul-claro e amarelo-palha. — Eu nunca tinha notado.

— Tem alguma coisa errada com você? — Mickey pareceu confuso quando me olhou e abriu a porta da rua M. — Você não está *chapada*, está? Se está, por que não dividiu comigo?

— Não estou chapada.

Mas eu não conseguia parar de olhar para a gravata enquanto descíamos a avenida Wisconsin. Era de um azul tão vivo... E não era só a gravata. Era como se todas as árvores da rua K, na orla de Georgetown, tivessem sido recém-pintadas para mim. Até o rio Potomac, apesar de parecer uma gigantesca poça de lama depois das tempestades recentes, quase girava em um suave redemoinho azul. Parecia que tinha tomado ácido. Não costumo notar árvores ou cores. Ando pela rua com meu iPhone na mão a maior parte do tempo, mas aquilo era diferente. Era como se tudo tivesse ganhado o colorido da década de 1960.

Ao entrar pelas portas de vidro do escritório do sexto andar da *Em quadro*, fiquei surpresa com as folhas verdes do arranjo de hortênsias na sala de espera. Minha assistente, Sharlene, pigarreou enquanto eu examinava cada folha. Vi Mickey dar de ombros e seguir pelo corredor.

— Isso é muito *estranho* — falei em voz alta para o arranjo floral.

— Estão esperando você na sala de conferências para escolher a imagem da capa.

Sharlene estava parada, as mangas de um maravilhoso cardigã verde amarradas firmemente sobre seu vestido comum. Como qualquer boa assistente, Sharlene me desprezava, certa de que administraria a empresa melhor que eu se eu saísse do caminho e a deixasse agir.

— Além disso... — Ela consultou o caderno que tinha na mão. — Virginia Samson precisa que você ligue para ela imediatamente.

Eu já sabia que ia escolher a foto da Ilha Sul na Nova Zelândia que fazia parte do artigo "Melhores viagens de carro do mundo", então a reunião sobre a capa podia esperar. Mas a ligação de Virginia Samson era muito estranha. Uma das diretoras de comunicação mais antigas do Congresso, Virginia estava trabalhando para Asa Heathcote, o carismático senador da Flórida e ex-golfista profissional supostamente na lista de candidatos à vice-presidência pelo Partido Republicano. Digitei o número dela e ela atendeu imediatamente.

— Preciso de um favor.

Ela foi direto ao assunto, com um leve sotaque de Ohio que persistia depois de 25 anos em Washington. Quando eu havia sido diretora de comunicação do conhecido senador democrata da Carolina do Norte, Fletcher "Franz" Bishop, nossos chefes haviam apoiado vários projetos de lei juntos. Ela me ensinara tudo e adorava lembrar que eu devia isso a ela.

Esquecendo que não estava falando com um funcionário, ela gritava como um sargento. Afastei o telefone do ouvido.

— Você pode entrevistar o senador hoje de manhã? E deixe que ele mostre duas das coisas que adora fazer: usar um taco de golfe e fazer um churrasco. Um tema leve. Mas nada que tenha bebidas alcoólicas. Isso não pegaria bem. Você tem uma equipe de vídeo aí, não tem? Eu preciso do vídeo.

— Virginia, são nove horas da manhã. — Tomei um gole de café, entrando na brincadeira. — Você quer que eu faça churrasco com ele?

Enquanto ela falava, aproveitei a oportunidade para me sentar e digitar "Luke Varner" no Google.

— Meu Deus do céu, ninguém precisa saber que foi filmado de manhã. Você tem uma varanda maravilhosa no seu escritório. Ele sabe fazer uma bela costeleta de porco. E, que eu saiba, você também não consegue acertar uma bola de golfe por nada!

— Eu não trabalho na porra do *Today Show*, Virginia!

— E você também não trabalha na porra do *New York Times*, Helen. Só chame um pouco de atenção para ele. Você é boa nisso... Por favor.

A maioria das pessoas que não trabalha em Washington, D.C. acha que democratas e republicanos vivem em guerra, mas isso não acontece entre os funcionários. As carreiras na cidade são longas. Ter um ou dois amigos do outro lado do corredor é importante.

Suspirei. Seria bom se ela me devesse um favor, para variar.

— Me explique isso melhor, está bem? — Eu estava gostando de jogar com ela. Fazia tempo que Virginia e eu não trabalhávamos em nada juntas, mas eu sabia que ela estava escondendo alguma coisa. — Para quem mais você ligou hoje?

Ela suspirou.

— Ele tem o *National Journal* depois de você, depois o *Washington Post* e um almoço no Monocle com o *Roll Call*. Satisfeita agora?

Aquilo era revelador. Era comum um aspirante a candidato à presidência ou vice-presidência, ou mesmo alguém que estivesse pensando em concorrer a um cargo político, dar uma série de entrevistas aos meios de comunicação da cidade. O *Washington Post*, o *Roll Call* e o *National Journal* eram os veículos mais concorridos, e os diretores de comunicação marcavam essas entrevistas bem próximas umas das outras, geralmente terminando com um almoço — muitas vezes no Charlie Palmer ou no BLT —, onde o aspirante a candidato pudesse ser *visto*. Aqueles jornais eram um bom treinamento para veículos nacionais de maior destaque, já que o candidato detalhava posições políticas importantes. Na entrevista seguinte de Heathcote, na sede do *National Journal* no edifício Watergate, ele provavelmente falaria sobre sua plataforma: sua opinião sobre impostos, controle de armas e aborto. Aquela ligação era a maior prova de que Heathcote ia se candidatar. E Virginia sabia que eu sabia disso.

— Está bem — falei. — Vamos jogar golfe, então. Ele ainda bebe Tab?

— Só Dr. Pepper Diet agora, em garrafa, não lata — disse ela, parecendo distraída. — Eu sempre carrego várias garrafas, se você não tiver na geladeira. A gente chega em meia hora. E preciso de um bom vídeo dele, Helen.

— Puxa, por que será?

Ela desligou na minha cara. Olhei para o telefone por um minuto e depois liguei para Sharlene.

— Preciso de um conjunto de tacos de golfe nos próximos trinta minutos. Ou isso ou carne de porco.

— Eu tenho um conjunto de tacos no meu carro — disse ela. — Por quê?

— O Heathcote vai fazer uma entrevista aqui e depois uma espécie de performance, mostrando como fazer churrasco ou dar uma tacada numa bola de golfe.

— Tem um campo de golfe aqui no telhado, sabia?

— Tem?

Ela soltou um suspiro alto, já que minha pergunta confirmava que eu não fazia ideia do que acontecia no escritório. Voltei minha atenção para a tela do computador. Minha pesquisa na internet havia encontrado vários links interessantes sobre uma Galeria Luke Varner, na rua Kit Carson, em Taos, Novo México. Decidi voltar a isso depois e fazer a pesquisa sobre Heathcote, mais necessária.

Um homem bonito e uma celebridade sem importância cuja segunda esposa era modelo da Victoria's Secret, Asa Heathcote viera de uma família humilde de Jacksonville, mas passara a ser conhecido como um republicano moderado que ocasionalmente ficava do lado democrata igualmente moderado. Conforme o Partido Republicano se preparava para a eleição geral, a capacidade de Heathcote de dialogar com o partido de oposição se tornava mais atrativa. As especulações em torno de sua candidatura estavam em alta naquela semana, e todos os noticiários e especialistas faziam prognósticos quanto à identidade secreta do candidato a vice-presidente. Quando questionado, Heathcote havia se mostrado reservado sobre a possibilidade de ter sido abordado e dito que estaria interessado em aceitar a candidatura se ela fosse oferecida, mas claro que suas funções no Senado eram sua maior prioridade.

Por causa dos meus anos como diretora de comunicação, eu sabia que sua resposta era um código para: "Eu quero muito o cargo." Heathcote só admitiria que o emprego lhe havia sido oferecido no momento mais oportuno para a campanha, ou seja, o mais próximo possível da Convenção Nacional Republicana, em Tampa. E como Heathcote era da Flórida, seria um cenário perfeito. Todas aquelas entrevistas serviriam para aguçar nosso apetite por Heathcote. Assim, quando ele fosse anunciado, a mídia nacional usaria as reportagens cuidadosamente elaboradas sobre seu estilo de vida.

E era aí que a *Em quadro* entrava. Eu também não tinha ilusões sobre meu papel naquela série de entrevistas. A conversa com o senador apareceria ao lado do artigo "Melhores bares do mundo". A *Em quadro* faria a primeira entrevista do dia — o aquecimento. Era esperado que eu falasse sobre Asa Heathcote como pessoa. "Um tema leve", como Virginia havia descrito. Quando a turnê do senador avançasse pela cidade, eu sabia que os repórteres revirariam os olhos quando descobrissem que Heathcote havia começado a manhã comigo. Muitos críticos ainda diziam que a *Em quadro* tratava de temas "superficiais", e Virginia esperava que eu fizesse perguntas fáceis. Algo sobre esse fato me irritava. Como um Walter Mitty moderno, me imaginei fazendo as perguntas que sabia que Virginia queria que eu evitasse.

O som cada vez mais alto de vozes e risadas forçadas indicava que o senador Heathcote havia chegado. Na mesma hora, vi a comitiva, guiada por Sharlene, entrar na pequena sala de conferências que havia sido preparada para a ocasião, com direito a Dr. Pepper Diet gelado — comprado de última hora numa loja de conveniência. Virginia me viu e acenou. Robusta, de terno bege e saltos profissionais de 2,5 centímetros, Virginia trazia óculos de leitura empoleirados em sua cabeça loura e tinha os dentes cerrados, o que a fazia parecer tensa enquanto segurava com firmeza um enorme fichário de plástico.

Heathcote era conhecido por ser "conduzido" firmemente por sua equipe. Quando passamos algum tempo com muitos membros do Congresso, descobrimos que alguns dos mais populares são os que demandam menos atenção e vão no próprio carro para os lugares, ou pegam o trem ou o metrô para compromissos com a última edição do *Washington Post* dobrado embaixo do braço. Eu costumava encontrar o presidente da Câmara sentado sozinho na sala verde, segurando um copo de café do 7-Eleven. Ele sempre chegava cedo aos eventos em seu Toyota Camry 2001. Asa Heathcote *não* era esse tipo de senador. Sua equipe o tratava como se ele estivesse destinado a grandes feitos e ela fosse essencial para fazê-lo chegar lá. Os veículos recebiam instruções rígidas sobre os tópicos que eram — e não eram — proibidos nas entrevistas. Violar qualquer uma das regras estabelecidas por Virginia ou pelo chefe de gabinete do senador significava nunca mais conseguir outra entrevista.

Ajeitei o vestido e segui pelo corredor até a sala de conferências. Aos quase sessenta anos, Heathcote era bonito e charmoso, tinha um bronzeado permanente e uma juba de grossos cabelos grisalhos. Era também um daqueles homens que apertavam nossa mão e a cobriam com a outra — um gesto falso e que, francamente, eu odiava.

— Olá, senador.

Quando estendi minha mão, o aperto veio, ensaiado como um número de dança da Broadway.

— Helen Lambert — disse ele, sorrindo. — Você está linda. Virginia me disse que você é diretora da revista.

— Sou, sim.

Ele olhou em volta.

— Não vamos fazer churrasco?

— Desculpe. — Dei de ombros. — Não temos churrasqueira aqui. Segurança contra incêndios, essas coisas. Vamos começar com algumas perguntas. Depois, teremos uma pequena aula de golfe no telhado.

Ele olhou para o meu vestido creme Narciso Rodriguez e para os Louboutins bege, pouco apropriados para o golfe.

— Hum… tudo bem — disse.

Fiz uma cara feia para Virginia por ter me colocado naquela situação.

Como se tivéssemos combinado, Sharlene indicou a porta e o lance de escadas que levavam até a ampla varanda, como se ela fosse uma modelo de programa de auditório.

— Temos um novo campo de golfe no telhado — cantarolou.

Cliff, o repórter de política que tinha ido cobrir a entrevista, revirou os olhos para mim atrás do senador.

— Maravilha — respondeu Heathcote. — Falando nisso, Helen, joguei golfe com o Bishop no fim de semana passado.

— E ele ganhou? — provoquei, sabendo a resposta.

Heathcote era o melhor jogador de golfe de Washington.

— Quase. — Heathcote riu. — Ele ainda precisa melhorar as tacadas curtas.

Não era apenas um comentário sobre o talento de Bishop para o golfe e nós dois sabíamos disso. Meu antigo chefe ia enfrentar um concorrente difícil na eleição seguinte, e muitos estavam preocupados porque, embora fosse bom no cenário nacional, ele muitas vezes não conseguia superar os adversários no próprio estado.

— Ele tem uma eleição difícil pela frente.

Transferi o peso do meu corpo para a outra perna, sentindo os sapatos me machucarem de repente. Ao fazer isso, notei os olhos azuis do senador — eles me lembravam do Van Gogh da Coleção Hanover, um dos estudos de cores para *A noite estrelada*.

— Embora eu fosse adorar ficar com o cargo — disse Heathcote, rindo —, odiaria que isso custasse o emprego do Bishop. Ele é um bom colega. Confiável.

Nós nos postamos diante da câmera enquanto a equipe fazia ajustes na iluminação e no som.

— Já está com a lista de perguntas?

Virginia sorriu para mim enquanto eu me ajeitava na cadeira. Era sua maneira de me lembrar de que eu não podia sair do roteiro *nem um milímetro*.

— Já.

Sorri, mostrando as anotações dela. Ela não olhou direito para o papel, senão também teria visto as anotações que eu havia feito. O produtor fez a contagem regressiva.

Começamos com os temas habituais que a *Em quadro* cobria bem. Como Heathcote tinha passado de jogador profissional a senador? Ele ainda jogava golfe com frequência? Onde? De onde vinha sua paixão pela adoção e por que sentia que era preciso se dedicar mais à adoção de crianças mais velhas? Suas respostas sobre esse tema tinham sido bem ensaiadas. Não havia nada de novo ali. Até eu estava entediada com minhas perguntas.

Olhei para minhas anotações. A próxima pergunta era tão sem graça que não consegui fazê-la. Eu não podia deixar que a *Em quadro* fosse humilhada por não fazer nenhum questionamento a Heathcote. Era meu dever fazer o homem pelo menos tentar improvisar uma resposta a uma pergunta minha.

— Bom — comecei. — O senhor não pode nos dizer se os boatos sobre a sua indicação à vice-presidência são verdadeiros? Vamos, você pode me contar tudo. — Eu ri, me inclinei para a frente e pousei a mão no braço dele, evitando os olhos de Virginia. — Pode falar. Você sabe que quer me contar!

Enquanto ainda fazia a pergunta, o curioso modo como a havia feito me fez olhar para minhas anotações. Eu não havia planejado perguntar aquilo daquela maneira.

Eu esperava que ele me enrolasse, negando sem negar. Asa Heathcote era ótimo naquele tipo de coisa. A sala toda ficou em silêncio. Heathcote começou a falar, depois empalideceu um pouco, como se estivesse discutindo consigo mesmo. Juro que o ouvi murmurando:

— Não, não faça isso.

A cabeça do homem balançava de um lado para o outro. A cena era tão estranha que o cinegrafista olhou para mim. Vi Virginia andar na direção de Heathcote, mas ele a interrompeu com um gesto. Tenho certeza de que ela achou que ele não fosse ter problemas. Depois, me castigaria por ter feito a pergunta, mas não havia nada com o que se preocupar. O homem estava acostumado a rechaçar perguntas problemáticas. Mas, enquanto esperávamos, percebi que havia alguma coisa muito errada.

— Senador?

Cheguei a imaginar que o homem havia engasgado, mas ele não parecia estar ficando azul.

O lábio inferior de Heathcote estremeceu. Ele começou a mexer as mãos, passando uma sobre a outra numa espécie de adoleta estranha. Em seguida, brigou com a própria língua, tentando falar. Sua equipe se aproximou. Por um instante, me perguntei se ele estava tendo um surto ou um algum tipo de derrame. Ele pegou o copo de Dr. Pepper Diet e sua mão começou a tremer violentamente. Tentei tirar o copo da mão dele, mas ele me empurrou.

— É! — A resposta foi exalada como se ele fosse um cachorro ofegante. — Fui convidado na semana passada e aceitei. Vamos anunciar na semana que vem e fazer campanha pelo sul. — Ele tentou se interromper, mas parecia não ser capaz de controlar a onda de palavras. — É, é. Vou ser candidato. É. É! Eles me chamaram.

Vi Heathcote pôr as mãos no rosto bronzeado, como se tateasse à procura da boca, torcendo para conseguir tapá-la.

— Mas eles estão com medo de que alguém descubra que engravidei minha assistente e a obriguei a dar a criança para adoção. Eles estão tentando suborná-la. — Ele então grunhiu. — Ai, meu Deus. Não sei por que acabei de dizer isso…

Hesitei por um instante, sem saber o que responder, e percebi que conseguira a notícia do dia — não, da semana, pelo menos — e, levando em conta o que parecia ser o colapso de um senador experiente, estava testemunhando o capítulo final da carreira daquele homem. Nenhuma pessoa na sala parecia respirar. O cinegrafista olhou para mim, sem saber o que fazer. A luz vermelha da câmera ainda piscava.

Alguém na sala exclamou:

— Ai, caralho...

A equipe do senador correu para ele.

— Pare a gravação — ordenou Virginia, a voz rouca.

Mas a carreira política de Asa Heathcote já havia sido prejudicada.

Heathcote olhou para mim, quase implorando, incapaz de falar. Seu conselheiro legislativo se curvou e perguntou:

— Você está bem, senador?

Em questão de segundos, o funcionário tirou um abalado e confuso Heathcote da sala. Virginia Samson se virou para mim.

— Eu nunca achei que ele fosse responder — afirmei, pronta para me defender.

Os papéis em minha mão estavam amassados e molhados de suor.

— Em nome da nossa amizade, você sabe o que vou pedir.

Virginia tirou os óculos para que eu pudesse ver seus olhos. Depois de tantos anos trabalhando para vários senadores, linhas de expressão profundas tinham sido gravadas em seu rosto rechonchudo. Seus olhos castanhos, normalmente calmos, não pareciam nada gentis.

— Eu tenho que pedir, Helen. Você não pode divulgar essa fita. Vai arruinar as chances de candidatura dele. O partido vai expulsá-lo. Você sabe disso. Depois do que ele disse, essa entrevista poderia arruinar a carreira dele. Talvez até o casamento dele.

— Você sabia disso, Virginia?

Ela não respondeu.

— Está bem. — Nós duas sabíamos que eu não poderia segurar a entrevista. Fazer isso seria irresponsabilidade. — Você sabe que eu não posso fazer isso, Virginia, mesmo que quisesse. Se um dia *pensasse* em fazer isso, seria por você, mas...

— Mas ele acabou de dar um furo — acrescentou ela, fazendo uma cara feia. — Como se a *Em quadro* fosse um jornal de verdade... Mas uma coisa assim ajudaria você a elevar o nível da sua revista, não é?

— Você chamou meu repórter de política, Virginia. Eu não posso… Não vou impedir a reportagem de ser publicada. Seria irresponsável e você sabe disso. — Segurei a cadeira à minha frente, subitamente zonza. — Tinha alguma coisa errada com ele? Ele está bêbado?

— Você o conhece o suficiente para perguntar isso — disse ela. — Ele nem toca nessas coisas.

Era verdade. Eu sabia que a esposa de Heathcote era uma alcoólatra em recuperação e ele, um conhecido abstêmio, mas devia haver alguma explicação para aquele rompante estranho.

— O que aconteceu, Virginia? Não sei se ele está passando mal ou o quê… mas ele me pareceu muito instável.

Ela balançou a cabeça, séria.

— Não. Tem a saúde perfeita.

— Então o que houve? Foi um erro grave. Ele não deveria nem ser considerado para o cargo, se costuma explodir desse jeito.

— Não tenho ideia do que aconteceu.

Virginia se virou e andou em direção à porta. Ouvi o som das meias-calças se esfregando uma na outra embaixo da saia. Ela parou.

— Quanto tempo nós temos?

Mesmo se decidisse segurar a entrevista, o cinegrafista, Sharlene e o repórter de política tinham sido testemunhas do surto do normalmente tranquilo senador Heathcote, que não só confessara que era candidato à vice-presidência, mas também que tivera um relacionamento com uma funcionária que terminara em gravidez.

— Dez minutos, na melhor das hipóteses — respondi. — Não vou impedir que nossos repórteres publiquem isso.

Ela assentiu e respirou fundo, passou por Sharlene e seguiu pelo corredor.

Sharlene olhou para o celular que tinha na mão.

— Acho que agora sabemos por que a adoção é um tema tão importante para ele, não é?

Me apoiei na cadeira para me equilibrar.

Ela riu da minha piada boba.

— Acabei de receber uma mensagem do Josh e do Dave. Eles estão perguntando o que você quer que façam.

— Diga a eles para publicarem.

Enquanto Sharlene se movia, a sala começou a balançar como um barco e uma onda de náusea me tomou. Eu havia testemunhado uma coisa curiosa: o possível colapso da carreira de um astro político respeitado, talvez o fim da longa e importante carreira de um homem bom. Ou será que eu havia causado aquilo? Já tinha sido atormentada por aquela sensação incômoda logo após a morte da mãe de Sara, e Luke confirmara que eu havia tido participação nela. Minha cabeça começou a latejar e eu agarrei a cadeira de couro falso enquanto deslizava pelo material frio e macio até o chão. Então tudo escureceu.

6

JULIET LACOMPTE
Challans, França, 1895

Na manhã seguinte, Juliet levou Marcel para o ateliê de Marchant a passos rápidos. A colina até a casa de pedra era íngreme, por isso ela apoiou todo o peso do garoto no quadril. O menino tinha tentado correr, mas não conseguira acompanhá-la, então Juliet o pegara nos braços. Ela havia escolhido seu melhor vestido, de um tecido marrom que chegava a seus tornozelos, e uma echarpe azul-pavão porque Marchant gostava de deixar todas as janelas do ateliê abertas. Como o local ficava no lado oeste da casa, a luz do sol só o atingia durante a tarde. Juliet se lembrava de que o piso e o ateliê em si ficavam frios, então levara um cobertor para manter Marcel aquecido.

    Juliet olhou para o campo que atravessara, para as colinas verdes que davam lugar a girassóis recém-floridos. Ouviu as galinhas de sua fazenda ciscando e cacarejando em coro. Estava prestes a bater na porta de madeira quando ela se abriu. Marchant apareceu à porta, sorrindo.

    — Ah, minha linda Juliet. — Ele se inclinou para olhar para Marcel, que pendia pesadamente dos braços de Juliet. — E quem é este aqui?

    — Este é o Marcel.

Juliet ajeitou o menino no quadril para poder segurá-lo. Marchant o tirou com facilidade dos braços dela e o colocou no chão. Marcel começou a andar pelo ateliê. Marchant voltou sua atenção para Juliet.

— Você cresceu desde o verão passado.

Ele olhou para todo o corpo da menina com o que parecia ser um olhar de artista.

— Espero que isso seja uma coisa boa, senhor.

Os olhos dela encontraram os dele. Ele também havia mudado. Juliet percebeu que ele ficara mais largo — não gordo, mas sólido como uma pedra. Seus olhos ainda eram suaves e verdes, com um toque de cinza. Ela lembrou que ele tinha uma covinha no lado esquerdo do rosto, mas ela fora escondida pela barba nova.

— É, sim.

Ele sorriu e entrou no ateliê.

O ateliê estava igual ao ano anterior. Juliet até notou o mesmo tecido bege disposto sobre a espreguiçadeira como se nunca tivesse sido retirado do lugar, mas sabia que não era verdade, já que Marchant tinha empregados que cuidavam da casa durante o inverno. Qualquer pessoa que tivesse ideias românticas sobre o trabalho de um artista as perdia quando entrava no ateliê de Marchant.

Ele não se sentava diante do cavalete e começava a pintar. O processo dele era bruto e frenético. Seu ateliê estava sempre coberto de esboços de mãos, olhos e dedos dos pés. Outros desenhos menores eram rasgados de folhas maiores e podiam conter um estudo sobre o caimento de um tecido ou movimentos da luz sobre um rosto. No fim do dia, o chão do ateliê ficava coberto de folhas de papel, mas os empregados não podiam limpar nada até que o quadro estivesse concluído.

— Pensei em começar fazendo alguns esboços no jardim — disse Marchant enquanto prendia os óculos de arame nas orelhas e tirava alguns itens da pasta de couro. — O sol da manhã fica bonito perto da fonte. Quero que você e Marcel cheguem todos os dias às nove. Gosto de caminhar de manhã, antes de começar a trabalhar. Vamos trabalhar até a tarde. Entendeu?

Marchant analisou Juliet por cima dos óculos. Tirou um caderno de rascunhos do cavalete, colocou-o embaixo do braço da camisa branca bem-passada e saiu para os jardins, onde o sol brilhava.

Juliet voltou sua atenção para Marcel, que havia se sentado no chão e enfiava o dedo molhado nos buracos do piso. Ela pegou a mão úmida do irmão e seguiu Marchant até o jardim.

No ano anterior, eles nunca haviam trabalhado fora do ateliê, e ela ficou extremamente decepcionada com aquela mudança de ambiente. O ateliê parecia um espaço íntimo: algo que pertencia apenas a Marchant, um lugar que ele havia compartilhado com ela durante o verão. Tinha se tornado o espaço deles. O jardim era público e Madame Marchant e os criados não o consideravam proibido como o ateliê.

Marchant os posicionou junto à fonte, pedindo que Juliet se sentasse na escada e segurasse Marcel no colo. O pintor franziu a testa ao ver a echarpe azul e se inclinou para tirá-la dos ombros de Juliet. Depois, ajeitou a gola do vestido da menina. Ele a tocava como se estivesse arrumando uma boneca, mas, sempre que o fazia, algo se agitava dentro dela. Marchant começou então a arrumar o cabelo da garota e, quando se aproximou, ela pôde sentir o cheiro do sabonete de lavanda que ele havia usado naquela manhã.

— Estes cachos de cabelo. São incontroláveis, como você. — Ele sorriu e a encarou. Então apoiou as pernas gordinhas e angélicas de Marcel nos joelhos de Juliet. — Quero que você pareça a jovem mãe dele. Segure seu irmão por um instante, enquanto tento fazer um primeiro esboço. Você consegue fazer isso?

Ele pegou alguns fios do cabelo de Marcel e os enrolou em torno do dedo. Marcel tinha posto a mão na boca e olhou para Marchant com curiosidade.

Juliet assentiu.

Depois de alguns minutos, quando tinha feito o esboço que queria, Marchant chamou a empregada.

— Pegue o garoto — disse Marchant. — Dê a ele um pouco de leite e o ponha para dormir.

A empregada assentiu e tirou o garoto agitado das pernas de Juliet, dormentes depois de tanto tempo na mesma posição. Marcel saiu trotando atrás da empregada, ao ouvir que ganharia um doce.

Outra hora passou em silêncio enquanto Marchant, sentado em um banco de ferro, de pernas cruzadas, desenhava o rosto de Juliet. Ele trabalhava furiosamente, alternando diferentes lápis e esfregando o papel com o dedo. Por fim, os gestos de Marchant se acalmaram e ele olhou nos olhos da menina.

— Sua mãe disse que você vai se casar.

— Vou. — Ela franziu a testa. — Ano que vem.

— E você não está feliz com isso?

O rosto do pintor desapareceu atrás do cavalete e ele se tornou apenas uma voz.

— É um menino horrível.

Marchant saiu de trás da tela e voltou a olhar nos olhos dela. Tinha parado de desenhar.

— *Todos* nós já fomos meninos horríveis. — Ele pousou as mãos nos joelhos. — Você sabe o que significa se casar, Juliet?

A menina não respondeu.

— Foi o que imaginei. — Ele suspirou e balançou a cabeça. — As mulheres se casam muito despreparadas, especialmente aqui no interior.

— Mas eu não quero ficar no interior. — Juliet ficou surpresa com a vontade com que dissera aquilo. — Quero morar em Paris.

— É mesmo? — A cabeça de Marchant desapareceu novamente atrás do cavalete. — Me conte. O que sabe sobre Paris?

— O que eu saberia sobre qualquer lugar? — disse Juliet. — Sou apenas uma garota boba. Só sei que não quero ficar aqui.

Marchant se levantou e foi até Juliet, limpando as mãos em um pano enquanto caminhava. Quando se agachou na frente dela, a menina viu que o carvão havia manchado os antebraços de sua camisa.

— Você está longe de ser uma garota boba, minha Juliet. — Ele estendeu a mão e tocou no rosto dela. — Você tem alguma coisa de especial, sabe disso, não sabe?

Algo feroz rugiu dentro de Juliet e ela apoiou o rosto na mão do pintor. Ele parou de acariciar a bochecha da menina e se aproximou tanto que ela pôde sentir o cheiro de seu hálito, que ainda guardava um leve toque de tabaco.

— Às vezes vejo você nos meus sonhos, jovem Juliet. — Marchant abriu um sorriso triste. — É por isso que pinto você. — Ele tirou a mão do rosto dela e se levantou. Então, deu as costas para ela, como se tivesse vergonha de alguma coisa ou tivesse falado demais. — Por hoje é só. Vou pedir que minha criada leve o Marcel até o portão para você.

Juliet ajeitou a manga do vestido que caíra de seu ombro e foi até o portão, a mão pousada sobre a bochecha. Seu rosto estava tão quente por causa do toque dele que ela teve que parar diante dos degraus de pedra para deixar que a brisa a refrescasse.

À medida que as semanas passavam, Marchant transferiu os esboços e estudos para uma grande folha de papel do tamanho da tela e criou um contorno bruto da pose de Juliet misturando tinta nas costas da folha e a pressionando contra a tela. Passou algum tempo limpando o excesso de tinta, aos poucos, até ficar feliz com o resultado. Ele deixou Juliet brincar com aquele tipo de transferência, usando um pequeno pedaço de papel. Então pegou a tinta e retocou o desenho, aplicando verniz para manter os traços no lugar. Só quando ficou satisfeito com os contornos do esboço o trabalho no cavalete começou de verdade, com brancos, cinza e marrons. Cada dia gerava novas camadas, às vezes espessas, que, depois, eram raspadas com a faca, até chegar a um tom que, para Juliet, parecia mais real do que as cores ao seu redor. Ele era paciente com os quadros naquela etapa e passava muito tempo aplicando as grossas camadas de tinta e voltando aos estudos de cores para se guiar. Juliet costumava encontrá-lo agachado, vasculhando os pedaços de papel em busca do tom de azul certo.

Por causa da gravidez avançada, a esposa de Marchant ficara de repouso até o médico local achar melhor que ela voltasse a Paris. O pintor, no entanto, não parecia preocupado com aquela mudança de planos e organizara tudo para que ela viajasse com uma empregada.

A rotina de Juliet com Marchant continuou igual. Ele trabalhava por certo tempo com ela e Marcel, depois mandava a criança dormir com a empregada e ficava sozinho com Juliet. Naquelas semanas, Marchant terminou três quadros só dela — todos perto da fonte. Quando ganhava coragem para falar com ele, normalmente na segunda hora de trabalho, Juliet pedia que ele descrevesse o bairro em que morava em Paris e o dia a dia na cidade. Ele falava das livrarias e dos cafés, dos passeios pela Île Saint-Louis e do carrossel dos Jardins de Luxemburgo.

No 16º aniversário dela, o tempo estava ruim e a chuva caía suavemente no pátio, por isso Marchant decidiu voltar a trabalhar no ateliê. No cavalete, Juliet encontrou um pequeno quadro coberto com um pano bege.

— O que é isso?

Juliet sempre gostava de quando Marchant revelava os quadros dela.

— Pode olhar — disse ele. — É um presente de aniversário.

Juliet levantou o pano e encontrou a imagem de uma cidade. Franziu a testa, já que esperava ver uma imagem de si mesma. Ela inclinou a cabeça, confusa.

— Esta é a minha Paris. — Marchant tinha se aproximado dela por trás e sua voz baixinha soava nos ouvidos da menina. — Pintei para você. — Ele estava tão próximo que Juliet sentiu o tecido da calça do pintor roçar em seu tornozelo. As mãos dele pousaram nos ombros dela. — É o que vejo todos os dias quando estou lá. Eu queria que você visse Paris através dos meus olhos. Não costumo pintar paisagens, então peço desculpas caso não seja tão bom quanto o que você costuma ver, mas garanto que é um quadro especial.

Juliet se virou e olhou para ele. Sentiu lágrimas se formarem em seus olhos.

— Você gostou? — perguntou.

Marchant parecia constrangido e começou a limpar os óculos com um lenço que tirou do bolso da calça.

Ela assentiu. Ele era alto, por isso ela se questionou por um instante antes de olhar para ele tão de perto, sabendo o que aquilo podia significar.

— Ninguém nunca pintou nada para mim.

— Ah, não seja boba. — Ele riu. — Já pintei uns vinte retratos seus.

Juliet balançou a cabeça.

— Você nunca pintou nada *para* mim e sabe disso.

O presente a havia incentivado. Ela podia sentir o quanto ele queria que ela gostasse do quadro. Àquela altura, Juliet já sabia que Marchant tinha dois olhares: o do artista que a analisava como a um objeto e o de um homem. Quando olhou para ela naquele momento, foi com o último. A força da chuva balançava a janela. Os dois ficaram em silêncio, olhando um para o outro, sabendo o que ia acontecer, mas ninguém tomou a iniciativa.

Então Juliet observou a perna dele se contrair, fazendo o tecido da calça roçar na outra perna. Com um único movimento, ele a pegou no colo, carregou-a para a espreguiçadeira, pousou-a com cuidado e se sentou ao lado dela.

O corpo de Juliet memorizou todos os lugares em que seus corpos se tocaram: o quadril dela, a coxa dele, a barriga dele, a costela dela. Ele se inclinou sobre ela. Sua mão roçou o seio da menina quando ele a abraçou sem pedir permissão, esquecendo qualquer pudor.

— Eu nunca fui beijada — disse ela, tocando nos lábios dele com o indicador, surpresa por se sentir no direito de fazer aquilo. — Acho que é isso que quero de aniversário.

Ele se inclinou e seus lábios tocaram os dela. A barba dele parecia mais macia contra sua bochecha do que ela imaginara. O beijo foi rápido e, quando os lábios dos dois se afastaram, Juliet olhou nos olhos de Marchant. Ele puxou o rosto dela para perto do seu, e os beijos ganharam um ritmo suave que Juliet aprendeu e acompanhou até a língua dele separar seus lábios e os beijos se tornarem mais apaixonados. Agarrada ao pescoço dele, Juliet puxava seus cabelos enquanto ele tentava tirar as roupas dela.

Sem fôlego, ele finalmente se afastou dela. Juliet se levantou para ficar conectada a ele.

— Quero que você se levante — ordenou ele.

Juliet mudou de posição e ficou de pé na frente dele, as pernas bambas, o torso curvado. Marchant permaneceu sentado na espreguiçadeira. Eles se tocavam sempre que podiam, a mão dele, a perna dela — os dois corpos emaranhados, uma nova e repentina intimidade.

Ele olhou para ela e a puxou para perto dele.

— Você quer isso?

Juliet assentiu, mas ele balançou a cabeça.

— Não. Diga em voz alta — pediu ele. — Eu preciso *ouvir* que você quer isso, que você *me* quer. Isso vai mudar tudo. Entendeu? — Braços estendidos a mantinham longe, como se ele quisesse empurrá-la e fugir. — Entendeu, Juliet?

Ele a sacudiu uma vez para passar o recado.

Juliet achou que Marchant parecia louco e torturado, como um animal em uma armadilha.

— Eu quero isso. — A voz dela soou clara. — Eu nunca quis nada assim.

— Me deixe ver você — pediu Marchant, levando o olhar para o corpo dela. — Eu preciso ver você.

Ela abriu o botão da anágua de algodão e a deixou cair no chão. Estava nua sob o vestido. Ele olhou para ela e a puxou para si, antes de pousar a cabeça na barriga dela. Então Marchant voltou a deitá-la na espreguiçadeira. Tentou explicar a ela que tudo mudaria, mas nenhum dos dois sabia se aquela profecia seria verdadeira. Tudo que Juliet sabia enquanto ele a penetrava diversas vezes era que não se casaria mais com o filho dos Busson, não cortaria alho-poró nem alimentaria as galinhas. Ela jamais poderia ter aquela vida. Depois de algum tempo, Marchant desabou em cima dela, e ela percebeu que os dois estariam ligados, para sempre.

7

HELEN LAMBERT
Washington, D.C., EUA, 25 de maio de 2012

— Helen? Helen?
    Eu ouvi a voz anasalada de Sharlene e senti o cheiro de borracha do carpete novo. Quando acordei, percebi que estava de bruços no tapete e que havia uma poça de sangue embaixo de mim.
    — Mas o que...?
    — Seu nariz sangrou — disse Sharlene, me entregando com eficiência um monte de guardanapos ásperos da cantina. — Sempre tenho isso. Você desmaiou.
    Eu me sentei. Minha cabeça latejava. O sonho que tivera havia sido tão vívido...
    — Você precisa ir para casa e descansar.
    — Não — rebati. — Vou ficar bem. O ar aqui está seco. Tenho certeza de que foi isso.
    Sharlene franziu a testa.
    — Seu telefone está tocando sem parar. Todo mundo estava procurando você.
    — Pelo que parece, vocês não olharam para o chão — respondi, com uma risada.

Eu estava um pouco abalada, porque meu nariz nunca havia sangrado, mas atribuí tudo aquilo a uma alergia. As pessoas desmaiam. Narizes sangram. Acontece. Eu estava tentando não ligar o sangramento aos meus sonhos mais recentes.

O vídeo mostrando o senador confuso diante do cenário da *Em quadro* tinha se tornado viral. Passei o restante do dia atendendo ligações e vendo canais de notícias anunciarem que Asa Heathcote havia "passado mal" durante uma entrevista e admitido ter sido convidado a concorrer à eleição pelo Partido Republicano e engravidado uma funcionária. Ele fora internado no Hospital da Universidade George Washington, onde estava sob observação. Virginia anunciara que tinha sido um tipo de surto. Eu sabia que isso daria a Heathcote uma chance de salvar sua pele com o partido. Eles o haviam escolhido com cuidado, e agora teriam que voltar à lista de candidatos. Esses candidatos saberiam que eram a segunda opção para a eleição. Heathcote havia perdido a chance de ser candidato à vice-presidência e talvez até o cargo de senador. À tarde, a notícia de que ele havia ficado desidratado por ter jogado golfe demais no dia anterior começou a circular. Repórteres também encontraram a ex-funcionária e ficaram horas acampados em frente à casa dela. Eu não sabia o que tinha acontecido com Asa Heathcote naquela manhã, mas não achava que havia sido causado por um simples jogo de golfe. Era minha culpa, mesmo que eu não soubesse como havia feito aquilo.

Cheguei em casa quando começava a escurecer. Estava contemplando várias refeições congeladas no meu freezer quando ouvi uma batida leve na porta.

Luke Varner estava parado na entrada da minha casa, embora eu tivesse certeza de que nunca tinha dado meu endereço a ele. A noite estava quente em Capitol Hill e Luke estava à minha porta, virado para a rua East Capitol, com as mãos nos bolsos. Quando girei a maçaneta, ele parecia estar indo embora.

— Ah. É você.

— Eu queria saber se alguma coisa estranha aconteceu com você hoje.

— Tipo o quê?

— Uma coisa estranha. Uma coisa que foi estranha.

Eu olhei para ele, desconfiada.

— Quer dizer, além de encontrar *você* na minha porta?

Ele sorriu. No início, eu havia pensado que ele tinha uma aparência bastante comum, mas me peguei olhando para seus olhos azul-escuros e seu sorriso irônico estranhamente sexy. Do contrário, provavelmente teria batido a porta.

— Essa eu mereci.

— Provavelmente vou me arrepender disso — falei, enquanto dava um passo para o lado. — Mas entre.

Eu estava começando a gostar dele. Havia *mesmo* algo de especial naquele homem, como quando um cara tem uma aparência que não sabemos por que nos agrada tanto, mas lembramos que ele se parece com alguém que morava na casa ao lado da nossa na infância. É como se aquele tipo de beleza masculina deixasse uma marca indelével nos nossos gostos, moldando-os desde cedo.

— Tenho um pouco de vinho.

Entrei na cozinha depois do hall de entrada.

Luke me seguiu.

— Eu tomo qualquer coisa.

— Não é francês — avisei enquanto servia um copo cheio de Cabernet e o deslizava pelo balcão. — Ninguém mais me pergunta como foi meu dia. Essa é uma das coisas que acontece quando a gente se divorcia. — Enchi uma taça para mim também. — Isso é bom, então vou começar do começo. As cores.

— As cores?

— As cores me pareceram estranhas hoje. Especialmente os verdes, azuis e amarelos.

— Estranhas como?

— Como se tudo que fosse dessas cores tivesse ganhado uma nova camada de tinta fresca e ficasse cercado por todas as outras cores sem graça com as quais estou acostumada. Parece que tomei ácido.

— Você sonhou com a França? — Ele olhou para a taça. — Como me deixou entrar, imagino que você esteja tendo uns sonhos interessantes. Ontem à noite, você teve certeza de que eu era louco.

Ao ouvir aquilo, meus joelhos fraquejaram, então me apoiei no balcão como se estivesse tranquila — não como se fosse necessário para continuar de pé.

— Talvez.

Ele riu.

— Você tem que me ajudar um pouco, sabia?

— Eu nunca estive nessa região específica da França, mas, sim, parecia muito francesa e as pessoas estavam falando... Bom, elas estavam falando francês.

— Então você fala francês?

Ele sorriu, já sabendo a resposta.

— Não exatamente.

— Mas entendeu o que eles estavam dizendo?

Fiz uma pausa com a taça na boca. Tinha entendido. Embora não tivesse percebido isso até aquele momento, todas as pessoas dos meus sonhos falavam francês e eu tinha entendido absolutamente tudo. Minha mãe, Margie Connor, insistira para que eu estudasse espanhol, não francês. Eu não falava francês.

— Imagino que podia ser no Canadá. — Ele estava me provocando. — Você vai sonhar mais hoje à noite. Não dá para saber do que vai se lembrar agora, mas normalmente os acontecimentos voltam em ordem cronológica.

— Você adora inventar besteira. — Respirei fundo. — Isso é loucura. Só estou tendo uns sonhos estranhos. Acabei de comprar comprimidos de vitamina B na feira. Devem estar contaminados com alguma coisa, só isso. — Tomei um gole grande demais de vinho e o segurei na boca por um instante antes de engoli-lo. — Eu também desmaiei no trabalho.

Ele pareceu ficar preocupado com isso.

— Seu nariz sangrou também?

— Sangrou. — Pude ouvir o tom de minha voz aumentar. — Como você...?

— Isso acontece com você quando suas lembranças voltam, ou, como você diz, quando você tem "sonhos estranhos". Você não está passando por um processo natural, portanto isso afeta você fisicamente.

— Então devo me preparar para desmaiar outras vezes? Achei que tivesse sido toda a emoção de hoje. — Tomei outro gole de vinho. — Ah, um senador arruinou a carreira dele na minha frente hoje de manhã. Imagino que você não tenha nada a ver com isso.

— Não. Desta vez, não fui eu — disse ele. — Mas eu sei sobre os desmaios. — Ele pegou a taça de vinho pela parte de cima e foi até a sala como se a casa fosse dele. Deu a volta no sofá e se sentou. — Vamos fazer um pequeno truque, como as pessoas costumavam fazer na era vitoriana. Você quer que conte sobre os sonhos que está tendo?

— Trouxe um baralho de tarô no bolso?

— Tarô… por favor… — Ele revirou os olhos. — Sou melhor que isso.

— Claro — respondi. — Vai me fazer parar de pensar em Asa Heathcote.

Ele não pareceu preocupado com Heathcote quando se ajeitou no sofá, reorganizando as almofadas ao seu redor.

— Aposto que sei com o que você sonhou.

— Pode falar.

— Você tinha 16 anos. — Ele olhou pela janela antes de continuar. — Morava na região da Vendeia, na França, numa cidade chamada Challans. É uma região portuária ao sudoeste de Paris, mas também cheia de florestas, exuberante. Muito verde. Também fica perto do mar. Você vinha de uma família de agricultores. Seus pais plantavam milho, girassóis e criavam galinhas.

Girei minha taça. Era fácil imaginar a cena que ele estava descrevendo para mim. Tinha acabado de vê-la.

— Então, nada de parentes nobres ou comerciantes de vinho?

Eu já sabia a resposta, mas queria que ele me contasse mais.

— Não era muito romântico, mas imagino que você já tenha visto isso, não é?

Ele se sentou na beira do sofá e esperou minha resposta.

Não respondi nada, mas me juntei a Luke no sofá — na outra ponta, bem longe dele.

— Você tem que entender que, naquela época, havia uma noção romântica sobre o campo. Os parisienses achavam que a vida era mais simples no interior, então todos os pintores e artistas iam para lá no verão.

— E era? Mais simples?

— A vida não é simples em lugar nenhum. Pelo menos foi isso que já percebi. — Ele pôs a mão no queixo e notei que a barba malfeita já cobria seu rosto. — No verão, a região recebia vários escritores e pintores famosos. Era um lugar maravilhoso. A área ficava mais longe do mar e tinha campos verdes e amarelos. Sua família não era das mais ricas. Eles não tinham muita terra, só o suficiente para sobreviver.

A escuridão da sala e a luz vinda da lâmpada lançavam sombras profundas no rosto de Luke Varner. Ele arregaçou as mangas do fino suéter preto até os cotovelos e apoiou os braços nas coxas. Parecia não saber se quereria continuar a história. Mas eu queria que ele fizesse isso.

Ele olhou para mim.

— E você… — Ele respirou fundo e se recostou no sofá, que pareceu engoli-lo. — Bem, você se viu.

Eu não respondi.

Ele sorriu, sabendo que estava certo.

— Você está parecida agora. Tinha cabelos ruivos na época, mas acho que chamam o tom de Ticiano agora.

Ele estendeu a mão e tocou a ponta de uma mecha solta de cabelo. Era um gesto íntimo, mas eu permiti, sem saber por quê.

— Ticiano, em homenagem ao pintor — falei.

Ele assentiu.

— Seu cabelo chegava ao meio das suas costas e você quase sempre o amarrava com alguma coisa, como se o comprimento a incomodasse. Você trabalhava duro. Ia para o campo e alimentava as galinhas de manhã bem cedo. Era linda, mas a vida no campo era difícil naquela época. E…
— Ele se interrompeu.

De certa forma, eu esperava que a campainha tocasse e que policiais viessem à minha porta dizer que tinham ido buscar Luke Varner para levá-lo de volta para uma instituição psiquiátrica. Depois, pediriam desculpas por qualquer problema que suas histórias tivessem me causado. Ele sabia exatamente o que eu estava pensando. Como isso era possível?

— O pintor Auguste Marchant e sua esposa eram donos da propriedade vizinha à fazenda de sua família. Eles iam para lá no verão, para fugir de Paris.

Embora Roger tivesse mencionado o nome daquele artista milhares de vezes, quando Luke disse o nome "Auguste Marchant", senti um arrepio percorrer minhas costas. Como Luke Varner podia descrever meu sonho de maneira tão real? E por que Auguste Marchant? A obsessão de Roger por ele havia destruído nosso casamento. E eu não conseguia escapar de Marchant nem em meus sonhos. Na verdade, Roger provavelmente faria qualquer coisa para ter sonhos tão detalhados com o pintor.

— Você vai se ver em vários quadros dele pintados ao longo dos anos. Basta olhar as pinturas da Coleção Hanover ou ir ao Museu d'Orsay. Você era a musa do Marchant.

— *Garota na escada*?

— É um dos meus favoritos — disse ele. — Fico feliz que o quadro esteja aqui com você agora. Ele deveria ficar com você para sempre. Pense um pouco. Já deve ter tocado nele centenas de vezes.

— O que você está descrevendo… — finalmente admiti. — Foi o que eu vi hoje. Foi como um sonho. Como isso é possível?

— Foi o que expliquei no Hanover. — Ele deu de ombros. — Você é extraordinária. O que está acontecendo com você é extraordinário. Vamos descobrir outras partes da história. Só que ela sempre vem em partes. Na verdade, a coisa é meio bagunçada. Suas outras vidas… Bom… elas querem aparecer. Infelizmente, não é você que manda nesse caso, Red.

— Sonhei com o Marchant.

— E com mais alguém?

Varner pareceu ter ficado magoado, como se esperasse mais de mim.

— Não, só com o Marchant.

— Só com o Marchant?

— Não é uma *competição*, Luke. Ainda não cheguei a você, se é isso que está sugerindo. Meu sonho está surgindo exatamente como você disse que ia surgir. Mas logo vou ver você nesses sonhos? Não é?

Falei aquilo um pouco engasgada. Não dava para acreditar que estava me deixando levar por aquela história, mas o vinho estava ajudando.

— Seu relacionamento com o Marchant vai mudar. Isso vai provocar certas coisas. Eu conheci você depois.

Ele voltou a olhar pela janela.

— Já sei — falei. Tomei um pequeno gole de vinho, me lembrando da última imagem de Juliet e Marchant. — A garota na escada… deu um passo largo demais.

A última coisa que vira no sonho fora a imagem de Marchant e Juliet na espreguiçadeira.

Eu estava brincando, mas ele ficou sério.

— E isso custou caro a ela. — Ele pareceu estudar o tapete cinza. Estava perdido em seus pensamentos, como se tentasse decidir o quanto ia me contar. — Podemos dizer que você paga por isso até hoje.

— Dá para ver que ela também sabe. O quadro mostra muito arrependimento em seu rosto. A perda da inocência. Na época, a escada era um símbolo de perda de inocência, de uma mulher rebaixada.

Luke assentiu.

— Na época, você estava noiva do filho de um fazendeiro. Ia se casar com ele aos 17 anos.

Lembrei-me na hora de Juliet e sua mãe na cozinha, falando sobre Michel Busson. Tinha sentido o medo de Juliet com o casamento como se fosse meu.

— Ainda acha que aquela garota sou eu?

— E você não?

Dei de ombros.

— Acho que é uma história interessante.

— Então, como você explica os sonhos que está tendo?

— Ainda não estou certa de que foram outras vidas, sr. Varner.

— Ah, é, a vitamina B da feira. Tudo bem, então. — Ele se levantou de maneira abrupta. — Acho que está na hora de eu ir embora.

— Ir embora? — Também me levantei. — Mas você ainda não terminou.

— Bom, terminei por enquanto. Talvez outra hora. — Ele pegou o paletó e tomou um último gole de vinho. — Você não está pronta para isso.

— Não estou pronta? — Eu não podia acreditar que aquele homem havia vindo à minha casa, começado a me contar uma história louca sobre o que ele alegava ser minha vida mais de cem anos antes e, quando a história estava ficando boa, decidido ir embora. Eu me perguntei se o havia ofendido, se tinha brincado demais. — Mas você não me explicou como nos conhecemos.

— Acho melhor *você* me dizer como nos conhecemos. — Ele se virou para ir embora. — Concentre-se antes de ir para a cama. O restante virá. Sempre vem.

— Você poderia me poupar o trabalho e me contar.

— Eu tentei isso outras vezes, Red. Fazer isso não é muito bom para você. — Ele parou para pensar. — Mais uma coisa. Existe outro quadro. Está numa coleção particular, mas existem fotos dele. O nome dele *Juliet*. Foi o quadro que iniciou tudo.

O nome me pareceu familiar. Lembrava que Roger havia tentado localizar uma misteriosa pintura de Marchant, mas não conseguira — e Roger tinha talento para encontrar quadros. Segui Luke até o hall de entrada. O vinho já tinha subido à minha cabeça e eu cambaleei um pouco.

— Ah, e Red — disse ele ao abrir a porta —, seu aniversário não é daqui a algumas semanas?

Inclinei minha cabeça, confusa.

— No fim do mês. — Vinte e dois de junho seria meu aniversário de 34 anos. Ele estava certo. — Como você sabia…?

— Não importa. Mas você precisa se concentrar muito.

Ele pôs as mãos nos bolsos e olhou para a rua. Uma brisa descia a rua East Capitol. A noite estava fria, e Luke estudou a escuridão como se lesse alguma coisa.

— Pode fazer isso por mim? Você não tem muito tempo.

— Como assim, não tenho muito tempo?

— Digamos que você se atrasou desta vez, então *precisa* se lembrar rápido.

Ele disse isso e saiu pela porta. Eu o observei até ele virar na rua Third e desaparecer.

Depois, voltei à sala de estar com sua única luminária. Peguei o computador e pesquisei o nome "Luke Varner" outra vez. Não havia nada de muito interessante. O site de Luke Varner, dono de uma galeria de arte em Taos, Novo México, não dizia nada sobre ele. A conexão artística parecia lógica e ele havia mencionado Taos. Fora isso, não havia nada sobre aquele homem misterioso. Nenhuma foto. Nem nada na imprensa.

Mas o que eu estava esperando? Aquele homem era louco. Aquela história toda era loucura. Queria ligar para Roger e contar tudo a ele — sobre os sonhos, aquele homem louco que insistia que eu era a musa de Marchant —, mas sabia que Roger pensaria que eu tinha enlouquecido ou, pior, estava tentando manter algum tipo de elo com ele. Depois de me aconchegar na cama, dobrar o enorme travesseiro macio e pousar a cabeça nele, pensei nas 24 horas anteriores: tinha conhecido um louco que insistira que eu tinha mais de cem anos, arruinado a carreira de um homem com uma simples entrevista e estava incorporando outra mulher em meus sonhos. Certa de que teria uma noite agitada pela frente, pensei em ficar só deitada por alguns instantes, mas uma forte onda de sono me dominou.

8

JULIET LACOMPTE
Challans, França, 1895

Juliet sentiu cheiro de canela e baunilha no fogão quando entrou na cozinha. Sua mãe estava parada à pia, moendo com força uma mistura de flores de jasmim secas e pétalas de rosa.

— Uma poção do amor?

Juliet olhou por cima do ombro da mãe. Era uma mistura familiar. A menina já era capaz de fazer alguns daqueles compostos simples sozinha.

— Eu recebi uma encomenda.

Sua mãe guardava muitos segredos, tanto dos clientes quanto, suspeitava Juliet, dela mesma. A menina estava ficando cada vez mais curiosa sobre o que acontecia entre a mãe e aquelas mulheres.

— Para quem está preparando isso? — Juliet se sentou em uma das cadeiras da mesa. — Me diga. Não, deixe que eu adivinho. O velho viúvo do vale? Aquele que gosta da menina um ano mais velha que eu?

Sua mãe se virou para ela.

— Você anda muito feliz nos últimos tempos.

Juliet ficou com medo. A mãe dela tinha sexto sentido para aquelas coisas.

— É o verão. Você sabe como gosto dessa época. Tudo está crescendo e vivo.

A mãe se virou de volta para a poção e se inclinou para consultar o livro gasto de receitas aberto ao lado dela, mas Juliet percebeu que não a havia convencido. E a pergunta seguinte revelou suas suspeitas:

— Como está indo o trabalho com o Monsieur Marchant?

O rosto de Juliet ruborizou. A mãe estava *mesmo* desconfiada. Juliet decidiu menosprezar os quadros, achando que seria sua melhor defesa.

— Estou ficando entediada — mentiu. — Fico lá sentada com o Marcel enquanto ele fica se mexendo e reclamando. Ouvi dizer que ele logo vai voltar para Paris.

— Eu também ouvi isso — disse a mãe. — Na verdade, soube que ele vai embora daqui a alguns dias.

Juliet sentiu que tinha levado um tapa. Marchant não havia dito a ela que ia embora. Como os dois ficavam nos braços um do outro todas as manhãs, ele tivera tempo suficiente para avisá-la de sua partida. Sua mãe com certeza estava errada.

Depois do café da manhã, Juliet pediu licença e correu para o ateliê. Quando chegou, entrou e entregou Marcel à empregada. Marchant não se preocupava mais em desenhar o irmão dela. No dia anterior, os dois tinham feito uma série de pinturas dela na escada dos fundos. Juliet passara o tempo todo se remexendo, entediada porque preferia ficar no ateliê, longe dos olhares indiscretos da empregada. Os degraus estavam quentes, ao meio-dia, e Marchant a repreendera por se mexer tanto.

Naquele dia, ele estava no ateliê, pintando as dobras do vestido pintado da sessão anterior, com esboços de pregas de tecido espalhados em torno de seus pés. Ao sentir que ela estava por perto, ele pousou o pincel e se virou, puxando-a para si e beijando-a em um movimento rápido. Como se tornara rotina nas semanas anteriores, os dois foram para a espreguiçadeira, onde Marchant tirou o vestido dela e desabotoou a calça. Juliet já sabia o que fazer — como ele gostava de ser tocado e tratado, as posições que preferia naqueles momentos. Ela conhecia os movimentos mecânicos que fazia com ele tão bem quanto os gestos obrigatórios das missas de domingo. Juliet também aprendera o que era ser uma esposa, mas não conseguia se imaginar fazendo aqueles movimentos íntimos com o filho horroroso dos Busson. Depois que terminaram, Marchant acendeu o cachimbo.

— Soube que você vai voltar para Paris.

Era uma afirmação, não uma pergunta.

— É verdade. — Marchant se inclinou e beijou os seios dela. — Eu ia conversar sobre isso com você.

— *Ia mesmo?*

Juliet percebeu que sua voz soara irritada e sentiu Marchant ficar tenso ao registrar aquele tom.

Ele apoiou a cabeça na barriga nua da menina.

— Quero levar você comigo para Paris. Se você quiser.

Juliet se sentiu relaxar visivelmente. Aquela era exatamente a resposta que queria ouvir dele.

— Claro que vou com você.

Marchant se levantou e abotoou a camisa e a calça. Então foi até o cavalete, se sentou e ficou parado, olhando para ela.

Juliet pegou o vestido, mas ele afirmou, ríspido:

— Não.

Embora tivessem passado muitos momentos íntimos juntos, saber que Marchant queria desenhá-la daquele jeito pareceu algo público demais e proibido. Não podia haver nenhum registro em tela do que havia acontecido entre eles. Juliet protestou:

— Nós não podemos.

Ele a virou, pousando a cabeça dela na cama exatamente na pose que queria. Ficou olhando para ela enquanto desenhava, e ela não voltou a pegar o vestido. Não que ela não acreditasse que Marchant quisesse levá-la para Paris, mas parte dela ansiava por algum registro dos dois, uma prova de que eles haviam vivido daquela maneira. Uma semana depois, o quadro, a que Marchant deu o nome de *Juliet*, foi terminado. Quando Marchant finalmente o revelou, não havia como esconder o que acontecera entre eles. A pintura tinha certa brutalidade, não era a modelo típica de Marchant, com pele de alabastro. A pele de *Juliet* estava ruborizada e a pose íntima, vista de perto, sugeria que ela estava cansada, que ficara exausta na cama. Com tinta e papel, ele havia capturado o desejo de Juliet por ele. A modelo olhava para o artista com pleno conhecimento dele, e o artista captara isso perfeitamente. Para Juliet, era o olhar do mais puro desejo representado numa tela.

Quando tomava chá na manhã seguinte, Juliet sentiu um gosto estranho. Levou a xícara ao nariz e sentiu o aroma clássico de canela queimada. Era a poção que sua mãe estava preparando. Então a poção era para ela. Ela largou a xícara e a encarou.

Juliet ouviu o barulho da saia comprida da mãe antes de vê-la.

— Beba seu chá — ordenou ela ao começar a picar batatas. — Você está pálida. Isso vai dar cor às suas bochechas. Você não está ficando tanto ao ar livre quanto costuma ficar no verão.

Quando a mãe se afastou para jogar fora as cascas de batata, Juliet derramou o chá na pia e voltou ao seu lugar com a xícara vazia.

Sua mãe parecia nervosa enquanto andava pela cozinha.

— Vamos jantar na casa dos Busson hoje à noite. A Madame Busson e eu achamos que seria apropriado organizar um jantar para você e o filho deles. Está na hora de vocês dois começarem a se conhecer.

Juliet olhou para a xícara vazia. Então era isso. Sua mãe esperava que a poção a fizesse se apaixonar pelo filho dos Busson naquela noite.

Durante o jantar, Juliet se sentou diante de Michel Busson, que parecia não entender a transação que aconteceria entre eles no ano seguinte. Em vez de mencionar o tema, ele falou sobre caçadas e o cervo que havia matado no outono anterior. As cabeças dos animais mortos por Michel haviam sido espalhadas com orgulho pela sala de jantar e incluíam a cabeça do cervo que acabara de mencionar. Enquanto ele comia, seus braços finos se moviam de maneira grosseira, sem dar nenhuma importância à presença de Juliet. Lembrando-se dos momentos íntimos que tivera com Marchant, ela quase vomitou ao pensar que, no ano seguinte, se casaria com aquele garoto.

Depois do jantar, ela pediu licença para respirar ar puro. Sentindo o cheiro da lavanda que florescia nos campos dos Busson, viu a luz acesa na casa dos Marchant. Juliet sabia que não podia mais ficar em Challans. Tinha que fugir com Marchant para Paris naquela semana. Estava prestes a voltar para dentro da casa quando encontrou Michel Busson parado na porta, olhando para ela. Quando tentou passar por ele, ele a impediu, agarrando um pouco da pele de seu braço e puxando-a para si com um beliscão.

— Você desdenha de mim, não é, garotinha? — cuspiu Michel. — Vejo isso nos seus olhos. Mas sou eu que vou desdenhar de você. Quando nos casarmos, vou ser seu *dono*.

Os olhos de Juliet se arregalaram.

Sentindo o medo dela, ele sorriu.

— Foi *exatamente* esse o acordo entre nossas famílias, sabia? — Ele riu. — Sua boba. Sabe o que isso significa? — Fez uma careta e pegou a cintura dela com os braços finos, mas surpreendentemente fortes, puxando-a para si. Então, segurou os quadris dela por um instante antes de sussurrar em seu ouvido. — Você vai ser minha. E pode ter certeza: não vou ser nem um pouco carinhoso.

Então ele a empurrou, e ela caiu no degrau de pedra diante dele. Ele pulou o corpo dela e voltou para dentro da casa.

Juliet se levantou, as pernas sujas de sangue por causa da queda. Ela mancou devagar até a casa, onde encontrou Michel sentado serenamente na sala com os pais dela. Todos os olhos se voltaram para ela.

— O que aconteceu com você? — Sua mãe se levantou da cadeira e correu até Juliet, mexendo e dando tapinhas no corpo dela. — Eu sinto muito. Mas que vergonha...

Michel se virou calmamente para ela com um olhar desafiador.

— Ah, Juliet, você caiu naquele degrau alto lá fora? Ele é meio traiçoeiro.

— É — respondeu a mãe. — Ela deve ter caído no degrau. — A mulher segurou a filha com firmeza pelo braço. — A Juliet às vezes é muito desajeitada. — Voltando-se para o pai de Juliet, disse: — Vamos levá-la para casa.

Juliet viu a troca de olhares entre os pais. No mesmo instante, Madame Busson saiu da despensa carregando uma bandeja com bolos e queijos, mas parou ao ver Juliet e sua mãe.

— Mas o que aconteceu?

— A Juliet tropeçou no último degrau — explicou Michel, sem tirar os olhos pálidos de Juliet, desafiando-a a contar uma história diferente. — Não é verdade, Juliet?

— Mas que horror... — disse Madame Busson, balançando a cabeça. — Nossa filha mais nova cai daquela escada o tempo todo, não é, Michel?

— Cai mesmo, mãe. — Michel se levantou e tirou a bandeja das mãos da mãe. — Vou levar de volta para a cozinha para você.

Juliet olhou para a filha mais nova dos Busson, que lhe lançou um olhar triste.

Madame Busson sorriu, acariciando os cabelos de Michel enquanto ele passava.

— Ele é um menino tão atencioso...

— Vamos levá-la para casa — interrompeu a mãe de Juliet. — Peço desculpas, Madame Busson.

— Não precisa se desculpar, Teresa. Vou embrulhar alguns pedaços de bolo para você levar. — Madame Busson sorriu para Juliet e notou seus joelhos ensanguentados. — Vamos limpar as pernas da Juliet.

— Não precisa — respondeu a mãe de Juliet. — Não quero incomodar mais. Eu posso fazer isso.

Quando pegaram a caixa de bolos, Juliet e os pais começaram a caminhar pelo campo em direção à casa deles. Juliet se apoiava no pai, mancando.

— Acho que ela torceu o tornozelo — disse o pai, pegando Juliet no colo. — Você não é mais tão leve quanto era quando pequena.

Juliet apoiou a cabeça no corpo dele, sentindo seu calor.

— Ela nos fez parecer um bando de bobos — disparou sua mãe, quando estavam longe o bastante da casa dos Busson. — Eles devem estar achando que vão casar o filho com uma desmiolada.

— Bom... — começou o pai de Juliet, mas a mãe o interrompeu:

— Precisamos desse casamento, Juliet. — A mãe se virou diante dela e do pai e encarou os dois, fazendo os três pararem na colina. Os cabelos castanhos da mãe tinham se soltado de seu coque, por isso mechas grisalhas e encaracoladas emolduravam seu rosto. — Está me entendendo? Você precisa se casar com Michel Busson.

— Já chega, Teresa.

Seu pai raramente levantava a voz para a mãe, mas algo na atitude dela deixara seus braços tensos. Juliet se aconchegou no colo dele.

A mãe se virou para o pai com um desprezo que Juliet não sabia que ela era capaz de demonstrar.

— Você sabe muito bem por que ela precisa se casar com o garoto.

O pai continuou subindo a colina, ignorando a mãe.

— Eu sei, mas isso não significa que eu tenha que gostar.

Sentindo que o pai estava do seu lado, Juliet, irritada, quis contar sobre a crueldade de Michel, mas pensou melhor. Precisava de um plano; então, em vez disso, assentiu.

— Me desculpe, *maman*.

Na manhã seguinte, Juliet desceu as escadas mancando e encontrou a cozinha vazia. Feliz por não ter que lidar com a mãe, ela mancou pela colina em direção à casa de Marchant. Marchant tinha dinheiro. Ele ajudaria a família dela para que não perdessem a fazenda. Mas, ao se aproximar da porta do ateliê, Juliet ouviu gritos. As duas vozes eram muito familiares.

— Ela é uma criança — lamentou sua mãe. — O que foi que você *fez*?

A voz de Marchant soou ansiosa, de um modo que Juliet nunca ouvira. Ele estava chorando.

— Não, por favor, não leve o quadro.

— Você a *destruiu*. Não tem ideia do que fez. Não quero nenhum registro do modo como você desgraçou minha filha. Eu vou queimar isso. Está me ouvindo? E depois você vai sair daqui. Vai voltar para Paris hoje mesmo. Quero que destrua os quadros dela. Nunca mais vai vê-la, está me entendendo?

— Por favor. Eu vou, mas, por favor, não leve o quadro.

Juliet estava parada na porta. Ela pôde ouvir as molduras sendo quebradas e as lonas, rasgadas. Por fim, sua mãe saiu correndo, segurando as imagens da filha nua nas mãos.

— Saia da minha frente — bradou a mãe. Ela olhou para Juliet por um instante, antes de voltar o olhar para a cintura da filha, fechar os olhos e sussurrar. — Não. Ah, Juliet. O que foi que você fez?

A tristeza tomou conta do rosto de sua mãe. Mas, depois de parecer se recompor, a mulher passou por ela, tentando enrolar a tela em suas mãos. A mãe desceu a colina e se virou para ela.

— Ele *nunca* ia levar você para Paris — disparou. — Vamos. Pergunte a ele. Você foi uma boba.

Juliet entrou no ateliê e encontrou Marchant sentado no chão de pedra em frente à espreguiçadeira, com a cabeça entre as mãos. Ao seu redor, havia molduras e telas destruídas — todas com várias imagens de Juliet. A voz dela soou surpreendentemente calma, considerando a seriedade do momento.

— O que ela disse é verdade? Você não ia me levar para Paris?

— Isso não é verdade — disse Marchant, o rosto vermelho e inchado. — Sua mãe é uma mentirosa. Eu ia levar você. Ia mesmo. Ia pedir que levassem você.

Juliet sentiu que ele estava tentando se convencer daquilo, experimentando a frase. Ah, como ela queria acreditar nele.

— Você não entende.

— O que é que eu não entendo?

Mas ele simplesmente pôs a cabeça entre as mãos outra vez e a balançou.

— Vá para casa, Juliet. Apenas vá para casa. Na hora certa, vou vir buscar você.

9

HELEN LAMBERT
Washington, D.C., EUA, 26 de maio de 2012

— Mas que merda...

Pulei da cama. Meus pés bateram no chão e eu saí correndo para o banheiro para estudar meu rosto no espelho. Vi meu cabelo vermelho-cobre, os cachos bagunçados caindo pelas minhas costas. Graças a Deus tinha voltado a ser Helen Lambert. Quando aquela ideia me ocorreu, comecei a rir e pousei a cabeça na pia para me recompor.

— Talvez você tenha um tumor no cérebro.

Olhei para meu reflexo. Com a cena com Marchant ainda fresca na memória, liguei para Luke. Tinha que finalmente admitir que algo nem um pouco natural estava acontecendo comigo. Aquelas visões não eram apenas sonhos. Devo ter parecido abalada porque ele se ofereceu para vir imediatamente.

Era sábado, estava feliz por não ter que me preocupar com o trabalho. Depois da entrevista de Asa Heathcote, todos queriam falar comigo. Eu tinha 26 recados na secretária eletrônica. Vi as notícias rapidamente e descobri que a ex-funcionária de Heathcote que dera o filho para adoção tinha dado uma declaração apenas pedindo privacidade. Suspirei e desliguei o celular e a televisão.

Luke chegou em um Range Rover preto, com óculos de diretor de arte empoleirados no nariz e duas sacolas de compras no banco de trás. Ergui uma sobrancelha quando ele entrou pela porta.

— Você também cozinha?

— Cozinho.

Quando ele entrou na cozinha, começou a abrir portas, tirar coisas das sacolas e espalhá-las pelo balcão. Ao olhar algumas gavetas, pareceu confuso.

— Você tem um fouet?

Eu estava ocupada analisando a correspondência.

— Sinto muito — falei. — Perdi no divórcio. O Roger gosta de utensílios de cozinha. Quem tem um fouet hoje em dia?

Abri a gaveta ao meu lado, peguei um garfo e entreguei a ele. Ele hesitou, mas o pegou e o analisou como se fosse uma ferramenta primitiva.

Logo estava cortando e jogando coisas em uma panela que começou a soltar um aroma incrível.

— O que é isso?

Olhei dentro da panela.

— Alho e azeite de trufa branca.

Ele finalmente tirou a cabeça das profundezas do armário de baixo da pia e se levantou com outra tábua na mão. Cortou legumes, jogou-os em outra panela e os salteou com a habilidade de um chef.

— Onde você aprendeu a cozinhar?

Ele deu de ombros.

— Eu sempre soube. É uma das poucas coisas que aprecio neste mundo.

— E quais são as outras coisas?

— Bom, isso é pessoal.

Ele abriu um sorriso para mim, os dentes perfeitamente retos e brancos.

— Você saiu comigo, *lembra*? Só uma dica: no primeiro encontro, a gente fala de assuntos chatos, tipo saber cozinhar, não matar pessoas ou conhecer alguém há cem anos.

— Você meio que fugiu do nosso primeiro encontro, caso não se lembre. — Ele balançou a panela quente. — Talvez eu fosse começar a falar sobre minhas habilidades culinárias.

— Tem algum outro hobby, além de matar pessoas?

— Coisas de que gosto... — respondeu ele, mudando de assunto. — Eu gosto de água. Do mar. Adoraria surfar um dia.

— Que tédio... — Fingi bocejar. — Quem não gosta do mar?

— Muita gente — disse ele.

— Eu não conheço ninguém. — Encolhi as pernas sob o banquinho e me inclinei para a frente. — Tente de novo.

— Eu gosto de arte.

Grunhi.

— Ah, não.

— Eu vendo quadros — disse ele, rindo. — Não coleciono. Bom, não coleciono muita coisa.

Eu analisava o que ia dizer. Ele pareceu ler meus pensamentos.

— Como foi o sonho que teve?

— Vi a Juliet de novo.

— E...?

— Acho que posso ser ela.

Ele se virou e se recostou no balcão, rindo. Usava uma camiseta preta e jeans desbotado. Eu notara o contorno dos músculos em seu braço mais cedo, enquanto ele carregava as sacolas de compras.

— É mesmo? O "você é louco, Luke" acabou?

— Ah, você pode muito bem ser maluco. — Brinquei com minha meia para não ter que olhar para ele. — Mas o sonho aconteceu exatamente como você descreveu. Até eu tenho que admitir que tem alguma coisa acontecendo. Essa garota do meu sonho, a Juliet. Acho que eu sou ela.

— Você é todas elas. Todas são singulares, diferentes, mas todas são partes de você.

Ele se moveu sem esforço pela cozinha, voltando ao fogão e quebrando ovos em uma tigela antes de transferi-los para a panela. Vi uma baguete fresca na bolsa que restara.

— Quantas de nós existem?

— Bem, tem você, é claro.

— Claro.

— Você vai sonhar com a Nora e a Sandra também.

— Somos quatro, então?

Ele assentiu.

— Supondo que isso não seja loucura... e isso é um esforço enorme para mim. Nós somos todas iguais?

Ele hesitou. Percebi que era uma pergunta que ele não queria responder, mas eu o pressionei.

— Quando nos conhecemos naquela primeira noite no Sofitel, você disse que gostava mais da Nora.

— Eu estava só jogando conversa fora — disse ele, parando de mexer no fogão para refletir sobre aquilo. — Fico nervoso sempre que a gente se encontra pela primeira vez, depois de muito tempo. Mas, sim, a Nora foi muito especial para mim.

— E a Juliet não?

Eu sentia uma estranha proximidade com Juliet, depois que ela havia dominado meus sonhos.

Ele não respondeu.

— E a Sandra?

Ele analisou minhas perguntas enquanto puxava as bordas da omelete em direção ao centro com uma espátula. Então se virou para olhar para mim do outro lado do balcão.

— Eu falhei com a Juliet.

— Como você falhou com ela?

Ele se aproximou e apontou para minha testa.

— Você, minha querida, tem a resposta para essa pergunta na... sua... cabeça.

— Você poderia nos poupar o tempo e o trabalho.

Ele pareceu triste, distraído.

— Não penso na Sandra há muito tempo. — Algo em sua voz pareceu melancólico. — Respondendo à sua pergunta, vocês *são* semelhantes, mas cada versão sua cresceu num lugar diferente, numa época diferente...

— Quanto tempo faz?

Enquanto ainda enunciava as palavras, estremeci. Como podia acreditar que aquilo era verdade?

— Desta vez? Quarenta e um anos.

— Isso foi em...

— 1971.

Ele olhou para mim, pegou um papel-toalha, pôs-no em meu nariz, me levou para o quarto e fez com que me sentasse na cama, levantando meu queixo para manter meu nariz elevado.

— Seu nariz começou a sangrar. Você está ficando doente — disse. — Tem que descansar.

— Meu nariz costuma sangrar?

— Costuma. — Ele pareceu preocupado. — O que você está sentindo não é exatamente humano, por isso tem um preço. Você nunca teve que absorver tantas vidas num período tão curto… Normalmente, você tem mais tempo.

— Você sempre diz isso. — Inclinei a cabeça para trás. — Eu vou ficar bem?

Luke não respondeu. Ele ajeitou meu cabelo, e percebi que ninguém havia me tocado desde Roger. Ele então se inclinou e beijou minha testa.

— Deite um pouco e descanse. Vou trazer seu café da manhã aqui.

Ele voltou alguns minutos depois com um prato de comida maravilhoso: uma omelete de queijo gruyère, salada de agrião e batatas rosti.

— Nossa, isso parece bom.

Ele se sentou ao meu lado na cama enquanto eu comia.

— Então, em que momento o sonho com a Juliet parou?

Coloquei o lenço ensanguentado na mesa de cabeceira e me concentrei no meu prato. Senti que estava contando o enredo de algum romance épico.

— A mãe da Juliet descobriu sobre o Marchant. — Olhei para ele e pude ver uma mistura de preocupação e familiaridade. — Supondo que você não seja louco e que toda essa história seja verdadeira, quantas vezes você já fez café da manhã para mim?

— Demais para contar.

— E eu gosto disto.

Olhei para o meu prato quase vazio.

— Gosta. Em todas as suas vidas.

Ele se virou para sair do quarto, mas eu toquei em seu braço.

— Não vá.

— Só vou até a cozinha — disse ele. — Já volto.

Antes de sair da sala, olhou para mim com um ar de arrependimento.

— O que foi? — perguntei.

— Nada. — Ele abriu um sorriso triste. — Eu nunca me canso de olhar para você, só isso.

Ouvi as tábuas rangerem sob seus passos no corredor. Alguns minutos depois, ele voltou, desabou na cama ao meu lado e ficou me olhando comer. Depois, me puxou para perto e se deitou ao meu lado. Pude ouvir o tique-taque do relógio na mesa de cabeceira, o quarto parecia piscar como um sinal de TV falho. E então a escuridão me dominou.

10

JULIET LACOMPTE
Challans, França, 1895

Juliet nunca tinha visto a mãe trabalhar daquele jeito. Furiosa depois da conversa com Marchant, ela andava de um lado para o outro, tirando frascos do parapeito da janela.

Soluços irromperam das profundezas de seu corpo quando Juliet entrou na cozinha. Quando a viu, a mãe correu até ela e agarrou seus ombros.

— Você não vai contar para ninguém. Está me ouvindo?

— Eu amo o Marchant.

A mãe lhe deu um tapa forte no rosto.

— Você é uma boba, menina. Tem que ser esperta.

Assustada, Juliet pôs a mão na bochecha, que queimava e ardia como se ela tivesse a colocado no fogo.

O rosto de sua mãe estava frio, implacável.

— Você colocou todos nós em perigo com essa tolice.

— Eu não estou entendendo…

A mãe balançou a cabeça.

— *Non*. Eu vou consertar isso. — Com um movimento rápido, sua mãe puxou o tapete da cozinha para revelar um alçapão que Juliet nunca havia notado. — Me ajude.

Ela fez um gesto para Juliet, que manteve a pesada porta de madeira aberta enquanto a mãe entrava no espaço embaixo do piso e voltava com três velas, o que pareciam jarros de sangue e carne e um livro gigante de couro.

O que Juliet viu escondido embaixo da cozinha era diferente das poções do amor e ervas que ficavam acima do piso. A magia guardada embaixo da porta secreta era muito diferente.

— O que você vai fazer?

Juliet segurou os potes e velas enquanto a mãe saía do alçapão.

— Preciso da ajuda de alguém.

A mãe tinha nas mãos o livro de capa de couro surrada, um livro que a garota nunca vira. Olhando por cima do ombro dela, Juliet viu desenhos da lua e nomes estranhos que não reconheceu. O dedo da mãe parou em um nome exótico, Althacazur. Ela então assentiu, satisfeita. Trabalhando rapidamente, usando o pilão para moer as ervas, ela continuou a andar pela sala, até, por fim, derramar a mistura fina em uma tigela de cristal com água. Entoando um canto baixinho, a mãe girou a tigela sobre sua cabeça. Juliet pôde sentir o cheiro de açafrão, cravo e canela à medida que a tigela se movia.

Em seguida, sua mãe pôs as velas pretas em pequenos frascos de cristal e derramou o conteúdo ensanguentado do pote sobre as velas.

— Me dê sua mão.

Juliet estendeu a mão para a mãe, que pegou uma faca. Antes que a menina pudesse protestar, a mãe cortou o dedo dela e deixou que o sangue pingasse sobre cada uma das velas. Juliet estremeceu.

— Você tem alguma coisa dele? Alguma coisa em que ele tenha tocado?

Quando Juliet não respondeu, sua mãe suspirou, impaciente.

— Tem?

O cabelo da mulher havia caído do costumeiro coque elegante. Mechas compridas pendiam por suas costas e sua testa, emaranhadas com suor.

Juliet assentiu, subiu a escada e trouxe o presente que Marchant dera a ela de aniversário, o quadro de Paris.

A mãe pegou o pequeno quadro e o girou várias vezes.

— Ele te deu isso?

Juliet assentiu.

— Ele pintou para o meu aniversário.

A mãe olhou para a filha com uma expressão de pena. Depois, tirou uma faca entalhada do bolso, cortou a tela a partir da assinatura de Marchant, tirou a lona da moldura e a segurou sobre uma vela.

O óleo da tinta logo pegou fogo. Enquanto a tela queimava, Juliet não conseguiu tirar os olhos da imagem arruinada de Paris, da paisagem que se deformava e se contorcia à medida que a chama a consumia. Era a Paris de Marchant, mas sua mãe dissera que ele não tinha nenhuma intenção de levá-la embora. Juliet sentia que a mãe estava errada. Marchant a amava. Ele iria buscá-la.

Quando a noite caiu e o pai e os irmãos de Juliet adormeceram, sua mãe a acordou de um sonho agitado e a levou pela mão até a cozinha. Sem a lareira acesa, o cômodo parecia mortalmente silencioso, frio e úmido. Para surpresa de Juliet, a cozinha havia sido toda modificada. A mesa fora empurrada até a parede e, no lugar dela, no chão, um círculo gigante fora desenhado com giz. Dentro do círculo havia uma estrela — os traços perfeitos, como se a mãe de Juliet os tivesse traçado com uma régua —, e no alto da estrela, as três velas pretas queimavam dentro do círculo, ao lado da tigela de cristal.

À luz das velas, Juliet ficou surpresa ao ver a mãe se movendo pelo cômodo vestida com uma túnica roxa estranha e larga, o rosto pintado de branco, como um palhaço de Carnaval. Mas aquilo não era uma fantasia alegre. Havia algo sinistro naquele manto. Ela quis fugir e tentou dar as costas para a cozinha, mas a mãe a agarrou pelo braço e a segurou com uma força que Juliet nunca havia visto nela.

— Você precisa ver. Ele está pedindo por isso.

Juliet não sabia quem era "ele", mas percebeu que não podia argumentar. Torceu para que o pai ou Delphine descessem as escadas e a resgatassem daquela cena macabra, mas sua família dormia um sono profundo — profundo demais —, e Juliet se perguntou se a mãe havia colocado alguma coisa no chá que servira no jantar.

— Sente-se.

A mãe apontou para dentro do círculo de giz. Quando Juliet atravessou o contorno maldesenhado, o círculo pareceu muito mais quente do que o restante do cômodo frio. A brisa fresca que passava por baixo da porta parecia parar na borda do desenho. Para testar isso, Juliet balançou a mão para a frente e para trás sobre o círculo e sentiu que a temperatura dentro dele mudava. A mãe puxou a camisola de Juliet, fazendo-a passar pelos ombros da menina e deixando-a cair aos pés dela. E então começou a aplicar uma pasta marrom fedorenta no rosto, no tronco, nos seios, na barriga e nas pernas de Juliet, dando tapas nos braços da garota sempre que ela tentava se limpar. Juliet quase vomitou quando o cheiro de cravo e terra a atingiu. Então, pôs os braços em volta do próprio corpo e se sentou na camisola, vestindo nada além da pasta marrom e pungente.

— Estou com frio — disse.

Ignorando-a, a mãe de Juliet se ajoelhou sobre a borda do círculo, sujando o manto de giz enquanto ela deslizava para a frente até se deitar de bruços no piso e apoiar a testa nas tábuas de madeira. Enquanto a mãe entoava um canto em voz baixa, Juliet sentiu um aperto no estômago, seguido por uma pontada aguda de dor, que, de início, pulsava como um coração, mas foi ficando cada vez mais forte. Ofegante, ela pôs as mãos na própria barriga, que pareceu dura e quente. Conforme o cântico da mãe soava mais rápido, Juliet sentiu um líquido quente fluir por entre suas pernas e cair na camisola a seus pés. Sangue. Ela se ajoelhou para tocar no líquido, mas puxou a mão de volta quando a mãe começou a cantar com uma estranha voz aguda, parecida com a de uma criança. Em questão de minutos, ao som da voz agora lúgubre da mãe, as velas começaram a piscar mais rápido, acompanhando a música, e a cera delas, a escorrer como lava.

Juliet ficou assustada. Era uma cena macabra, e a mulher deitada no chão não parecia ser sua mãe. A figura de roxo, parada de bruços como uma boneca de madeira, começou a se sacudir de maneira violenta. Juliet tentou se levantar, mas percebeu que tinha as pernas paralisadas e não conseguia se mexer. Como se conseguisse sentir o desejo de fugir da filha, a mão da mulher mais velha agarrou o tornozelo nu de Juliet. Ao segurá-lo, o corpo da garota foi tomado por convulsões. Ela caiu no chão encolhida ao lado de sua mãe e acabou rolando para fora do círculo, onde o frio a atingiu, fazendo seu corpo se contorcer. A dor em sua barriga era excruciante.

A mãe se levantou como se estivesse acordando de um sono profundo. Com um olhar de desprezo, olhou para a poça de sangue ao redor de Juliet.

— Você estava grávida de um filho dele, mas agora acabou.

Juliet gritou e tocou em sua barriga, sentindo a espessa pasta de lama marrom se desfazer enquanto secava. As pontadas e a dor haviam sumido, substituídas por um leve incômodo. Ela se sentou e olhou para a camisola destruída. Parecia que ela tinha sido esfaqueada enquanto a vestia.

— Vamos queimá-la — disse a mãe, como se lesse os pensamentos da filha. — Volte para o círculo.

Juliet arrastou o corpo com cuidado para dentro do círculo. Suas pernas tremiam. Por um instante, sentiu que a dor a deixara ao cruzar a linha desenhada com giz. A mãe olhou para ela com uma expressão impassível, um olhar de desprezo.

A mulher voltou a entoar o canto. Pela janela da cozinha, Juliet viu a lua cheia brilhar, lançando luz dentro do círculo. As velas continuavam acesas em potes cheios de sangue. Quando derreteram a ponto de o pavio aceso atingir o líquido, o sangue se contraiu, borbulhou e escorreu para o chão de madeira, mas não ultrapassou o contorno do círculo. A mãe de Juliet gritou quando a porta se abriu. Uma névoa densa e úmida adentrou a casa, mas, à medida que girava, ia se materializando em uma forma. O que Juliet viu em seguida a fez gritar. Era o esqueleto de uma cabra com chifres tentando andar sobre as duas patas traseiras. A criatura grotesca se materializava e sumia, lutando para ficar de pé antes de olhar para a mãe de Juliet. Ela parou na frente da mulher. Uma conversa pareceu ser travada entre a mãe e a criatura, seguida pela aceitação por parte da mulher. Um estalo se ouviu quando o maxilar da mãe se quebrou e sua boca se abriu de maneira absurda, permitindo que o esqueleto de cabra, que se tornara uma massa sólida, entrasse na garganta da mãe como se estivesse vestindo uma calça. Juliet sentiu a bile chegar a sua boca. Apesar do círculo, sentiu frio pela primeira vez e um arrepio a envolveu como um cobertor.

Com uma convulsão repentina, a mãe se ajoelhou e sua mandíbula voltou ao lugar com um estalo. A mulher tocou no próprio rosto para ter certeza de que tudo ainda estava intacto.

— Acabou.

No entanto, a voz não era da mãe de Juliet. A mulher se levantou em um movimento rápido e tropeçou, como se seu corpo fosse um traje mal ajustado. Em seguida, foi até a escada a passos rígidos, mas com os joelhos moles, arrastando o manto roxo atrás dela. A criatura subiu a escada, deixando Juliet sentada nua e sozinha no chão dentro do círculo, com as velas ainda acesas e vômito secando em suas coxas.

Juliet se levantou e tirou a camisola encharcada de sangue do chão. Ela cambaleou até a pia da cozinha para tentar tirar o emplastro marrom de seu corpo. Esfregando rapidamente, ela tirou a maior parte da mistura de lama e se cobriu com o vestido ensanguentado. O tecido pareceu grosso, encharcado e frio contra sua pele. Ela parou à porta para trancá-la, apagou as velas e, por um instante, olhou para o livro de couro marrom com desenhos elaborados em relevo dourado e roxo, que ficara em cima da mesa. Juliet estendeu a mão para tocar nele, mas a puxou de volta de maneira abrupta, sentindo que devia pegar o livro e queimá-lo. O que vira a mãe fazer naquela noite a assustara. Aquela *coisa* a assustara, e ela não conseguia deixar de sentir que a criatura havia saído daquele livro. Quando olhou para a gravura na capa, viu o símbolo da criatura em forma de cabra que estivera na cozinha. Ela subiu a escada até o quarto em silêncio, enrolou a camisola e a escondeu ao lado da cama, no chão, enquanto Delphine dormia profundamente. Tremendo, pôs outra camisola e se deitou na cama quente, mas, apesar do peso habitual dos cobertores, o frio não a deixava e o cheiro de cravo e terra ainda permanecia em seu corpo. O aroma forte era a única lembrança de que aquilo tinha acontecido *de verdade*. Embora pudesse ter abraçado Delphine para se aquecer, não queria tocar na irmã. Aquele não era um frio normal, e o que havia acontecido com sua mãe na cozinha não havia sido normal. *A mãe dela não era normal.* Juliet já havia se perguntado sobre o passado da mãe, mas agora não duvidava mais que a mulher mantivera segredos da família. O próprio diabo havia sido convidado a entrar na casa deles naquela noite. Disso Juliet tinha certeza.

Quando acordou de manhã, a cozinha estava limpa e não havia nenhum sinal de círculo de giz, do livro de couro, da vela preta ou do sangue. O pai de Juliet entrou na casa com um olhar preocupado. Era um homem gentil, com um rosto grande e um nariz largo, mas seu rosto estava vermelho.

— É sua mãe — disse ele. — Ela está doente.

Seguindo o pai até o quarto, ela encontrou a mãe deitada na cama. Enquanto Juliet sentia calafrios de que não conseguia se livrar, as roupas da mãe estavam ensopadas de suor. O branco dos olhos da mulher estava vermelho, como se estivesse prestes a estourar. A mãe viu Juliet e sorriu.

— O médico já está vindo — disse o pai. — Ele não sabe o que é. Acha que pode ser a peste e que vocês não deviam ficar aqui, mas sua mãe queria ver você. — Ele se virou para a porta. — Ela só chamou por você.

Juliet assentiu. Tinha certeza de que o que atacava sua mãe não era a peste nem qualquer outra doença terrena.

— Vou levar a Delphine e o Marcel para longe daqui.

Seus passos soaram pesados na escada.

Depois que ele saiu do quarto, a mãe de Juliet sorriu.

— Acabou.

Juliet viu hematomas no queixo da mulher, causados pelas fraturas exigidas para que *aquela coisa* entrasse em sua boca. Tirando isso, não havia vestígios do que havia acontecido na cozinha. Juliet percebeu que não podia olhar para ela; o branco de seus olhos agora estava quase totalmente vermelho.

— Eu sei, *maman*. — Juliet começou a chorar. — Mas você está doente por minha causa, não é? Você está doente por causa do que fizemos na noite passada. — Juliet não sabia no que ela havia se transformado na noite anterior, mas a mulher agora deitada na frente dela voltara a ser sua mãe. — É minha culpa.

A mulher balançou a cabeça.

— Não. Não. Eu vou melhorar, você vai ver. Você tem que me ouvir. Não temos tempo. Uma carta vai chegar para você daqui a alguns dias. Tem que fazer o que essa carta disser. Tem que fazer o que *ele* disser. Está entendendo?

— Quem?

Juliet teve medo de que "ele" fosse a coisa do livro de couro.

— Ouça-o. Ele vai proteger você.

— Me proteger do quê? — Juliet acariciou a testa da mãe, mas sua mãe não pareceu sentir. — Do que preciso me proteger? Eu não estou entendendo nada, *maman*.

— Eu não consigo ver você, Juliet. Você me entendeu? Diga.

— Entendi — mentiu Juliet. — Uma carta vai chegar — repetiu ela. — Vou fazer o que estiver escrito e vou ouvi-lo. — Juliet começou a soluçar. — Eu sinto muito. Por ter feito isso com você, com nossa família.

— *Non*. Não foi sua culpa. Você não podia ter aquele bebê, Juliet. Era perigoso demais. — A mulher sorriu. — Foi tudo culpa do Marchant, mas ele vai pagar por isso. Por todos aqueles quadros absurdos. Você não estaria mais segura. — A mulher lutou para respirar, mas soltou algumas palavras, que já soaram fracas. — Eu destruí todos. Faça o que o homem disser. Eu me esforcei muito para manter você em segurança.

— Mas eu estou em segurança, *maman*.

A mulher sacudiu a cabeça.

— Não. Ele é muito perigoso. Muito perigoso...

— Eu não estou entendendo — sussurrou Juliet para a mãe.

Mas sua mãe havia ficado em silêncio. Estava falando sobre Marchant? Juliet segurou a mão dela até ouvir um grunhido e um gemido. Então pôde ouvir apenas o som do vento balançando a veneziana.

Como o médico não sabia se havia sido a peste, eles queimaram e enterraram os restos mortais de sua mãe no dia seguinte. Ninguém na casa dos LaCompte apresentou sintomas dentro de uma semana, então o médico deixou a família sair da fazenda. Ansiosa para finalmente ver Marchant, Juliet subiu a colina até o ateliê, mas o encontrou vazio. Não como antes, com os lençóis sobre a espreguiçadeira. Tudo havia sido limpo com um ar de finalidade que a assustou. Juliet entrou no pátio e encontrou a criada que cuidava de Marcel varrendo as pedras.

— O Monsieur Marchant foi para Paris há uma semana. A esposa e o filho dele morreram no parto. Ele vai vender a casa.

— Ele deixou alguma coisa para mim? Talvez uma carta?

A empregada balançou a cabeça, virou-se e entrou na cozinha, antes de fechar a porta com força.

Juliet voltou ao ateliê e viu os esboços dos nus dela na lareira. Juliet pensou em salvá-los, mas, depois de tantas perdas, seria muito doloroso olhar para eles, por isso ela os deixou na casa.

A noite havia caído e Juliet percebeu que seu pai não tinha ido buscar água. Ela pegou o balde e foi até o poço. Ele não sabia que aquelas coisas eram necessárias para o funcionamento da casa. A lua estava cheia e iluminava tudo. Enquanto caminhava até o poço, ela ouviu os sons tranquilizadores das galinhas ciscando no quintal.

Pensou em Marchant e em como o toque dele ainda parecia marcar sua pele. Sentiu as pernas fraquejarem e parou de bombear a água. O choro a dominou. O que sua família ia fazer agora?

O som de galhos quebrando sob os pés de alguém e o puxão em seu vestido a trouxeram de volta à realidade. Ela foi empurrada e jogada no chão. Ofegante, Juliet olhou para cima e encontrou Michel Busson e outro garoto de pé sobre ela.

— Essa é a prostituta que vai ser sua esposa?

O outro garoto cuspiu nela.

Michel se ajoelhou e agarrou os cabelos dela.

— Encontramos seus quadros, os da casa do pintor. A empregada estava tentando queimar tudo, mas nós os tiramos do fogo. Olhe!

Juliet viu os esboços espalhados no chão atrás deles. Eles os haviam visto. Os esboços estavam todos queimados em parte, e saber que Michel vira um momento íntimo entre ela e Marchant a deixou enojada. Sob o brilho do luar, ela podia ver o tom rosado que Marchant havia escolhido para seu tom de pele. O outro garoto resmungou:

— Parece que ela gosta que alguém tire as roupas dela.

Michel riu, fazendo barulho pelo nariz, e arrancou o vestido dela, segurando-a com a outra mão. Juliet gritou uma vez, mas ele enfiou parte do vestido em sua boca e subiu em cima dela. Enquanto ele desabotoava a calça suja, o outro garoto deu a volta e segurou sobre a cabeça dela os braços que ela tentava debater. Michel terminou em alguns instantes. Parecia ter pressa em acabar, como se o ato o entediasse. Juliet ficou aliviada por não ter sido pior. Ela ia sobreviver àquilo. Mas gritou quando o outro garoto deu um tapa forte no rosto dela. Michel se abaixou e a segurou enquanto o outro garoto garantia sua vez. O segundo garoto levou muito mais tempo e pareceu gostar de ver que a machucava quando suas coxas batiam com força contra as dela.

— Bata nela de novo — disse o garoto a Michel antes de terminar.
— Por humilhar você e sua família.

Quando tudo aquilo finalmente terminou e os meninos já estavam entediados com sua presa, Juliet se encolheu, torcendo para que a deixassem em paz, mas percebeu que não conseguia chorar. Sentiu um líquido quente escorrer sobre suas pernas e sua cabeça e entendeu o que os meninos estavam fazendo, de pé sobre ela. Manteve os olhos fechados, imaginando que vê-los urinando nela tornaria a cena mais real e mais difícil de esquecer. E ela *precisava* esquecer aquela noite.

— Se você contar para alguém, vamos mostrar estes quadros para todo mundo — disse Michel, abotoando as calças.

Ele se aproximou dela, e ela sentiu o garoto cuspir em seu rosto enquanto falava:

— Não se preocupe, sua puta, ainda vou me casar com você, mas é isso que vai ter de mim. — Ele tirou a cabeça dela do chão, puxando-a pelos cabelos. — Está me entendendo?

Com o vestido ainda na boca, tudo o que Juliet pôde fazer foi assentir. Ele a soltou, fazendo a cabeça dela bater no chão, com força.

Os meninos juntaram os quadros e desceram a colina na direção da casa dos Busson — Juliet podia ouvir a mãe de Michel chamar por ele. Ela os ouviu assobiar e não se mexeu até o som sumir. Sabia que não podia contar ao pai o que havia acontecido ali. O que ele poderia fazer? Os Busson eram donos da terra em que ele cultivava. As palavras dela nunca valeriam mais que as de Michel. Nunca. Em vez disso, Juliet bombeou água e se esfregou com o vestido rasgado até quase ferir sua pele. Jogou a água sobre a própria cabeça para tirar a urina e o cheiro dos meninos de seu corpo. Então, ela se cobriu com o vestido e voltou mancando para casa.

Ao chegar, Juliet se deitou na cama com Delphine e chorou. Uma semana havia passado desde a morte da mãe, mas Juliet ainda não havia conseguido se livrar do frio que parecia ter penetrado seus ossos naquela noite. Nem mesmo os cobertores e o calor do pequeno corpo da irmã conseguiam diminuir o frio doloroso.

Na manhã seguinte, o rosto de Juliet não estava tão machucado quanto ela havia imaginado. Ela disse a Delphine que havia caído e a garotinha acreditou na história. O pai de Juliet já estava no campo e não notaria as marcas vermelhas em sua filha quando voltasse ao anoitecer.

Juliet então decidiu que ensinaria Delphine a buscar água. Por causa dos machucados, Juliet não sabia se conseguiria chegar ao poço. Também não ia aguentar voltar a vê-lo, depois da noite anterior. Delphine teria que buscar apenas meio balde de água. A garotinha aguentaria esse peso.

No entanto, ao abrir a porta da cozinha, encontrou no chão um envelope que havia sido passado por baixo da porta. Ela olhou em volta, mas não viu ninguém. O envelope era pesado e luxuoso e tinha sido endereçado a MADEMOISELLE JULIET LACOMPTE, em uma caligrafia elaborada que mais parecia arte. Havia uma marca-d'água sob o papel cor de creme. Juliet rompeu o selo esperando encontrar uma mensagem de Marchant. Mas era a carta sobre a qual a mãe avisara. Ela prendeu a respiração enquanto tirava o papel do envelope e o desdobrava, rezando para que Marchant fosse levá-la embora, no fim das contas. Mas o que leu a deixou perplexa.

Cara Mademoiselle LaCompte:
Em resposta à sua solicitação de emprego, o Monsieur Lucian Varnier, do boulevard Saint-Germain, 20, Paris, lhe oferece o cargo de empregada doméstica em sua casa. O pagamento inclui hospedagem e 850 francos por mês. Ele espera que a senhorita chegue no mais tardar em 14 de setembro de 1895.
Saudações,
Paul de Passe, Mordomo
Monsieur Lucian Varnier

11

JULIET LACOMPTE
Paris, França, 1895

Juliet só tinha uma bolsa pequena quando subiu os degraus até a casa no boulevard Saint-Germain. As grandes portas pretas e arredondadas eram tão imponentes que Juliet parou por alguns segundos antes de bater. O carro que a havia trazido já virava a esquina, mas ela ainda podia ouvir o som dos cascos dos cavalos nos paralelepípedos. Ela respirou fundo e bateu na porta com força demais.

O pai de Juliet a levara à estação de trem em Challans para se despedir dela. Ele precisava da ajuda dela na fazenda para criar o irmão e a irmã, mas a carta havia prometido dinheiro e a oferta tinha sido boa demais para deixá-la ficar. Com o dinheiro que Juliet enviaria todos os meses, o pai podia contratar duas pessoas para ajudá-lo na fazenda. A única outra opção dela era Michel Busson, e a ideia de se casar com ele deixava Juliet enojada. Além disso, alguns dias depois da chegada da carta, uma encomenda fora entregue a seu pai. Dentro do pacote havia uma sacola pesada, contendo muitos francos. Aquele segundo pacote com o dinheiro havia convencido o pai a parar de reclamar por ela estar indo para Paris e por ter terminado o noivado com Michel Busson.

Enquanto estavam na plataforma vazia, em Challans, o pai de Juliet demonstrara uma formalidade a que ela não estava acostumada. Tinha vestido seu terno de domingo com botas de trabalho, algo que sua mãe jamais o teria deixado fazer. Aquele pequeno detalhe fizera com que os olhos de Juliet se enchessem de lágrimas.

Ele balançara de um lado para o outro e olhara para as botas cobertas de lama.

— Sua mãe me disse que esse homem é de confiança.

— Monsieur Varnier?

Ele assentiu.

— Ela me fez prometer que você faria o que a carta dissesse. Insistiu que você não ia querer fazer isso, mas que eu tinha que obrigá-la a ir. — Seus olhos seguiram o comprimento da plataforma. — Sabia que eu a conheci aqui?

Ele pousou a bolsa de Juliet na frente do corpo como se estivesse transferindo a responsabilidade sobre ela — e sobre Juliet.

— Não — respondeu a menina. — Eu não sabia. — Juliet percebeu que sua mãe havia sido um grande mistério para ela. — Eu não sabia nada sobre ela.

Ele apontou para um banco próximo no meio da plataforma.

— Ela tinha acabado de chegar de trem de Paris. Eu nunca tinha visto nada tão lindo em toda a minha vida, minha Thérèse. Ela estava tentando chegar à costa para pegar um barco, mas estava doente demais para continuar a viagem. Fiquei tão fascinado por ela que perdi o trem para Paris, mas nunca me arrependi. — Ele abriu um sorriso triste. — Espero que ela também não tenha se arrependido.

A morte da mãe nunca havia parecido tão pesada. Juliet olhou para os trilhos que seguiam em direção a Paris.

— Ela nunca falou de lá.

— Ela não queria falar. — Ele deu dois passos para longe da filha e pôs as mãos nos bolsos. — Você estará segura com esse homem, Juliet. É uma opção melhor do que o filho dos Busson. Confie em mim, aquele garoto é cruel. Nunca quis que você se casasse com ele, mas... os Busson queriam muito, e isso era surpreendente, devido à situação das nossas finanças.

Juliet sentiu as lágrimas brotarem em seus olhos. Sempre suspeitara que ele sabia a verdade sobre Michel Busson.

— Você me promete uma coisa, pai?

O homem não assentiu, mas olhou para ela como se fosse adulta, como se fosse uma moça que se dirigia para uma nova vida.

— Pode falar.

— Prometa que, se Auguste Marchant me mandar uma carta ou vier me procurar, você vai dizer a ele onde estou.

— Prometo.

Ele olhou para algo atrás dela e ela sentiu o corpo dele se contrair. Seu rosto empalideceu como se tivesse visto um fantasma. Juliet se virou e viu uma mulher com um vestido amarelo desbotado, fora de moda mesmo para o interior, olhar para eles. O vestido era exagerado, parecia uma fantasia. A mulher era mais velha, mais ou menos da idade de seu pai, e o vestido era de outra época e para uma moça mais jovem. Amontoado como um ninho sobre a cabeça, o cabelo da mulher tinha um tom dourado, como seu vestido. Ela era pálida, magra e tinha olheiras escuras e profundas. Parecia que não comia havia dias.

— Quem é ela?

— Não sei.

Juliet não acreditou. Ele passou pela filha, andando devagar como um gato e se posicionando entre a mulher e Juliet.

— Quando o trem chegar, preciso que você espere até eu dizer para você embarcar. Pode fazer isso por mim?

— Por quê?

— Apenas faça o que eu pedi, está bem? Não tenha medo.

Ela assentiu.

A plataforma do trem estava vazia, exceto por eles três. O trem parou no horário, e um dos condutores saiu e olhou em volta para ver se alguém ia embarcar. Os três — Juliet, o pai e a mulher de amarelo — ficaram imóveis na plataforma. A mulher olhava para Juliet ansiosamente, como se quisesse comê-la caso pudesse se aproximar. Esperando o pai dizer alguma coisa, Juliet ouviu a chamada:

— Todos a bordo!

Seu pai a abraçou com força.

— Vá agora. Está me ouvindo? — Ela se agarrou a ele por um instante, assentindo. — Que você tenha uma vida maravilhosa em Paris. Sua mãe ia querer isso para você.

Um leve arrepio percorreu o corpo de Juliet, pois ambos sabiam que uma vida em Paris estava longe de ser algo que a mãe queria para ela. Era a vida que ela tanto desejara, mas a que custo?

Por fim, ele se afastou, caminhou até a mulher de amarelo e começou a conversar com ela, mas ela parecia distraída e olhava apenas para Juliet, enquanto tentava se livrar dele. O apito do trem soou, mas Juliet continuou parada na plataforma. E o que viu a seguir a deixou intrigada. Seu querido pai segurou com firmeza a mulher de amarelo pelos ombros, quase como em um abraço apaixonado.

— Vá — gritou ele. — Vá agora.

A mulher de amarelo lutou para se soltar, mas não era páreo para a força do pai e não havia mais ninguém na plataforma para ver a briga dos dois. Juliet entrou no trem quando ele começou a se afastar lentamente. À distância, viu que a mulher finalmente se soltara e correra pela plataforma, tentando, em vão, entrar no último vagão. Seu pai pareceu satisfeito, deu as costas para ela e seguiu em direção à escada. O trem começou a ganhar velocidade, e Juliet viu os arredores de Challans passarem por ela. Nunca se sentira tão sozinha.

Como era uma moça solteira e viajava desacompanhada, Juliet viu os olhares tortos de alguns passageiros, mas se sentou e ficou olhando os campos darem lugar aos arredores de Paris, com suas ruas estreitas intocadas pelo barão Haussmann.

Paris era uma cidade banhada por cores e barulhos. À medida que o sol nascia e aquecia as ruas, Juliet viu lindos vestidos de seda e chapéus elaborados em meio ao burburinho da manhã no boulevard. Dos violetas e azuis dos carrinhos repletos de flores posicionados em cada esquina às bolas de massa cor-de-rosa, azul e verde nas vitrines das lojas de macaron, Juliet viu cores que nunca tinha visto. As ruas largas de Paris e as construções cinzentas pareceram imponentes e impressionantes para a jovem. Apesar de o quadro de Marchant ter representado um pedaço de Paris, Juliet nunca havia imaginado que o mundo pudesse ser tão grande. Como Marchant a encontraria em uma cidade daquele tamanho?

Ela voltou a bater na porta e sacou o convite, conferindo o endereço e o número na porta. Por fim, a porta gigante se abriu. Um homem alto com óculos de armação fina e bigode cheio apareceu e olhou para a rua movimentada até perceber que a pessoa que havia batido estava abaixo dele. Ele a observou por cima dos óculos. Juliet não conseguiu adivinhar a idade do homem. Nunca vira uma pessoa vestida de maneira tão estranha.

— Ah! — O homem uniu as mãos e fez uma reverência. — Você deve ser a Mademoiselle LaCompte?

Juliet assentiu, incapaz de falar.

Ele ficou curvado mais um instante, esperando uma resposta. Quando não ouviu nada, olhou para ela e um sorriso largo se espalhou por seu rosto.

— Sou Paul de Passe, mordomo do Monsieur Varnier. Eu escrevi para você. Seja bem-vinda.

Ele puxou a pesada porta e Juliet entrou em um corredor enorme, com um piso de mármore preto e branco e uma escada em caracol.

— Posso? — Paul de Passe pegou a bolsa de Juliet e fez sinal para que ela subisse a escada. — Infelizmente, Monsieur Varnier foi resolver alguns negócios hoje, mas vai se juntar a você no jantar.

— Vai se juntar a mim no jantar? — Juliet balançou a cabeça. — Monsieur De Passe, acho que o senhor está enganado. Vim trabalhar como empregada da casa.

— Claro, claro — disse Paul. — O Monsieur Varnier tem uma maneira muito particular de tratar as coisas, como você vai perceber. Ele nunca deixaria você começar a trabalhar sem um jantar adequado depois de um dia tão longo de viagem. É só isso...

— Sabe o que vou fazer para o Monsieur Varnier exatamente? — Juliet tirou o casaco. — Eu não tenho talento para muita coisa.

Paul de Passe pegou o velho casaco sujo sem hesitar.

—Ah! Sei! Bom, você tem o que o sr. Varnier chama de... *potencial*, Mademoiselle LaCompte. O Monsieur Varnier *adora* potencial. Adora mesmo. Na verdade, digamos que o Monsieur Varnier tem *olho* para potencial.

Juliet se sentiu incomodada. A ideia de que aquilo havia sido algum tipo de "acordo" feito entre sua mãe e o Monsieur Varnier parecia muito óbvia. A mudança de opinião de seu pai e o dinheiro que ele havia recebido, como se ela tivesse sido *vendida* de alguma forma a Varnier, deixavam-na ansiosa em relação a seu misterioso patrão. E estava ouvindo que tudo havia acontecido por causa do "potencial" dela. Sua mãe havia pedido que ela fizesse o que o homem pedisse. Ela supunha que "o homem" de que sua mãe falara era aquele Monsieur Varnier. Mas como podia ter certeza?

Juliet seguiu Paul de Passe por uma escada em caracol íngreme. Quando chegou ao topo, um enorme e magnífico corredor branco se revelou. Quatro candelabros idênticos pendiam ao longo do corredor.

— O Monsieur Varnier tem dez quartos neste apartamento. São os dois últimos andares. Na verdade, é bem pequeno para um apartamento, mas ele gosta mais do Quartier Latin — explicou Paul ao abrir as portas duplas que levavam a uma sala com um sofá, um piano e uma parede repleta de livros.

Juliet tocou nas lombadas douradas dos livros enquanto Paul abria as portas que davam para o boulevard Saint-Germain, fazendo o ar quente do fim da manhã se esfregar nas cortinas, balançando-as suavemente. Paul então abriu outra porta, revelando uma mesa trabalhada e o lustre que pendia sobre ela. Juliet contou dez cadeiras. Ela seguiu Paul quando ele voltou ao corredor e abriu uma nova porta, que levava a um escritório com uma enorme mesa e uma lareira.

— Este é o escritório do Monsieur Varnier, mas ele não se importa se outras pessoas o usarem.

Juliet não tinha recebido educação formal, mas Paul fez parecer que aquilo era uma gentileza do misterioso Varnier.

Ela pigarreou. Um enorme retrato de um homem havia sido pendurado sobre a lareira.

— É ele?

Paul se virou e ajeitou os óculos para olhar o quadro, como se fosse sua primeira vez no escritório.

— *Oui* — declarou, com certeza. — *C'est Monsieur Varnier.*

Juliet se aproximou da pintura e a analisou. O homem estava sentado e seu cabelo louro-escuro havia sido penteado para trás. Seus olhos eram de um tom mais claro do que seu terno azul-marinho. Assim como Paul, era difícil definir a idade de Monsieur Varnier, mas Juliet achou que ele devia ter a idade de seu pai.

— Ele usa barba agora — explicou Paul. — É a última moda em Paris, e Monsieur Varnier gosta, vamos dizer… de estar *na moda*, como você mesma vai ver.

— O que ele faz?

Juliet olhou atentamente para a assinatura do artista e prendeu a respiração até ver uma assinatura desconhecida rabiscada no canto da pintura. O quadro não era de Marchant. Ela havia percebido que não era no momento em que o vira, mas ainda torcia para que, de alguma forma, Varnier estivesse ligado a Marchant e que o pintor a tivesse trazido para Paris. Ela se aproximou da moldura, olhou para a pintura de cima, estudando as pinceladas do artista. Era algo que havia aprendido com Marchant. Um quadro era apenas uma sequência de pinceladas. A maneira como o artista mesclava e escondia as tintas era uma das coisas mais importantes em uma pintura. Ela conhecia as pinceladas de Marchant como conhecia o corpo dele — intimamente.

— Monsieur Varnier não faz nada. — Paul hesitou. — Digamos que a família dele tem dinheiro. — Paul se virou para sair da sala. — Permita-me mostrar seus aposentos, Mademoiselle LaCompte.

Juliet o seguiu por outra escada. O novo corredor tinha painéis de madeira mais escuros e masculinos. No final dele, Paul abriu portas duplas esculpidas, as mais altas que Juliet já vira. Com dois passos, Juliet entrou em um aposento definitivamente feminino, com paredes cor de creme e acabamentos em madeira de um tom mais escuro. O teto era todo trabalhado, em cor natural, repleto de desenhos de folhas, e cercado com molduras de gesso. O quarto parecia uma sobremesa. O tapete sob seus pés era azul-claro, verde e creme com toques de coral. Ela foi até a janela e descobriu que tinha vista para o boulevard Saint-Germain. As pesadas cortinas de tafetá azul-claro estavam amarradas com um pendão dourado. Ela puxou o voal creme e abriu as janelas. A cama era cercada por cortinas verde-claras, que pendiam de uma cornija. A cômoda era curva e decorada com listras creme e puxadores dourados cheios de detalhes. Uma cadeira dourada e uma mesa lateral com um desenho de cabeça de cavalo no tampo ficavam ao lado dela. Juliet engoliu o vômito que subia até sua garganta. O quarto era sofisticado demais para uma empregada. Ela se virou para Paul, que abria o armário.

— Também preparamos alguns vestidos para você, mademoiselle.

— Me diga, por favor. Como o Monsieur Varnier me encontrou?

Paul não olhou nos olhos dela. Em vez disso, pegou um vestido azul-claro, coberto de renda creme, e o colocou sobre a cama. Dentro do armário, Juliet viu quase uma dúzia de vestidos pendurados.

— Monsieur Varnier achou que estes iam servir. Esta é uma boa escolha para esta noite. O jantar será às oito. Agora com licença. — Ele fez uma reverência e andou até a porta antes de se virar. — Foi sua mãe, mademoiselle.

— Minha mãe?

Juliet sentiu um nó na garganta.

— *Oui*. Sua mãe *recomendou* a senhorita para trabalhar para o Monsieur Varnier.

— Mas minha mãe morreu, senhor.

— *Oui*. Monsieur Varnier ficou muito triste ao saber da notícia.

— Ela o conhecia da época em que morava em Paris?

Desde a noite do círculo e do manto roxo, Juliet sabia que sua mãe havia tido outra vida — muito diferente da de Challans — e se perguntava se Monsieur Varnier tinha alguma ligação com isso.

Paul sorriu.

— O Monsieur Varnier vai dar as respostas para suas muitas perguntas esta noite, tenho certeza. — Ele fez uma pausa. — Seu cabelo, Mademoiselle LaCompte. Devo mandar Marie para ajudá-la?

Juliet passou a mão pelos cabelos longos. Estavam presos no coque frouxo que ela sempre fazia para que não atrapalhassem suas tarefas. Ela nunca havia usado outro penteado. De repente, sentiu-se constrangida. Não sabia que a esperavam para um jantar. Era uma garota do campo, que morava em uma simples casa de pedra com quatro cômodos. Ela não tinha sido educada para aquele tipo de vida. Ia parecer boba. Aquilo parecia um truque ridículo que Michel havia preparado para ela. Juliet abriu sua bolsa. Tinha levado dois vestidos de trabalho. Não sabia se teria uniforme. Estava usando seu melhor vestido, um longo vestido de algodão que já havia sido de sua mãe, mas que passara a servir nela no ano anterior. Ela passara a usá-lo nas missas de domingo. Mas, comparado à bela roupa azul-clara disposta na cama, parecia velho e sujo.

— Mademoiselle? — pressionou Paul de Passe. — Seu cabelo?

— *Oui* — disse ela. — *S'il vous plaît*.

— *Merci*.

O mordomo assentiu e saiu, fechando a porta.

Juliet começou a chorar. Ela estava sozinha e não tinha ideia de quem era aquele Lucian Varnier e o que queria dela. Ela finalmente estava curada dos ferimentos da noite horrível com Michel e o outro garoto, mas tinha medo que a mãe pudesse ter feito um acordo parecido com Monsieur Varnier. Pensar no que ela teria que dar em troca do quarto e dos vestidos a deixava enjoada. Já ouvira histórias de mulheres que haviam sucumbido e sido vendidas por suas famílias para a prostituição.

O único consolo era estar na mesma cidade que Marchant. Enquanto o carro que a trouxera andava pela cidade, ela se esforçara para olhar para os nomes das ruas, torcendo para achar um nome que Marchant tivesse mencionado. Ela o encontraria naquela cidade enorme, e ele a livraria do horrível acordo com Monsieur Varnier.

Pela janela aberta, Juliet ouviu uma comoção e olhou para baixo. Viu o café do outro lado da rua e três homens animados rindo e discutindo, batendo as xícaras nos pires. A rua era animada e exatamente o tipo de lugar que Marchant havia descrito, e até pintado para ela. Juliet sentiu uma pontada de desespero ao perceber que a bela pintura de Paris que ele dera de presente para ela tinha sido destruída. Marchant, seu filho, sua mãe, sua casa — ela havia perdido tudo. Sentia um vazio permanente, uma escuridão que a envolvia. Mas percebeu que o frio que a dominara em Challans também tinha ido embora. Sentia-se aquecida naquela casa. Passou as mãos pelos antebraços e não sentiu mais o desconforto que se apossara deles nas últimas semanas. Então, ela se sentou com as costas retas e enxugou as lágrimas. Não havia mais por que chorar.

Juliet foi até o armário e analisou os vestidos. O primeiro era um casaco comprido de lã clara e uma saia do mesmo tecido e tinha várias lapelas ornamentadas e uma blusa de renda de gola alta. Havia também um vestido verde-escuro com uma jaqueta azul-safira, um vestido simples de algodão verde-água com uma costura da mesma cor e um laço amarrado na cintura, um casaco e saia de veludo marrom, um vestido de seda prata e lavanda com decote de renda em vários tons de creme, um vestido de algodão rosa--claro com o corpete e a cauda decorados e mangas rosa-escuro e, por fim, um vestido preto com uma saia de cetim e tule. O guarda-roupa também incluía um casaco de veludo preto e um chapéu de abas largas do mesmo tecido. Juliet nunca havia visto vestidos tão bonitos, cada um com uma mistura de cores e texturas. Ela ouviu uma batida na porta. Uma mulher robusta e mais velha entrou, com um vestido preto comum de empregada.

— Meu nome é Marie — disse ela.

Juliet ficou envergonhada por estar segurando o vestido rosa na frente do corpo para se ver no espelho.

— É um lindo vestido, Mademoiselle LaCompte. Não sabíamos o seu tamanho, mas espero que sirva. O Monsieur Varnier tem bom gosto, *n'est-ce pas?*

Juliet assentiu.

— Nunca vi coisas tão bonitas...

Ela olhou para o próprio vestido, que pendia de seu corpo como uma caixa.

— Não tem problema — disse Marie. — Vou ajudar você com o banho e arrumar seu cabelo para o jantar com Monsieur Varnier. Ele acabou de chegar.

O fato de o misterioso Monsieur Varnier estar na casa fez tudo — a casa, os vestidos, a vida nova — parecer mais real. Saber daquilo fez a pele de Juliet formigar e seu coração disparar.

Marie abriu uma porta, revelando o amplo banheiro anexado ao quarto. Quando Juliet entrou nele, ficou chocada. O cômodo era do tamanho da cozinha de sua família. Ela nunca havia tomado um banho tão luxuoso quanto aquele e, na maior parte dos dias, se contentara em se lavar na pequena pia que dividia com Delphine.

Depois do banho, ela tirou um cochilo enquanto esperava o cabelo secar. Exausta por causa da viagem e da ansiedade que sentia, dormiu profundamente até Marie acordá-la com um pouco de café e um biscoito. Sentada em frente à penteadeira, Juliet viu Marie pentear seu cabelo castanho com tons de cobre e ouro e prendê-lo no alto da cabeça, puxando algumas mechas e enrolando-os com grampos.

— Você tem um cabelo lindo, mademoiselle — disse Marie. — Parece a juba de um leão.

Era estranho, Juliet nunca havia se considerado bonita. Ela sempre pensou que Marchant tinha escolhido a ela, e não uma das outras meninas do vilarejo, porque ela morava na casa ao lado, não por ser bonita.

— *Merci* — disse Juliet. — Posso perguntar uma coisa?

— Claro.

Marie olhou para ela pelo espelho.

— Como é o Monsieur Varnier?

Juliet examinou o rosto de Marie, esperando alguma reação, mas a mulher não demonstrou nada.

— Trabalho para ele há pouco tempo — admitiu ela. — Ele é muito generoso comigo. Não parece se importar muito com detalhes da casa, o que é estranho.

— Existe uma Madame Varnier?

Marie balançou a cabeça.

— *Non*. É uma pena, na verdade. Ele é um homem muito bonito. As mulheres o notam na rua e algumas já mandaram convites para festas, mas ele não sai muito durante o dia.

Marie abotoou o vestido azul e a ajudou a calçar os sapatos grandes demais.

— Ai... Vamos ter que resolver isso amanhã, mas, hoje, vão ter que servir — disse Marie, enfiando algodão na ponta dos sapatos.

Em seguida, ela tirou um camafeu da caixa de joias da penteadeira, prendeu-o ao meio da blusa de renda e tirou os grampos dos cabelos de Juliet, posicionando as mechas ao redor do rosto da menina. Quando analisou seu trabalho no espelho, pareceu satisfeita. Juliet não podia acreditar na figura que a encarava. O vestido era muito grande no busto, mas o restante se encaixara perfeitamente. Ainda assim, ela não parava de sentir que estava usando as roupas e os sapatos da mãe — todos grandes demais.

Marie pediu licença e saiu, levando as roupas velhas de Juliet.

Às oito horas, um relógio do térreo soou e Juliet ouviu uma porta se abrir lentamente no primeiro andar. Ela segurou a saia para não tropeçar e foi na ponta dos pés até o topo da escada, tentando ouvir alguma coisa, mas a casa parecia vazia. Juliet olhou por cima do parapeito e viu um homem passar por baixo dela. Ele parou.

— Vai ficar parada aí em cima, Mademoiselle LaCompte, ou vai descer?

O homem inclinou a cabeça para trás e olhou para ela.

Sua presença e confiança fizeram Juliet se sentir zonza. Ela nunca tinha visto um homem — na verdade, *qualquer outra pessoa* — que ocupasse uma sala como Monsieur Lucian Varnier. Nem mesmo Marchant, o homem mais sofisticado que ela já havia conhecido, comandava uma sala com a energia de Varnier. Ele foi até o pé da escada e se apoiou no corrimão, esperando que ela descesse. Juliet deu um passo e parou. Os calcanhares estavam escorregando para fora dos sapatos, então ela os tirou e desceu com eles nas mãos.

Ela comparava todos os homens com Marchant agora. Varnier era mais baixo e mais magro, mas a diferença era mínima. Seus traços não eram suaves como os grandes olhos verdes de corça e o nariz fino de Marchant. Varnier não tinha nada de delicado. Seu rosto era todo marcado por linhas e ângulos. Na verdade, ele parecia um agricultor bonito que ganhara dinheiro, enquanto Marchant parecia ter sido acostumado ao dinheiro e ao luxo desde cedo.

Juliet não sabia dizer se Monsieur Varnier havia se decepcionado com ela. Ela desceu o último degrau e escorregou por causa da meia-calça. Olhou para os sapatos e depois os ergueu.

— São grandes demais.

Ele sorriu.

— Então, deixe-os aí. Vou pedir que o Monsieur De Passe compre outros do seu tamanho amanhã. Infelizmente, não vai poder dar uma volta depois do jantar, mas talvez possamos fazer isso amanhã.

Juliet fez uma leve reverência. A simpatia dele a havia desarmado.

— Você está encantadora — acrescentou ele, antes de apontar o caminho para a sala de jantar.

A longa mesa que ela vira antes tinha sido posta para dois, com Monsieur Varnier à cabeceira e Juliet à sua esquerda. Os pratos e talheres eram cheios de detalhes e havia um arranjo de flores vermelhas, cor-de-rosa e verdes no centro da mesa, em um vaso colorido.

Um criado serviu o primeiro prato, uma bisque cremosa de legumes. Juliet comeu em silêncio. Tomou apenas algumas colheradas de sopa, nervosa demais para comer. Ficou observando os movimentos de Varnier à mesa e tentou imitá-los para sobreviver a seu primeiro jantar formal.

Por fim, Varnier falou:

— Imagino que tenha feito boa viagem?

— Fiz... Foi muito boa.

— E o que achou de Paris?

— É assustadora, senhor.

Ele riu.

— Bom, é uma resposta sincera.

Juliet pousou a colher.

— Monsieur Varnier? — Ela não sabia se havia decidido falar por ignorância ou coragem, já que ambas as emoções pareceram tomá-la subitamente. — Posso fazer uma pergunta?

Ele afastou a tigela para o centro da mesa e uniu as mãos.

— Claro.

— Eu queria saber sobre meu emprego aqui com o senhor. Primeiro, queria agradecer, claro.

Ele sorriu, mas foi um sorriso vazio, nem um pouco sincero.

— De nada, mademoiselle.

— O que vou fazer para o senhor *exatamente*?

Uma porta se abriu, interrompendo Varnier. O criado, um homem, retirou a sopa. Alguns segundos depois, Marie entrou na sala de jantar carregando um prato de peixe.

— É um pregado com limão e alcaparras — disse a mulher.

Varnier esperou os criados fecharem a porta. Então pigarreou. Ele se inclinou na direção de Juliet.

— Você é minha convidada, mademoiselle. Não precisa fazer nada.

— Mas... — gaguejou Juliet. — Eu não entendo. Com certeza vai me dar alguma tarefa. Pedir que faça limpeza ou...

— Ou? — Varnier se recostou na cadeira. — Sem querer ser grosseiro, Mademoiselle LaCompte, mas você sabe fazer *alguma* coisa?

Juliet olhou para o prato à sua frente e balançou a cabeça, caindo no choro.

— Não, senhor, só as tarefas do campo e, sinceramente, eu as fazia muito mal. — Seu peito arfava, quase entrando em convulsão. — Não sei por que estou aqui, monsieur. Estou confusa.

Varnier respirou fundo e sacou um lenço do bolso, entregando-o a ela.

— Sinto muito, mademoiselle. Achei que você soubesse.

— *Soubesse do quê?*

A voz de Juliet se ergueu. Ela esperava que o homem explicasse os detalhes de algum acordo vil que havia feito com sua mãe.

Os dois foram interrompidos outra vez por mais um criado, que removeu o prato intocado de Juliet e voltou alguns segundos depois com dois pratos de pato *à la presse* com molho de cereja e legumes cozidos.

Ele esperou até o criado sair e a porta fechar.

— Eu *conhecia*... — Ele se interrompeu outra vez, inseguro, e então continuou. — Bom, eu tenho certa *ligação* com sua falecida mãe. Quando ela morreu, bem, fiquei a cargo dos seus cuidados. Podemos dizer que sou um administrador.

— O senhor? — Juliet analisou o rosto do homem em busca de respostas, mas ele estava tranquilo. — Eu tenho pai, Monsieur Varnier. E nunca ouvi falar do senhor.

Ele pegou seus talheres e começou a cortar o pato. Suas mãos eram finas, mas bem bonitas, os dedos longos e delicados.

— Você deveria comer. — Ele apontou para o prato dela. Recostando-se de novo na cadeira, ele a examinou. — Para manter as aparências, vamos dizer que você é minha sobrinha.

Juliet limpou o rosto com o lenço. Olhou para a comida no prato, para o molho de cereja que parecia sangue. Tinha certeza de que sua cara estava vermelha e inchada.

— E sou?

— O quê?

— Sua sobrinha?

— Não... Não, claro que não. Não somos *parentes*.

Varnier cuspiu a palavra como se fosse algo desagradável e voltou a comer, ignorando o fato de Juliet não ter tocado no pato.

— Mas eu não estou entendendo. Então por que o senhor ficou responsável por mim? Eu tenho família. Você conheceu minha mãe quando ela morou em Paris? É isso?

Varnier parou de mastigar.

— Sim. Podemos dizer que sim.

— Mas não é isso, é? Eu não entendo sua ligação com a minha mãe.

Juliet pegou os talheres, mas os pôs de volta na mesa.

Ele se recostou na cadeira e mexeu em uma unha.

— Não. Não conheci sua mãe, embora ela pareça ter sido uma mulher muito simpática. Eu simplesmente fiquei responsável por você depois da morte dela. Nenhum outro mal vai ser feito a você. É simples assim. Você não precisa saber de nada além disso.

Ele esfregou as mãos, como se o assunto estivesse encerrado.

Um calafrio percorreu as costas de Juliet. Como Lucian Varnier sabia que já *haviam feito* mal a ela? Ele não podia saber sobre Marchant e Michel Busson. Juliet se sentiu fraca de repente.

Varnier olhou para ela.

— Temos um bom professor de piano. O Monsieur De Passe diz que foi muito recomendado. Achei que podíamos começar seus estudos logo. Você gosta de música?

Juliet assentiu, mas lembrou que as únicas músicas que havia ouvido fora na igreja ou quando o velho louco do vilarejo, Monsieur Morel, tocava sua rabeca meio quebrada na praça da cidade nos dias de feira, quando não estava gritando para que as mulheres lhe dessem um pouco de pão e queijo de suas cestas.

— Você sabe ler? — A pergunta de Varnier não pareceu um insulto. — Caso não saiba, vai começar a ter aulas imediatamente.

Ele não pareceu notar que Juliet havia assentido. Sua mãe a ensinara a ler, principalmente a Bíblia, mas havia alguns outros livros que ela havia trazido de Paris, como Alexandre Dumas Fils e Gustave Flaubert, o favorito dela. Juliet se lembrou das mãos enrugadas da mulher, grossas de tanto esfregar e cortar carne, folheando as delicadas páginas dos livros. Ela muitas vezes tinha que lamber os dedos secos para conseguir segurar o papel macio.

Com certa relutância, ela levou um bocado do pato à boca, colocando-o na língua e desafiando seu corpo a engoli-lo. A ave estava saborosa. Não era tão fresca quanto as abatidas na fazenda, mas o molho doce de cereja era um detalhe delicioso que o paladar de Juliet nunca havia provado. As refeições na fazenda eram basicamente ensopados e pães básicos, nada tão diferente quanto aquilo. Tudo naquela nova vida era complexo e cheio de texturas. Ela olhou em volta para os painéis de madeira esculpida e o lustre pesado. Seus sentidos já estavam sobrecarregados com todas as ruas, os vestidos e os sons da cidade diante de sua janela; agora seu paladar era sobrepujado por uma complexa mistura de alimentos simples. Ela sentiu falta da estrutura simples de madeira e pedra que formava os quatro cômodos de sua antiga casa, mas depois se lembrou de Michel Busson e percebeu que não poderia voltar, mesmo que quisesse. Juliet entendeu que talvez nunca mais visse a fazenda nem seus irmãos. Sentiu um aperto no peito.

— Eu ia me casar com um menino — disse ela, sem querer.

— É. Eu sei — respondeu ele com calma, sem tirar os olhos do prato. — Também cuidei disso.

— Como assim?

Ele parou de comer.

— Você está livre de sua obrigação, assim como sua família. Está feliz com isso?

Juliet assentiu.

— Ótimo. — Ele começou a cortar o pato novamente. — Agora, por favor, termine seu pato.

— Mas e minha irmã e meu irmão?

— O que tem?

Varnier tomou um gole de vinho. Examinou a taça antes de tomar outro gole.

— Eles não são responsabilidade sua também?

— Não são da minha conta. — Ele bateu com a taça na mesa, como se marcasse um ponto de exclamação. — Só *você*.

— *Por que* só eu?

A pergunta saiu mais grosseira do que ela pretendia.

Ele suspirou e passou a mão pelo cabelo louro e macio.

— Um dia, quando você estiver pronta, vou explicar tudo.

— Mas eu estou pronta agora. Por que estou sob seus cuidados, mas meus irmãos não estão?

— Não. Minha querida, você com certeza *não* está pronta. Mas um dia vai estar, e então vamos conversar. — Lucian Varnier soltou uma gargalhada. Seus dentes eram brancos como os de um homem rico e bem--cuidado. — Seu irmão e sua irmã estão sob os cuidados do pai deles. Você é minha responsabilidade. Está bem assim?

Juliet se irritou com a insinuação de que ela era criança e não estava pronta para saber sobre sua situação. Não era mais uma menina ingênua e se ressentia da insinuação de que não saberia lidar com a verdade.

Estava prestes a exigir mais informações quando ele pediu licença da mesa.

— Foi um dia cansativo. — Ele sorriu. — Você sabe como é, com certeza.

Ele então saiu da sala, sem esperar pela resposta dela.

Quando a porta se fechou, Marie entrou na sala de jantar como se tudo aquilo tivesse sido combinado.

— Quer um pouco de pão e queijo, minha querida? Também temos torta.

Juliet sorriu para a mulher gentil, recusou a comida e voltou para seu quarto. Então caiu em um sono profundo. Continuou dormindo mesmo quando o sol entrou no cômodo, ignorando as cortinas que havia se esquecido de fechar. Só quando os sinos das igrejas próximas tocaram sete vezes, ela finalmente acordou.

12

HELEN LAMBERT
Washington, D.C., EUA, 26 de maio de 2012

Um cheiro maravilhoso vinha da minha cozinha. Estreitei os olhos para conferir o relógio. Eram quase três da tarde. Sentei-me na cama, percebendo que dormira a maior parte do dia. O travesseiro ao meu lado parecia amassado e usado por alguém. Então entendi. Luke. Lembrei-me do café da manhã e do sangramento no nariz. E de que o homem na minha cozinha — Lucian, depois Luke — agora estava presente em minha vida e meus sonhos.

Desci o corredor e virei a esquina para entrar na cozinha. Luke pareceu perceber minha chegada sem que eu dissesse nada. Apoiado contra o fogão, ele procurava algo no iPhone.

— Quer ir à ópera na terça-feira?

Ele vasculhou os bolsos e finalmente encontrou o que procurava: a chave do Range Rover.

— Na próxima terça-feira?

— É, exatamente nessa terça-feira.

— Claro. — Eu me sentei ao balcão. Sentia o corpo pesado. — Bom, você finalmente apareceu nos meus sonhos.

— Apareci? — Ele largou o iPhone e, com um gesto hábil, mexeu na frigideira. Pude ver um filé de salmão saltar obedientemente e uma salada de rúcula pronta em uma tigela. — Já não era sem tempo.

— Não estou entendendo nada.

Segurei a cabeça entre as mãos.

— É complicado.

— Tenho certeza de que é.

— Se você me viu, então viu sua mãe, a mãe da Juliet.

— E aquele ritual bizarro.

— É! Bom, não foi um ritual qualquer.

Era bom ver que ele se sentia à vontade na minha cozinha. Eu me lembrei de Juliet tocando nos vestidos e do cheiro da calda de cereja. Ele estava certo, claro. Mas eu já sabia disso. Tinha medo do que achava que a mãe de Juliet havia feito naquela noite. Mas, antes que pudesse fazer mais perguntas, ele empratou um lindo salmão rosa e o pôs na minha frente, junto com a salada de rúcula igualmente colorida.

— Você precisa comer.

Luke lavou a frigideira e colocou algumas tigelas na máquina de lavar louça com a eficiência casual de um chef. Olhei nos olhos dele.

— Você podia facilitar as coisas e me contar tudo.

— Eu sei que *podia* — respondeu ele, rindo. — Mas não é assim que funciona. Continue sonhando, Helen.

Eu me virei quando ele passou por mim a caminho do corredor.

— Você não me parece gostar de seguir regras, Luke Varner.

Ele voltou para a cozinha, ajeitando a alça da pasta de couro macio pendurada em seu ombro.

— Bom, digamos que já tive muitos problemas por sua causa. Agora tento seguir as regras. Além disso, é melhor você ver suas vidas sozinha, não é?

Ele soava exatamente como o Lucian Varnier do sonho, oferecendo muito pouca informação. Eu teria que encontrar minhas próprias respostas.

— Bom, que ópera vamos ver?

Ele se inclinou sobre o balcão, como se fosse me contar um segredo.

— *Isso* é uma surpresa. — Pegando as chaves do balcão, ele passou a mão na minha cabeça como se eu tivesse seis anos. — Tenho que ir. Tenho um quadro para vender.

Antes de entrar no corredor, ele se virou.

— A ópera... Veja como uma noite de estreia.

— Está querendo dizer que preciso de um vestido?

— Estou.

Ouvi a porta da frente se fechar depois que ele saiu.

Peguei minha bolsa e tirei dela o livro com as pinturas de Auguste Marchant que havia comprado no dia anterior, a caminho de casa. Era triste, e eu me senti um pouco mal por Marchant: seus livros tinham sido relegados ao estande de ofertas da Barnes & Noble de Georgetown. A loja parecia ter muitos daqueles livros de gravuras ignorados, como calendários de gatos de anos anteriores. Folheei o livro e senti uma pontada de familiaridade com os quadros das crianças no campo. Não reconheci tanto os rostos, mas os lugares.

Uma gravura mostrava um poço de pedra e uma menininha sentada em frente a ele. Quase no final, vi um quadro que me fez soltar o livro como se tivesse sido queimada por uma panela quente. A garota nua — eu — olhava para mim em êxtase, os cachos ruivos espalhados ao redor da cabeça, que ficava na parte inferior da pintura. A imagem era *íntima*. A garota olhava para o espectador — ou para o pintor? O quadro me pareceu familiar. Não o quadro em si, mas a cena, o ambiente em que havia sido pintado. Ao fechar os olhos, pude *sentir* as dobras do tecido que cercava o corpo nu e frio da garota. Conhecia o cheiro do cômodo e a brisa que passaria por cima da cabeça dela e seguiria pela janela à direita, jogaria seus cabelos para a frente e a deixaria arrepiada, mas, ainda assim, ela não se atreveria a se cobrir. Aquela era a cena do sonho que eu havia acabado de ter. Li a descrição. O quadro se chamava *Juliet* — o mesmo que Luke mencionara e que estava em uma coleção particular.

Pensando na ópera e tentando esquecer tudo aquilo, vasculhei meu armário, mas não achei nada digno de uma ópera surpresa. Liguei para Mickey e o convidei para ir fazer compras comigo. Paramos na Rizik's, na avenida Connecticut — com certa pressa, já que a loja fechava às seis no sábado. Depois de analisar várias opções, encontrei um lindo vestido de seda azul-escura, criado por Reem Acra, com uma camada de tule sobreposta e estampa dourada. Parecia um vestido de outra época, inspirado na decoração do Palácio de Versalhes. Talvez estivesse me lembrando de Juliet, porque o vestido me lembrava dos que ela havia encontrado em seu armário no boulevard Saint-Germain.

Enquanto me trocava, Mickey consultou o site do Kennedy Center e descobriu que uma produção de *Werther* de Jules Massenet havia acabado de ser apresentada, mas não havia sinais de que outra ópera estrearia na terça-feira.

— Isso é tão romântico… — disse ele, passando os dedos pelos meus cabelos. — Você, que sempre sabe de tudo que acontece em Washington, vai ter uma *surpresa*.

— Anda logo.

Apontei para a avenida Connecticut. Sempre cavalheiro, Mickey carregava meu vestido em uma sacola pesada. Parei no meio do quarteirão.

— Eu pareço ter uma alma velha?

— Não, só parece ser velha.

Ele sorriu.

Lancei um olhar irritado para ele.

— Você acredita em vidas passadas?

— Ah, droga… Vai começar com essas coisas por causa do Roger? Só não se transforme em uma dessas pessoas que participam de cultos… Ou pior… que entram na igreja batista. Não faça isso, pelo amor de Deus. Você nunca mais vai ter uma transa boa. — Ele parou. — Sabe, tem um médium que todo mundo recomenda em Georgetown. A gente devia ir falar com ela. Eu tinha uma tia na Geórgia que consultava médiuns o tempo todo. Ela disse que minha mãe ia morrer.

— Mas sua mãe está *viva*, Mickey.

— Mas minha tia morreu. — Ele levantou uma sobrancelha. — Então o médium chegou perto.

— Tenho que discordar dessa teoria, Mick. São duas pessoas diferentes.

— Elas eram *gêmeas*, Helen! Gêmeas. Confie em mim, foi por pouco.

O bom de Mickey é que, quando ele decide alguma coisa, sempre acabamos participando de uma aventura. Estávamos em um táxi, indo para Georgetown, para uma reunião com Madame Rincky às 18h30.

Às 18h25, paramos em frente à loja True Religion, na rua M.

— Mickey? Isto é uma loja de jeans.

Apontei para a vitrine.

— Ela fica no andar de cima, sua doida. Além disso, podemos comprar umas calças jeans da Becky para você quando terminarmos. Elas fazem a sua bunda parecer menor. Não que seja grande! Na verdade, eu estava dizendo outro dia que o divórcio fez bem para você.

— Não sei se concordo. E com quem você fala sobre mim?

Ele deu de ombros, abriu a porta da suíte 202 e, com um gesto, indicou que eu entrasse na frente dele. Enquanto subia os degraus de madeira, ouvindo o eco dos meus sapatos, percebi que Mickey estava olhando minha bunda, e não de um jeito bom.

Madame Rincky, uma jamaicana gorda, nos recebeu com toda simpatia e nos ofereceu uma xícara de chá. Sua sala de espera estava coberta de *National Enquirers*, além de conter as páginas amarelas de Washington, edição de 1992, e uma vitrine com vários cristais por 13,25 dólares. Passando por uma cortina de contas, ela nos levou para outra sala, voltada para a rua M. Eu sabia disso porque podíamos ouvir os carros buzinando no tráfego do fim de semana.

Mickey foi o primeiro. Madame Rincky fez uma leitura de tarô misturada com um pouco de quiromancia.

— Vejo uma criança no seu futuro — disse a ele. — O homem grande de olhos escuros. Você o ama, não é? Mas vocês vão ter problemas.

Mickey queria ter filhos, ela havia acertado. Não acho que fosse difícil deduzir que Mickey era gay, mas o homem grande de olhos escuros era uma descrição bastante precisa de seu atual namorado, o sósia de uma celebridade. Até ali, a mulher era melhor do que eu esperava.

Quando chegou a minha vez, ela fez sinal para que eu me sentasse. A cadeira guardava o calor de Mickey, que havia passado para um banco e checava furiosamente o iPhone. Vi a médium dispor as cartas em forma de cruz e virá-las uma a uma.

— Me deixe ver suas mãos.

Eu as mostrei, apoiando os cotovelos na mesa e olhando em volta de mim, entediada.

Ela olhou para as cartas, para minhas mãos e depois para mim.

— O que você é?

— Sou editora.

Pigarreei, nervosa.

Ela balançou a cabeça.

— Quero dizer, *o que* você é? Isto não é normal. Você já olhou para sua mão?

Virei uma delas e levei um susto. As várias linhas que cobriam minha mão esquerda não estavam ali uma semana antes.

— Não estou entendendo. Minha mão não era assim.

— Olhe aqui. — Madame Rincky tocou todas as linhas. — Você tem quatro linhas de vida, mas apenas uma linha de amor.

— Você estava se perguntando sobre vidas passadas — disse Mickey, como um assistente útil, apontando para a palma de minha mão. — Viu?

Mas eu não parecia chocada, e Madame Rincky percebeu isso. Ela ergueu a sobrancelha.

— Mas você já sabia disso, não é? Você já teve outras vidas.

Eu assenti.

— Três vidas.

Ela balançou a cabeça, séria.

— Isto é o trabalho do diabo. — Cruzando as mãos à sua frente em oração, murmurou algo enquanto suas pulseiras douradas batiam umas nas outras. Ela apontou para a palma de minha mão. — Isso é coisa ruim. Preciso que você saia daqui. Não quero fazer parte disso.

— Quer que eu saia? — perguntei.

— Eu não quero você aqui. — Ela se levantou da mesa e apontou para a porta. — Vá embora.

— Me deixe ver.

Mickey pegou minha mão e verificou as linhas.

— Madame Rincky? — perguntei. Gotas de suor brotaram em seu lábio superior. — Não sei por que isso está acontecendo comigo. Por favor... Você tem que me ajudar. Não sei o que sou.

— É simples. Um diabo amaldiçoou você.

Madame Rincky apontou para uma linha da minha mão.

Mas ela não estava me dizendo nada que eu já não suspeitasse. A história toda vinha da noite na cozinha de Juliet. Sua mãe havia invocado um demônio. As coisas começavam se encaixar. Olhei para minha mão. Duas linhas eram mais longas do que as outras, a segunda e a quarta. Por mais que quisesse negar, aquilo era real.

— Você pode me ajudar?
Ela balançou a cabeça.
— Não.
— Mas eu preciso de ajuda.
Ela olhou para o chão.
— Por favor — insisti.
— Talvez eu conheça uma pessoa.

Fiquei alguns dias esperando que Madame Rincky ligasse para me ajudar. Não sonhei em nenhum daqueles dias, o que pareceu perda de tempo — um tempo que eu não tinha. Luke ligou para ver como eu estava — ou seja, ele queria saber se eu estava sonhando e pareceu muito decepcionado ao saber que eu estava dormindo profundamente.

Na terça-feira, o carro me deixou em frente ao Kennedy Center — o impressionante edifício às margens do rio Potomac que abrigava cinco salas de teatro. Roger e eu éramos frequentadores assíduos da ópera, por isso eu conhecia vários dos lanterninhas idosos de jaqueta vermelha. Entrei pelo Hall of States e caminhei pelo tapete vermelho, admirando os desenhos simples em mármore e os pé-direitos altos gravados com nomes de moradores importantes de Washington. Parei e li ROGER E HELEN LAMBERT antes de seguir até o final do corredor, onde a estátua de bronze impressionista de John F. Kennedy havia sido instalada, às margens do rio.

Não conseguia tirar as palavras de Madame Rincky da cabeça. *Um diabo amaldiçoou você.*

Como se tivéssemos combinado, ouvi o tom familiar da voz de Luke:
— Você está deslumbrante.

Eu me virei e o vi andando em minha direção. Perguntei-me se era, na verdade, o diabo de smoking. Ao olhar para o meu vestido, entendi o que ele havia dito. O Reem Acra parecia ter sido feito para mim. Eu havia prendido o cabelo em um coque baixo e solto, deixando a parte da frente desarrumada, em um penteado parecido com o de Juliet LaCompte. Fiz uma falsa reverência.

— Obrigada. Faço tudo por uma ópera *pop-up*, ou talvez uma "popera".
Ele sorriu, mas não revelou nada.
— Vamos?

Luke pegou minha mão, mais como um pai do que como um namorado, e virou à direita em direção ao Eisenhower Theater, meu teatro favorito, que abrigava a maioria das óperas menores. Dispostos em vitrines na frente da sala havia dois vestidos deslumbrantes de óperas famosas. Achei estranho não ver nenhum outro espectador.

— O que você está aprontando?

Luke abriu a porta do teatro mal-iluminado.

— Nós temos ingressos? Com números de poltronas reais?

Ele riu e subiu a escada.

— Temos ingressos. Não se preocupe.

Eu o segui pelas escadas e pelo corredor, onde um lanterninha nos esperava para abrir o camarote presidencial. As paredes e o teto do Eisenhower eram cobertos de um tecido vermelho que parecia ser veludo e o conjunto de candelabros acima dele me lembrava dos broches da minha avó.

Quando nos sentamos, Luke acenou com a cabeça para o funcionário e eu notei um movimento na área da orquestra abaixo de nós. Quando o compasso começou a ser contado e as cortinas se abriram, dançarinos passearam pelo palco e uma musa apareceu. Senti uma onda quente de saudade, embora não conseguisse entender por quê. Eu nunca havia visto aquela ópera. Mas, ao mesmo tempo, já tinha. O cenário era diferente e a produção era mais vanguardista, mas fechei os olhos e o prelúdio da música que me inundou me fez lembrar a admiração que já havia sentido. Mas onde? Pensei em Madame Rincky e em minhas linhas de vida. Também entendia o francês que eles estavam falando, o que era impossível — naquela vida. Fechei os olhos.

— *Offenbach*.

Eu não conhecia Offenbach. Ou melhor, *Helen Lambert* não conhecia Offenbach nem falava francês. Mas parte de mim conhecia aquela música. Eu sabia dessa vez.

— *Os contos de Hoffmann* — sussurrou Luke. — Era o favorito de Juliet. Esta companhia acabou de terminar uma turnê em Toronto, então eu a contratei para esta noite.

Suas palavras soaram abafadas e ele parecia falar em câmera lenta. Então o teatro todo ficou embaçado.

13

JULIET LACOMPTE
Paris, França, 1896

A voz da soprano sumiu antes que a cantora pendesse para a frente dramaticamente. Outro personagem acionou a manivela nas costas da soprano, trazendo-a de volta à vida e fazendo sua voz se erguer como a de um pássaro. A música, o espetáculo e o teatro eram todos tão ornamentados que Juliet não conseguia ver nem ouvir mais nada. Estava sentada, os olhos arregalados, sem perceber que Lucian Varnier a analisava.

Mais uma vez, a voz da cantora foi se tornando mais lenta e a mulher, vestida de boneca, pendeu para a frente, sua saia balançando dramaticamente enquanto o grupo se reunia ao redor dela para disfarçar o fato de ela não ser uma mulher, e sim uma boneca — um autômato —, que enganava o protagonista apaixonado, Hoffmann.

Dos holofotes dramáticos até os cenários luxuosamente pintados, toda a performance era um banquete para os olhos de Juliet. As harmonias e as melodias inesquecíveis davam voz a algo que Juliet não conseguia entender até se tornar espectadora naquela cadeira de veludo vermelho. Aquele era o som da perda — de sua perda — sendo dramatizado de alguma forma diante dela. O amor de Hoffmann escapava a ele em mundos mágicos e profanos. A apresentação tinha sido como uma facada no coração de

Juliet. Toda emoção que ela estava sentindo tinha sido representada na música de alguma maneira. Era como se o rio de notas que fluía da voz da soprano tivesse estado escondido em algum lugar dentro dela.

Naquela noite, Juliet usava um vestido com um corpete azul-marinho e dourado com uma saia de chiffon azul-mar e dourado. Sobre o conjunto, ela vestira um casaco azul-marinho de veludo e renda. Desde que chegara a Paris, ficara orgulhosa por aprender depressa tudo que devia saber, de literatura e música à moda.

Como sempre, ela examinou as poltronas em busca do perfil de Marchant. A produção de *Contos de Hoffmann* não estava sendo apresentada na grande Ópera de Paris, mas em um teatro menor, onde a apresentação improvisada havia sido montada a custos baixos. Marchant provavelmente não estava lá, seu gosto era mais refinado e caro. Os amigos de Varnier costumavam ser mais vanguardistas, mas ele prometera a ela que um dia a levaria à Ópera de Paris — a verdadeira ópera.

Depois da apresentação, Varnier levou Juliet de carruagem pelas ruas da Paris de Haussmann — as mais novas e largas, que haviam tomado o lugar dos bairros menores e mais pobres. Os dois desceram no Jardim de Luxemburgo e saíram andando de braços dados. Desde que havia chegado, Juliet vira o lado mais feio de Paris apenas de relance: crianças sujas, homens com casacos surrados e prostitutas com casacos finos ou em blusas de manga curta, suas bocas chamativas demais e seus rostos mais parecidos com os de bonecas. Ela sempre procurava nas ruas mal-iluminadas o sorriso familiar de Marchant, mas nunca o via. Ao longe, notou o pequeno carrossel que Marchant descrevera para ela. Era uma das coisas favoritas dele na cidade.

— Você gostou da apresentação?

Varnier acendeu um cigarro.

Juliet assentiu, esforçando-se para ver o carrossel antes que ele voltasse a ficar escondido. Por mais bela que fosse a apresentação, por mais linda que fosse a rua, tudo sempre voltava a Marchant. Ela o amava, mas a que custo? Sua mãe? A esposa e o filho dele? Ele havia avisado que tudo mudaria e estava certo. Mas será que sabia como eles pagariam caro por aquela decisão? Ela havia engravidado de um filho dele. Muitas vezes, ela se perguntava o que teria feito se a mãe não tivesse tirado a criança com aquela maldição — e tinha certeza de que havia sido uma maldição.

— Você parece distante esta noite — disse Varnier.

— Na verdade, não — mentiu Juliet.

— Conhece a história daquela ópera?

— Não — respondeu Juliet, voltando toda sua atenção para Varnier.

— *Os contos de Hoffmann* é uma ópera amaldiçoada. — Quando as luzes do Panthéon o iluminaram, ele tocou no chapéu de seda e deu uma tragada profunda no cigarro. — Offenbach morreu antes de terminá-la. Então, houve um incêndio durante uma apresentação na Opéra-Comique, oito anos atrás. Eles acabaram de voltar a encená-la. E não foi o primeiro incêndio a prejudicar a ópera. Houve uma explosão por causa do gás dos holofotes depois da segunda apresentação no Ringtheater. Como pode ver, é uma ópera especial.

Paris estava agitada naquela noite. Risadas e o som rítmico dos cascos dos cavalos nas calçadas dos jardins se misturavam ao bater da bengala de Varnier enquanto os dois caminhavam.

— Você acredita que uma ópera pode ser amaldiçoada?

— Acredito, Juliet. Eu realmente acredito em maldições. Acho que estão por toda parte.

Varnier abriu um sorriso amargo, voltando a atenção para seu cigarro em meio à noite fria de Paris.

Nas semanas seguintes à ópera, Juliet estabeleceu uma rotina em sua nova vida. Enquanto tomava um café da manhã leve com doces e chá, ela lia *Le Temps, Le Figaro* e *Le Petit Journal*, procurando qualquer notícia sobre Marchant. Durante o dia, tinha um professor de italiano e inglês, que passava para ela pilhas de livros para ler, além de aulas de piano toda semana. Varnier estava planejando levá-la à Itália naquele verão, para que ela pudesse conhecer as obras de arte e as fantásticas óperas de Florença.

Marchant havia estudado em Florença, lembrou Juliet. Ela se apegava a todas as possíveis ligações, ainda que distantes, com o artista. Toda noite, Monsieur Varnier a encontrava para jantar e comiam *boeuf*, ostras, coelho, truta e saladas de trufas brancas. Varnier a ensinou a gostar de vinho e champanhe e a apresentou ao conhaque de cereja, que se tornou seu favorito. Ela saboreava todas aquelas aulas, torcendo para que elas a tornassem mais desejável para Marchant quando finalmente voltasse a encontrá-lo.

Mas era no piano que ela se destacava.

Apesar de ter tido dificuldade com as teclas no início, Juliet percebeu que, depois de um ano, já estava lendo música fluentemente. As peças que tocava estavam se tornando mais difíceis e o movimento delicado de seus dedos, cada vez mais complexo. No segundo ano, ela deixou para trás as peças mais fáceis de Chopin e chegou aos *études*. Então as notas finalmente se acomodaram em seu cérebro e ela passou a visualizar a música, a vê-la antes mesmo de ouvi-la. A tecnicidade do instrumento atraía Juliet. Era difícil tocar piano. Diferentemente da poesia ou da arte, que podiam ser interpretadas de maneira subjetiva, as notas soavam certas ou não. Desenvolver suas habilidades era um desafio que a motivava todos os dias. Não sabia se tinha sido talento ou pura determinação que fizera seu instrutor se maravilhar com seu progresso, mas, no segundo ano de estudos, o homem a considerava capaz de começar a compor obras curtas próprias.

Certa noite, Juliet praticava uma música já com a cabeça baixa, próxima das teclas e cãibras nos dedos. Estava tão absorta que não notou o suave cheiro de flores doces e frescas flutuando pelo cômodo. Ao final da peça, virou a cabeça, incomodada, tentando ver de onde vinha aquele aroma. Encontrou Varnier encostado na parede, olhando para ela.

— Lindo.

Ele bateu palmas rapidamente.

— Obrigada — disse ela, inclinando a cabeça em uma reverência.

O ar foi tomado por alguma coisa. Ela já havia começado a entender a musicalidade das conversas entre eles e sabia que aquela era uma pausa mais longa do que as de costume — uma *fermata*. E, por algum motivo, sua garganta pareceu seca.

Juliet não sabia aonde Varnier ia durante o dia ou à noite, depois do jantar. Muitas vezes, não dormia antes de ouvir seus passos na escada nas primeiras horas da manhã, passando pela porta dela a caminho dos seus aposentos. Ele tinha uma presença tão forte que, ao entrar em qualquer cômodo, imediatamente começava a perguntar sobre os livros que ela estava lendo ou a fazia tocar uma nova música para ele, sem se preocupar com amenidades. E quando, por fim, ia embora, ela percebia que estava exausta — e radiante.

Ao longo dos meses, Juliet continuava mandando cartas para sua família. Em muitas delas, perguntava ao pai se Marchant havia entrado em contato para saber dela. Chegara a mencionar várias vezes para Varnier a possibilidade de ver sua família, mas ele sorria e dizia que isso "não era mais possível". E, embora no início as notícias de casa chegassem devagar, seu pai nunca escrevia sobre Marchant nem sobre voltar a vê-la. Ela sabia que ele ia a Paris duas vezes por ano para vender nas feiras, mas ele nunca sugeria que se vissem, e Juliet achava que era seu pai que deveria tomar a iniciativa. Ele devia querer saber o que havia acontecido com sua filha mais velha. Nas cartas, Juliet sempre mentia, dizendo que estava trabalhando como empregada. Sentia-se muito culpada por ficar horas ao piano e dormir em roupas de cama macias, enquanto o pai, o irmão e a irmã trabalhavam nos campos.

No verão de 1896, menos de um ano depois de Juliet chegar a Paris, seu pai escreveu anunciando que ia se casar outra vez. Ela sentiu que a vida que tivera em Challans estava morrendo. Odiava a ideia de ver seu pai lutando para manter a fazenda, então comentou com Varnier que esperava que a vida de sua família não fosse tão difícil agora que ela não estava mais lá para ajudá-los.

Na manhã seguinte, Juliet encontrou outra sacola cheia de francos na mesa do café. Era tão parecida com a que havia sido entregue pouco antes de deixar Challans que ela não teve dúvidas de que fora Varnier que enviara a primeira. Mas por quê? Ela ainda não sabia nada sobre a ligação de Varnier com sua mãe, e ele se recusava a falar sobre o assunto. Ela contou o dinheiro e descobriu que a bolsa continha mais moedas do que o pai de Juliet ganharia em um ano.

— É um presente de casamento para ele — disse Varnier, sorrindo.

Mas ela não havia contado a ele sobre o casamento do pai. Ficou se perguntando se suas cartas estavam sendo interceptadas por Marie e lidas antes de serem enviadas.

— Diga a ele que você recebeu um aumento. Que você é governanta agora.

— Ele vai saber que é mentira.

— Ah, Juliet. — Varnier balançou a cabeça. — Não é verdade. Ele vai querer acreditar nessa notícia e, por isso, vai acreditar. Nossas mentiras têm muita força e, por isso, nos apegamos a elas.

Apesar de viver adornada com os melhores vestidos, estar sempre ocupada com aulas e poder passear pelas ruas de Paris com Paul ou Varnier,

Juliet não conseguia se livrar da sensação de que ela era uma prisioneira na casa do boulevard Saint-Germain. Será que sua liberdade era uma das mentiras de que Varnier falara? Ela guardava uma esperança, um desejo: de que Marchant a encontrasse e a levasse embora com ele.

Acostumada a correr livre pelo campo, Juliet não havia se habituado a andar na rua com uma sombrinha — e sempre com um acompanhante, fosse ele Varnier ou Paul. Durante os passeios, ela tentava se lembrar das ruas que Marchant havia pintado para ela. Paris tinha muitos ângulos e Juliet acreditava ter encontrado o cenário do quadro dele. Ela o procurava entre os pintores barbudos que se reuniam ao longo do Sena, sempre de camisa branca. Às vezes, via uma mulher de vestido amarelo e voltava a pensar na mulher estranha da estação de trem de Challans, que a observara com tanta avidez. Ela nunca mais havia visto a mulher, embora ela claramente quisesse ir a Paris, se o pai de Juliet não a tivesse detido. Talvez ela só fosse uma pobre coitada louca.

Uma das paradas obrigatórias em suas caminhadas era a Librairie de l'Art, a livraria independente de Edmond Bailley, na Rue de la Chaussée-d'Antin. Varnier sempre parava para conversar com alguns homens na pequena loja, normalmente um artista — um anão de óculos e chapéu-coco — e seu amigo, um compositor de cintura larga e barba longa.

Enquanto eles conversavam, Juliet viu uma pequena seção de partituras para piano. Ela abriu uma de Claude Debussy e outra de Erik Satie. A peça de Debussy parecia desafiadora, mas a de Satie a fascinou. A obra, chamada *Trois Gnossiennes*, era complexa, composta sem marcação de ritmo, com emparelhamentos de notas e tempos estranhos. Ela resolveu comprar a partitura e, ao procurar a edição original da *Le Figaro Music*, de setembro de 1893, notou uma pequena pilha de jornais. Um deles, o *Supplément Illustré*, estava largado no balcão, quase esquecido. Era de pelo menos um mês antes, mas apresentava um artigo sobre a vida luxuosa do pintor Auguste Marchant e continha ilustrações. Juliet examinou o artigo rapidamente, o coração disparado. O texto dizia que Marchant morava em um dos endereços mais elegantes de Paris. Juliet comprou a revista depressa e a escondeu no xale que trazia.

Ao voltar a seu quarto, ela devorou o artigo várias vezes, até quase memorizá-lo. Um quadro de Marchant havia ganhado a Medalha de

Honra no Salon de Paris daquele ano e ele começara a decorar diversos salões de famosos hotéis parisienses. Sua arte prosperava, afirmara o jornalista, e ele estava ansioso para o novo Salon no Palais de l'Industrie, onde seus nus voltariam a ser exibidos. O ano que havia passado a fizera esquecer muitos detalhes sobre ele, e ela muitas vezes se perguntara se tudo aquilo tinha sido um sonho. No entanto, ver o retrato dele no jornal fez as lembranças voltarem à tona — o comprimento de seus cabelos, os olhos voltados mais para cima, o modo como suas calças se moldavam no seu quadril, a barriga macia sob a camisa de algodão, seu cheiro. Em um brilhante parágrafo final, a reportagem mencionava que Marchant, viúvo havia mais de um ano e pai de dois filhos, estava muito em voga na sociedade parisiense.

Naquela noite, Juliet voltou a abordar o assunto da ópera com Varnier.

— Eu gostaria de ir à ópera. À ópera de verdade, não a uma dessas apresentações menores.

— Mas essas performances menores são as mais recentes. Elas têm verdadeiros artistas, Juliet, não uma versão burguesa de um artista que pinta a beleza enquanto tudo à sua volta desmorona.

Varnier não estava mais falando sobre ópera. Aquilo era sobre Marchant. Será que Marie tinha mostrado a ele o *Supplément Illustré* que ela deixara no quarto? Com cuidado, Juliet tentou voltar ao assunto.

— Estávamos falando sobre ópera, não estávamos? — Ela continuou comendo o frango. — Você prometeu que poderíamos ir à *Ópera*, não a *uma* ópera.

Varnier pareceu ficar perturbado.

— Quando você fizer 18 anos.

— Mas isto é daqui a quase um ano!

Juliet estava furiosa.

— Você pode reclamar o quanto quiser, não vou mudar de ideia — disse ele. — Você é muito novinha.

— Você sempre diz isso — retrucou Juliet, deixando a faca raspar o prato e fazer barulho em sinal de protesto.

— E sua reação infantil demonstra que minha avaliação está correta. — A voz dele soou baixa como um sussurro. Juliet parou de cortar o frango para poder ouvi-lo. — Só vou dizer isso uma vez. Você achou que era adulta o bastante para fazer muitas coisas quando ainda era uma criança. Não vai cometer o mesmo erro sob os meus cuidados. Está me entendendo?

Juliet ficou irritada.

— Está me *entendendo*?

— *Oui*.

Em junho, Juliet completou 18 anos, mas Varnier a levou para a Itália, não para a Ópera de Paris. Ela passou a maior parte do outono sendo conduzida por um guia pelas igrejas de Roma, Florença e Milão. No final das aulas, Juliet sabia distinguir um Ticiano de um Rafael, mas seu desejo por Marchant só aumentava quando conhecia os artistas que o haviam inspirado em telas e tetos de igrejas. Ela via Marchant em todos os traços, tons de azul, dobras de tecido, misturas de tinta para pintar um seio nu ou uma coxa. Se Varnier achava que preencher o dia dela com aulas fosse fazê-la se esquecer de Marchant, estava muito enganado.

Como se pudesse sentir o desejo dela e quisesse extingui-lo, ele encontrou outro professor de piano e os dois se instalaram em Roma para passar o feriado de Natal. O professor perguntou se Juliet tocava piano desde criança. Quando ela lhe disse que estudava havia apenas dois anos, o homem ficou pasmo.

— Isto deve ser obra do diabo — exclamou. — Você é muito boa, como Paganini.

— Paganini?

O homenzinho se inclinou para perto do banco do piano. Juliet sentiu o cheiro de algo podre em seu hálito.

— Niccolò Paganini, o virtuoso. Dizem que ele matou uma mulher e aprisionou sua alma em seu violino. Foi um presente para o diabo em troca de seu talento. Os gritos dela podiam ser ouvidos na beleza das notas.

— Que horror...

Ele deu de ombros.

— Você não diria isso se tivesse ouvido Paganini tocar — respondeu.

O homenzinho implorou a Varnier para que mandasse Juliet estudar em Viena, com o maior professor de piano da Europa. Juliet poderia viajar para Londres e Nova York para se apresentar.

— Ela pode ser famosa — disse o homem.

Mas, quando o homem o pressionou, Varnier fez as malas e os dois deixaram Roma.

Eles voltaram para Paris em fevereiro, e Juliet sentiu que tinha mudado. A garota simples do interior havia desaparecido. Agora ela conhecia tecidos, comida e vinho. Sabia ler livros em italiano — devagar, mas sabia. Podia fechar os olhos e sentir o cheiro das oliveiras, do alho cozido, do manjericão fresco. Quando se olhava no espelho, percebia que a garota que Marchant havia pintado estava sumindo, sendo substituída por uma mulher que sabia enrolar os cabelos em cachos perfeitos e coques altos presos com tiaras e pentes cobertos de joias. Mechas de cabelo emolduravam um rosto que havia perdido os traços arredondados da infância. Quando andava pela rua de braços dados com Varnier, vestindo a jaqueta de veludo preto e chapéu de seda inclinado para o lado, com os cabelos presos em um coque frouxo, na base do pescoço, sabia que as pessoas se viravam para olhar para ela. E não deixava de perceber que Varnier também gostava da atenção que as pessoas lhe prestavam.

Era uma tradição parisiense: todos os anos, seis semanas antes da quarta-feira de cinzas, a Ópera de Paris organizava um baile de máscaras. Varnier reservou um camarote para a apresentação de *Sansão e Dalila*, de Saint-Saëns.

Para a ópera, Juliet escolheu um sofisticado vestido de chiffon rosa-claro com mangas de contas, cauda e um corpete de contas creme que comprara em Milão. Os tons de rosa e creme do vestido eram sutis, mais textura que cor. O conjunto era exótico e mais adulto do que as roupas que ela via nas vitrines das lojas de Paris. Ela o combinou com uma máscara preta e uma pena rosa e creme que se entrelaçava a seus cabelos. Quando desceu a escada, Varnier, já de colete, lia uma carta que havia chegado naquele dia. Ela ficou parada na escada até que ele olhasse para cima e se sentiu encantada ao ver que ele pareceu vacilar ao vislumbrá-la. Ele pareceu piscar antes de falar:

— É *isso* que você vai usar?

— *Oui.* — Tinha tanta certeza de que o afetara que sorriu, achando aquilo engraçado. — Você não gostou?

Aquilo havia se tornado um problema para eles. Varnier parecia ficar mais desconfortável à medida que ela começava a ganhar corpo. O decote do vestido era revelador para uma jovem, mas não para uma mulher. E, aos 18 anos, Juliet desabrochava. Ela já o havia pegado olhando para ela enquanto estava ao piano com o professor. Ele até começara a evitar ficar perto dela na sala de jantar, muitas vezes chegando a puxar a cadeira para longe.

— É muito bonito. — A voz de Varnier falhou, e ele apertou a gravata branca e pôs o chapéu na cabeça. — Vamos?

Ela segurou a mão dele e os dois desceram a escada e saíram para pegar uma carruagem no boulevard Saint-Germain.

Quando entraram no Palais Garnier, ela imediatamente o viu no grande saguão magnífico. Apesar da beleza da sala, com seus tetos esculpidos e lustres, Juliet analisou os rostos da multidão por alguns segundos, como se seus olhos a puxassem para os degraus de mármore da grande escadaria. Era ali que ele estava, de costas para ela. Mesmo depois de dois anos, Juliet soube, da curva de sua coluna até a cor dos cabelos e o sorriso, que era Auguste Marchant. Como por instinto, Varnier segurou o braço dela com força, insistindo para que guardassem seus casacos na chapelaria. Varnier não chegou a olhar na direção de Marchant, mas parecia ter sentido a presença do outro homem.

Depois de deixarem os casacos, ela e Varnier subiram a escada. Ela podia sentir que ele estava tentando levá-la embora, segurando sua mão enluvada e a puxando com ele. Foi a pausa na conversa que Juliet ouviu primeiro. Marchant parou de falar no meio da frase quando ela passou por ele. A mão de Varnier continuou a puxá-la pela escada com um fervor que ela nunca vira, como se ele fosse seu parceiro de dança. Ela virou o rosto mascarado para a direita e viu que Marchant havia mesmo ficado em silêncio enquanto olhava em sua direção. Os homens com quem ele conversava tossiram e pigarrearam, e ela ouviu um deles comentar:

— O que estava dizendo mesmo?

Mas Marchant não respondeu, por isso Juliet se virou outra vez e olhou em seus olhos através da máscara. Pela palidez de seu rosto, ele sabia que era ela. No entanto, quando chegaram ao topo da escada, Varnier a levou até o camarote e a trancou como se fosse um tesouro.

Marchant entrou no próprio camarote, duas portas depois do de Varnier. Os olhos dele encontraram os dela e ele rapidamente se sentou ao lado de uma jovem. Juliet sentiu o coração apertar ao ver a mulher — uma loura em um comportado vestido preto — conversando com ele. A mulher pousou a mão no braço de Marchant, e Juliet percebeu que os dois se conheciam bem. Claro, pensou ela. Ele não teria por que esperar muito tempo para encontrar outra companheira. Sua esposa havia morrido quase dois anos antes. Ela havia sido mantida longe dele por tempo demais. Juliet examinou o perfil de Varnier, a mandíbula firme e o nariz masculino, e o desprezou. Mal assistiu à ópera, posicionando-se para ver Marchant melhor.

No intervalo, Varnier foi forçado a pedir licença e deixar Juliet sozinha no salão. Ela andou em torno dos sofás de veludo verde e observou cortesãs mascaradas jogarem charme para seus clientes. Juliet sabia que era ali que elas faziam negócio. Ficou abismada com o estilo delas e com o poder que tinham sobre os homens. Não era apenas seu corpo, observou Juliet. Elas sabiam conversar muito bem. Os homens riam e ela pôde ouvir trechos de discussões sobre arte e música.

Levada pela confiança delas, Juliet viu Marchant no grande saguão, parado no mesmo ponto da escada em que ela o vira antes. Não havia sinal de sua acompanhante loura, por isso ela desceu a escada, passando por ele de cabeça erguida. Marchant logo pediu licença ao grupo de homens com quem conversava. Tomando-a pelo braço, ele a guiou pela escada com cuidado. Quando terminaram de descer, ele a virou em sua direção.

— É você, não é?

— *Oui.*

Juliet podia ouvir o som suave dos saltos de seus sapatos nos degraus de mármore. Olhava para a frente, aproveitando que seu rosto estava obscurecido pela máscara de veludo preto. Aquilo lhe dava uma sensação de controle, um toque de mistério.

Marchant a levou a um canto do salão que ficava sob os lustres. Segurando os ombros dela, ele a encarou. Juliet se lembrou dos olhos do artista e da maneira como ele examinava as mudanças em seu rosto a cada ano. Ele tirou a máscara dela com cuidado, e o toque dos dedos do homem no rosto dela a levou de volta para Challans, para o ateliê e cama dele.

— Como você está diferente agora.

Juliet fechou os olhos e, quando os abriu, viu que o rosto dele estava aflito e perplexo.

— Mas como?

— Eu saí de Challans. Agora moro aqui, com meu tio, no boulevard Saint-Germain.

Ela tocou o braço dele.

— Você mora no Quartier Latin?

Ele pareceu surpreso.

— É. Moro lá há mais de dois anos. Desde aquele verão. — Ela acompanhou os olhos dele, que pareciam sem foco, tentando trazê-los de volta para seu olhar. — Paris é tão diferente da cidade que você pintou para mim. — Ela inclinou a cabeça, uma pose que havia praticado no espelho e que sabia que a deixava bonita. Como ele podia não saber? — Você nunca me procurou?

Ele fechou os olhos, engoliu em seco e balançou a cabeça.

Ela já havia visto aquele olhar. Era o mesmo do dia na casa dele em Challans, com sua mãe. Era um olhar de culpa. Ela estendeu a mão para tocá-lo novamente com as mãos enluvadas, mas ele se afastou.

— Não.

— Eu não entendo.

Juliet sentiu o coração bater forte contra a estrutura do espartilho. Por um instante, ele pareceu ter medo dela. Ela havia ensaiado muito aquela conversa na cabeça, mas nada estava saindo como havia imaginado.

— Não foi culpa sua. — Ele abriu um sorriso triste. — Você foi minha musa, minha inspiração. Tinha tanto poder sobre mim que eu acreditava, *acreditava de verdade,* que amava você. Sofri muito pelo que aconteceu entre nós. — Sua voz soava como um sussurro. — Era inocente, mas minha esposa e meu filho morreram como castigo pelo meu pecado. Deus os levou. Quase queimei meu ateliê todo de desespero.

— Eu sinto muito — disse Juliet.

Ela achou curioso que ele nunca tivesse parado para considerar que ela também havia sofrido. Era realmente possível que ele nunca a tivesse procurado, enquanto ela vasculhara todas as ruas e jornais atrás dele?

Mais uma vez, ele balançou a cabeça. Juliet achou que seu cabelo parecia mais grisalho e mais fino, o rosto mais enrugado e caído do que antes. Ele parecia um homem que não havia se recuperado totalmente de uma doença longa e progressiva.

— Você era só uma criança. Não foi culpa sua. A culpa foi toda minha.

— Mas não sou mais criança. Tenho quase 19 anos. — Juliet hesitou antes de voltar a falar. Era a pergunta que queria fazer havia mais de dois anos. — Você pensou em mim desde que nos separamos?

Marchant pareceu não saber o que responder. Ele olhou para a multidão.

— Tentei *esquecer* você, mas não foi fácil.

Juliet sorriu. Aquela era a resposta com que sempre sonhara. Já podia ver seu futuro. Ele a pintaria no ateliê, depois faria amor com ela. Juliet tinha se tornado uma pessoa mais interessante, digna dele. Conhecia escritores franceses e italianos, podia conversar com ele sobre os Botticelli que vira, a Capela Sistina, os Rafael, os Ticiano, os Caravaggio… Foi tomada por aquela vida de sonho por um instante, até ver os olhos dele encontrarem algo atrás dela e seu comportamento mudar. Juliet se virou e viu a mulher loura se aproximando deles com um sorriso. Ela parecia ter tanta certeza da afeição de Marchant que não via problema em encontrá-lo conversando com outra jovem.

— Achei você — disse a mulher.

Ele baixou a voz e falou rapidamente. Não foi cruel, mas sua voz soou baixa e direta.

— Você foi meu maior erro. Guardei um esboço de você no meu ateliê. Ele me faz me lembrar da loucura do homem, da *minha loucura*. Não digo isso para ser cruel, Juliet. Só estou sendo sincero. Não podemos nos ver nunca mais.

— Você não pode estar falando sério. — Ela olhou para ele em pânico, procurando algum sinal do homem que havia conhecido. — Não pode. Acabamos de nos encontrar de novo. O que aconteceu com você?

Ele se inclinou e disse, em um sussurro que só ela podia ouvir:

— Você foi minha ruína, menina. — Baixou a cabeça e ajeitou as costas. — Espero que me desculpe, mas não quero ver você nunca mais.

Dizendo isso, ele se afastou. Quase a derrubou enquanto passava o braço em torno da loura sorridente. Um segundo depois, eles já estavam longe dela.

Segurando a máscara na mão enluvada, Juliet ficou paralisada no grande saguão enquanto o público da ópera voltava aos camarotes para o segundo ato. Precisando de ar, ela caminhou um pouco pelo saguão. Por fim, olhou para cima e viu Varnier diante do camarote deles. Ele andou até a balaustrada e a viu, com a mão pressionando a barriga. Ela viu os olhos dele analisarem a multidão e pararem em Marchant, que subia as escadas depressa, puxando a mulher loura. Juliet só precisou olhar para Varnier para que ele soubesse o que havia acontecido. Ele se virou e correu até ela, passando por Marchant nas escadas.

Varnier passou o braço por dentro do dela e a manteve de pé enquanto ela tremia.

— Vamos embora?

Juliet assentiu. Varnier a fez se apoiar contra a parede enquanto pegava os casacos. Ela não conseguia falar e desceu cambaleando a escada da frente do Palais Garnier. O frio da noite os atingiu.

Quando estava sentada, segura, em uma carruagem, ela sentiu a mão de Varnier pegar a sua.

— Você não pode ficar com ele. Não é possível.

— Por quê?

Longe dos olhos do público, lágrimas escorreram por seu rosto. As ruas de Paris passavam por ela enquanto os cascos dos cavalos batiam nos paralelepípedos. Ela se sentiu mais tranquila ao ouvir o burburinho de pessoas atravessando ruas, fazendo compras, se abraçando para se aquecer, rindo. Havia *muita* felicidade em Paris. Ela podia ver isso sempre que olhava em volta.

Varnier não respondeu, e ela o pressionou:

— Vai me explicar uma coisa?

— Se eu puder.

Ele olhou para a noite de Paris, mais melancólico do que Juliet já o vira.

— Isso não basta — disse ela, seca. — Preciso de uma resposta sua.

— Tudo bem — assentiu ele.

— Como você sabia sobre ele? Ninguém sabia. Eu nunca contei nada.

O rosto de Juliet parecia quente. Ela imaginou Marchant em seu ateliê em Challans. Era impossível que fosse o mesmo homem que a rejeitara de maneira tão fria na Ópera. O homem gentil que desenhara Paris para ela havia desaparecido.

Varnier ficou em silêncio por vários minutos na carruagem. Ela esperou a resposta sem dizer nada.

— Sua mãe.

— Minha mãe? Você disse que não a conhecia.

— Você perguntou como eu sabia sobre ele, sobre Marchant. Foi através da sua mãe.

— Qual é a ligação entre você e minha mãe?

Varnier não olhou para ela. Sua voz soava monótona e ele simplesmente olhava para as ruas que passavam.

— Ela me mandou uma mensagem sobre você e Marchant.

— Mentiroso. Você era amante dela?

— Não. — Ele balançou a cabeça. — Eu nunca fui amante dela.

— Então o que você era? Porque você não era irmão dela e *não é* meu tio.

— Já disse que estou a serviço da sua mãe.

Ele se encolheu um pouco no assento, ainda se recusando a olhar para ela, sua voz cada vez mais baixa.

Juliet nunca havia olhado para o perfil dele, os traços do nariz, que parecia mais suave de lado. Ele era tão diferente de Marchant. Por que comparar todo homem com Marchant?, pensou.

— Isso é mentira. Minha mãe não podia contratar os serviços de ninguém. E ela morreu, então qualquer elo entre vocês desapareceu.

— Eu preciso proteger você. É tudo que precisa saber. — Ele se virou para ela e segurou seu rosto entre as mãos, puxando-a para tão perto que ela pôde sentir o calor de seu hálito e um leve cheiro de tabaco. — Você tem que me ouvir. A única coisa que aquele homem pode trazer é mágoa. Ele nunca vai amar você.

— Eu sei — disse Juliet, enquanto lágrimas caíam por seu rosto. — Ele deixou isso muito claro.

Varnier ainda segurava seu rosto. Ele a encarou. Ao passarem as luzes de Saint-Germain, ela viu a preocupação no olhar dele.

— Sinto muito por ele ter decepcionado você. Eu daria tudo para não ver você desse jeito. Tentei afastar você dele esse tempo todo para o seu próprio bem.

— Você sabia que ele ia se comportar desse jeito, não sabia?

Varnier assentiu.

— Eu tinha medo de que fosse.

Ele se inclinou e deu um beijo na testa dela, mantendo os lábios próximos da cabeça de Juliet por um instante.

Após o encontro com Marchant, ela começou a ver o mundo dividido em dois. O mundo antes do baile de máscaras e outro depois. Antes do baile, sua vida tinha um objetivo: encontrar Marchant. Como uma idiota, acreditara que ele a amava, que até a havia procurado. Mas a fantasia tinha acabado e seus dias, ficado vazios.

Ela tocava piano, lia os livros dados pelos professores, e tinha apenas um propósito de curto prazo: terminar a sonatina, iniciar outro livro, suportar outra refeição. *Suportar* era uma boa descrição. Juliet se viu simplesmente suportando. Toda manhã, ela acordava com uma sensação de vazio no peito, como se parte dela estivesse faltando. Naqueles poucos instantes, lutava para pensar no que havia sido perdido, de tão primitiva a profundidade de sua dor. Então se lembrava de Marchant, do modo como ele a olhara com algo parecido com desprezo, e mal conseguia se vestir. Sua aparência ficou pior. Ela perdeu peso até suas roupas penderem de seu corpo e seu cabelo ficar opaco. Varnier ficou tão preocupado que sugeriu outra viagem à Itália, mas Juliet implorou para que não a levasse para lá. Todos aqueles quadros... Seria demais. Mesmo os quadros da casa lhe causavam desgosto, por isso Varnier retirou todos da parede.

Embora nunca tivesse ficado incomodada com as saídas de Varnier toda noite, Juliet começara a querer saber aonde ele ia. Da varanda, ela o via descer a rua e pegar um *omnibus* no fim do quarteirão. Logo ela percebeu que ele pegava o mesmo todas as noites, o que levava para Montmartre. Ela já havia ouvido falar de Montmartre e de suas praças movimentadas e boates decadentes.

Um dia, durante o café da manhã, Juliet mencionou isso:

— Ouvi dizer que Montmartre é legal. Eu ainda não estive lá.

Ela olhou para ele, esperando uma resposta.

— Não é lugar para você.

Varnier não tirou os olhos do jornal.

— Eu não sou uma boneca.

— Não, mas você é uma dama. Aquele lugar é imundo.

— E mesmo assim você vai?

Varnier continuou a ignorá-la.

Quando pararam na livraria de Edmond Bailly, durante o passeio costumeiro de sábado, Varnier encontrou seus dois amigos, o compositor e o pintor, conversando. Juliet entendeu pelas conversas que o homem mais baixo era um artista que morava em Montmartre. Montmartre de novo? O lugar que Varnier escondia dela. Enquanto passava os dedos pelas capas de couro dos livros sobre tarô e mesmerismo, ouviu os homens discutindo um escândalo sobre um conhecido ocultista, Philippe Angier, que havia sido desafiado para um duelo. Juliet reconheceu o nome de Angier de vários artigos publicados no *Le Figaro* nas semanas anteriores.

Segundo diziam, ao ser pressionado a fazer uma apresentação particular em um jantar, Philippe Angier previra relutantemente a sorte — ou azar, pelo que ela ficara sabendo — de seus companheiros, todos parisienses famosos. Os destinos eram sombrios. Ele previra que um dos convidados seria preso, outro envenenado, e os dois últimos tirariam as próprias vidas. Embora as previsões tivessem provocado pouco mais do que a antecipação do final do jantar, relatos posteriores, se verdadeiros, indicavam que as previsões haviam *mesmo* se concretizado, com exceção de uma. Por isso, Philippe Angier, que aprendera a fingir ser um mágico de sucesso, tinha sido desafiado para um duelo pelo último convidado do jantar, Gerard Caron, que afirmara que ele não fazia truques, era um satanista — uma acusação muito mais séria. Caron até então havia escapado do destino previsto, o suicídio, mas como o escritor era conhecido por ser um péssimo atirador, o resultado inevitável do duelo poderia provar que mais uma das previsões de Angier estava correta.

Juliet examinou a seção de música, procurando mais composições de Erik Satie, sua obsessão. Não havia novas composições e ela ficou decepcionada. As vozes dos homens se ergueram. Então era isso que acontecia em Montmartre? Eles passavam o tempo fofocando?

O pintor anão estava animado.

— Ouvi dizer que Angier come os próprios filhos.

— *Non, non* — sussurrou o compositor, voltando ao tom normal da conversa enquanto acariciava a barba. — São só boatos. É verdade que ele os matava na frente das mães, mas não os comia. Dizem que ele consegui poder desse jeito.

O compositor deu de ombros, como se fosse uma coisa perfeitamente normal. Juliet pensou em Paganini e na amante morta, presa em seu violino. Tudo aquilo era fofoca.

— *C'est barbare.*

O pintor balançou a cabeça.

— Já chega, já chega — disse Varnier, apesar de estar claramente envolvido na discussão. — Há uma dama presente.

Ele olhou para Juliet. Ela fez uma careta impaciente, indicando que queria ir embora.

— Sinto muito, senhora — disse o compositor. — Está dando uma olhada em uma das minhas composições?

Juliet ergueu uma das últimas obras dele para piano.

— Gostei da última.

— Ela toca melhor do que você — provocou Varnier.

— E também fica mais bonita tocando — acrescentou o artista.

— Talvez devêssemos procurar o grimório perdido de Angier aqui, falando nisso — brincou o compositor.

Varnier acenou quando os dois homens começaram outra discussão acalorada sobre Angier.

— Agora entendi o que estou perdendo em Montmartre.

— Você não está perdendo nada — disse Varnier. — Eles adoram fofocar.

Mas Juliet achou que estava perdendo alguma coisa e, nas semanas seguintes, planejou tudo com cuidado. Tinha perdido tanto peso desde que vira Marchant, que seria fácil achar uma roupa. Ela comprou as peças do disfarce uma a uma, torcendo para Marie não notar os pacotes com um chapéu, uma calça e um colete escondidos embaixo do armário. Uma noite, quando a roupa estava completa, Juliet enfiou o cabelo embaixo do chapéu e esperou Varnier sair. Ela desceu a escada e saiu pela porta assim que ele chegou à esquina. O *omnibus* para Montmartre passou no horário certo. Com o chapéu para baixo e cobrindo o rosto para não ser vista, ela observou Varnier e notou o quanto parecia cansado e triste em público. Sentindo-se culpada, ela percebeu que devia ter a ver com ela. Ele ficara tão animado, tão vivo quando estavam viajando pela Itália, passeando por Florença. Mas parecera tão triste quanto ela nos meses anteriores, como se suas emoções estivessem conectadas. Quando ela sofria, ele também sofria.

O *omnibus* parou e Varnier subiu a colina íngreme em direção à basílica de Sacré-Coeur. Era noite, e Juliet teve dificuldade de acompanhá-lo enquanto ele perambulava pelas ruas e abria caminho pela multidão a passos largos. Depois da Sacré-Coeur, a rua se abria para uma praça cheia de quadros, milhares de quadros, e dos artistas que as vendiam. Ver as pinturas deixou Juliet enjoada. Ela ficou contente por Varnier ter passado rápido pelo Moulin de la Galette e ter continuado andando até a Rue Norvins, onde parou para acender um cigarro.

Logo alguém se juntaria a ele. À distância, Juliet viu uma mulher se aproximar de Varnier. O batom vermelho nas bochechas e nos lábios era tão intenso que seu rosto parecia o avental de um artista depois de um dia pintando. Ela observou Varnier e a mulher conversarem e entrarem à esquerda, mais à frente, na própria Rue Norvins. Juliet correu para alcançá-los. Pôde vê-los andando por uma rua estreita que contornava os fundos de um prédio. A mulher ria alto e tentava abrir uma porta. Varnier ficou parado atrás dela em silêncio e segurou a porta para que ela entrasse. Juliet achou que a mulher soava bêbada e, ao se aproximar da porta, percebeu que ela a havia deixado aberta. Juliet presumiu que tinha sido por segurança. Ela sabia que tipo de transação estava prestes a acontecer e os perigos associados ao que aquela mulher fazia todas as noites. Imaginou que teria tido um destino semelhante se tivesse sido forçada a se casar com Michel Busson. Juliet então ouviu a voz de Varnier e, pela janela, viu os leves contornos dos dois: a mulher iluminava o quarto quase vazio, que incluía uma cama pequena e uma cômoda, com algumas velas baratas. Juliet deveria ter ido embora, mas ficou paralisada na rua estreita enquanto a mulher recebia várias moedas dele e as colocava em uma gaveta. A mulher posicionou Varnier na cama, levantou a saia e, em um movimento rápido, subiu em cima dele abrindo sua calça. Juliet não desviou os olhos nem fugiu dos sons íntimos que vieram a seguir. Varnier havia sido tão reservado durante todos aqueles anos que ela ficou feliz ao ouvi-lo se reduzir àqueles sons animalescos. Enquanto os ruídos se tornavam mais intensos, Juliet fechou os olhos para se lembrar de quando fazia amor com Marchant, muitas vezes tentando fazer silêncio para que os empregados não ouvissem. Depois ouviu os grunhidos de porco de Michel

Busson e seu amigo no campo. Ela olhou de novo para o quarto ao ouvir os últimos ruídos emitidos por Varnier e o viu puxar a prostituta para si naquele momento do clímax antes de desabar na cama suja que sem dúvida seria usada por outro homem dentro de uma hora. Juliet ficou mais um instante parada ali e percebeu que a imagem que tinha de Varnier estava mudando. Então, no fim das contas, ele era um homem?

Juliet se virou, voltou para a Rue Norvins e desceu a colina até ver o moinho acima do Moulin Rouge. E, na noite escura, ouviu o som familiar das notas dissonantes de um piano vindo da janela aberta acima dela. Sabia o que viria a seguir, porque já havia tocado aquela composição muitas vezes. Era a *Gnossienne n.º 1* de Satie. Ela ficou embaixo da janela e fechou os olhos, absorvendo a música até terminar. Então Juliet pensou ter ouvido um banco pesado deslizar para longe do piano.

Ela se virou para andar pelos cabarés do boulevard de Clichy. Ao passar pelo Moulin Rouge, ficou surpresa com o forte cheiro de urina. Viu uma mulher em um vestido de renda vermelho perto da entrada do cabaré. O estilo de vestido lhe pareceu familiar. Ela tentou lembrar onde tinha visto aquele vestido antes. E então se lembrou e começou a se afastar. A versão que vira não era vermelha — era amarela. A mulher na plataforma de Challans, de vestido amarelo. Era o mesmo vestido em uma cor diferente, como se a fantasia tivesse sido fabricada em várias cores. Será que havia um azul em algum lugar das ruas de Paris? E um verde também? Assim como o da mulher de amarelo, aquele vestido também era velho e desbotado, um figurino barato de teatro, algo que parecia mais bonito de longe. Aquela mulher era impressionante — seu cabelo vermelho-alaranjado contrastava com o vermelho-escuro do vestido. Juliet achou que devia ser uma prostituta que havia comprado o vestido de segunda mão, mas a mulher não estava tão maquiada quanto a que estivera com Varnier. Havia algo de triste naquela moça de vermelho, ela não parecia estar ganhando dinheiro nas ruas.

Quando Juliet passou por ela, a mulher a encarou com certa familiaridade — o que era impossível, já que ela estava disfarçada. Era o mesmo olhar faminto da mulher da estação de trem, e Juliet sentiu um calafrio e uma necessidade instintiva de correr. De soslaio, Juliet viu a mulher começar a caminhar rapidamente em sua direção. Juliet começou a andar depressa, abrindo caminho pela multidão. De tempos em tempos, virava para trás para conferir se ainda estava sendo seguida e viu que não conseguia despistar a mulher. Ela estava logo atrás. Em vez de seguir em direção ao ponto do *omnibus*, Juliet subiu a colina em direção à Rue Norvins, tentando entrar em uma das ruas laterais sinuosas. Na praça vazia, Juliet se virou e viu que a mulher havia chegado perto o bastante para tocar nela.

— O que você quer?

Juliet se virou para encarar a mulher. Ela a empurrou.

— Você — disse a mulher. — É você *mesmo*. Não dá para acreditar.

— Eu não sei o que você quer dizer.

Juliet estava observando o rosto dela quando ele apareceu. A mulher foi jogada para trás com tanta força que sua saia pareceu se arrastar pela rua, como se ela estivesse sendo puxada por uma tropa de cavalos invisíveis.

Ela se levantou e começou a caminhar em direção a Juliet. No entanto, mais uma vez, foi apanhada por mãos invisíveis e arrastada para trás com tanta força que sua saia ficou alguns segundos no ar. No fim, ela desabou, provocando um estrondo dramático.

O coração de Juliet disparou. A mulher jazia no chão, a cabeça em um ângulo estranho.

— Não toque nela.

A voz era familiar. Juliet se virou e viu Varnier acendendo um cigarro com calma.

Ela não sabia o que dizer.

— O que você fez?

— Não importa.

— Mas você nem tocou nela!

— Temos que ir. — Ele olhou para ela, irritado. — Não acho que minha atitude seja o maior problema aqui.

Ele esperou que ela se juntasse a ele e os dois desceram a colina para pegar um dos últimos *omnibus* de volta para o Quartier Latin.

Quando voltaram a Saint-Germain, Juliet explicou:

— Ela me conhecia.

— Claro que não conhecia.

— Ela disse: "É você."

— Era uma louca, Juliet. Eles estão na cidade inteira. Ela devia ter sífilis.

Os dois chegaram à porta do apartamento. Ele a abriu, mas Juliet não entrou.

— Você a matou, Lucian.

Ele esperou até que ela entrasse.

— Eu protegi você, Juliet. Disse que sempre protegeria.

Na manhã seguinte, Juliet analisou a louça do café da manhã com muito interesse, porque havia percebido que não podia olhar para Varnier. Era uma curiosa mistura de nojo e de outra coisa que ela não conseguia descrever. A menina observou as mãos dele, lembrando-se do modo como ele havia tocado a prostituta. Mas aquelas mãos também pareciam ter lançado a mulher de vestido vermelho para longe na Rue Norvins. O ângulo estranho do pescoço quebrado dela. Juliet havia visto muitos lados diferentes de Varnier na noite anterior, coisas que ela provavelmente não devia ter visto. E aquilo mudara o que ela sentia por ele.

Quando ele ergueu a xícara de café, Juliet viu os pelos louros de seu braço escapando pela manga — os detalhes íntimos dele. Ela queria saber mais sobre todos eles. Lucian era uma figura paterna e protetora, mas não era parente dela. E, depois da noite anterior, ela não conseguia esquecer que ele era um homem.

Naquele dia, Varnier não falou com ela. Apenas abriu o jornal da manhã, que Juliet já havia lido e posto de volta à esquerda da cadeira dele. A manchete do *Le Figaro* era a notícia sobre Philippe Angier: sua pistola falhara no Bois de Boulogne e ele fora fatalmente ferido no absurdo duelo contra o escritor Gerard Caron. A morte de Angier não havia sido fácil — o ocultista ficara dois dias perdendo e recuperando a consciência, até por fim sucumbir aos ferimentos no meio da noite. Além disso, em seu leito de morte, ele havia amaldiçoado o jovem escritor, que, atormentado pela culpa de ter atirado, apesar de a arma do adversário ter falhado, tirara a própria vida — usando a pistola defeituosa de Angier, que daquela vez disparara normalmente. Ao fazer isso, ele realizara a previsão de Angier. Varnier estava tão absorto no artigo que não pareceu notar que Juliet se remexia na cadeira.

— Você não convence ninguém de que é um garoto, Juliet. — Ele dobrou o jornal e tirou os óculos de leitura, de que parecia precisar com mais frequência. — Pedi para Marie procurar o disfarce e queimá-lo.

Juliet quase engasgou com o café. Pigarreando, ela olhou para ele pela primeira vez.

— Se fizer isso, vou comprar outro.

Ele se recostou na cadeira.

— Imagino que tenha gostado do passeio da noite passada.

— Parece que você também gostou. Pelo menos da primeira parte. — Juliet pegou a faca e começou a espalhar geleia no pão, tentando impedir que suas mãos tremessem. — Pelo menos, os sons que você fez deram a entender...

Por fim, ela olhou nos olhos dele.

— Por isso eu não queria que você fosse a Montmartre — disse ele, sem demonstrar nenhuma vergonha. — Você não devia ver nem ouvir essas coisas. Não era seguro. Mas então eu saio e vejo uma louca agarrando o que pensei ser um garoto, que descubro, na verdade, que era você.

— O que você fez com ela?

— Eu protegi você, Juliet. É isso que faço. Você sabe disso.

— Por quê? Você nem tocou nela. Você tem poderes, como a minha mãe. Essa é a ligação entre vocês dois.

— Você está segura agora — afirmou ele. — E não vai voltar a Montmartre vestida com uma fantasia ridícula nem andar escondida, fazendo o que não deve e vendo coisas que não são apropriadas para uma menina.

Juliet baixou a voz para um sussurro:

— Você sabe sobre o Marchant. O que aconteceu entre nós. Você sabe que não sou mais criança, Lucian. Eu sou uma mulher. Você não pode me manter trancada aqui como uma princesa de conto de fadas.

— Ah, Juliet, você está muito enganada. — Ele estava calmo, mas havia uma irritação em sua voz que ela nunca ouvira. Ele pegou a mão dela e deu uma série de tapinhas nela. Sua mão estava seca e quente. — É *exatamente* isso que pretendo fazer.

— E o que eu quero não importa?

— É meu dever proteger você. Eu pretendo cumpri-lo.

— E se eu não quiser mais que você o cumpra? E o que eu quero?

— Quer ser jogada na rua? — Ele inclinou a cabeça. — Quer? Podemos providenciar isso. Quanto tempo você levaria para ter que ficar em Montmartre *de verdade*? Uma coisa é ser espectadora e depois ir embora, mas e se você não tivesse outra opção? Ah, você não começaria na rua. Não, não de início. Você sabe ler e é bonita, então trabalharia em um restaurante, em uma floricultura, talvez em uma lavanderia. Mas isso não pagaria as contas, então você se encontraria algumas vezes com um homem que lhe daria o dinheiro necessário para cobrir as despesas do mês. Só uma vez, diria a si mesma. Mas então haveria a próxima e depois outras. É isso que você quer?

— Quem sabe desse jeito eu consiga chamar a *sua* atenção.

Ela não sabia o que a levara a dizer aquilo, mas sabia que era verdade. Apesar de, no início, ter ficado com medo de que ele tivesse alguma expectativa em relação a ela, Juliet percebeu que tentava ficar perto dele, para ver se ele a notava. A verdade era que estava incomodada por Varnier nunca ter demonstrado desejo *por ela*.

— Você quer a minha atenção? — Ele riu. — Eu não faço nada além de lhe dar atenção. Esta casa, esta vida, a ópera, a Itália, as aulas de piano, os professores...

Juliet não sabia o que havia passado por sua cabeça, mas sentiu suas bochechas quentes. Ela o encarou e percebeu algo diferente.

— Não foi isso que eu quis dizer.

Varnier colocou as mãos no rosto e a olhou, em silêncio. Juliet cerrou os dentes. Estava determinada a não chorar. Em vez disso, se concentrou no arfar do próprio peito, que se enchia e esvaziava. Varnier ficou olhando para suas mãos por muito tempo, depois voltou o olhar para o chão. Ela viu o rosto dele empalidecer.

— Ah, Juliet... — disse Varnier, quase num sussurro, enquanto se levantava e saía da sala, sua mão tocando a pele do pescoço dela ao passar.

14

HELEN LAMBERT
Washington, D.C., EUA, 5 de junho de 2012

O carrossel do Glen Echo Park estava me assustando. Desde que me mudara para Washington, nunca tinha ido ao Glen Echo Park e não fazia ideia de como encontrá-lo em um mapa. Não que ele não fosse lindo, com sua arquitetura art déco, seu centro cultural e o Spanish Ballroom, mas todo o esforço para recriar o clima da virada de século me incomodou depois de uma noite revivendo em meus sonhos a *verdadeira* belle époque. Eu havia desmaiado no Kennedy Center e mais um sangramento no nariz manchara todo o meu vestido Reem Acra. O coitado do Luke conseguira me limpar depois que acordara. Após o último sonho, as cores de Paris flutuavam ao meu redor, das bancas de flores à decoração em folhas de ouro. A Montmartre de meus sonhos tinha o mesmo carrossel, e a música exagerada se tornara uma trilha sonora infernal para mim.

A história de Juliet me deixara abalada. A rejeição de Marchant no baile de máscaras tinha sido tão dolorida para mim naquela manhã quanto para Juliet em 1898. Eu estava sentada, dormente, em um banco no Glen Echo Park. Mickey estava ao meu lado, nós dois segurando os cafés que havíamos comprado naquela manhã. As lembranças que Juliet tinha de Marchant — a trilha de pelos que ia do umbigo até o cós da calça, o arquear das suas costas, os dedos manchados de tinta — se misturavam às minhas lembranças desgastadas de Roger, aos detalhes do nosso casamento de que sentia falta: do modo como ele mastigava a caneta enquanto fazia uma ligação importante até o jeito que ele me abraçava depois do sexo. Aquele era o pintor, Auguste Marchant. Talvez um carrossel fosse o símbolo certo, já que, enquanto observava o tigre pintado girar, as imagens do passado e do presente pareciam circular em torno de minha cabeça. Meu nariz havia sangrado de novo naquela manhã, mas não contei isso para Luke. Eu também estava com uma dor de cabeça forte, que dois comprimidos não tinham curado.

Voltei a pensar em Roger, com seus grandes olhos verdes e a covinha na bochecha esquerda que aparecia quando ele sorria, tão parecido com Marchant na aparência e no comportamento. O esforço que meu ex-marido fizera por dez anos para levar o trabalho de Auguste Marchant para a Coleção Hanover me assombrava. Sua paixão implacável por aquelas pinturas apenas reforçava a suspeita de que eu não era a única que estava revivendo uma vida. Desconfiava que Marchant e Roger fossem, de fato, a mesma pessoa. Mas isso seria loucura.

Esperamos pelo primo de Madame Rincky, Malique, diante dos antigos carrinhos bate-bate.

Não sei o que eu esperava, mas um homem velho e magro, usando óculos de armação de metal, se aproximou de nós e se apresentou como Malique. Tinha um forte sotaque jamaicano. Ele fez um gesto para que o seguíssemos até as mesas de piquenique, que, infelizmente, ficavam bem em frente ao carrossel.

Malique se sentou à mesa com as costas retas — uma postura complicada, já que os bancos eram muito desconfortáveis. Um homem vendia frango assado em uma banca perto dali e, normalmente, eu teria achado o cheiro agradável em um dia de verão como aquele. Malique, que parecia um professor de matemática do ensino médio aposentado, foi direto ao assunto.

— A Raquel me disse que você tem a marca do diabo.

— Eu não diria que é a marca *do diabo*.

Cerrei minhas mãos, como se tentasse me proteger. Mickey me olhou desconfiado enquanto enfiava um pedaço de algodão doce na boca e olhava de Malique para mim. Aquilo era um espetáculo para Mickey.

— Ela está certa de que você tem a marca — retrucou Malique de maneira direta, como se fosse um encanador que havia acabado de descobrir que meu banheiro estava entupido.

O maldito carrossel do Glen Echo Park continuava girando ao som do órgão desafinado junto com as imagens rodopiantes de Auguste Marchant fazendo amor comigo, se afastando de mim na Ópera Garnier, Roger terminando comigo no Pho 79 e dos dedos de Lucian Varnier em meu pescoço enquanto ele saía da sala em 1898, me deixando sozinha na mesa do café da manhã. Todas aquelas imagens giravam em minha cabeça como um caleidoscópio psicodélico. Meu nariz começou a sangrar de novo, e Mickey se virou para pegar um maço de guardanapos. Já sem nenhuma vergonha, enrolei um dos papéis e o enfiei na narina antes de me virar para Malique, sem me importar com minha aparência.

Malique pegou minha mão e a virou. Sentindo que era sua deixa, Mickey começou a apontar as linhas, prestativo. Seu toque estava pegajoso por causa do algodão doce. Eu engoli em seco.

— Você quer uma Coca Diet? — perguntou ele, se levantando.

— Claro — falei, para me livrar dele.

Ele desceu a ladeira, obediente. Eu me virei para Malique.

— Preciso da sua ajuda.

Ele não parava de olhar para a palma de minha mão.

— Você não me parece bem, se me permite dizer.

— Permito.

Malique analisou as linhas de minha mão e a segurou entre as suas, fechando os olhos. Pareceu estremecer. Então soltou minha mão e pegou meu rosto para olhar em meus olhos. Mas ele não estava exatamente olhando. Suas pupilas haviam sumido e eu vi apenas o branco de seus olhos. Assustada, tentei me afastar, mas ele segurou minha cabeça com firmeza, com uma força que me fez rezar para Mickey voltar. O carrossel deu uma volta completa antes de Malique me soltar.

Ele parecia exausto e sem fôlego, mas falou rapidamente:

— Como eu suspeitava, é uma maldição vinculatória. Mas não é uma maldição normal. Foi mal elaborada... apressada... feita com raiva. Nenhuma bruxa deve vincular ninguém com tanta raiva. — Ele apertou os lábios e balançou a cabeça, com um olhar enojado. — Com isso, a escuridão aparcce, leva coisas junto com ela. Maldições devem ser elaboradas com cuidado e precisão. Fazer uma maldição é uma arte. Não isso...

— Se você está dizendo... — Dei de ombros, me lembrando do ritual elaborado que a mãe de Juliet havia preparado. — Você disse que ela leva coisas?

— Ela leva *pessoas* — corrigiu ele. — Existem várias pessoas nesta maldição. Foi um trabalho malfeito. — Ele balançou a cabeça outra vez. — Ela se repete. — Ele desenhou um círculo com o indicador. — Esse foi o erro. Uma maldição é parecida com um programa de computador. Vejo uma bagunça quando olho para o... Vamos dizer, o código que a criou. Ele deixa um rastro. Você... — ele apontou para o meu nariz — está em perigo. Mas existe uma terceira pessoa. Ele é o que chamo de administrador da maldição.

— Então, normalmente, as maldições não envolvem três pessoas?

— Não. Normalmente, é só uma. A pessoa amaldiçoada.

— Eu, então?

Isso parecia óbvio.

— Não. — Ele balançou a cabeça. — Neste feitiço, não foi você que foi amaldiçoada.

— Oi? — Eu quase ri. — Fiquei presa na maldição de outra pessoa. Que sorte...

Malique deu de ombros.

— Eu não sei os detalhes, vejo apenas os contornos da maldição. A intenção dela era atormentar o amaldiçoado por toda a eternidade, por isso a repetição. — Ele fez uma pausa antes de continuar. O carrossel desacelerou quando um novo grupo de clientes embarcou. — Acho que tenho que contar uma coisa, mas não sei se devo. Raquel e eu costumamos não concordar com relação a isso.

— Pode falar.

Enfiei outro guardanapo amassado no nariz.

— Tem certeza?

Ele olhou para a mesa e deixou uma aranha correr sobre seu braço. Eu assenti, olhando para a aranha.

— Você não vai viver nem mais um mês.

— Por quê?

Quando pronunciei a pergunta, pensei: "Acabei de perguntar *Por quê?* E não, *Que porra é essa?*" Por que estava calma depois de ouvir aquele homem, um médium, me dizer que eu morreria antes de julho? O que estava acontecendo comigo?

— Está no contorno que vejo. Quem lançou essa maldição deu a você um guardião das trevas, um administrador para proteger você e a maldição, mas isso vem com… — Ele se interrompeu. — Bom, concessões são feitas quando esses elementos são adicionados. Provavelmente, quem fez a maldição estava preocupado com uma pessoa menor de idade, então pediu um administrador para proteção. Mas a necessidade de um administrador é estranha. O problema é que o objeto da maldição que precisava de proteção, supostamente você, não pode viver além da idade da própria bruxa que fez a maldição. É o custo do administrador. Vamos dizer que é como se fosse uma taxa de serviço.

— Minha mãe sabia disso?

Malique deu de ombros.

— Não me surpreenderia se os detalhes não tivessem sido esclarecidos para ela. Estamos falando de demônios.

Soltei um grunhido.

— E a proteção também custou caro para quem lançou o feitiço.

— Como assim?

— Quero dizer que o feitiço matou quem o lançou. Ela fez um péssimo negócio.

— Ah, claro. — Eu ri. Malique não entendeu o sarcasmo. — Claro que a *minha* maldição incluiria uma taxa de serviço. Bom, então a situação é ruim.

— Eu já vi coisa pior. — Malique suspirou. — Mas não muita coisa. Quem lançou isso usou um demônio ruim. Não vou nem dizer o nome dele por medo que me encontre. É um dos antigos. Realmente é forte demais para esta maldição. O lançador de feitiços não precisava ter usado um dos antigos.

Eu me lembrei da noite em Challans. Eu havia visto o nome do demônio. Também me lembrava da idade da mãe de Juliet. Sua vida tinha sido difícil e, embora parecesse muito mais velha que eu, calculei que ela devia ter trinta e poucos anos na época da maldição. Pelo que havia entendido, tinha 34 anos — a mesma idade que eu faria em breve. E então, eu morreria.

— Posso acabar com a maldição?

— Pode — disse Malique. — Como objeto dela, você tem muito poder. Seu sangue é poderoso. — Ele hesitou. — Mas não é uma maldição moderna, então isso impõe limitações singulares.

— Que limitações?

— Normalmente, ela poderia ser revertida com sangue e um feitiço reverso, mas, nesse caso, o *seu* sangue não vai funcionar. Você não é da linhagem do objeto original. É só uma duplicata em outro corpo. Você se transfere de corpo para corpo porque o lançador do feitiço original queria que o amaldiçoado fosse punido por toda a eternidade. Para o seu azar, você ficou presa em sua maldição e viaja pela eternidade com o amaldiçoado, mas seu sangue agora é diferente do original. Você tem um corpo diferente agora. Entendeu?

— Então preciso do sangue da linhagem do objeto original?

Eu sabia que seria alguém da família de Juliet. Acho que disse "merda" em voz alta.

— É. Eu posso elaborar um feitiço reverso para ser lançado assim que você tiver o sangue. É bem simples e direto. Ele só interrompe o ciclo. Na verdade, essa é a parte mais fácil.

— E a parte difícil?

— Isso é para depois — disse ele. — Vamos fazer uma coisa de cada vez. Só pegue um pouco de sangue. A quantidade que sai de um pequeno corte já é suficiente. Mais uma coisa. E isso é muito importante. O propósito do administrador é a maldição.

— Não entendi.

— Os administradores são soldados desse demônio específico. Eles são demônios menores. Normalmente são almas condenadas, que trabalham para pagar uma penitência. A maldição em que trabalham costuma ter algo a ver com o castigo. No seu caso, a maldição é o propósito do administrador. Pelo que sei, esses soldados são muito bons em executar ordens. De certa forma, eles não têm escolha e são punidos severamente por qualquer erro. Entendeu?

Encarei os óculos de aro de metal de Malique enquanto ele falava de Luke, meu administrador.

— Então não devo dizer a ele que preciso do sangue?

— Eu não faria isso.

15

JULIET LACOMPTE
Paris, França, 1898

Depois daquela manhã à mesa, Varnier começou a procurar motivos para evitar o apartamento do boulevard Saint-Germain, e Juliet continuou a segui-lo. Dois dias após o encontro no café da manhã, ela o seguiu por dois quarteirões até o Panthéon, onde ele parou para esperar. Juliet acreditava que encontraria outra prostituta, mas Varnier verificou o relógio de bolso até ver um cortejo fúnebre. Dois cavalos pretos com plumas na cabeça puxavam um carro funerário de vidro adornado com duas grinaldas nas janelas traseiras. Varnier se virou para a rua e seguiu atrás da procissão como se estivesse de luto. Foi então que Juliet notou sua casaca preta. Ela se perguntou se era alguém que ele conhecia, mas achou curioso que ele não tivesse mencionado nada. As pessoas na rua se viravam para ver o carro fúnebre passar, já que um enterro era sempre uma imagem curiosa naquela Paris normalmente animada. Mas ela percebeu que aquele carro chamava mais atenção do que o normal e que as pessoas estavam se reunindo para testemunhar sua passagem. Quando duas mulheres apontaram para a carruagem, Juliet parou e indicou o carro funerário.

— É alguém famoso?

— Mais ou menos — sussurrou a mulher. — É aquele diabo, o Philippe Angier. — Ela pediu que Juliet se aproximasse com um gesto. — O mágico que foi morto no duelo em Bois de Boulogne.

— Aquele que matou os filhos — disse a outra mulher. — Uma vez, eu vi uma apresentação dele, meu marido nos levou. Ele falava com os mortos... previa nosso destino... esse tipo de coisa. — A mulher suspirou. — Era um homem alto e bonito, com cabelos escuros e ondulados... Nada parecido como o meu Pierre.

— Até o diabo o levar.

A primeira mulher cutucou a outra.

— Ah, pare de bancar a desmiolada.

A primeira mulher se inclinou para perto de Juliet e voltou a sussurrar, como se o homem morto pudesse ouvi-las fofocando.

— Não dê ouvidos para ela. Aquele cabelo escuro lindo... ficou vermelho como a cor do fogo do inferno.

— Ela está certa — concordou a outra mulher, ainda relutante. — Ele fez um acordo com o diabo. O cabelo dele ficou tão vermelho quanto a túnica do papa.

— E olhe para ele agora.

As duas balançaram a cabeça.

Descendo o boulevard Saint-Michel e passando pelo Jardim de Luxemburgo, Juliet alcançou Varnier, que parecia preocupado e não tirava os olhos do carro funerário. O barulho dos cascos sumiu e os cavalos pararam por alguns instantes, antes de entrarem em um cemitério com portões pretos abertos, o Cemitério de Montparnasse. Eles estavam longe de casa, tinham andado quase uma hora. O carro funerário entrou no cemitério e Juliet seguiu Varnier, mantendo-se longe do cortejo — o que não era difícil, já que o carro funerário era alto. Apenas uma carruagem preta o seguia, levando várias mulheres vestidas de preto, com véus pesados.

Seus pés doíam. Ela não havia se preparado para andar tanto no sol de meio-dia. Como não queria ser pega de novo, ela se virou e voltou para o apartamento.

No dia seguinte, Varnier disse que tinha negócios urgentes em Roma e deixou Paris às pressas. Primeiro, disse que a viagem duraria algumas semanas, depois enviou uma mensagem avisando que seus negócios tomariam meses.

Enquanto estava fora, ele escrevia cartas para Juliet, perguntando sobre as aulas de piano e os livros que ela tinha lido. Juliet escrevia as respostas de forma cuidadosa, falando sobre as mudanças no boulevard. Conforme o verão se transformava em outono, Juliet começou a dizer nas cartas que sentia falta dele. Por sempre precisar de um acompanhante, ela passara a ser acompanhada por Paul quando ia ao teatro ou saía para caminhar. Achava o velho paciente e gentil, mas sentia falta de Varnier, da energia que ele trazia para o ambiente. Paul sorria e concordava com Juliet em tudo, de Zola à cor das flores e à temperatura da sopa. Varnier a desafiava sempre. Ele a fazia pensar e defender seus argumentos. Ela passara a confiar em Varnier como nunca havia confiado em ninguém além de seus pais.

Com a traição de Marchant, seus sentimentos por Varnier haviam se tornado complicados e febris. Por ser uma jovem mulher de 19 anos, sabia que a maioria das mulheres de sua idade buscava um bom marido. Varnier não tinha o mesmo plano para ela — ele havia dito isso claramente. Ela tinha que ficar no apartamento por segurança. Será que Varnier a queria para ele mesmo? A ideia a havia assustado no início, mas a possibilidade de ser esposa dele passara a ser muito atraente. Quando escrevia cartas para ele, ela dizia que ansiava pelas conversas que os dois tinham. Mas, na verdade, ansiava por Varnier.

No fim de novembro, uma carta chegou, avisando sobre a volta dele. Juliet ficou animada. Mandou que Marie e as criadas limpassem o apartamento; comprou uma árvore de Natal e a decorou. Agiu como a verdadeira dona da casa. Voltara a ter um objetivo, mas desta vez Auguste Marchant não tinha nada a ver com ele.

No dia em que Varnier chegaria, o jantar foi preparado em sua homenagem e incluiu todos os pratos favoritos dele: coelho, truta e baguetes frescas. Juliet estava à janela quando ele saiu da carruagem, mas ele parou, se virou e estendeu a mão para ajudar outra pessoa a sair do carro. Não estava sozinho — uma mulher delicada, de cabelos da cor do carvão, saiu da carruagem e olhou maravilhada para a rua. Juliet resmungou. O que seria desta vez? Bordado? Latim? Balé? Juliet permaneceu no topo da escada enquanto a mulher e Varnier ajeitavam suas roupas no saguão e Paul pegava os casacos e organizava a bagagem deles. Varnier olhou para Juliet com um olhar que ela nunca vira, de culpa. Ela sentiu que havia algo de muito errado naquela cena. Ele caminhou até o pé da escada.

— Ah, Juliet, por favor, venha conhecer a Lisette.

A mulher se juntou a ele ao pé da escada. Era bonita, mas não linda. Seus olhos castanhos eram simpáticos e, ao vê-la sorrir, Juliet notou uma pequena brecha entre seus dentes. Mas, em vez de torná-la feia, a falha lhe dava personalidade. O conjunto dos traços da mulher era impressionante.

— Lisette, esta é minha *sobrinha*, Juliet.

Varnier observou Juliet com cuidado enquanto ela descia alguns lances da escada.

— É um prazer conhecer você, Juliet. — O cumprimento da mulher, que tinha um forte sotaque italiano, parecia sincero. — O Luc me falou muito de você.

Lisette olhou para Varnier como se quisesse confirmar que haviam conversado mesmo sobre sua sobrinha. Mas os olhos de Varnier eram só para Juliet. Ela usava um vestido rosa e dourado para o jantar e suas longas madeixas ruivas estavam soltas, por sugestão de Marie.

Ao ouvir o nome "Luc", Juliet voltou o olhar para Varnier e, antes mesmo que ele abrisse a boca, entendeu o que ia ouvir.

— Juliet. — Sua voz soou baixa. — Esta é minha *esposa*, Lisette.

Talvez a decepção com Marchant tivesse preparado Juliet para aquele momento, mas o choque que demonstrara diante de Auguste Marchant não seria exibido para Varnier. Ela apertou o corrimão com mãos trêmulas, mas se manteve de pé. Olhou para Paul parado abaixo da escada, no saguão, e teve certeza de que ele podia ver seu vestido balançar, acompanhando o tremor de suas pernas.

— Embora eu esteja obviamente muito feliz, você não mencionou que tinha se casado, tio. Que omissão estranha, dada nossa correspondência frequente, você não acha?

Varnier pareceu surpreso com a compostura dela.

— Eu quis fazer uma surpresa.

Juliet lançou um olhar de desprezo para Varnier, seguido por um sorriso.

— Então você cumpriu seu objetivo.

Ela se virou para Lisette.

— Bem-vinda à sua nova casa, *tante* Lisette. Por favor, me avise se houver algo em que possa ajudar. Estou ansiosa para conversar com você. — Juliet inclinou a cabeça. — Se me derem licença, tenho algumas cartas para responder. Preparamos um jantar ótimo para vocês dois, com todos os pratos favoritos do *tio Luc*.

— Obrigada, Juliet — disse Lisette. — Estou ansiosa para saber do que ele gosta.

Ela deu o braço a Varnier.

Juliet subiu a escada com a cabeça erguida. Fechou a porta, sentou-se na cadeira que ficava voltada para o boulevard Saint-Germain e ficou observando as carruagens passarem. Só então percebeu o quanto tremia. De certa forma, a traição de Varnier a havia ferido mais porque ele sabia da dor que ela já havia enfrentado e como ela se sentia sobre ele. E, no entanto, escolhera dar um novo golpe mortal nela.

Uma batida soou na porta. Juliet esperava que fosse Marie, mas era Varnier. Ele nunca havia entrado no quarto dela, então sua presença ali era estranha por si só. Ela ficou feliz por ter mantido a compostura e por não ter permitido que ele a pegasse chorando diante da penteadeira.

— Eu queria saber se você está bem.

O olhar que lançava para ela era surpreendentemente carinhoso, quase temeroso.

— Por que eu não estaria bem?

Ainda sentada na cadeira, Juliet virou o rosto para não olhar para ele.

— Eu devia ter te contado.

Ele entrou no quarto e Juliet ouviu a porta se fechar atrás dele.

— Devia. — Juliet se levantou. — O fato de estar planejando se casar era um detalhe importante que devia ter aparecido em uma das suas muitas cartas.

Ela se aproximou dele e o viu dar um passo para trás, mas a porta fechada o deteve. Pondo as mãos no paletó dele como se fosse endireitar a gola, Juliet o encarou. Ele tinha medo dela. Isso estava claro.

— Eu confiei em você, mas você traiu minha confiança. — Ela abriu um sorriso triste. — A partir de hoje, nosso relacionamento acabou. Mas, seja qual for o acordo que você fez, temos que honrá-lo. Vou honrá-lo pela minha mãe.

Suas mãos ainda estavam pousadas sobre as lapelas dele, e ela pensou sentir Varnier se inclinar para a frente, como se quisesse beijá-la. As palavras de Juliet soaram baixinhas, quase um sussurro, e ela se aproximou dele, fingindo que realmente ia beijá-lo. Ele não fez nenhum gesto para detê-la.

— Você tinha meu amor e minha devoção e *sabia* disso. Você sabia disso no fundo da sua alma. Agora você perdeu os dois. Você me perdeu. — Olhou nos olhos dele para que ele pudesse ver que estava falando sério. — Está me entendendo?

— Sinto muito, Juliet — disse Varnier, quase chorando. — Eu cometi um erro horrível. Você não vai entender, mas não posso amar você. Isto é proib...

— É — respondeu ela calmamente, interrompendo-o. — Você cometeu um erro *enorme*. Agora, por favor, saia. — Juliet deu um passo para trás e caminhou até a janela. — Pode dizer para Marie que preciso de um vestido para hoje? O Paul e eu vamos mesmo ver a sinfonia, no fim das contas.

— Juliet. — Ele segurou a maçaneta da porta, mas não fez menção de abri-la. Demorou muito tempo para voltar a falar e, quando o fez, foi como se o ar tivesse escapado de seus pulmões. — Eu amo você.

Ela se manteve de costas para ele.

— É uma pena ouvir isso, Lucian. — A voz de Juliet soou cruel. — Mas sua *esposa* com certeza está esperando por você.

Nos meses seguintes, Juliet tentou se manter ocupada. Era gentil com Lisette, já que a mulher não sabia que havia atrapalhado os dois e Juliet não podia puni-la por seu papel naquela história. Passou a considerar boas as semanas em que só encontrava Varnier uma vez. Paul e Marie pareciam não entender a frieza com que Juliet tratava o "tio", mas ambos continuavam fazendo suas tarefas em silêncio. Logo Juliet notou uma mudança sutil na atenção deles, que passou dela para Lisette, agora a verdadeira dona da casa. Pequenas negligências como aquelas apenas alimentavam a sensação que Juliet tinha de que havia sido traída. Ela pensou em pedir a Varnier que a casasse com alguém — qualquer um —, para tirá-la daquela casa.

Voltar para Challans era uma possibilidade, mas fazia anos que não tinha notícias do pai e dos irmãos. Além disso, o medo de ver o filho dos Busson sempre impedia Juliet de pensar seriamente em voltar para casa. Ela ainda podia trabalhar em uma lavanderia ou em um restaurante em Paris, mas Varnier descrevera em detalhes a certa decadência de Juliet, e não havia mentido. Todos os dias, quando caminhava até Le Bon Marché ou a feira, Juliet via exemplos de mulheres que trabalhavam silenciosamente em empregos diurnos e pagavam as contas fazendo outros "serviços" para ganhar dinheiro. Caso Varnier a recomendasse, talvez ela conseguisse um emprego como governanta e pudesse usar o que sabia sobre literatura e música, mas a ideia de pedir qualquer coisa a ele era absurda, por isso ela preferiu passar a primavera trancada no quarto. A casa ficou em silêncio, mesmo com a nova moradora.

Em junho, uma nova edição do *Le Figaro* apareceu na mesa da sala de jantar. Ao folhear o jornal, ela encontrou, na terceira página, o anúncio do casamento de Auguste Marchant com uma de suas alunas, Elle Triste. Juliet leu o artigo duas vezes. O texto se referia ao "período triste" que Marchant havia vivido após a morte da esposa e do filho e explicava que ele havia encontrado novamente o amor com Elle.

Naquela manhã, Juliet desceu a escada e encontrou o lugar repleto de operários. Lisette estava fazendo mudanças radicais no apartamento e havia ordenado que todos os tecidos fossem substituídos por damasquinados italianos mais leves. Cadeiras estavam sendo levadas embora para serem reestofadas; novas cortinas estavam sendo penduradas na sala.

Juliet foi até o piano e limpou a poeira que se formara nas teclas pretas desde a última vez que tocara. Ela posicionou os dedos sobre o instrumento, sem saber o que tocaria — aquelas teclas haviam sido a única coisa que já tinha lhe trazido tranquilidade. Ela deixou os dedos tocarem uma peça de Satie. Quando terminou, ouviu palmas e se virou para ver que dois pintores haviam chegado e a olhavam com admiração. Corada, se levantou, foi até a porta e desceu os degraus.

Juliet caminhou até Montmartre com o jornal na mão. Sentou-se a um banco no Bar Norvins e pediu um copo de absinto. Tinha ouvido falar dos perigos da "Fada Verde", mas a bebida fez seu corpo parecer pesado, como se estivesse carregando pedras. Infelizmente, ele já estava sobrecarregado. Juliet encostou a cabeça nos painéis de madeira da parede e fechou os olhos. Uma mão áspera a sacudiu e ela viu um homem parado diante dela.

— Você é uma gracinha.

O homem estava bêbado. Parecia um operário da construção civil, e Juliet se perguntou se ele estaria participando da obra na igreja de Sacré-Coeur. Juliet olhou em volta e notou vários homens com as mesmas características. Devia ser dia de pagamento. Ele confirmou as suspeitas dela.

— Quanto é?

Uma dama teria ficado irritada com aquele comentário, mas Juliet sentia que não era mais uma dama — certamente não a dona da casa do boulevard Saint-Germain. Tudo aquilo havia sido uma ilusão, não é? Ela se tornara uma convidada na casa de Varnier. Não era nem parente dele, na verdade. Seu destino era aquele: agradar a um bêbado com dinheiro na carteira. Ela pensou em seu destino original, definido antes de Varnier intervir. Ela teria se casado com o filho dos Busson e aguentado coisas horríveis nas mãos dele. Varnier dera a ela vários anos bons. Por isso, ela ficara agradecida a ele. Mas ele não devia mais nada a ela.

— Outra bebida. — Juliet apontou para o copo vazio. — E 25.

O homem olhou para ela. Era nojento, e Juliet queria sentir nojo. Não sentia mais nada. Nojo era pelo menos alguma coisa.

— Vinte e cinco? É melhor você valer a pena.

— Eu valho.

Ela apontou para o copo vazio. Os últimos vestígios de absinto esperavam no fundo do copo, até que ela o virou, consumindo todo o restante.

Ele pôs outro copo cheio diante dela. Juliet tomou todo o absinto em um só gole. Aquilo a ajudaria. Enquanto saía do bar, ela se sentiu estranhamente livre de todos eles — Marchant, Busson e Varnier. Pelo menos aquilo seria escolha dela. Acompanhada de perto pelo homem, ela virou a esquina e encontrou um espaço escondido na rua. Então estendeu a mão.

— Vinte e cinco.

Ele sorriu, exibindo o espaço onde seus dois dentes da frente deviam estar. Por sorte, ondas de absinto a atingiam e seu hálito ainda estava tomado pelo sabor do anis. Ele enfiou a mão no bolso, tirou uma moeda e entregou a ela. Ela a analisou, mais por achar que era o que devia fazer naquela situação do que por ter considerado o peso da moeda estranho. Ela abriu o zíper da calça dele e levantou a saia. Era um vestido fino, o melhor do bar — pelo menos àquela hora —, e de alguma forma a ideia de sujar o vestido naquele beco sujo e fedendo a urina pareceu uma vingança adequada contra Varnier. Juliet esperava sentir nojo quando o homem começasse, mas percebeu que não ia sentir nada. Ele não foi rápido, mas não foi cruel, e ela ficou aliviada por pelo menos aquilo. A parede de tijolos ásperos machucava suas costas enquanto o homem a penetrava. Ela também conseguiria suportar aquilo. Na verdade, tinha suportado a falta de dignidade com muita facilidade. Quando o homem fechou as calças e voltou para o bar, aquela revelação reafirmou o que ela havia decidido fazer.

Ela sentiu a viscosidade do homem escorrer por suas pernas enquanto andava zonza por Paris até chegar à Pont Neuf. Era uma noite de quinta-feira e a Pont Neuf estava vazia quando Juliet subiu na mureta de pedra e olhou para a água fria e escura. Aquela ponte a levaria de volta para o apartamento do boulevard Saint-Germain e para Lucian, o que ela não conseguiria suportar. Naquele vestido pesado, sabia que, se pulasse, não haveria volta. Ela então pensou ter ouvido fogos de artifício à distância e tomou aquilo como um sinal.

— Querida, desça daí. — A voz de um homem soou atrás dela. — Me deixe ajudar você.

— *Non* — respondeu Juliet.

O que aconteceu a seguir foi curioso. Talvez fosse o absinto, mas a ponta da língua de Juliet começou a formigar e ela a esfregou contra os dentes. Então, de sua boca vieram certas palavras claras, frases muito específicas:

— Você vai se virar e ir embora. Vai querer esquecer que me viu aqui hoje.

O homem riu, de tão absurda que havia sido a sugestão dela, dada sobre as pedras frias da Pont Neuf. Mas a risada foi abruptamente interrompida e Juliet percebeu que ele fez o que ela pedira. Teve tanta certeza de que ele havia seguido a ordem dela que nem se deu ao trabalho de se virar. Em vez disso, se concentrou na água suja e fedorenta abaixo dela.

Talvez fosse efeito da Fada Verde, mas, do alto da ponte, ela jurou ter visto uma mão sair do Sena para puxá-la para a escuridão. E ficou aliviada. Não estaria sozinha. Pensar nisso a deixou mais tranquila quando ela se inclinou para tentar alcançá-la.

16

HELEN LAMBERT
Washington, D.C., EUA, 10 de junho de 2012

Eu estava encharcada quando acordei. Meus pulmões chiavam como se eu estivesse me afogando. Juliet havia pulado no Sena. Não havia uma estatística sobre as pessoas que pulavam da Pont Neuf? Peguei meu celular e liguei para meu maldito "administrador" — um nome que fazia com que ele parecesse o burocrata demoníaco que realmente era. O relógio marcando cinco horas da manhã me deixou feliz.

— Você é um filho da mãe. Sabe disso, não é?

— Bom dia, Helen. — Ele parecia grogue e desorientado, o que me deixou satisfeita. — É, são cinco horas, então acho que podemos considerar que já é manhã. Quanto ao fato de eu ser um filho da mãe, você não tem nem ideia do quanto.

Pude ouvi-lo se mexer.

— Eu estava acordado.

— Não, você não estava.

— Não, não estava.

— Você *se casou* com outra mulher?

— Ah — disse ele. — É por isso que você está ligando. Quer que eu vá até aí?

— Não. Não quero que você venha para cá. Neste momento, eu odeio você. Fique longe de mim. — Parei para pensar em uma coisa que havia esquecido. — Porra.

— O que foi?

— Você é um filho da mãe, mas eu preciso de um acompanhante hoje.

— Eu poderia ter um compromisso.

— Mas nós dois sabemos que não tem.

— Não tenho mesmo.

— Eu sei. Passe aqui por volta das seis horas. É uma festa para um artista italiano, Giulio Russo, na casa do embaixador italiano. Ah, só para deixar claro... O Roger vai estar lá.

— Ah, isso muda absolutamente tudo. Vou com você, com certeza.

— *Ela* vai estar com ele.

— Tente não matar a moça.

— Muito engraçado. Vai de terno.

— Estou à sua disposição.

— É o que você sempre diz — respondi, antes de desligar o telefone.

Era uma daquelas noites perfeitas de junho em Washington, antes de a umidade sufocante dominar a cidade. A casa do embaixador italiano, chamada Villa Firenze, ficava em um terreno de 22 acres luxuosos e arborizados nas colinas do Rock Creek Park. Por dentro, a mansão de pedra era uma mistura de estilos mediterrâneo e Tudor, com elaborados cômodos cobertos de painéis de madeira, pedra e azulejos. A casa tinha uma vista magnífica para Washington, por isso a recepção estava sendo realizada no gramado. Depois de horas de indecisão sobre o que vestir, decidi usar um vestido de Alexander McQueen, que era uma blusa branca de mangas largas e uma saia preta com uma fenda na frente. O detalhe da roupa era um largo cinto de couro que unia as duas peças. Era um vestido marcante, que só seria lançado na coleção de 2013. Eu havia ficado próxima da equipe de Alexander McQueen no ano anterior. A roupa ficava completa com a clássica bolsa de caveira do estilista. Era a primeira vez que veria Roger e Sara em público. Não queria arriscar.

Eu achava que ver Roger e Sara seria angustiante, mas as emoções intensas que sentia por Luke Varner também me incomodavam. Afinal, era um homem que eu havia conhecido pouco mais de duas semanas antes.

Eu sentia como se Juliet tivesse pulado do Sena ontem mesmo, e a traição de Luke ainda me irritava.

Ao meu lado, Luke parecia tão confortável em seu terno quanto ficava na Paris de 1898. Nós andamos pela sala, passando por grupos de pessoas. Como Luke trabalhava com arte, ele estava praticamente em casa.

O convidado de honra, Giulio Russo, era um pintor italiano de obras grandes, sombrias, românticas e melancólicas. Todos os seus quadros retratavam cenários tristes, que representavam algum tipo de perda — amor, inocência, vida. Ficar diante de uma pintura em tamanho real de Russo era como sentir uma tristeza pura, quase como se ele nos arrastasse para dentro da imagem.

Havia muito tempo que Russo ganhava fama na Europa, mas ele ia se consolidar no cenário artístico global em grande estilo naquele ano, com exposições em Londres e Nova York. Aquele jantar estava sendo planejado havia mais de um ano, e Roger e eu tínhamos ajudado o embaixador a trazê-lo para Washington. De início, íamos recebê-lo em um de nossos jantares, mas eles haviam acabado quando saíra de casa. Desde então, a Coleção Hanover havia adquirido uma de suas obras, e o jantar na casa do embaixador fazia parte da revelação de um quadro de uma menina prestes a entrar em um lago — que nos fazia pensar se ela ia só nadar ou se aquele seria mais um melancólico mergulho final. Sendo uma obra de Russo, a segunda opção era o resultado mais provável, mas a tristeza da pintura atraía o observador para a narrativa.

Eu não havia visto o quadro antes da festa. Por causa do sonho em que Juliet se afogava, achei a pintura comovente. Ela parecia ter sido influenciada pela obra de Marchant, se esquecêssemos que, por trás dos belos personagens de Russo, havia certa escuridão. Muitas das outras obras de Russo apresentavam cenários bonitos e elaborados, mas os rostos dos personagens pareciam "fechados", como se todos eles apenas suportassem a beleza ao seu redor e tivessem consciência de que havia algo sinistro à espreita, além da moldura.

O próprio Russo se encaixava bem no papel, com seus cabelos pretos bagunçados na altura dos ombros e grandes olhos castanhos. Ele usava um terno vermelho-granada com mocassins Gucci pretos e uma camisa preta aberta o suficiente para podermos ver um grande crucifixo prateado sobre sua pele bronzeada. Eu conversava animadamente com ele quando vi Roger e Sara entrarem no gramado. Para ser sincera, acho que os senti antes de vê-los. O braço de Luke me envolveu e se aconchegou em minha cintura antes mesmo que eu os visse, por isso percebi que ele havia tido a mesma sensação. Eu me senti grata pelo gesto. Por quase trinta minutos, Roger e eu nos evitamos, até sermos obrigados a conversar.

Depois do acidente na casa dela, quando a janela caíra sobre eles, Roger e Sara haviam ficado um mês separados, mas tinham voltado a namorar. Parecia que o fato de estar me vendo em público o havia deixado incomodado, porque nos abraçamos friamente e ele me deu um beijo na bochecha. Embora não gostasse de Sara, eu ainda sentia uma culpa enorme por meu papel na morte da mãe dela, Johanna, e, por causa disso, fui mais gentil com ela do que de costume. Curiosamente, Luke se apresentou apenas pelo primeiro nome, e eu percebi que Roger ficara curioso sobre a identidade do meu acompanhante.

Sara era tão pequena que, mesmo de salto alto, mal alcançava os ombros de Roger. Seu cabelo louro estava preso em um rabo de cavalo quase solto e ela usava um vestido preto justo, sem mangas, que parava abaixo do joelho. Estava muito bem-arrumada e elegante. Roger parecia frustrado.

Os convidados que nos cercavam pareciam observar nossa performance como se fosse uma grande peça de teatro. Tive a sensação de que todos estavam ansiosos para ver se Roger e eu conseguiríamos continuar nos dando bem o bastante para deixar todos à vontade. Então falamos sobre amenidades.

— Aposto que seu telefone anda tocando sem parar por causa da entrevista do Heathcote — disse Roger.

Era estranho. O homem à minha frente estava imóvel e suave, apesar da brisa fresca que soprava pelas árvores.

Enquanto ele gaguejava, tentando achar algo para me dizer, entendi o problema maior que nos envolvia: eu havia sido amaldiçoada, ele havia sido amaldiçoado e meu acompanhante talvez fosse o diabo. Pelo menos eu estava bonita, mesmo com os saltos de meus Louboutins afundando na grama macia. Perguntei em que setor da Hanover ele ia pendurar o quadro de Russo. Para minha surpresa, Sara respondeu por ele.

Observando os movimentos de Roger, senti que aquilo era uma pequena repetição da cena na Ópera de Paris. Se aquele Roger barbudo estivesse usando smoking, eu juraria que o estava vendo em 1898, vestido como Auguste Marchant. Os dois homens nunca haviam se conhecido nessa vida, mas ali estava Luke, pronto para fugir comigo a qualquer momento, assim que eu desse o menor sinal. Eu havia testemunhado todos os olhares confusos de Roger ao longo dos anos e o conhecia bem o bastante para saber que Sara estava tendo problemas para entendê-lo naquele momento. Dava para ver pela postura dela que aquilo a incomodava.

O sol se punha sobre a mansão, as luzes e velas tinham sido acesas. Por sorte, ouvi o som distante do sino que avisava que o jantar estava pronto. Luke e eu pedimos licença.

— Nada?

Luke me lançou um olhar confuso.

— Estou só esperando você dizer como ele era chato.

— Eu estava pensando em como ela era chata.

Ao ouvir aquela observação maravilhosa, eu sorri.

— É sério. Estou surpreso que ela não esteja usando um cardigã — disse ele, pegando minha taça de vinho.

Luke sempre tinha um jeito de me acalmar, fosse uma mão em minhas costas ou um comentário sarcástico, dito no momento perfeito para trazer leveza ao que seria uma situação embaraçosa. Atravessei o mar de convidados da festa com ele ao meu lado, cumprimentando algumas esposas de congressistas, âncoras de noticiários, donos de restaurantes e proprietários de galerias de arte.

Estávamos sentados a uma mesa comprida com o diretor da Ópera de Washington e sua esposa. Roger e Sara estavam do outro lado da sala. O jantar começou com uma salada de rúcula e uma *panzanela* de legumes, seguidas por costeletas de cordeiro em crosta de cogumelo porcini e risoto, e terminou com um tiramissu de chocolate de sobremesa. O vinho então começou a correr.

Luke sabia muito sobre ópera, o que me chocou. Na verdade, o conhecimento de Luke sobre as óperas de Mozart, os concertos de Bach, os pintores da Renascença, o vinho Madeira, Louis Armstrong e a cidade de Oslo, onde a esposa do diretor da ópera havia crescido, eram praticamente infinitos.

— Oslo? — perguntei, direta.

— É uma cidade incrível. O aeroporto é muito eficiente.

— Oslo?

Inclinei minha cabeça de novo.

Ele fez uma cara feia para mim. Mas era exatamente o acompanhante de que eu precisava. No final da noite, praticamente tinha três novos convites para jantar e alguns possíveis cargos em conselhos. Peguei-me olhando fixamente para ele, tão entretida quanto todas as outras pessoas. Na verdade, quase me esqueci de Roger até ver que ele e Sara estavam pedindo desculpas por terem que ir embora mais cedo. Ao olhar para Roger, pude ver que ir embora também não havia sido escolha dele.

Depois do jantar, Luke e eu percorremos a casa, com seus corredores intermináveis e janelas decoradas com cornijas ornamentadas e cortinas de seda. Até os tapetes e pisos italianos eram obras de arte. Luke me guiou por um corredor escuro até o que parecia ser uma biblioteca, repleta de obras dos melhores escritores da Itália. A sala tinha dois sofás compridos cor de bisque e um piano de cauda em mogno.

Ele puxou a banqueta do piano.

— Sente-se.

Eu me acomodei ao lado dele.

— Você toca?

— Não — disse ele. — Você toca.

Eu ri.

— Você não se cansa disso?

Ele tossiu e fez uma pausa antes de responder.

— Nunca.

— Toque alguma coisa para mim.

Ele olhou para mim e se virou para as teclas. Ouvi o som dissonante de "O Bife" se formar.

— Legal — falei.

Ele parou.

— Tente você agora.

— Não acho que a gente devia estar aqui.

— Pare de mudar de assunto. Tente.

— Eu não toco piano.

— Sua mãe não tinha dinheiro para comprar um piano, por mais que você quisesse fazer aulas, como sua melhor amiga. Ela comprou uma flauta quando você tinha 11 anos.

Lembrei-me dela, lutando para sustentar a família, sozinha. Ela havia ganhado uma flauta Armstrong antiga de alguém no trabalho, por isso pedira que fosse limpa e recondicionada. Tinha pedido desculpas pela caixa velha. Sempre atenta às nossas dificuldades financeiras, eu havia aprendido a tocar a flauta e nunca mais pedira um piano.

— Então você sabe que eu não toco.

— A Helen Lambert não toca.

— O que você quer dizer?

— A Juliet LaCompte toca.

Ele pegou minha mão e a colocou sobre as teclas. Foi um gesto carinhoso, que só me deixou mais furiosa por causa dos sentimentos que tinha desencadeado em mim. Ele alinhou meu polegar direito sobre o Dó central.

— Acho que você vai saber tocar a parte da mão esquerda.

Fiz cara feia para ele.

— A Juliet amava você. — Mas quis esclarecer rápido: — *Em Paris*.

— Então é isso. — Ele suspirou. — Eu também amava você... *em Paris*. Mas acho que tinha medo do que estava acontecendo entre a gente. Eu achava você jovem e vulnerável demais.

— Você se casou com outra pessoa.

Quando olhei para as teclas à minha frente, elas se abriram para mim, como se um segredo tivesse sido compartilhado. Coloquei a ponta do dedo em uma tecla de marfim e percebi que sabia exatamente como ela soaria. Com o indicador, apertei o Ré, sabendo o que esperar do tom, mas me perguntando o que aquele gesto geraria naquele instrumento. Pelo canto do olho, pude ver que Luke me observava de perto. Arregacei as mangas e toquei os primeiros acordes de uma obra de Grieg como uma garota que não tocava piano havia cem anos. A mente de Juliet conhecia as teclas intimamente, mas os músculos de Helen não estavam acostumados ao delicado movimento necessário para as peças de Clementi e Satie que fluíam de meus dedos. Era como se a mente de Juliet quisesse tocar todo seu repertório rapidamente. Eu parei de repente.

— Você se casou com outra pessoa.

— Eu sei. — Ele estendeu a mão e tocou na minha. — Achei que Lisette seria uma proteção para nós dois. Foi minha primeira vez como seu administrador. E, como você viu, estraguei tudo.

— Você me decepcionou. Você era a pessoa em quem eu mais confiava.

Na noite anterior, a dor que Juliet sentira havia sido transferida para mim. Era tão real que eu jurava que podia sentir o absinto em meus lábios. Só posso descrever a sensação como algo que morava em minha memória junto com as lembranças de minha adolescência. Era tão particular e intenso quanto o bolo que tinha levado no baile de formatura da Escola Bethesda. Tinha passado a sentir a dor de adolescente de Juliet.

— Eu sei o que fiz. E não sei explicar a delícia que foi ver você se casar com outra pessoa em nossas outras vidas juntos. Dá um tempo, ok? Nós não somos normais.

— Por que o Roger não se lembra da vida dele como Auguste Marchant?

— Bem, nenhum de vocês dois devia se lembrar das suas outras vidas — explicou ele. — Vocês deviam só desempenhar seu papel na maldição várias vezes. É você que é diferente.

— Por quê?

— Você é especial. Eu já expliquei isso. — Ele pareceu mudar de assunto. — Você não sabe como é passar o tempo sem você... até você ressurgir, até me chamar. E você sempre vai me chamar. É assim que a maldição funciona. Até saber que você voltou a este mundo, eu fico observando, esperando para ver quem você vai se tornar daquela vez.

— O que quer dizer com *daquela vez*?

— A cada vez, você muda um pouco, dependendo do ambiente em que cresce e da época em que vive. Isso tem papel importante na sua personalidade, mas você ainda é você.

Pensei na mãe de Juliet e a comparei com minha mãe, Margie Connor. Tempos diferentes, mães diferentes. Ele estava certo. Eu era diferente de Juliet e, no entanto, nós duas compartilhávamos as mesmas lembranças.

— E o que você faz enquanto está esperando por mim?

— Eu não faço nada — disse ele.

— Onde você fica enquanto espera por mim?

— Você não entenderia. — Ele riu. — Eu não fico no *mundo* que você conhece. Meu propósito é esperar por você. E, quando vejo que você renasceu, sei que vai levar vinte anos ou mais para me pedir ajuda. Então estabeleço minha próxima vida: finanças, casas... Passo tudo para o meu filho... Lucian Varnier. Sou Lucian Varnier IV. E então espero até ver você de novo.

Mas, naquela vida, já fazia muito mais de vinte anos. Eu tinha quase 34.

— Luke.

Fechei os olhos, entendendo a realidade dele, como era cruel. Malique havia descrito Luke como uma criatura maldita, um soldado a serviço de um demônio. Ele estava sendo punido por alguma coisa e seu castigo tinha sido *eu*. Seu empregador era aquele demônio, aquela *coisa*, que eu havia visto rastejar para dentro da mãe de Juliet naquela noite no chão da cozinha. A história toda era uma loucura.

— Você disse a Juliet que estava a serviço da mãe dela, mas isso não é verdade. É?

— Depende de como você vê a situação.

Por causa de Malique, eu tinha uma noção da estrutura básica da maldição.

— A mãe da Juliet chamou um demônio para ajudá-la a se vingar do Marchant. É a serviço dele que você está, não é?

— É. — Ele mudou de assunto propositadamente. — Vamos viajar para algum lugar por alguns dias, enquanto você lida com tudo isso.

Malique pedira que eu não confiasse em Luke nem falasse sobre a viagem para Challans, então torci para que ele não percebesse a mentira que estava prestes a contar.

— Tenho uma viagem de negócios para Londres amanhã. Vou ficar lá por três dias.

— Nós só temos 12 dias até seu aniversário. Você tem que ir mesmo?

— Tenho.

Olhei para minhas mãos e pensei no que tinham acabado de fazer. Tudo aquilo era verdade. A história maluca de Luke Varner.

— Vou morrer no meu aniversário, não vou? — Minha voz falhou um pouco. — É por isso que você fica dizendo que estamos ficando sem tempo, não é?

— É — respondeu ele, baixinho.

— Você sabe o que vai acontecer comigo?

Eu precisava saber o que ia acontecer se não conseguisse o sangue na França.

— Não acontece sempre do mesmo jeito.

— E o que vai acontecer com você?

— Vou desaparecer de novo… e esperar.

— Foi isso que aconteceu com você em Paris? Depois que a Juliet… Depois que pulei da ponte?

— Foi. Você é o meu propósito. Não tenho outro motivo para estar aqui além de cuidar de você.

— Posso perguntar uma coisa pessoal?

— Claro.

— Faz parte do seu *propósito*, como você diz, me amar?

— Não — disse Luke. — Fiz um esforço incrível para me afastar de você em Paris. Falei que não podia amar você. Eu era novo e não sabia como lidar com você. Como disse, falhei com ela.

— E o que mudou?

— Eu.

Ele pegou meu rosto em suas mãos e me beijou, lenta e carinhosamente. A parte de mim que pertencia a Juliet foi levada às lágrimas. Minha testa tocou a dele.

— Temos muito pouco tempo agora, Red. Tudo o que quero é ter tempo com você.

17

NORA WHEELER
Cidade de Nova York, 1932

Clint estava demorando naquela noite. Norma desejou que ele terminasse logo para poder mandá-lo embora. Mas, claro, isso não aconteceria antes de ele gozar, então voltou a se concentrar, torcendo para que aquela não fosse mais uma noite em que ele tivesse que sufocá-la para conseguir gozar.

Norma e Clint tinham um acordo. Ela não pensava em como a baixa estatura e o corpo pálido e atarracado dele às vezes lhe causavam repulsa; ele garantia o pagamento do aluguel dela. Antes de Clint levá-la para Nova York, Norma Westerman tinha vivido sozinha — e viver sozinha aos 19 anos tinha sido assustador. O teatro — ou pelo menos as peças que ela fazia — não pagava bem e o dinheiro sempre havia faltado antes de Clint aparecer. Agora eles bastavam. No entanto, recentemente, aquele acordo andava mexendo com sua cabeça, apagando o limite entre quem ela estava se tornando e quem ela queria se tornar. Ela não conseguia imaginar como aguentaria mais um ano, quanto mais uma vida inteira, exaurindo as pernas sobre o palco o dia inteiro e Clint exaurindo o que sobrara dela à noite.

Clint era aquele tipo de cara que cuidava de todos os "problemas" do teatro — inclusive de escândalos, abortos e maridos bêbados. Ele havia conhecido Norma em Akron, onde a mãe dela administrava uma pensão para músicos na rua Dixon.

A mãe de Norma tinha um velho piano vertical desafinado na sala de jantar. De tempos em tempos, um inquilino que sabia afinar piano se hospedava na casa e dava nova vida ao instrumento. Depois do jantar, os inquilinos se reuniam em volta dele, e Norma ficava maravilhada com as músicas e o sapateado que eles apresentavam, sempre tentando brilhar mais que o artista anterior, apesar da plateia insignificante. Por causa disso, Norma pudera fazer aulas baratas de sapateado. Mas algo no instrumento a assombrava. Ela nunca demonstrara interesse pelo piano, apesar de a mãe insistir que ela poderia conseguir uns trocados tocando na igreja metodista da cidade. Norma sentira então que precisava se mudar — só conseguia pensar em aulas de sapateado e balé. Mas, em Nova York, ter talento para a dança não era nada de especial. Então Clint a encontrara em uma apresentação de um teatro regional.

Como era bonita, ele conseguira para ela um emprego permanente de corista no Winter Garden Theatre e a instalara em um pequeno apartamento. Tinha deixado os termos claros desde o início, e Norma queria tanto deixar Akron que os aceitara. Para ser sincera, acordos bem piores já haviam sido oferecidos a ela pelos namorados da mãe com o passar dos anos.

Mas Norma havia começado a querer mais. Clint tinha contatos nos estúdios de Hollywood e prometera que conseguiria um teste para ela na MGM, mas, sempre que ela perguntava, ele dizia que não era a hora certa. Por isso, quase dois anos depois do início do "acordo", ela já havia percebido que Clint estava feliz com as coisas daquele jeito. Não haveria apresentações e a hora certa nunca chegaria.

Clint ainda não havia ficado tanto tempo com uma mulher. Norma torcia para que ele a trocasse por uma garota mais nova, mas ele estava convencido de que ela era *dele*. Quando bebia muito, ele listava as coisas que faria caso ela o deixasse: ela poderia cair na frente de um táxi, ele poderia cortar suas entranhas e culpar um lunático qualquer... A lista se estendia à medida que ele bebia. Norma nunca tivera dúvidas de que ele era criativo. Mesmo depois de seus atos mais cruéis, Clint nunca havia se desculpado. Pelo que Norma sabia, ele tivera uma infância difícil — o pai havia abandonado a ele e a mãe quando ele ainda era bebê. Ele cuidava da mãe, que morava em um apartamento que ele pagava. Norma às vezes achava que ele podia encher um prédio inteiro com as mulheres que sustentava de uma maneira ou de outra.

Clint rolou para o lado, satisfeito consigo mesmo.

— Pegue uma bebida para mim.

Ela não se levantou rápido o bastante.

— Não vou pedir duas vezes.

Norma suspirou. Clint já estava bêbado, por isso o sexo levara uma eternidade naquela noite — uma característica que ele parecia valorizar. Ela estava exausta.

Norma se sentou na cama e pegou o roupão de seda preto, mas Clint o puxou das mãos dela.

— Eu quero ficar olhando sua bunda enquanto você estiver andando.

Ela sabia a que isso levaria, mas se levantou da cama e foi até a porta.

— Pare — disse ele.

Norma se virou.

— Volte e faça de novo. Não gostei do jeito que você andou. Não foi gracioso.

— Não — respondeu ela, rindo. — Estou com frio.

Norma abraçou seu corpo.

— Mandei você fazer de novo. — Ele girou o dedo e sacou um cigarro. — Alguns homens dariam a vida para olhar para sua bunda, meu amor. Eu mereço ver um pouco mais, já que pago por ela.

Norma se virou e caminhou lentamente até a porta, mas parou ao ouvir Clint tragando o cigarro. Estava satisfeito por enquanto. Norma relaxou um pouco.

No começo, ela fingia que se divertia. Era difícil admitir para si mesma o que estava fazendo, por isso se convencera de que adorava — ou até amava — Clint. Mas depois decidira economizar as performances para o palco. A aversão dela por ele parecia tê-lo excitado ainda mais e — junto com o efeito dos três uísques que ele havia bebido — causara uma noite muito longa e várias "tentativas" de sexo que tinham parecido intermináveis.

Ela entregou outra bebida a ele e fez menção de voltar para a cama quando ele balançou a cabeça.

— Fique parada aí — ordenou. — Eu nunca consigo dar uma boa olhada em você.

Norma ficou parada na frente dele, olhando para a janela.

— Nada mau. — Ele ajeitou o cigarro e a bebida. — Seus peitos são pequenos demais e você tem uma saliência no nariz que tenta cobrir, mas sua bunda e suas pernas são boas, pelo menos *por enquanto*.

Norma se sentiu humilhada. Ele a estava avaliando como se fosse um cavalo.

— Você nunca faria sucesso em Hollywood. Eu sei que você acha que faria, mas não. Acha que é melhor do que eu, mas salvei você de um destino pior, sabia? Uma menina de aparência bem comum, como você. Se não fosse por mim, você seria uma daquelas garotas das boates.

— Quer dizer uma prostituta?

Norma levantou a voz. Era uma atitude arriscada.

— No fim das contas, é isso que você é — disse ele, rindo. — Você sabe disso, não é? Eu poderia arranjar alguém melhor do que você, você sabe.

— Eu sei disso.

Norma pensou que, naquela cidade cheia de mulheres pobres e desesperadas, ele provavelmente poderia.

— Então me convença a não expulsá-la daqui.

Clint colocou a bebida na mesa de cabeceira e Norma se arrastou para baixo dos lençóis. Ela sabia que precisava ser inteligente. Ele havia acabado de se abrir, de certa forma. Estava incomodado com a indiferença dela e precisava igualar o jogo. Naquele momento, a situação podia ficar pior. Clint subiu em cima dela e, com um movimento rápido, levou a ponta do cigarro à bochecha dela e a segurou com o peso do próprio corpo. Depois, tapou a boca de Norma para abafar qualquer som. Norma sabia que a queimadura ia deixar uma cicatriz, que aquele era o objetivo. Então ela sentiu Clint ficando duro.

Seria uma noite muito longa.

⁂

Norma era o tipo ideal de dançarina: não era muito baixa nem alta demais para ser intimidadora ou desengonçada. Seu cabelo ruivo fazia seus olhos chamarem atenção no palco. Além disso, como dançava havia muitos anos, era capaz de fazer os passos mais técnicos e complicados que grande parte das meninas não conseguia. Para completar, todos tinham medo de Clint e sabiam que ela era namorada dele, por isso ela havia subido rápido na carreira. Mas, ao contrário de outras garotas, que tiravam proveito de sua beleza entretendo empresários promissores nos bastidores após o espetáculo, ninguém podia tocar em Norma. Em mais de uma ocasião, Clint havia batido nela e ela tivera que sair de casa maquiada, mesmo durante o dia. Daquela vez, tinha sido uma queimadura. Ela havia penteado o cabelo para o lado até que a ferida cicatrizasse, mas Marvin Walden, o diretor de teatro, havia percebido a marca e, embora não tivesse dito nada, tinha posto um cartão na jaqueta dela.

Ela o sacou e o examinou. Era um cartão de um agente da Monumental Films.

— Você tem um teste na quarta-feira às duas da tarde. — Walden puxou os cabelos dela para trás. — Veja se a Bettie pode cobrir isso para você. Não conte ao Clint sobre seu teste. Não quero ter problemas.

— Obrigada — respondeu ela.

— Se aquele filho da mãe descobrir, você não vai me agradecer.

Marv desceu o corredor, as mãos no bolso.

Norma sabia que ele estava certo. Se descobrisse, Clint a mataria.

Estar no palco era uma coisa, mas Norma não estava acostumada à câmera e às luzes fortes do teste. O processo todo foi rápido, não mais que vinte minutos, e se resumiu a ela dizer seu nome e se sentar em várias posições para que a câmera pudesse captar ângulos diferentes. No entanto, o cinegrafista pareceu passar mais tempo com ela do que com a garota anterior, e o agente lhe fez muitas perguntas sobre Akron. Ela sabia cantar? *Sim.* Sabia dançar? *Sim.* Quem era sua atriz favorita? *Norma Shearer.*

Uma semana depois, Norma recebeu uma carta do Monumental com uma oferta de oito semanas de trabalho por 1.250 dólares. Ela teria oito semanas para impressionar os produtores da Monumental. Se não fizesse isso, seria mandada de volta para casa. Ela havia economizado dinheiro o suficiente para se sustentar por outros dois meses, mas, se não conseguisse emprego, voltaria para Nova York ou para Akron — para algum lugar em que se manteria sozinha e não dependeria de alguém como Clint. Norma prometeu que nunca mais voltaria a ficar com alguém como ele.

No entanto, ela tinha medo de que ele descobrisse. Tinha que esconder a oferta de emprego até sair de Nova York. Torcia para que ele a esquecesse logo. Ele já havia voltado a "procurar" dançarinas do interior, então talvez ela fosse substituída. Clint gostava de chocar novas pessoas com suas perversões. Mulheres ingênuas com menos de 19 anos eram seus alvos favoritos, mas havia algo nela que ele continuava desejando. Por garantia, Norma decidiu mudar de nome — ia para Hollywood não como Norma Westerman, mas como Nora Wheeler. Ela gostava do nome. As pessoas costumavam chamá-la de Nora por engano, e ela sempre havia gostado daquilo. O nome suscitava mais confiança do que Norma — por isso, ela se livraria de Norma e se tornaria Nora. E Wheeler era o nome de solteira de sua mãe. Dois dias antes da data marcada, ela comprou uma passagem de trem. A viagem levaria quatro dias: primeiro iria até Chicago e de lá a Kansas City. Em seguida, passaria por El Paso, Tucson e Phoenix, até chegar a Los Angeles. Nora precisava estar no estúdio em cinco dias. Ia ser por pouco.

Era fevereiro e a costa leste havia sido atingida por um inverno rigoroso, por isso Nora fez duas malas e planejou vestir um longo sobretudo, de que precisaria apenas até chegar a Kansas City. Analisou seu guarda-roupa e separou vários vestidos e jaquetas mais leves que poderia usar. De repente, seu coração parou ao ouvir a fechadura. Rápida, empurrou a mala aberta para baixo da cama. Era para Clint ter ido para Atlantic City naquela noite. A passagem de trem dela estava em cima da mesa. O que ele estava fazendo aqui? Nora correu para a mesa para pegar a passagem e escondê-la no bolso do casaco pendurado perto da porta. Clint entrou no apartamento, sacudindo a neve derretida do casaco.

— Achei que você tivesse ido para Atlantic City.

— Mudei de ideia. — Ele deu de ombros e tossiu. — Por quê? Não está feliz em me ver?

— Claro que estou. — Nora lhe deu um abraço e um beijo na bochecha. — Estou surpresa, só isso.

— Por quê? Trouxe um cara para cá?

Ele riu, pendurando o chapéu no cabideiro. Nora viu a passagem escapulir do bolso de seu casaco, então tentou distraí-lo com um uísque.

— Se trouxe, ele vai morrer.

A chegada inesperada de Clint podia causar problemas para Nora. A moça tinha que pegar o trem das 7h43, e se Clint dormisse na casa dela — coisa que ele costumava fazer —, só iria para o teatro no fim da manhã. Ele pegou a bebida e a puxou pelo braço até o quarto, fechando a porta com um chute, apesar de o apartamento estar vazio.

Enquanto a cama balançava, Nora pensou na mala vazia embaixo deles. Ele a machucaria muito se a encontrasse.

Depois que ele terminou, Nora se levantou e se cobriu com um roupão. Pegou o copo vazio de uísque e serviu outra bebida para ele. No entanto, daquela vez, tirou da bolsa um frasco de remédios para dormir, abriu uma cápsula, jogou o pó na bebida e mexeu o líquido até dissolvê-lo. Então, por impulso, acrescentou uma segunda pílula. Depois do sexo, da bebida e do remédio para dormir, ele dormiria profundamente. Ela provou a bebida e não conseguiu sentir nada do gosto do remédio.

Uma hora depois, Nora esperava, acordada, enquanto Clint roncava baixinho. Quanto mais ele dormia, mais profundo era seu sono. Ele não tinha o sono leve. Quando os roncos se tornaram constantes, Nora puxou a mala aberta para o lado da cama e pôs nela algumas coisas que sabia que precisaria, tateando no escuro e torcendo para estar pegando os itens certos. Clint se virou e ela empurrou a mala de volta para debaixo da cama até ouvir sua respiração voltar a se tornar regular. Ela se vestiu rapidamente no escuro e fechou uma das travas da mala, atenta à falta de movimento de Clint. Depois, foi na ponta dos pés até a sala e fechou a segunda trava. Ela pegou a bolsa e o casaco, conferiu se a passagem continuava em seu bolso e só girou a maçaneta quando tocou no papel. Enquanto empurrava a mala pela porta, pensou que compraria o que precisasse na estrada. Calçou os sapatos só quando estava no corredor e fechou a porta com cuidado, mas sem se dar ao trabalho de trancá-la. Com sorte, Clint acharia que ela havia tido um compromisso pela manhã e não pensara em acordá-lo. Isso lhe daria mais tempo. Ele só descobriria que ela havia sumido se fosse ao teatro. Talvez ele demorasse mais de um dia para perceber que ela tinha ido embora. Aí, mesmo que ele tentasse encontrá-la, levaria várias semanas. Ela tivera o cuidado de contar apenas a Marv Walden para onde estava indo. Quando Clint finalmente se desse conta, já não importaria mais. Ela teria uma carreira em Hollywood. Antes de fechar a porta, ela se certificou de que o envelope com dinheiro estava em sua bolsa. Era um pacote grosso com todas as suas economias.

Ao sair correndo do prédio, o frio a atingiu. Estava feliz em deixar tudo aquilo para trás, mas só conseguiu relaxar quando estava no táxi aquecido, seguindo em direção à Pennsylvania Station. Antes de embarcar no trem, ela olhou para trás uma última vez, segurando a mala com força. Depois, ficou olhando pela janela até o carro se afastar da estação. Quando o trem ganhou velocidade, ela dormiu profundamente. Em Chicago, pegou um trem da linha Golden State às 22h15, que a deixou em Kansas City na manhã seguinte. Ela analisou tudo o que havia trazido e percebeu que não tinha conseguido pegar rolinhos de cabelo, cremes para o rosto e meias-calças. Teria que comprar aquelas coisas quando chegasse a Los Angeles. Na noite seguinte, a paisagem se tornou desértica quando o trem entrou no Novo México. O ar do deserto era frio, o que surpreendeu Nora, mas, quando o trem parou em Chandler, ela abriu a janela para deixar a brisa seca e quente entrar no vagão. Ninguém havia entrado em sua cabine desde Kansas.

Ao chegar ao Los Angeles Union Terminal logo após o jantar, Nora pegou um táxi para o Grove Hotel, que ficava perto do Monumental Studios. Enquanto seguia de táxi pela cidade, ela ficou impressionada com os bangalôs coloridos, os gramados perfeitamente cortados, as palmeiras e um cheiro estranho.

— Que cheiro é esse? — perguntou ela ao motorista.

Era um odor forte, como de uma erva com um toque doce.

— É dos eucaliptos.

Na manhã seguinte, quando abriu a porta da varanda, Nora foi recebida por um sol suave e abafado e por arbustos cuidadosamente aparados, misturados a palmeiras gordas e ao cheiro de folhas quentes. O aroma a fazia se lembrar de um banho convidativo.

Nora ia se reunir com Harold Halstead, o vice-presidente do Monumental Studios, que selecionara o teste dela. A assistente dele, Penny Bentley, tinha pedido que Nora chegasse cedo para a reunião das 9h30.

Às 9h31, Harold Halstead se sentou a uma mesa tão grande quanto um piano e ajeitou os óculos grossos. Bem magro, ele parecia ansioso, como um gato prestes a atacar.

— Você tem alguma coisa... mágica. Não sei dizer o que é, mas Marv Walden e eu nos conhecemos há muito tempo e ele diz que nunca viu ninguém como você.

O homenzinho se aconchegou na cadeira de couro marrom, e Nora teve que esticar as costas para vê-lo do outro lado da mesa.

— Marv Walden falou com você?

— Ele me ligou. Insistiu que eu contratasse você.

Nora ficou emocionada. Ela tinha ganhado a confiança de Marv, mas ele nunca tinha dado nenhum sinal de que a considerava especial.

Halstead se levantou, deu a volta na mesa e se inclinou para analisar o rosto de Nora. A queimadura havia cicatrizado e deixado uma pequena mancha.

— Billy Rapp está trabalhando em um filme agora, *Trem para Boston*.

— Acabei de chegar de trem de Nova York, se isso ajudar — brincou Nora.

— Você tem uma ótima voz também. — Harold Halstead a examinou de cima a baixo. — Mas eu preciso de uma mulher loura. Continue falando comigo. Me fale sobre o Marv.

Nora tocou nos cabelos ruivos. As mechas vermelhas na altura dos ombros e as pernas longas eram sua marca em Nova York.

— O Marv era ótimo. Ele me contratou quando eu estava em Akron, atuando em uma companhia regional de teatro.

— Você é do Meio-Oeste?

— Sou de Akron mesmo. Minha mãe administrava uma pensão.

— Acho que a trupe não fez você ir muito longe, já que você começou e terminou em Akron.

— Talvez eu não estivesse tentando sair de lá.

Halstead sorriu ao ouvir a resposta rápida. Ele cruzou os braços e os apoiou na mesa.

— Eu preciso de uma loura.

— O quão loura você quer que eu seja?

— Peça a Penny para marcar um horário com o Max. — Harold Halstead mudou de ideia e pegou o telefone preto. — Ligue para a Eve. — Ele esperou, olhando pela porta aberta da varanda, que dava para Melrose. — Eve — disse, quando uma voz vociferou do outro lado da linha. — Tenho uma moça aqui para o próximo filme do Billy Rapp. Preciso de uma loura. Você está livre hoje de tarde? — Ele fez uma pausa e analisou Nora, abaixando os óculos. — Na verdade, não. Não. Na verdade, não.

Norma ouviu alguém, uma mulher, falar rapidamente do outro lado da linha. Halstead continuou assentindo.

— Bom... Faça o que puder. — Então Harold Halstead riu. — Claro. Eu te *devo* uma.

Norma ouviu a pessoa do outro lado da linha rir.

Quando desligou o telefone, Halstead rabiscou furiosamente em um pedaço de papel e o entregou a ela como se fosse um médico passando uma receita. O bilhete dizia: *Avenida Highland, 1660. 13h.*

— O que é isso?

— Este, minha cara, é o endereço de Max Factor.

— O maquiador?

— *O cara.* Peça a Penny que leve você para falar com Eve Long agora. Ela é a cabeleireira-chefe do Monumental. Ela vai deixar você loura, loura azeda! Depois vá encontrar Max Factor, que vai ajeitar os tons. Volte amanhã de manhã, no mesmo horário. Aí vamos ver o que podemos fazer. — Ele deu uma série de batidinhas no papel. — Mas lembre-se: não estou prometendo nada.

Nora colocou o papel na bolsa.

— Eu entendo.

Vinte e quatro horas depois, uma Nora Wheeler loura voltou para ver Harold Halstead. O fato de Penny não a ter reconhecido deixou Nora animada. Ela havia passado a manhã inteira mexendo no frasco branco de base Pan Stik, que supostamente complementaria a nova cor de seus cabelos. A transformação tinha sido chocante. Todos os novos estojos de maquiagem de Nora eram azuis — a cor de Max Factor para louras. Seu cabelo também havia ganhado um corte Chanel mais moderno, na altura do queixo, suavemente cacheado. Nora havia dormido com um travesseiro de cetim, que Eve lhe dera para manter os cachos bem moldados. Eve gostara dela e a deixara pegar um terno azul emprestado do departamento de figurinos. Nora completara o novo visual com óculos escuros de armação de tartaruga e novos sapatos de pele falsa de crocodilo. Quando se estudara no espelho, não vira nenhuma semelhança com Norma Westerman — e nunca mais veria.

— Meu Deus — exclamou Halstead, tirando os olhos dos papéis espalhados por sua mesa. Ele pegou o telefone e começou a discar furiosamente. — Billy Rapp está no set hoje? Veja se ele está disponível. Ele precisa ver *isto*.

Harold Halstead começou a bater papo com Nora, perguntando onde ela estava morando. Assentindo, ele começou a tirar pedaços de papel da gaveta de sua mesa e a escrever nomes de proprietários de apartamentos, alfaiates, restaurantes... Ela estava tão absorta com todas as sugestões que não viu a porta se abrir e um homem alto, de cabelos castanhos ondulados e um ar aristocrático, entrar e parar ao seu lado. Halstead se levantou da cadeira, com o braço estendido.

— Billy. — Harold Halstead abriu um largo sorriso e deu um tapinha no braço do homem com a mão livre. — Aqui está sua Vivian para *Trem para Boston*. Billy Rapp, esta é *Nora Wheeler*. O que você acha?

Nora olhou para ele e se levantou, ajeitando a saia. Ela sabia que aquela era a hora da verdade. Abriu um sorriso devagar, sem revelar tudo, e estendeu a mão quase de maneira tímida.

— É um prazer conhecê-lo, sr. Rapp.

— Me chame de Billy. — O homem sorriu e os maiores olhos verdes que Nora já vira a encararam, entretidos. — Onde Harold encontrou você?

Quando sorria, surgia uma covinha em uma das bochechas — a esquerda.

— Nova York.

— Broadway?

— Continue tentando.

Billy Rapp riu, mas não apertou a mão de Nora. Ela ficou com medo de não ter as qualificações necessárias. Talvez fosse só mediana, como Clint sempre insistira.

— O teste também foi incrível... não só o visual — acrescentou Halstead. — Nós mudamos o visual dela. — Halstead piscou para Nora.

Billy analisou Nora por um instante, sem se preocupar em disfarçar, como se estivesse comprando um casaco. Nora estava se acostumando com o fato de seu corpo e seu rosto serem seus produtos, e as pessoas em Hollywood não tinham pudores em estudá-los.

— É você. — Billy Rapp sorriu e assentiu. — Halstead, você é um gênio. Você não tem ideia.

Nora se sentiu incomodada, como se Halstead e Billy Rapp estivessem escondendo alguma coisa e aquela história não fosse tão simples quanto um papel em um filme.

18

HELEN LAMBERT
Washington, D.C., EUA, 11 de junho de 2012

Meu travesseiro estava todo ensanguentado quando acordei. Os sangramentos pioravam e minha cabeça latejava. Eu estava chateada com o fato de o despertador ter interrompido Nora no escritório de Halstead.

    O avião decolaria para Londres às cinco da tarde saindo do aeroporto de Dulles. Para Luke não suspeitar, Mickey sugeriu que pegássemos um voo para Londres, para encobrir nossos rastros, e depois pegássemos o Eurostar para Paris. Em Paris, ele achou um trem para Challans. Eu tinha pesquisado a família LaCompte e descobri que o irmão de Juliet, Marcel, havia morrido na Primeira Guerra. Seu pai se casara novamente e tivera outros três filhos com a segunda esposa. Sua irmã, Delphine, foi mais complicada. Depois de procurar em alguns registros, descobri uma certidão de casamento da irmã de Juliet e de Michel Busson. Fiquei olhando para a tela por vários minutos, tentando aceitar o fato de que havia deixado minha irmã mais nova enfrentar meu destino. Ela teve três filhos com Michel Busson. Imprimi vários registros sobre os netos.

    Antes de começar a fazer as malas, fiz uma pesquisa sobre Nora Wheeler. Obtive 5.654 resultados. Entrei em um site antigo de Hollywood e cliquei na biografia de Nora Wheeler. Arquejei ao ver uma variação de meu rosto e dos traços da garota que contemplava as escadas na pintura de Marchant exposta na coleção Hanover. Não era exatamente meu rosto, assim como não era o da garota do quadro de Marchant; cada um era produto de seu tempo. Os estilos enganavam um pouco os olhos, fazendo duas mulheres idênticas parecerem semelhantes — como primas. Nora Wheeler tinha um cabelo loiro platinado que chegava ao queixo. Os olhos claros surgiam embaixo do rímel pesado. Na foto, ela estava em um sofá, vestida com uma camisola de seda, o braço contorcido da mesma forma que a *Garota na escada*. A comparação entre as duas imagens era chocante.

Alguns outros sites apresentavam fotos de *Os passos escondidos* e *Um milhão de beijos*, amplamente considerados as melhores atuações de Nora Wheeler. Na última foto que encontrei, ela estava em uma festa no Coconut Grove, no Ambassador Hotel, com Billy Rapp. Aproximei-me da tela para olhar para Rapp. O homem era bronzeado e tinha cabelos castanho-claros, definitivamente uma versão do Auguste Marchant de meus sonhos, assim como do Roger de minha vida atual. Nora usava o que parecia ser um vestido de seda justo e um casaco de vison branco. Olhei para uma foto minha e de Roger em Kauai. As duas mulheres podiam ser parentes, e percebi pela primeira vez o quanto Roger se parecia tanto com Billy Rapp quanto com um jovem Auguste Marchant.

Imprimi algumas biografias e outros materiais sobre Nora Wheeler e os coloquei na bolsa.

Mickey estava me esperando em Dulles. Nossa viagem inteira duraria pouco menos de 72 horas, então eu não sabia o quanto dormiríamos quando aterrissássemos.

Peguei a biografia de Nora Wheeler e comecei a ler.

Nora Wheeler
Nascimento: 22 de junho de 1910, em Akron, Ohio; Desaparecida e dada como morta em 24 de julho de 1935, perto de Long Beach, Califórnia

Nora Wheeler, nome original Norma Evelyn Westerman, foi uma atriz americana que teve papéis menores em filmes como *Trem para Boston* (1932), *Os passos escondidos* (1933), *Max e eu* (1933) e *Um milhão de beijos* (1934). Ela foi descoberta em uma loja G. C. Murphy em Akron por um produtor de Nova York e trabalhou como corista por dois anos, antes de assinar um contrato com o Monumental Films em Hollywood, eventualmente conseguindo pequenos papéis em filmes. Embora tenha recebido boas críticas por seu trabalho em *Um milhão de beijos* e *Os passos escondidos*, produzidos por seu marido, William "Billy" Rapp, ela nunca se tornou uma atriz principal. Em 1935, seu marido foi encontrado morto em casa com um tiro na cabeça. A morte foi considerada suicídio, mas muitos desconfiavam de que Rapp havia sido assassinado. O escândalo acabou sendo fatal para a carreira de Wheeler em Hollywood e ela nunca conseguiu outro papel. Embora o caso de Billy Rapp nunca tenha sido resolvido, em seu livro *Assassinatos em Hollywood nos Anos 1930*, Steve Mason concluiu que Rapp não cometeu suicídio, mas foi assassinado por seu amante, o ator Ford Tremaine, que, segundo vários relatos, confessou o crime em seu leito de morte. A biógrafa de Rapp, Beth Powell, no entanto, suspeita que o diretor possa ter sido morto pelo ex-companheiro de sua esposa. Para aumentar ainda mais o mistério, Wheeler desapareceu na costa de Long Beach, quando o barco em que estava viajando naufragou. O corpo de Wheeler nunca foi encontrado e ela foi considerada morta, apesar de algumas pessoas terem relatado encontros com ela até 1944. No leito de morte, a famosa atriz Lillibet Denton alegou ter falado com a atriz em uma livraria de Paris, mas não conseguiu se lembrar de detalhes do encontro, então a história foi basicamente descartada.

Estávamos na costa de Labrador, a uma altitude de 36 mil pés, quando uma onda de sono me atingiu.

19

NORA WHEELER
Los Angeles, 1933

Uma brisa mediterrânea vinda do Santa Monica Beach Club fez Nora desejar ter trazido um suéter. Ela ainda não havia conseguido se acostumar com a intensidade do sol do sul da Califórnia, que parecia lançar sombras escuras, como as exibidas nos filmes mudos. No entanto, em apenas um instante, uma brisa vinda do mar podia soprar e congelá-la até os ossos.

Protegendo os olhos, ela deu uma boa olhada em Billy.

O corredor era comprido. Billy Rapp caminhava lentamente em direção a Nora, tragando o cigarro com muita vontade. Billy sabia que ela estava lá, esperando, mas não a cumprimentou. Não fazia o estilo dele. Ela podia ver o tecido leve de sua calça e da camisa de algodão tremular com a brisa do oceano. Com cabelos castanho-claros ondulados e olhos penetrantes, poderia ter sido um astro, mas isso também não fazia o estilo dele. Billy era agitado e não gostava de sentir que *pertencia* a ninguém — e não havia dúvidas: o estúdio era dono de todo mundo, inclusive de seus diretores. Ele queria que seus filmes fossem realistas, não uma versão de estúdio embelezada ou uma comédia de vaudeville. E, por algum motivo, havia se convencido de que tinha certo controle sobre seu trabalho. Naquele dia, os olhos macios e os cílios longos de Bilily estavam escondidos atrás de um par de óculos escuros com armação de tartaruga. Nora fechou os olhos. Algo naquele momento — a maneira como Billy se aproximara dela, andando com cuidado pelos azulejos espanhóis, mexendo no cabelo com a mão esquerda e terminando o cigarro com a outra, sem mencionar a porta aberta com vista para o oceano azul que o emoldurava — dizia que devia guardar aquela imagem na memória, porque tanto ela quanto Billy seriam efêmeros. Billy tirava o fôlego dela. Mesmo enquanto estava com ele, sentia uma saudade estranha, como se soubesse que nunca ficaria com o diretor. Perder Billy parecia algo que já havia acontecido a ela, como um ferimento à bala que havia cicatrizado, mas nunca se curado de verdade. Ele era uma figura assustadora — um solitário que mal parecia tolerar outras pessoas ao seu redor, inclusive ela. Com ela, ele só fingia melhor.

Ele a abraçou quando se aproximou dela. O relacionamento dos dois não era equilibrado. Ele era o diretor e ela, sua musa. Tinham feito dois filmes juntos — *Trem para Boston* e *Os passos escondidos* —, mas ela não apareceria no novo filme dele, *Starlight Circus*. Ele preferira dar o papel principal a Jayne McKenna. Halstead deixara a notícia escapar, mas Billy não sabia que ela havia sido informada. Nora se perguntou como ele ia contar a ela. Iria direto ao assunto? Seria sincero e diria que tinha preferido Jayne McKenna? Diria a ela por quê? Ou culparia Halstead?

Nora usava um vestido tangerina sem mangas com um detalhe no pescoço. Ela olhou para cima. Eram só duas horas da tarde, mas o sol já parecia se pôr. Diferente das outras pessoas, ela sempre achava o pôr do sol na Califórnia um espetáculo triste — um dos últimos lugares do mundo a ver o sol do dia. Uma reverência final.

Os dois entraram de braços dados no clube e alguns casais acenaram para eles enquanto passavam. Apesar de não ser uma grande estrela, Nora estava acostumada a ser reconhecida. Tinha aparecido por menos de cinco minutos na tela como vítima no filme de Billy, *Trem para Boston*, e depois por 15 minutos no segundo filme, *Os passos escondidos*, interpretando a estridente e manipuladora primeira esposa. Ambos os papéis tinham sido pequenos, mas memoráveis. Ela havia ganhado um aumento seis meses antes, o suficiente para comprar uma casa no estilo espanhol em uma rua sinuosa perto do recém-construído Hollywood Bowl. De casa, ao longe, Nora podia ver parte do Monte Lee e ler as letras "HOLLY" da placa clássica de Hollywood. Novas casas estavam surgindo por toda a cidade e, quando as janelas estavam abertas, o som de martelos começava de manhã cedo. A casa de Nora era um bangalô novo com portas arredondadas, pé-direito alto e vigas de madeira. No jardim, uma palmeira gorda e um pinheiro magro discordavam como o Gordo e o Magro de Hal Roach. Presas à parede bege de estuque, duas lanternas queimavam na entrada da casa ao lado de uma porta arredondada e duas jardineiras de estuque repletas de plantas malcuidadas. Acima das portas marrons da garagem, com colunas também marrons, havia uma varanda dupla, como a de Julieta. Era uma casa romântica com garagem para três carros, embora Nora só tivesse um — um Chrysler Roadster preto 1931 de capota branca que ela havia comprado em uma concessionária no Sunset Boulevard. A casa era coberta de roupas e livros. Nora tinha tudo. Mas a única coisa que parecia não poder ter era Billy Rapp.

No primeiro dia no set de trabalho com Billy, durante as filmagens de *Trem para Boston*, ela o observara em silêncio até que ele a chamasse. Sua participação no filme fora gravada em apenas dois dias, mas havia sido um sucesso, para a surpresa de todos. Ela fizera outra pequena participação como namorada de um gângster em outro filme com outro diretor. Não era um papel cômico, como as namoradas dos gângsteres que Jean Harlow interpretava, mas a namorada trágica e arruinada. E também tinha feito sucesso com aquele filme. Billy a requisitara novamente para *Os passos escondidos*, desta vez como a primeira esposa. A segunda filmagem com ele durara uma semana. Billy nunca falava com ela fora do set, nem mesmo quando se encontravam na saída dos camarins. Ele era uma figura imponente, que se irritava com facilidade e costumava sair esbravejando do set, mas o que criara estava à frente de seu tempo e todos no Monumental sabiam disso.

Como diretor, Billy era um verdadeiro visionário, mas isso dificultava o trato diário com os funcionários do estúdio. Halstead ia do set até o escritório de Rapp para acalmá-lo quase diariamente.

A voz de Nora era um trunfo para ela nos testes. Após o lançamento de *O cantor de jazz*, em 1927, várias atrizes com carreiras lucrativas em filmes mudos não haviam conseguido fazer a transição, por isso a chegada de Nora fora na hora certa. Sua voz era profunda e sensual, cultivada por anos em aulas de canto em Akron. Era sensual demais para um papel ingênuo, então ela interpretava a *femme fatale* ou a menina má. Por sua aparência, Nora era um camaleão capaz de fazer papéis dramáticos e cômicos. Nos 18 meses anteriores, ela vira a fama se aproximar dela e rondá-la, mas não havia conseguido um papel de protagonista. Então, ao ser preterida como uma das "baby stars" da Associação de Anunciantes de Cinema, em 1933, decidira que já havia esperado o suficiente e procurara Halstead para pedir um papel melhor — uma chance. Ele tinha dado a ela um cartão com um endereço e mandado que ela chegasse às seis da tarde, vestida de maneira impecável.

Quatro horas depois, Nora havia chegado a uma festa animada em Beverly Hills. Ao entrar na casa, Nora entendeu de que tipo de festa se tratava. Os homens eram todos executivos do Monumental e haviam convidado um seleto grupo dos "Principais Executivos de Teatro de 1933" de todo o país. E as mulheres — todas jovens — claramente estavam ali com um único propósito: entreter. Não havia uma esposa à vista, e Nora percebera que a equipe de garçons servia bebidas sem parar. O rosto de Nora havia ruborizado. Então era assim que ia ser? Ela esperava que Halstead fosse diferente, mas os elogios que havia recebido não eram nada para ele. Decidira pegar alguns canapés e uma taça de champanhe, já que não tinha comida em casa. Com um prato de ovos apimentados, Nora encontrara um canto quieto da casa e desabara em uma cadeira.

— Você não deveria estar lá fora brilhando?

— É para isso que o sol serve.

Nora mordeu um delicioso ovo apimentado. Ela voltaria para pegar mais. Então ergueu os olhos, pronta para dispensar quem quer que estivesse ali. Encontrou um homem alto de pé diante dela, tapando o sol. Havia algo de familiar e preciso em sua voz.

— Acho que fui convidada por engano.

Quando o homem se sentou na cadeira ao seu lado, ela viu Billy Rapp, de óculos de sol, com os cabelos ondulados domados por uma pomada. Sua testa estava levemente queimada pelo sol. Ele se inclinou na direção dela.

— Duvido que tenha sido um engano.

Nora olhou para baixo, magoada.

Ele leu a expressão dela claramente.

— Eu não quis ofender você. — Ele olhou para os convidados. — Só quis dizer que o Halstead sabe *exatamente* quem ele convida… Só isso.

Nora observou duas meninas sendo apalpadas por executivos suados.

— Isso me ofende. — Nora se levantou. — O Halstead me ofendeu.

— Bom, você não pode ir embora. — Ele a puxou pelo braço. — Se for, vai ficar marcada.

— Pelo menos vou manter minha dignidade, não é?

— Eu não sabia que dá para sacar dignidade da conta no banco hoje em dia. Nenhum estúdio vai olhar para você. Não acabou de comprar uma casa? — Ele se levantou e pegou a mão dela. — Venha. Vamos lá para fora, dar a eles o que querem. Você é atriz, não é? Todos temos que atuar.

Billy Rapp levou Nora até a piscina, onde todos podiam vê-los. Enquanto o sol se punha e as bebidas circulavam com mais frequência, ele monopolizou o tempo de Nora falando de assuntos triviais. Os dois descobriram que tinham crescido perto um do outro, ele em Youngstown, Ohio.

— Meu pai trabalhava na siderúrgica — disse Billy. — Ele odeia o que eu faço. Sempre diz que não vou conseguir nenhum turno na fábrica se não recuperar o juízo logo.

Quando ele se levantou e olhou para ela, a calça ondulando na brisa suave, Nora teve um *déjà-vu* estranho.

— Você já foi pintor? — perguntou sem rodeios.

Ela imaginou que devia ser o champanhe.

— Eu tentei uma vez — disse Billy. — Mas via imagens em movimento e não estagnadas. Essa é minha paixão. Misturar som e imagem. Usar os silêncios, os espaços.

Ele tirou um cigarro do pacote e apontou para ela.

— Você sabe que tem alguma coisa especial. Não é só a beleza. — Billy analisou a sala, apontando com o cigarro. — Há muito disso por aqui. Mas você… você *comanda* uma cena. Tem energia, mas não é como qualquer garota de vinte anos que vem para cá só porque ouviu alguém dizer que ela era linda. E também não foi a transformação que o Halstead fez em você. Peguei a fita do seu primeiro teste.

— Pegou?

Ele nunca havia demonstrado interesse por ela no set, então o fato de ter pesquisado sobre ela a deixou feliz.

— Sua voz e sua presença. Você roubou a cena no meu último filme e fez isso simplesmente andando pelo set. O Halstead também vê isso. Não sei por que ele mandou você vir aqui.

— Por que você está aqui?

Billy ergueu o copo na frente de seu corpo.

— Estes são os homens que financiam e distribuem meus filmes. Vamos?

— Então por que eu?

— Você pediu alguma coisa para ele nos últimos tempos? — Billy deu de ombros. — Tudo tem um preço nesta cidade, lembre-se disso.

Nora realmente havia pedido a Halstead para ser considerada para filmes melhores.

Os dois deram algumas voltas para conversar com os grupos de executivos, todos de braços dados com jovens atraentes e ingênuas. Billy manteve o braço em volta da cintura de Nora enquanto eles circulavam, e ela sentiu a inveja de algumas meninas que supunham que ela iria para casa com ele.

Eles passaram por um piano — um Steinway de laca preta brilhante —, e Nora tocou no instrumento. A madeira emitia certa eletricidade, um choque que a assustou. Ela se virou e examinou o piano. Tinha odiado o instrumento da sala de estar de sua mãe, mas aquele era diferente — ele a chamava. Um ligeiro formigamento começou em seu dedinho da mão direita. Ela o estudou para ver se havia se espetado em alguma farpa, mas a pele estava lisa. Logo o formigamento se espalhou pelo dedo indicador de sua mão.

— Tem alguma coisa errada? — Billy se virou para ver por que ela havia parado ao lado do piano. — Você toca?

Ela balançou a cabeça.

— E você?

— Um pouco. — Ele deslizou o banco para trás e se sentou. Tocou um ragtime, uma composição simples. — Minha mãe me ensinou — disse. — Eu também conheço muitas músicas religiosas, mas vou guardá-las para outra ocasião.

Billy não era um pianista muito bom; seu fraseado era instável e ele lutava para golpear as teclas de que se lembrava.

Nora se sentou ao lado dele e analisou o conjunto confuso de teclas à sua frente. Abrindo os dedos magros, ela os colocou em posição. A mão direita começou primeiro. Ela tirou uma melodia do piano, mas seu cérebro não tinha ideia do que seus dedos estavam fazendo. O formigamento se espalhou pelo polegar esquerdo e os dedos da mão esquerda pressionaram uma combinação de teclas. Uma bela melodia de abertura saiu delas.

— Você disse que não tocava.

Logo várias pessoas se reuniram ao redor deles. Nora não tinha ideia de como aquilo estava acontecendo, mas tudo que a cercava sumiu, com exceção do piano. Ela se concentrou no que sabia ser a *Gnossienne Nº 3* de Satie. Depois de terminá-la, tocou outras duas músicas — allegros mais animados — e percebeu que Billy olhava para ela.

Ele começou a bater palmas quando ela terminou.

— Isso foi brilhante. Claro, você não toca. — Ele riu. — Você é modesta demais para esta cidade, Nora Wheeler.

Ela o encarou e sorriu, sabendo que — só por aquele instante — tinha dominado a festa.

— Será que a gente pode ir embora?

Billy não discutiu com ela daquela vez.

O manobrista trouxe o Pierce-Arrow Phaeton conversível de Rapp até a entrada da casa. Nora nunca tinha visto um carro tão lindo. Creme com detalhes em dois tons de marrom e um pneu sobressalente preso à lateral. Billy adorou dizer a ela que o carro tinha um motor de oito cilindros.

— Para onde? — Billy se virou para ela.

— Não sei — gaguejou Nora, analisando o estofado creme do carro. — Isso é incrível.

Ele sorriu.

— Não estamos vestidos para o Trocadero hoje. Que tal irmos ao Derby?

Nora assentiu, sem saber o que aquilo significava.

Billy parou em um restaurante em estilo espanhol em North Vine, e Nora entendeu pelas placas de neon que eles iam ao Brown Derby. Entrar em um lugar como o Brown Derby de braço dado com Billy Rapp significaria alguma coisa. Nora pegou a bolsa e começou a procurar um espelho. Billy olhou para ela.

— Estou horrível — disse ela.

— Você está ótima. Pegou um pouco de sol hoje… Isso e os coquetéis que tomou na festa deram um brilho ao seu rosto.

— Ah, não. Estou brilhando?

Nora vasculhou a bolsa, mas não encontrou seu espelho dourado. Billy pegou o batom nos dedos de Nora e abriu o tubo.

— Pronto. Olhe para mim.

Nora fez um beicinho exagerado e ele passou o batom nos lábios dela como um pintor, depois limpou a mancha com a ponta do dedo várias vezes, até ficar satisfeito.

— O que mais você tem aí?

Nora entregou a ele a base e um pouco de blush. Como já havia escurecido, Billy usava as luzes de neon do Derby para maquiá-la. Ele abriu os tubos e estudou as feições dela, enxugando e limpando seu rosto com movimentos suaves e experientes.

Ele ajeitou o cabelo dela e segurou seu queixo por alguns instantes, para analisar o próprio trabalho. Nora o encarou por um segundo, mas Billy olhava para ela como se ela estivesse em um filme, não na frente dele. Satisfeito, jogou os estojos e tubos de volta na bolsa dela.

— Eles precisam clarear mais o seu cabelo.

O comentário dele a pegou desprevenida.

— Oi?

— Você apareceria mais na tela se seu cabelo fosse de um tom mais claro.

— Como Jean Harlow.

— Não, o dela é muito branco, muito boneca. Mais como Joan Crawford, quase platinado. Seu cabelo devia ser mais comprido e sua maquiagem, mais clara. Queremos fazer você parecer perigosa. Isso combina com sua voz. — Billy a analisava. — Vou pedir para o Halstead cuidar disso amanhã.

Quando saíram do carro, Nora viu seu reflexo no espelho. Suas bochechas estavam coradas, mas Billy não pusera muita cor em seus lábios, chamando mais atenção para as pálpebras. Ao contrário do que Nora esperava — acrescentar uma sombra típica da maquiagem cinematográfica —, o efeito que havia conseguido em um carro com pouca iluminação era um brilho saudável, um bronzeado leve de praia. Ele tinha ótimos olhos para aquilo.

— Vamos fazer a Louella nos ver — disse ele por cima do ombro. — Isso vai fazer com que ela pare de me encher a paciência por um tempo.

Nora não sabia o que Billy queria dizer com aquele comentário, mas percebeu que o fato de que Hedda Hopper e Louella Parsons, as colunistas de fofocas de Hollywood que estavam sempre presentes nos lugares, a veriam com Billy naquela noite poderia leva-la à fama.

O interior do restaurante estava agitado. Os painéis escuros emolduravam dezenas de caricaturas de atores e atrizes famosos. Nora esticou o pescoço para olhar para elas enquanto acompanhava Billy, que seguia o maître a passos rápidos. Ele parou de repente para apertar a mão de um homem que estava sentado com a esposa, dividindo um prato em uma mesa para quatro. Depois de uma rápida conversa, eles seguiram em frente. Nora notou o perfil da mulher e só então percebeu quem era.

— Aquela era a Norma Shearer.

Ela puxou o braço de Billy, trazendo-o para mais perto dela, de forma conspiratória.

— *E* Irving Thalberg.

— Claro que você só prestou atenção no diretor.

Com as mãos no bolso, Billy se virou e deu de ombros. Parecia se encaixar naquele lugar. Quando chegaram à mesa, Nora se inclinou para perto dele.

— Você vem muito aqui?

— Às vezes. — Billy esticou o corpo, colocou os braços sobre as costas do assento e examinou o ambiente. Ele se inclinou e sussurrou: — Sei que você vai ficar muito animada com isso, então tente ficar calma.

— Isso o quê?

— Não é o quê. — Ele pegou um cigarro e acendeu. — É quem. Carole Lombard.

— Lombard? — A voz de Nora soou um pouco mais alta do que deveria. — Onde?

Billy indicou um ponto atrás de Nora e ela se virou para ver a atriz loura sentada a duas mesas deles. Se Nora tinha um ídolo, era Carole Lombard. Ela estava animada, contando uma história para um homem atento, de bigode fino. Seus cabelos dourados eram mais escuros ao vivo do que na tela. Nora viu os olhos azuis e o batom coral da atriz enquanto ela virava a cabeça. Nora desviou o olhar.

— Com quem ela está?

— William Powell — explicou Billy. — Eles acabaram de se divorciar, está todo mundo dizendo que vão voltar.

Nora pediu outro coquetel e não percebeu que estava com fome até o escalope de frango à la king chegar. Billy engolia uma montanha de costela assada e apontava outros executivos de estúdio presentes no salão. Ao ver alguém se levantando para deixar o restaurante, ele franziu a testa.

— O que houve?

— Howard Hawks. — Billy bufou. — Ele é primo da Lombard e foi emprestado à Columbia para fazer comédia.

Ele disse a palavra *comédia* como se Hawks tivesse sido diagnosticado com uma doença terminal.

Nora se virou e viu um homem magro conversando com Powell e Lombard, antes de acenar e seguir em direção à porta.

— Você não gosta de comédia?

— Não quero que minha carreira seja definida por alguma coisa que não seja séria ou realista. Estou pensando em fazer um filme de guerra depois.

— Mas as pessoas gostam de fugir um pouco da realidade — sugeriu Nora, pensando em filmes como *Emma* e *Prosperidade*, de Marie Dressler. — Não há nada de errado nisso, há?

— Para mim, simplesmente não é a verdadeira arte. — Billy limpou alguns farelos da mesa e pediu cerejas flambadas e dois cafés quando o garçom veio retirar os pratos. — Acho Hawks supervalorizado. Conte uma coisa: você já esteve no Cocoanut Grove?

Nora balançou a cabeça.

— Você vai gostar. Phil Harris é o líder da banda e faz um show ótimo. A gente devia ir amanhã à noite.

Nora não sabia se havia sido o sol que tomara mais cedo, os quatro coquetéis que bebera ou Billy, mas descobriu que não conseguia falar.

Ele se recostou e assentiu.

— Muita gente tratou você mal na sua vida, não tratou?

Nora olhou para baixo.

— Não sei o que você quer dizer.

— Eu acho que você sabe exatamente o que quero dizer.

Billy estava prestes a explicar quando o garçom chegou com as cerejas e flambou a sobremesa na mesa deles. Nora sorriu para Billy, encantada com as cerejas em chamas e com o dia perfeito que tivera com ele.

Ela ainda observava as cerejas flambadas quando viu uma figura atarracada caminhar em sua direção. Seu rosto ficou vermelho e seu coração disparou. Instintivamente, tocou na cicatriz da queimadura de cigarro, que finalmente havia desaparecido. Perdeu o fôlego e sentiu algo que não sentia há quase um ano: medo.

— Ora, mas se não é Norma Westerman... Como você está diferente! Eu mal reconheci você. Toda loura agora. — Clint olhou para ela e Billy, avaliando a situação. Ele não mudara muito. Talvez estivesse com a cintura um pouco mais larga e um toque grisalho nas têmporas, mas seus olhos castanho-escuros ainda revelavam pouco. — Ouvi dizer que você se mudou para cá para se tornar uma grande estrela.

Billy pareceu ler algo na linguagem corporal de Nora, porque interrompeu o monólogo que com certeza sairia da boca de Clint.

— Que bom conhecer um velho amigo da minha garota...

Nora percebeu que Clint tinha se irritado ao ouvir Billy chamar Nora de "minha garota". Tinha sido incrível e ela poderia beijá-lo por aquilo.

— É bom ver você, Clint. — Mas Nora não ofereceu a bochecha para um beijo de cumprimento. — Fico feliz que esteja bem. Como está Nova York?

— Eu não sei. — Ele sorriu. — Agora moro em Los Angeles. Estou trabalhando no Palladium Studios. Vou procurar por você para conversarmos.

Nora sabia que era uma ameaça. Clint assentiu e se afastou da mesa.

— Quem era aquele? — Billy pegou uma colherada da sobremesa e enfiou na boca. — Parece que você viu um fantasma.

— Ele é um homem muito ruim — disse Nora, empurrando o café para longe.

Deixou Billy terminar a sobremesa — tinha perdido o apetite.

— Sabe o que ele está fazendo no Palladium Studios?

Billy estava perguntando se Clint era diretor.

— Ele não deixa as coisas chegarem aos jornais — explicou Nora.

— Ah — disse Billy, entendendo que tipo de homem Clint era. — O cara que resolve as coisas por baixo dos panos.

Nora bufou.

— Não sei se já o vi *fazer* alguma coisa, na verdade.

Na noite seguinte, Billy acompanhou Nora ao Cocoanut Grove, no Ambassador Hotel, e ao restaurante e boate Trocadero na sexta-feira seguinte. Por mais que Nora gostasse das palmeiras esculturais e da música do Grove, o Café Trocadero na Sunset Boulevard, com seus crepes Suzette e suflê Grand Marnier, se tornou seu lugar favorito. A estilista do Monumental, Inez London, passou a emprestar vestidos a Nora para seus jantares. Nora e Billy estavam sendo mencionados em colunas sociais, e isso encantava Halstead.

Mas Nora ainda tinha um pé atrás. Clint estava na cidade, e Billy Rapp era a única coisa que o manteria longe dela. Clint era como um cachorro. Se pensasse que ela "pertencia" a outra pessoa, talvez ficasse longe. Ela precisava que Billy a protegesse.

O fato de as colunas de fofocas falarem deles sem parar foi muito útil. E Billy, que ainda relutava muito em concordar com os estúdios, parecia animado com a constante publicidade que o romance dos dois conseguira nos jornais. Se as colunas estivessem certas, Billy Rapp logo a pediria em casamento. No entanto, todas as noites, Billy parava com o Phaeton na entrada da casa dela, abria a porta, dava um beijo na bochecha dela e ia embora. Nada mais.

O estúdio estava muito feliz com a atenção que o relacionamento estava atraindo, então a incentivou a desenvolver uma parceria com Inez London. No primeiro encontro, Inez hesitou e indicou que as roupas ficariam melhores em Nora se ela fosse cinco quilos mais magra. Depois de passar uma semana tomando caldo de carne até se sentir zonza, Nora voltou ao ateliê visivelmente mais magra. A costureira ficou impressionada com a determinação de Nora e passou a escolher cinco trajes para ela toda semana. Depois, à medida que a fama de Nora crescia, Inez começou a emprestar algumas de suas melhores peças. Apesar de seguir a maioria de suas sugestões, Nora também tinha bom gosto para cortes e estampas, por isso às vezes recomendava um comprimento maior para uma saia trompete ou um corte enviesado em um vestido. E, quando voltava, percebia que Inez havia incorporado suas sugestões.

Billy insistiu para que Nora clareasse os cabelos. O estúdio ficou relutante a princípio, mas Billy fez questão de ir ao salão com ela defender seu argumento. Seu visual ganhou um tom platinado. A partir disso, sempre que entrava em uma sala, estava deslumbrante.

Quatro meses se passaram sem que Clint entrasse em contato. Halstead a emprestara para outro filme, mas sua melhor chance de ser protagonista era o novo filme de Billy, *Starlight Circus*, estrelado por Ford Tremaine. Quando ela mencionou isso para Halstead, ele ficou quieto.

— Fale com o seu namorado — disse Halstead.

— Ele não é meu namorado e eu já falei com ele — respondeu Nora. — Ele não me responde. Então estou falando com você.

— Acho que não há mais nenhum papel disponível.

Halstead não a olhou nos olhos, e o comentário a magoou. Não apenas não havia nenhum papel principal para ela em *Starlight Circus*, mas parecia que ela não poderia participar do filme.

Naquele dia, Nora e Billy estavam sentados no bar do Santa Monica Beach Club. Ela pediu vodca com suco de tomate. Billy não estava bebendo na época, o que provavelmente fazia sentido, porque ele costumava se meter em brigas quando bebia demais. Ele tomava uma xícara de café preto fumegante rapidamente.

— Sobre o *Starlight Circus*...

— O Halstead disse que você sabia.

Nora ficou surpresa por ele ter ido direto ao assunto e também irritada por Halstead não ter nenhuma vantagem naquela situação, mesmo que por apenas alguns minutos.

— Acho que estou só decepcionada.

— Você não é a pessoa certa para o papel.

O comentário a magoou mais do que ela esperava. Não ser a pessoa "certa" para um papel era pessoal.

— E *Jayne McKenna* é?

— Ela vai se dar melhor com o Ford.

— Por que você acha que eu e o Ford não nos daríamos bem? Você nunca fez um teste com a gente junto. Eu não tenho sido sua melhor amiga... sua companheira de bebedeira? Não tenho ouvido suas reclamações embriagadas a qualquer hora... pelo telefone... no meu jardim... sobre Hawks... Welles. Você tem mais inimigos que amigos. Talvez devesse cuidar melhor de seus amigos!

— Eu não sabia que você ia *exigir* alguma coisa em troca da sua amizade.

— Eu esperava não ser menosprezada pelo meu amigo quando ele decidisse lançar algo grande, algo importante. Acho que esperava que fosse leal a mim!

— Você não é a pessoa certa para o papel.

Ele olhou para a xícara.

— Você sempre diz isso. Olhe para mim, Billy!

Ele olhou nos olhos dela e viu seu nariz inchado e a maquiagem escorrendo. Ela tinha começado a chorar.

— Eu sei quais são os papéis certos para você, Nora. Este não é, está bem? Você e o Ford. Não funcionaria. — Ele balançou a cabeça. — A química não seria boa.

— Por quê?

Por um instante, Nora se perguntou se ele estava com ciúmes de Ford Tremaine.

— Eu só sei que não seria — murmurou ele. Ela se esforçou para ouvir enquanto ele tomava um longo gole de café. — É só isso.

Nora ficou calada.

— O Halstead conseguiu algo grande para você, como um favor para mim.

— Eu não quero que sintam pena de mim. Nem você nem o Halstead.

— Você acabou de dizer que não queria ser ignorada.

— Por você! Eu achei que *merecia* algo de você. Eu me importo com o que você pensa de mim. Não estou interessada em nada que me seja dado por pena, porque perdi um papel para Jayne McKenna. Eu achei que tivesse conquistado seu respeito.

— O papel. É um filme chamado *Max e eu*. Você seria "Max", a protagonista. É grande, Nora. Pode ser a sua chance.

Nora o deixou gaguejar.

— Eu não quis dirigir o filme, mas tem um papel perfeito para você. E também tenho outro assunto para discutir com você.

Billy parecia patético, caído sobre o bar, as mãos embalando uma xícara agora vazia.

— Por que eu iria querer participar de um filme que você se recusou a dirigir?

— Porque o filme não é certo para mim, mas é para você. — Ele lançou um olhar desafiador para ela. — Você pode simplesmente deixar isso para lá?

— Não.

Nora se levantou e jogou o guardanapo no balcão.

— *Starlight Circus* é o filme do Ford. É o filme *dele*. — Billy virou no banco do bar. — A Jayne vai deixar que ele seja o astro. Será que você não entende? O foco de todo filme que você faz é *você*. O Ford não vai conseguir lidar com isso.

Billy tinha olheiras sob os olhos, como se não dormisse havia dias. Ele colocou os óculos escuros e fez um sinal, pedindo a conta. Com aqueles dois movimentos simples, ele se transformou de novo na criatura misteriosa que ela orbitava.

— Venha comigo.

Nora fez uma pausa, mas, no fim, o seguiu pelas portas e pelos degraus de madeira que levavam à praia. Ele desceu as escadas íngremes no que pareceu ser um único movimento, sem esperar por ela nem mesmo olhar para trás para ver se o havia seguido. Ele às vezes se comportava daquele jeito, normalmente quando estava mergulhado na criação de alguma coisa. Billy era conhecido por filmes sombrios com personagens principais masculinos torturados por demônios pessoais — jogos de azar, guerra, covardia, traição —, mas apenas filmes realistas. A nova moda das comédias pastelão, capitaneada por Howard Hawks, estava abalando Billy, que odiava comédia e a achava banal. Algo nele parecia se recusar a seguir as ordens do estúdio.

Nora não ia correr atrás dele. Ela nunca corria atrás dele e ele parecia perceber, então ela manteve a farsa da distância, esperando que ele notasse.

Billy se virou e viu que ela não estava atrás dele. Ele voltou para o degrau onde ela estava parada e o que se seguiu parecia mais um monólogo ensaiado.

— Acho que nós combinamos. Você me entende mais do que a maioria das pessoas. Nós poderíamos fazer coisas incríveis juntos.

Nora balançou a cabeça. O vento soprava, exigindo que ela segurasse as mechas do cabelo para retirar os fios do rosto.

— Você tem um papel para mim?

Billy andava de um lado para o outro na areia, fazendo os grãos se levantarem com seus passos pesados. Ele se virou e riu. E o que disse foi tão pouco romântico que ela quase desmaiou.

— Eu… Eu preciso de uma esposa, Nora.

— Você precisa de quê?

Ela engoliu em seco. Ah, como Nora desejou que ele dissesse que precisava *dela*.

— De uma esposa, Nora. Eu preciso de uma esposa. Gostaria que você fosse minha esposa. — Ele estava se acostumando às palavras. — Quer ser minha esposa?

— Ah.

Ela mexeu no próprio colar. Não era ingênua. Por mais que desejasse um gesto romântico, a oferta parecia ser mais por conveniência, culpa ou algo mais que ela não entendia. Em Nova York, Nora deixara Clint dormir com ela para pagar as contas, então não achava relacionamentos de conveniência estranhos, mas aquilo era a última coisa que queria de Billy Rapp. De Billy, não. Durante os passeios e jantares, ela ficara ouvindo o diretor, maravilhada com sua melancolia e genialidade, e ainda assim seus atos de gentileza pareciam criados apenas para ela. Como se ela fosse especial. Nora tinha se apaixonado por ele. Aquilo era exatamente o que ela queria ouvir, mas queria que Billy a amasse — que estivesse *apaixonado* por ela. Ela se aproximara dele, esperando por isso. Mas aquela proposta parecia uma farsa.

— Billy, você me ama?

— Claro que amo, Nora. Não seja ridícula.

— Deus sabe que eu não ia querer ser *ridícula* em um momento como este.

Ela virou de costas para ele para se dar um minuto para pensar. Então voltou a encará-lo.

— O que Halstead pensaria?

Billy olhou para o oceano que se agitava diante dele.

— Foi ideia dele.

Nora se sentiu extremamente decepcionada com o fato de Billy nem ao menos ter pensado naquilo sozinho.

— E então?

Billy ficou parado ali, com as mãos no bolso, o vento, o surf e o sol clamando ao redor deles.

20

NORA WHEELER
Hollywood, 1934

Com um orçamento de um milhão de dólares, *Max e eu* foi um sucesso, trazendo um lucro de setecentos mil dólares para o estúdio. Entre os grandes estúdios, o Monumental era conhecido pelo fato de seus diretores terem muito poder de decisão — mais até do que Irving Thalberg, da MGM. Apesar de ser um estúdio menor que a MGM, o Monumental era famoso pelos dramas de qualidade. *Max e eu* tinha sido uma rara incursão na comédia pastelão, com Nora interpretando uma versão de Carole Lombard. Na comédia, marido e esposa trocavam de papel — o marido acordava no corpo da esposa e a esposa, no do marido. A inversão de papéis fazia com que os dois passassem a se apreciar mais, e a comédia puramente física exigida de Nora a desafiara pela primeira vez. Ela tinha sido bem recompensada por Halstead por ter sido ignorada.

Mas *Max e eu* não foi o único sucesso naquele ano. *Starlight Circus* fez de Jayne McKenna uma estrela do Monumental. A moça havia tingido seu cabelo castanho criado por Max Factor de um marrom mais escuro, o que a fazia parecer exótica quando comparada ao louro Ford Tremaine. Embora seu papel servisse, em grande parte, como uma base para Ford, o nome dela se tornou conhecido. Billy estava certo. *Starlight Circus* era o filme de Ford.

A câmera o amava. A performance que apresentara tinha sido diferente de tudo que ele já havia feito em sua carreira. Nora achou que tinha a ver com a influência criativa de Billy.

Três semanas depois do pedido de Billy e uma semana antes do casamento, o Monumental anunciou que Billy Rapp dirigiria *Além da costa*, um filme de época sobre um general baleado pelo amante da esposa depois de voltar da Primeira Guerra. Ford Tremaine voltaria a protagonizá-lo. Mais uma vez, Nora não teria papel nenhum no filme do novo marido.

O melhor de tudo era que ela não havia visto Clint desde a noite no restaurante. Tinha certeza de que o sumiço havia sido causado pela notícia do noivado dela com Billy. Na verdade, de certa forma, ela só ia se casar por medo de Clint. Billy Rapp manteria Clint longe dela.

A mansão de Harold Halstead, em Beverly Hills, localizada ao lado da ampla propriedade de Harold Lloyd, estava exuberante e muito verde naquele junho em que foi usada para o casamento de Nora Wheeler e Billy Rapp. A cerimônia em si foi um evento discreto, com um ar de funcionalidade que Nora achou desagradável. Era o casamento dela, mesmo que estivesse apenas representando outro papel.

Nora sentiu o vestido de seda marfim contra sua pele. Fazia calor naquele dia, e ela temeu que as mangas compridas fossem muito fechadas e o corpete de renda e pedrarias, muito apertado, mas no fim tudo ficou perfeito. O vestido criado por Inez London era todo trabalhado, mas elegantemente simples, complementado por uma cauda de seda de um metro e meio. Mas havia outro vestido em sua cabeça — um vestido rosa, e Nora usava uma máscara preta. Durante a recepção, sempre que ela fechava os olhos, era assombrada por outra versão de si mesma e de Billy, ou pelo menos uma versão dele dizendo que nunca mais queria vê-la. Era como se as imagens deslizassem através de um véu fino, como se ela estivesse olhando para algo que parecia o passado, mas talvez fosse um presságio.

Fotógrafos tiraram as fotos que Halstead queria: o casal cortando o bolo e, depois, posando em frente à fonte do pátio. Billy parecia feliz. De algum lugar distante, talvez uma sala no andar de cima da casa, Nora ouviu um piano tocar uma melodia rica e triste — triste demais para um casamento —, mas ninguém mais parecia ouvi-la nem se incomodar com a beleza e a dor expressas nela. Nora olhou para além dos arbustos cuidadosamente aparados, tão precisos que pareciam ter sido cortados com a ajuda de uma régua, e viu Billy em pé, com as mãos no bolso, mergulhado nos próprios pensamentos. Nora se apaixonara perdidamente por Billy e, embora soubesse que havia algo errado, ela torcia para que tudo ficasse bem depois do casamento. Ele olhou para cima, percebeu que ela o observava e sorriu. Por um breve segundo, ela achou que aquilo podia ser um sinal de que eles seriam felizes.

Conforme a cerimônia e a recepção aconteciam, um toque de confusão tomou o ar, como se o dia estivesse se movendo rápido e devagar ao mesmo tempo, como se algo a puxasse para trás enquanto os acontecimentos do dia a impulsionavam para frente. Em momentos como esse, ela era assombrada pelos detalhes — a renda de seu véu de noiva, a ornamentação da lareira de Halstead, o cheiro do lustra móveis —, como se fosse uma visitante naquele tempo e naquele lugar. Naquela manhã, enquanto se arrumava para o casamento, Nora se sentira fraca e se apoiara na penteadeira até parar de sentir que tudo rodava. Instintivamente, ela percebeu que precisava absorver toda a felicidade que pudesse daquele dia.

O casamento terminou às duas da tarde e Nora e Billy foram de Phaeton até o Agua Caliente Resort e Casino, em Tijuana, para uma breve lua de mel. Ele teria que estar de volta ao set em menos de uma semana.

Situado cerca de trinta quilômetros ao sul da fronteira mexicana, o Agua Caliente estava lotado de americanos naquele fim de semana. Localizado em uma propriedade com quase 250 hectares, o resort tinha sido construído pelo proprietário do Biltmore, Baron Long, para receber turistas de San Diego e Los Angeles. Eles teriam à disposição um spa, um campo de golfe, um cassino e a atração principal: a pista de cavalos, sede das corridas com as apostas mais altas do país. Haviam tentado criar uma segunda pista de corridas — a primeira ficava cerca de sete quilômetros ao norte, mais perto da fronteira. A nova pista atraíra multidões de apostadores exigentes, que não pareciam se importar em se misturar com os moradores da região, além de celebridades, personalidades esportivas e gângsteres. Ninguém concretizava tanto aquela decadência quanto o Gold Bar and Casino. Sem janelas, com um elaborado teto em caixotão, o cassino tinha até fichas de ouro de verdade.

Billy passou pela piscina e pela pista de pouso antes de parar o Phaeton na entrada do resort. Hóspedes se esforçavam para ver quem ia sair do carro quando dois carregadores correram para cumprimentá-los. Como Billy nunca havia nem tentado segurar sua mão desde que eles tinham se conhecido, Nora não sabia o que esperar da lua de mel — nem se devia esperar alguma coisa. Quando chegaram ao quarto, Billy estava nervoso e irrequieto como um coelho e insistiu que eles fossem imediatamente para a pista de corridas. Usando um vestido preto e branco com um chapéu de bolero preto que Inez lhe emprestara, Nora seguiu Billy silenciosamente enquanto ele a ignorava durante a maior parte da tarde. Após a corrida, Billy e Nora assistiram ao pôr do sol de suas cadeiras no gramado, tomando champanhe. Depois, se arrumaram para o jantar, em que Billy bebeu mais copos de gim do que Nora podia contar. Vários garçons vestidos com uniformes brancos levaram Billy de volta para o quarto no início da manhã. Nora o deixou no sofá, cobriu-o com uma colcha e passou a primeira noite como sra. William Rapp sozinha na cama.

Ela acordou cedo e foi caminhar pelos jardins do resort em estilo espanhol. Percorreu as calçadas margeadas por palmeiras, passando por fontes revestidas de mosaicos detalhados e jardineiras de terracota repletas de flores amarelas e rosa. Os jardineiros tinham começado o dia aparando as cercas vivas e limpando as cadeiras. Nora ouviu o bater dos cascos dos treinos matinais na pista de corrida se misturar ao dos cavalos que puxavam carroças de flores. Quando tempo suficiente havia passado, o sol se tornou mais forte e os hóspedes começaram a sair de seus quartos.

Quando voltou para o quarto, Billy estava no terraço, tomando café e fumando um cigarro. Ele estava pensativo e parecia irritado com ela.

— Onde você esteve?

— Estava dando uma volta. Você estava dormindo. Eu não quis incomodar.

Ele bateu as cinzas no cinzeiro.

— Alguns dos rapazes vão vir hoje à noite para apostar na corrida.

Nora riu, fazendo barulho pelo nariz.

— O que foi?

— É a nossa *lua de mel*, Billy.

Apagando o cigarro, Billy afundou na cadeira em que estava sentado. Quando seu roupão se abriu, Nora viu pela primeira vez os contornos de seu corpo, que haviam ficado escondidos dela até aquele momento. Ela sentiu uma familiaridade com o corpo dele que não podia ser possível — um tipo de *déjà-vu* estranho, com um homem diferente, parte de uma vida diferente, que ela não conseguia entender. Sentada ali, sentiu que, apesar de o casamento estar apenas começando, ela o estava perdendo. Nora nunca havia conseguido lidar com os silêncios, sempre tentara preenchê-los. Mas, daquela vez, ficou sem palavras. Deixou a sensação desconfortável se estabelecer entre eles.

— Eu não consigo, sabe?

— Não consegue o quê?

— Não consigo dormir com você do jeito que quer. Tive sarampo quando criança e as coisas não funcionam como deveriam funcionar para mim.

— O quê? — Nora achou que não tivesse entendido direito.

— Eu sinto muito. Eu deveria ter contado. Eu não consigo dormir com você.

Nora suspirou. Então era aquilo? Todos aqueles beijos estalados na bochecha quando ele a deixava em casa à noite. Ela pensou no que dizer, parando e iniciando sua resposta algumas vezes.

— É. Você deveria ter me contado. — Nora se sentou na cadeira à frente dele. — Não é como se fosse culpa sua.

Enquanto dizia aquelas palavras, Nora contemplou uma vida sem nunca poder estar com Billy daquela maneira. De repente, se sentiu enjoada. Aquela coisa toda — o casamento, a lua de mel — era uma farsa.

— Fico com vergonha — disse Billy. — Você é perfeita, mas não posso fazer nada. Devia ter contado antes que nos casássemos. Isso teria mudado as coisas.

A maneira indiferente como ele revelou a notícia a deixou furiosa. Dava para ver que ele não estava arrependido. Nora analisou a situação.

— Eu gostaria de ter me casado sabendo de tudo.

Ele pegou a xícara de café e a estudou.

— O Halstead achou que era melhor…

— Aposto que ele achou — interrompeu ela.

Como ela havia sido idiota. Uma sensação avassaladora de traição tomou conta dela. Nora se lembrou do dia em que conheceu Billy no escritório de Halstead. Ela tinha sentido que havia algo subentendido entre eles; um papel para o qual ela estava sendo testada. Então tinha sido para o papel de esposa?

Durante a tarde, Nora fez uma aula de golfe para tentar não pensar na atitude que teria que tomar. Ela não sabia se poderia manter um casamento sem amor — e muito menos sem sexo —, mas precisava ser inteligente. No lado pessoal, casar-se com Billy tinha sido uma burrice. Ela sempre soubera que ele ia partir seu coração. Mas, pensando no lado profissional, ela se tornara esposa do diretor mais poderoso do Monumental Studios. Então, decidiu que não seria burra em relação a sua carreira. Era tudo o que tinha. Nunca mais voltaria a morar em um apartamento sujo de um cômodo com um homem como Clint, nem voltaria a ser levada de uma festa para outra para servir de entretenimento. Ela passara a ser uma versão de Norma Shearer do Monumental.

Quando voltou para o quarto, viu que Billy tinha deixado um bilhete, pedindo que ela se juntasse "a eles" no cassino. Nora escolheu com cuidado um vestido de seda cor de cobre, com miçangas nos ombros. Seguindo uma sugestão de Jean Harlow, decidiu se abster do sutiã e deixou a maquiagem dos olhos mais esfumaçada, criando um olhar menos inocente, mais fatal. Quando se olhou no espelho, achou aquilo apropriado. Sentiu-se menos inocente. Ironicamente, nunca estivera tão bonita, mas sua beleza nunca seria notada por aquele homem naquele momento.

Enquanto caminhava pelo corredor até o cassino, Nora sentiu o cheiro de uma flor em cima do aparador. Ela balançou a cabeça. Algo naquele cheiro a levou de volta para outro ambiente, com outro aparador, outro corredor, outro homem e outro vestido cobre. Algo girava em torno dela, acontecimentos já iniciados. Ela se segurou no aparador para se manter de pé. Devia ser o estresse. Ela ajeitou o vestido e, enquanto seguia pelo corredor, o perfume das flores foi se tornando mais fraco até desaparecer.

Com seus elaborados tetos cobertos de vigas de madeira escura, cada salão do Agua Caliente parecia superar o outro. Nora os ouviu antes de vê-los no bar, bebendo martínis. A imagem confirmou o que ela ouvira. Já estavam bêbados. Billy pendia da cadeira, como fazia depois de tomar três ou quatro martínis. Ao lado dele, estava a estrutura esbelta de Ford Tremaine. Ford estava virado para o cassino e inclinado para frente, conversando com outro homem, a quem Nora reconheceu como o cinegrafista de *Trem para Boston*, Zane King. Nora ouviu Ford repetir tudo para Zane. Embora o cinegrafista estivesse próximo dele, o diretor gritava tão alto que sua voz podia ser ouvida do lustre central do salão. Enquanto Nora atravessava o Gold Bar, Ford a acompanhou, os olhos cinzentos iluminados. Zane se virou e Billy cambaleou para se virar para ela.

— Billy, sua noiva chegou. — Ford se recostou no balcão. Quando não estava no set, tinha o pesado sotaque sulista de um menino nascido em Oxford, no Mississippi. Pelo menos ele ainda conseguia se manter de pé. — Billy achou que você tivesse preferido sair a ficar com ele.

— É mesmo? — Nora olhou para Billy, cujos olhos vidrados mostravam que ele estava bebendo desde que havia saído, mais cedo. — Que bom que vocês puderam se juntar a nós na nossa lua de mel.

— É claro. Ela está irritada, William. — Ford sorriu. — William achou que você estivesse irritada. Eu disse que você não podia estar irritada com *ele*.

O sorriso de Ford tinha diminuído. Ele estava acostumado a usar todo seu charme para as câmeras e a imprensa e a voltar ao normal assim que não precisasse mais. Seus comentários eram um aviso. Havia algo no jeito frio e nas indiretas de Ford. Ele não gostava dela. Billy parecia saber disso.

— Billy com certeza sabe que não estou brava com ele.

Nora tentou chamar a atenção do barman. Precisava de uma bebida. Billy olhou para ela, mas não conseguia se concentrar em seu rosto.

— Acho que ele precisa de um café, meninos.

Nora sentiu os olhos de Ford enquanto pedia um café para Billy e terminava o martíni dele em um movimento rápido, antes de deslizar o copo vazio de volta pelo bar.

— Outro, por favor.

— Você soube do Phar Lap?

Billy parecia estar falando com seu reflexo no espelho atrás do bar. Zane o interrompeu.

— Ele falou sobre o Phar Lap a noite toda.

— O que é um Phar Lap?

— Um cavalo, conhecido como o Terror Vermelho. — Ford se aproximou e colocou os braços nos ombros de Billy. — Não é verdade, Billy?

Billy assentiu e disse algo ininteligível sobre um fantasma.

— É verdade. — Ford se virou para Nora. — O Phar Lap era um cavalo australiano campeão mundial que veio competir aqui nos Estados Unidos, mas morreu em circunstâncias misteriosas.

Nora olhou para Zane, que deu de ombros e balançou a cabeça.

— Ele ficou falando sobre a porra do fantasma do Phar Lap a noite toda, mesmo quando ainda estava meio sóbrio.

Nora sorriu para Zane. Um louro bonito de Indiana, com corpo de jogador de futebol americano. As feições não tinham os ângulos finos e suaves de Ford.

— Billy e eu vimos o Phar Lap correr. Quando foi isso? Em 1932 ou 1933?

— Era 1932 — disse Billy em voz alta, com a certeza de um bêbado.

— Ninguém tinha visto o cavalo treinar. — Ford se aconchegou em um espaço entre Billy e Zane. Depois, acendeu um cigarro. — Não iam colocá-lo para correr, então todos acharam que ele estivesse coxo ou não pudesse lidar com a pista de terra. Mas, caramba, quando aquela porra daquele cavalo enorme... Ele era *gigante*. Quando ele atravessou o portão, acabou. Há cerca de um ano, Billy e eu voltamos e ficamos sabendo que ele havia morrido. Dizem que o coração do cavalo estava três vezes maior do que o tamanho normal. — Ford apontou o cigarro para a gente para enfatizar o que estava dizendo. — Ele foi empalhado e exposto no gramado no Belmont Park, atrás de uma cerca. Foi uma desgraça, não foi, Billy?

Billy assentiu dramaticamente.

— Uma grande desgraça.

— Está bem, vou entrar na dança — disse Nora. — Como o cavalo morreu?

— Envenenado — respondeu Ford, as sobrancelhas erguidas.

— Envenenado? — Nora cruzou os braços. — Hum.

— Arsênico — acrescentou Billy, embora a palavra murmurada não se parecesse com *arsênico*.

— Os pastores odiavam o Phar Lap... Toda aquela coisa de pecado e lei seca. Você sabia que meu pai era pastor?

Ford pôs o braço para trás e pegou sua bebida.

— Eu não sabia disso.

— Bom, a chegada do Phar Lap nos Estados Unidos foi manchete em todos os jornais. Disseram que ele era o diabo. Tipo o Robert Johnson. Fez um pacto com o diabo.

Ford parecia estar atraindo outras pessoas, mas Nora lembrou que ele era um ator.

— Ou Paganini.

— Não conheço ninguém chamado Paganini.

Ford deu de ombros.

Nora também não, então por que estava falando de um violinista italiano? Ela esfregou a cabeça. O que havia de errado com ela? O sorriso presunçoso de Ford a trouxe de volta à realidade. Então era isso. Eles estavam competindo por Billy.

A boca de Nora começou a se mover antes que seu cérebro pudesse processar as palavras. Era como se outra pessoa tivesse se apossado do corpo dela.

— É uma história antiga, Ford. O fenômeno conseguiu o talento naturalmente ou fez um acordo com o diabo? Antes de Robert Johnson? Houve Niccolò Paganini, o virtuoso.

Nora podia ver um homem pequeno sentado em um banco de piano, tão próximo que ela conseguia sentir o hálito dele, contando uma história fantástica: *Dizem que ele matou uma mulher e aprisionou a alma dela em seu violino. Foi um presente para o diabo em troca de seu talento. Os gritos dela podiam ser ouvidos na beleza das notas.* Nora olhou para o martíni e o pousou no bar. Talvez aquilo fosse um sinal de que ela precisava parar.

— Um pacto com o diabo — repetiu Billy. Então ele olhou para ela quase numa súplica. — Você sabe o que quero dizer, *não sabe*, Nora?

Ela pensou em Halstead e no casamento que queria ter.

— É, Billy. Eu sei tudo sobre pactos com o diabo.

— Não, você não sabe. — Billy balançou a cabeça. — Só acha que sabe.

— Está bem. Estou com fome — disse Nora. — E ele precisa comer alguma coisa.

— Eles têm um filé mignon com cogumelos que coloca minha mãe francesa no chinelo — acrescentou Zane. — Servem numa *cassolete*.

— Que merda é essa?

Ford se virou para olhar para Zane com nojo.

— É uma panela pequena com tampa.

— Então diga *numa panela pequena com tampa*.

Ford revirou os olhos.

Ninguém notou que Billy havia ficado quieto. Talvez estivesse pensando no filé mignon com cogumelos, ou em Phar Lap empalhado no gramado do Belmont Park, ou a adição de café ao martíni tivesse fermentado em seu estômago, mas Billy abruptamente ganhou um tom esquisito de amarelo, tentou se levantar e vomitou sobre toda a frente do vestido de Nora.

Ford pareceu agarrar Billy em câmera lenta, como um parceiro de dança, e correu para tirá-lo do Gold Bar antes que os funcionários vissem o que havia acontecido. A ideia era sempre proteger um ao outro, pensou Nora. Ela podia sentir o vômito quente escorrer através de seu vestido de seda e chegar a suas coxas e seus seios.

Ela os seguiu pelas portas e desceu a escada para o gramado. Billy estava de joelhos, vomitando. Nora tentou limpar o vestido com um guardanapo de pano preto, mas a roupa que Inez London havia criado especialmente para a lua de mel deles estava arruinada. Billy continuou arquejando por alguns minutos até Ford e Zane sentirem que era seguro levantá-lo. Foi preciso que os três o ajudassem a ficar de pé.

— Vamos levá-lo de volta para o quarto — disse Ford.

Sempre que tentavam se mover, Billy vomitava.

Por fim, deixaram-no sentado em um banco.

— Talvez a gente precise carregá-lo — anunciou Ford.

— E isso vai ajudar como?

Nora cruzou os braços.

— Que lua de mel, hein? — exclamou Zane, que havia começado a limpar o braço de Nora com um pano.

Ela olhou para ele agradecida. Ele segurou o braço dela e abriu um sorriso compreensivo. Nora ouviu Ford conversando com Billy, mas não conseguiu entender o que eles estavam dizendo.

— Ele já estava bêbado assim quando vocês chegaram?

Ela enxugou os olhos com o braço, o guardanapo já ensopado.

— Ele está sempre bêbado assim, Nora. — Zane parou de limpar quando chegou à frente do vestido. — Tome — disse, entregando o pano a ela. — Tome.

— Obrigada.

Nora olhou para baixo e viu que, por estar sem sutiã, o vestido molhado tinha deixado pouco para a imaginação. Enojada, ela jogou o pano no chão. Podiam olhar para os peitos dela o quanto quisessem.

— Obrigada pela ajuda, Zane, mas acho que o vestido e a noite foram destruídos.

Ford levantou Billy e chamou Zane.

— Vamos levá-lo de volta ao bangalô — gritou.

Quando Nora percebeu que não iam levá-lo para o bangalô dos dois, ela se interrompeu.

Zane tirou o paletó e o pôs sobre os ombros dela. Nora sorriu para ele, agradecida.

— Vamos cuidar dele — disse Ford. — Não faz sentido você não dormir.

Billy, Zane e Ford cambalearam pela trilha bem-cuidada.

À distância, Nora ouviu uma banda tocar, provavelmente no salão de baile. Era um som de alegria e isso a fez chorar. Caminhando sozinha de volta para seu quarto, ela passou por vários funcionários, que perguntaram se ela estava bem. Ela nem imaginava como estava sua aparência, a maquiagem escorrendo pelo rosto e o vestido destruído. Agua Caliente era um resort tão exclusivo que era um milagre que não a tivessem expulsado.

Quando chegou ao quarto, Nora arrancou o vestido. Enrolando-o em uma bola firme, ela o jogou no lixo. Ia devolver o dinheiro a Inez. De roupão, caminhou até a varanda e acendeu um cigarro. O cheiro de eucalipto e o frescor do ar a ajudaram a clarear as ideias.

Ela estava vestida e suas malas estavam prontas quando Billy finalmente apareceu no quarto, por volta do meio-dia. Ficou sentada na beira da cama a manhã toda, esperando por ele.

Tinha ficado tão bêbado e enjoado na noite anterior que Nora ficou surpresa por ele parecer tão bem. Seu cabelo estava desgrenhado, a camisa, fora da calça, e Nora notou que ele não estava usando sapatos, mas parecia bronzeado e saudável comparado ao que ela vira na última vez.

— Você está aqui.

— Onde mais eu estaria, Billy?

Ele deu de ombros e jogou o paletó na cadeira, depois caminhou até a porta aberta e acendeu um cigarro.

Nora pigarreou.

— Estou indo embora.

Ele pareceu rir e se virou para ela.

— Vai me deixar ou vai embora daqui?

— Daqui, por enquanto. — Ela suspirou. — Vou pensar no resto depois.

— Leve o carro — ofereceu ele. — O Ford pode me levar de volta amanhã.

— Você vai ficar?

Nora se sentiu mal. Aquilo não estava acontecendo — aquilo não podia estar acontecendo. Ele não estava levando nem o casamento nem ela a sério.

— Eu não posso deixar os dois.

Ele se sentou na cama — no canto oposto ao dela. Era a primeira vez que ele fazia de conta que havia uma cama no quarto.

— Não — concordou Nora. — Você com certeza não pode deixar *os dois*.

Ele tentava tirar um fiapo da calça, mas desistiu. Então voltou o olhar para ela, os olhos verdes vazios, o tom de voz frio.

— Eu entenderia totalmente, sabia? Se você precisasse de um amante.

— O quê?

— O Zane, por exemplo.

Ele deu de ombros e cruzou as pernas, dando uma longa tragada no cigarro antes de procurar um cinzeiro, que encontrou na mesa de cabeceira.

— O Zane?

— Ele acha você linda.

— Meu Deus do céu, Billy.

Nora se levantou. Lágrimas se acumulavam em seus olhos. Ela não sabia o que esperar, mas ouvi-lo sugerir que ela tivesse um amante na lua de mel era cruel. *Billy* devia achá-la linda. O fato de estar oferecendo Nora para Zane na lua de mel era insuportável. Era algo que Clint faria.

— Eu não posso falar sobre isso. Não hoje.

— Faça como quiser.

Ele apagou o cigarro e se deitou na cama. Em minutos, já estava roncando baixinho.

※

Nora pegou a estrada com o Phaeton de Billy e entrou no estacionamento do Monumental Studios a toda. O carro era bonito e veloz, tinha que admitir. Ela descontou toda sua raiva nele, voando de volta para Los Angeles. Quando abriu as portas dos escritórios do Monumental, Halstead a viu imediatamente.

— Ele me contou — começou Nora, tirando as luvas.

— Quem contou o quê?

— O Billy me disse que não pode transar.

O velho empalideceu.

— Ele fez o quê?

— Você devia ter me contado — retrucou Nora.

— Pelo contrário, Nora — disse Halstead. — Seu *marido* devia ter contado. — O homem balançou a cabeça. — Eu não tive nada a ver com isso.

— Ele disse que você achou melhor que eu não soubesse do sarampo antes do casamento.

— É mesmo?

— Eu deveria ter sido informada.

Halstead se recostou na cadeira e uniu as mãos em frente ao corpo, escolhendo as palavras seguintes com cuidado.

— Ah, Nora… O Billy é muito querido e muito valioso para este estúdio. Esse novo filme, *Além da costa*, é o mais caro que já filmamos aqui no Monumental. Isso se deve principalmente ao Billy e ao Ford. Eles são uma dupla poderosa, sabia? — Halstead pigarreou. — Acho que tudo isso é culpa da Louella Parsons. Ela sabia e Billy tinha medo que ela vazasse a notícia. Talvez eu o tenha incentivado a namorar você para que ela pensasse que essa história fosse apenas um boato. Mas receio que meu querido Billy tenha tratado você mal. Por isso, e pelo meu papel nisso tudo, eu sinto muitíssimo.

— Obrigada.

Nora se sentou na cadeira em frente a Halstead e levou as mãos à cabeça.

— Minha querida — disse Halstead com carinho. — Você o ama?

— Claro que amo. Ele é meu marido.

Halstead a analisou com uma cara séria, como se só lhe restasse alguns meses de vida.

— Vou fazer o seguinte. Você não fez muitas comédias, e *Max e eu* foi um grande sucesso. Acho que você pode ser nossa rainha da comédia pastelão. Tem uma peça da Broadway em que a empresa está investindo, chamada *Um milhão de beijos*. Se a temporada inicial for boa, vamos transformá-la em filme. Eu acho que a mudança vai fazer bem para você. É a história de um homem que traz a mãe para morar com ele e sua nova esposa. Lillibet Denton vai ser a mãe e um novo talento de Nova York, Jack Watt, vai interpretar o filho.

— Parece que você está tentando me comprar.

— Não, minha querida. Vou tirar você da cidade por um tempo. — Halstead pegou o maço de cigarros do bolso da camisa. — Você é como uma filha para mim.

— Você tem uma filha, não é, Halstead? Uma filha de verdade?

— Tenho — disse ele assentindo.

— Me diga uma coisa. Você aceitaria que *ela* se casasse com Billy Rapp?

Halstead ficou sentado na cadeira, olhando silenciosamente para o cigarro antes de acendê-lo.

Ela balançou a cabeça.

— Eu imaginei. Quanto tempo dura a temporada em Nova York?

— Dez semanas. Quatro semanas de ensaio e seis semanas em cartaz. Tempo suficiente para clarear as ideias.

Nora assentiu. Talvez a distância de Billy fizesse bem a ela, lhe desse alguma perspectiva sobre o casamento deles.

Billy não reagiu quando Nora explicou que Halstead ia mandá-la para Nova York. As filmagens de *Além da costa* estavam prestes a começar e logo ele estaria envolvido com os sets e a produção. Ela também voltaria a ficar em uma costa diferente de Clint, e isso era ótimo.

Como a casa de Nora tinha sido posta à venda, ela se mudara para o chalé recém-construído de Billy, nas verdejantes colinas de Benedict

Canyon. Os dois continuaram a dormir em quartos separados — em alas separadas da casa —, mas antes que ela fosse para Nova York, Nora e Billy posaram juntos para uma sessão de fotos da *Photoplay* na varanda do cânion, ao sol da manhã, embaixo de um cobertor. O fato de parecerem felizes, pensou Nora, demonstrava seu talento como atriz. O casal só se via à noite, quando aparecia no Trocadero ou no Hollywood Bowl. Ali, aninhada a Billy, Nora se vangloriara para Hedda Hopper, dizendo que adorava voltar para casa todas as noites.

O estúdio levou Nora para Nova York. A atriz coadjuvante da peça, Lillibet Denton, era uma mulher minúscula, parecia um pássaro, de olhos azuis e cabelos de um tom de ruivo que logo desbotava para combinar com a cor de sua pele. Normalmente, Lillibet se apresentava em Londres, mas ela deixara bem claro para todos que estava abrindo uma exceção ao ir para Nova York. Ver a atriz de teatro londrina fazendo o papel da sogra intrometida era como fazer um teste todas as noites. Quando Lillibet subia ao palco, todo gesto, palavra e pausa tinham tanto peso que a mulher suava após cada cena.

Após a conclusão da primeira cena de Nora, Lillibet ficou parada, com os braços cruzados.

— Eles ensinam as pessoas a *rebolar* no set em Holly Wood? — Lillibet sempre inseria uma pausa bem dramática entre as duas palavras. — Eu não sabia que isso era *Vaude Ville*.

Lillibet questionava a preparação de Nora e lhe ensinou a marcar o momento, o movimento e a projeção de voz adequados. Depois que os ensaios ou apresentações terminavam, Lillibet convidava Nora para jantar e tomar drinques com ela. A mulher sugeriu que Nora lesse Gertrude Stein, Hemingway, Gide, Proust e — apenas se ela precisasse — Colette. Nora passou a levar uma caderneta e um lápis na bolsa para anotar todas as muitas sugestões de Lillibet. A inglesa costumava desmerecer os escritores americanos, com exceção de Hemingway e Fitzgerald, mas Edith Wharton era sua favorita e a mulher deu a Nora seu exemplar de *A época da inocência*.

— Sua mente deve ser desafiada constantemente, Nora, principalmente porque você é mulher. Não deixe que transformem você em um manequim que fala quando mandam.

Se Lillibet exercitava a mente de Nora, seu companheiro de palco, Jack Watt, tinha uma sexualidade crua difícil de não perceber e — sem surpreender ninguém, nem a si mesma — Nora dormiu com ele na segunda semana de ensaios. Era revigorante ser desejada de novo. Mas Jack Watt ficaria em Nova York e Nora sabia que teria que voltar para Hollywood. Mesmo que Jack se mudasse para lá depois do fim da peça, ela não o procuraria. Ainda era a esposa de Billy Rapp. Embora pudesse ter um amante em Nova York, o relacionamento não continuaria na mesma cidade em que vivia com Billy.

Quando a temporada da peça terminasse, anunciou Lillibet, ela usaria o tempo de folga até as filmagens para fugir para Paris.

Aquela palavra. Paris. O som eletrizava Nora. Conforme Lillibet descrevia o modo como havia descoberto o Panthéon enquanto passeava pelo Quartier Latin ou pelas ruas de Montmartre, Nora quase se pegou corrigindo a mulher sobre a localização de uma rua. Ela teve lembranças de uma jovem e um homem, como uma chama, uma foto em uma câmera fotográfica, o carretel girando loucamente, as imagens desaparecendo. As imagens pareciam ser da sua vida, talvez algo que ela vira quando criança, mas onde? Em Ohio? Alguns detalhes das cores e do estilo das roupas não estavam exatamente corretos, fazendo Nora duvidar de si mesma. Hollywood havia lhe ensinado que a realidade podia ser distorcida, então ela não confiava em nada. Nem nas próprias lembranças. A ideia de "real" havia sido irreparavelmente alterada. Ela agora desconfiava totalmente de Billy e Halstead. Eles haviam organizado uma performance teatral dela como a estrela involuntária. No entanto, Nora tinha a forte sensação de que havia desempenhado outro papel em um palco diferente. Imagens estranhas estavam surgindo — uma casa no campo, um apartamento ao longo de um amplo bulevar e uma garota de vestido rosa e máscara, sentindo-se exatamente como ela se sentia: como se todas as suas ilusões tivessem sido destruídas. Foi essa outra garota que fez Nora começar a desconfiar da própria existência. Ela compartilhou aquela ideia com Lillibet, que riu, fazendo barulho pelo nariz.

— É uma crise existencial, minha querida — insistiu Lillibet, dispensando a dúvida dela. — Leia Kierkegaard. Você está vendo outra possibilidade surgir para você, porque esta vida a decepcionou. Lembre-se, você controla seu destino. Mais ninguém.

Nora teve a sensação desconfortável de que, nesse quesito, Lillibet estava completamente errada.

Lillibet não sabia explicar o repentino talento de Nora para o piano. De um dia para o outro, Nora havia se tornado uma especialista e começado a tocar piano no teatro durante os intervalos. Não era normal desenvolver uma habilidade do nada, mas ela tocava o instrumento como se tivesse estudado durante anos, um fenômeno que a assustava e a animava. Mas Nora gostava de ter aquela habilidade — era forte e misteriosa, a concretização da crise interna que vinha sentindo e prova de que algo surreal estava acontecendo com ela. E, apesar de estar se esforçando para melhorar — tocando peças mais difíceis com base na memória muscular —, toda manhã ela acordava com medo de que, de alguma forma, o talento desaparecesse tão rapidamente quanto havia surgido.

Depois que a peça terminou, Lillibet implorou a Nora que a acompanhasse a Paris, mas Nora recusou o convite. Tinha finalmente decidido que devia voltar para casa. O tempo apenas suavizara sua determinação em relação à situação de seu casamento. Não faria diferença se Billy não conseguisse dormir com ela. Jack tinha feito isso e ela se sentira vazia. O que sentia por ele era admiração e amor verdadeiros. Ela poderia usá-los para resolver a situação.

Lillibet anotou um endereço e pôs o papel nas mãos da garota.

— Você é uma alma antiga, Nora, e é uma pena que esteja presa em uma cidade nova como Los Angeles. A última vez que passei um tempo lá, não conseguia ouvir nada por causa do barulho horrível das obras. É simplesmente o lugar errado para você, mas você vai perceber com o tempo, então não vou criar expectativas. — Ela parou e pensou por um momento. — Fui casada duas vezes e posso afirmar: seu casamento com o Billy acabou. Só você não sabe disso ainda.

Se Nora tivesse deixado, aquela avaliação sincera de Lillibet sobre seu casamento teria causado tensão entre elas em seus últimos momentos juntas. Nora esperava de coração que a mulher estivesse errada. Em vez de um avião, ela pegou o mesmo trem de Nova York que havia pegado três anos antes, fazendo um balanço silencioso sobre as mudanças em sua vida desde que deixara Norma Westerman para trás. Munida com *O imoralista*, de André Gide, *A autobiografia de Alice B. Toklas*, de Gertrude Stein, e um romance de Agatha Christie, Nora embarcou no vagão da primeira classe dessa vez. Quando chegou à estação, três dias depois, o trem estava adiantado. Animada para ver o marido, que acabara de filmar *Além da costa*, ela chegou em casa e abriu a porta para encontrar todas as suas perguntas sobre Billy Rapp finalmente respondidas, as previsões de Lillibet concretizadas. Enrolado nos lençóis da cama de Billy estava Ford Tremaine, nu.

Quando voltava a pensar naquilo, Nora queria ter dito mais do que "Ah".

Foi humilhante vê-los ali abraçados. Pensando melhor, Nora não conseguia acreditar que tinha sido tão ingênua de não ter percebido aquilo antes. A verdade estava na sua frente o tempo todo. Caramba, a verdade havia sido convidada para sua lua de mel. Ainda mais humilhante, Nora viu Ford sorrir ironicamente para ela enquanto se vestia e ajeitava a gola da camisa. Ele passou por ela e ela o ouviu murmurar para Billy:

— Você disse que ela sabia.

Com uma expressão desafiadora, Nora ficou parada ali, avaliando quem sabia e quem havia omitido a verdade dela. Imersa nesses pensamentos, a fúria de Nora cresceu. Quem mais sabia? Zane? Halstead? Hedda Hopper? Louella Parsons?

Quando Billy saiu do quarto e finalmente a encarou, ela não o deixou falar.

— A porra do sarampo?

Ele desabou na cadeira em frente à lareira.

— Eu não sabia como contar para você.

Nora olhou para a camisa aberta e o peito bronzeado dele.

— Eu sinto tanto...

— Você me deixou acreditar que era *impotente*. — Ela se serviu de uma bebida e girou o copo. — Você me usou. Você me humilhou.

— Eu sinto muito.

— Você me usou.

— Estavam ameaçando divulgar a notícia sobre mim e Ford.

— Não havia amor entre a gente... nem respeito. Não dá para respeitar uma pessoa para quem a gente mente... Alguém que você quis humilhar como me humilhou.

— Eu nunca quis humilhar você, Nora.

— Não? E o que quis fazer? Parou para pensar nisso direito? Eu estou apaixonada por você. Você levou isso em conta?

Billy deixou a cabeça pender entre as mãos.

— É mais forte do que eu, Nora. Você entende? Eu poderia muito bem ter tido sarampo. Pelo menos não tentei com você. Fiz isso em casa, em Youngstown, com algumas garotas e, se você acha que isso foi humilhante, devia ter visto aquilo. Eu amo você, é sério. Achei que isso podia ajudar você… se casar comigo. Achei que você entenderia.

— Eu poderia ter entendido. Se você tivesse pensado em mim o suficiente para ter me contado.

Havia um estranho sentimento de perda acumulada naquele momento, como se ela já tivesse sentido aquilo, ensaiado aquele diálogo com ele. Uma porta estava se abrindo — apenas uma fresta — e ela estava vendo outra versão dele partindo seu coração. Tanto o Billy do presente quanto o do passado estavam ali em uníssono — um coral grotesco. Nora olhou para o teto. Ela odiava aquela casa de merda com um mural pintado na droga do teto como se eles morassem na Capela Sistina. Tudo em Hollywood a enojou naquele momento. O teto que tentava replicar outra coisa. Tudo uma imitação, como uma loja de fantasias baratas. E ela e Billy, também impostores. Nora pegou suas chaves e sua bagagem.

— Aonde você vai?

— Para o Hotel Roosevelt, onde vou dormir para compensar os três dias de uma viagem de trem que fiz em um ritmo acelerado para poder ver você. Por sorte, minha casa ainda não foi vendida. Mansões novas demais estão sendo construídas. Então vou voltar para lá assim que pegar meus móveis de novo. Vou mandar alguém buscar minhas coisas.

— Você não pode fazer isso.

Com as palavras de Lillibet na cabeça — *Lembre-se, você controla seu destino. Mais ninguém* —, ela se virou para olhar para ele, antes de sair pela porta.

— Ah, eu posso, sim, e eu vou. E é melhor você e o Halstead começarem a pensar em maneiras de me deixar feliz.

Aqueles maravilhosos olhos verdes olharam para ela. A pele bronzeada e macia. Ela podia ver os pelos louros nos braços dele e absorveu cada detalhe.

— Não vou ser feita de boba por você nem pelo estúdio. Se precisasse da minha ajuda, poderia ter me pedido. Eu até poderia ter aceitado, mas em vez disso você se aproveitou de mim, porque sabia que eu estava apaixonada. Eu não sabia em que tipo de relação estava entrando, e você me enganou. Você *tomou* uma coisa de mim, Billy Rapp. Não consegue ver? Eu acho que foi a esperança. Ela acabou agora. E eu odeio você por isso.

— Se serve de algum consolo — disse Billy —, eu preferiria estar morto.

— Eu também preferiria que você estivesse morto — respondeu Nora. — Acho que seria mais fácil para mim.

Naquela noite, ela dirigiu seu conversível como uma louca pelas curvas do cânion, quase desejando que algo lhe acontecesse, ainda que soubesse que nada aconteceria. Mesmo quando nuvens de tempestade começaram a rugir acima dela, ela percebeu que não haveria alívio para seu sofrimento. Era uma criatura que suportava o sofrimento e também suportaria aquilo.

Em sua suíte no Roosevelt, Nora foi acordada às sete da manhã com batidas violentas na porta. Depois de alguns minutos, ela percebeu que a pessoa não ia desistir. Nora pegou o roupão e abriu a porta. Halstead estava na entrada da suíte com outro homem. A cabeça do homem estava voltada para o corredor, mas, quando ele finalmente a encarou, Nora viu, horrorizada, que era Clint.

— Temos um grande problema, querida — disse Halstead, passando por ela, a voz baixa.

Nora olhou para Clint, tentando entender sua postura. Ao contrário da aparência perturbada de Halstead, Clint parecia calmo e controlado. A postura tranquila a assustou ainda mais. Pelo que ela sabia, aquela postura sempre precedia a fúria de Clint.

— O que houve?

Nora dirigiu a pergunta a Halstead. Mas foi Clint quem respondeu:

— É o seu marido.

— Ah, merda. — Nora teve dificuldade de fechar o roupão por cima da camisola de cetim justa, enquanto Clint e Halstead a observavam de boca aberta. — Eu ia ligar para falar sobre isso.

Ela se serviu de um copo d'água e começou a procurar alguma coisa para vestir entre a pilha de roupas que caía de sua mala.

— Como assim você ia *ligar* para falar sobre isso?

A voz de Halstead expressou uma preocupação que fez Nora olhar para ele.

Ela o viu olhar para Clint. Queria dizer que sabia sobre Billy e Ford, mas Clint estava em seu quarto, encarando o sutiã jogado sobre a mala, por isso ela se interrompeu. O que Halstead mais queria era esconder a relação entre seu maior astro e o diretor em ascensão e mantê-la longe dos jornais. Ele nunca havia se preocupado com ela. Ela sacou um cigarro da bolsa e o acendeu, ignorando o isqueiro que Clint oferecia. Aquela era a cidade dela, não dele. Ela se imporia em relação a ele.

— Eu sei sobre ele.

— Sabe?

Halstead tirou o chapéu e coçou o cabelo ralo. Parecia pálido, quase arroxeado.

— É, o Ford estava na casa do Billy ontem à noite quando cheguei lá. Tinha gente demais, se é que você me entende.

Halstead percebeu o que ela queria dizer e franziu a testa.

— Acho que você não está entendendo, minha querida, mas o Billy está...

— Seu marido está morto — interrompeu Clint.

Um sorriso torto se formou em seus lábios. Ele tinha ficado muito feliz em dizer aquilo a ela.

Nora sentiu o rosto empalidecer. Ela olhou para Halstead, que parecia ter encolhido quinze centímetros.

— Isso é verdade?

Halstead assentiu e apontou para Clint.

— O estúdio contratou Clint para lidar com essa *situação*. Ele foi muito recomendado pelo Palladium Studios.

Clint o interrompeu.

— Norma sabe que eu resolvo as coisas. Não sabe, querida?

Ela olhou para ele com desprezo e deu uma tragada no cigarro.

— Eu sei que você *destrói* as coisas.

Ela se apoiou na cômoda e agarrou o tampo para não cair. Aquilo não podia ser verdade. A última imagem que teria de Billy seria dele sentado na cadeira à sua frente, ouvindo as coisas horríveis que ela dissera antes de sair. *Eu também preferiria que você estivesse morto. Seria mais fácil para mim.* Ela queria machucá-lo e tinha conseguido.

— O que aconteceu com ele?

Clint se sentou em uma cadeira e sacou um cigarro.

— Tomou uma bala nas fuças.

Halstead parecia ter comido alguma coisa desagradável.

— Precisa ser tão grosseiro assim?

Clint riu.

— Ah, a Norma pode lidar com grosserias, não é, querida?

Norma deu as costas para ele e se virou para Halstead.

— Ele se matou?

Halstead assentiu, sério, e a segurou, levando-a de volta para a cama.

— Quando você o viu pela última vez?

Ela fechou o roupão com força.

— Na noite passada.

Halstead lançou um olhar para Clint.

— Vocês discutiram?

Clint estava sendo cauteloso, o que era tão estranho que Nora se perguntou o que ele podia querer. Clint era cabeça quente; não havia nada de calmo nele. Ele já havia até se gabado de ter espancado até a morte um homem por pegar a mala errada na rodoviária.

— Eu não quero *esse cara* aqui. — Nora apontou para Clint. — Não vou falar com ele aqui.

Clint a interrompeu.

— Ford Tremaine diz que você e Billy estavam discutindo quando ele saiu de lá.

— Eu não quero você aqui, Clint. — Ela se virou para Halstead. — Eu não quero ele aqui.

Halstead não fez menção nenhuma de pedir para Clint sair da sala.

— Ele sabe de tudo, Norma. Sabe, ela era bem menos bocuda em Nova York, Harold. — Clint se levantou. — Eu a conheci em Akron. Você não ia acreditar nas coisas que diziam sobre ela em Nova York. Ouvi dizer que ela pagava o aluguel…

— Saia! — Nora apontou para a porta. — Agora!

— …dormindo com todos os homens que pagavam por ela.

— Isso é mentira — disse Nora. — Eu larguei você depois que você me deixou com tantos hematomas que eu não conseguiria trabalhar. Ainda tenho a cicatriz da queimadura de cigarro que você deixou em mim.

Ela afastou os cabelos da bochecha, sabendo que a marca vermelha estaria onde sempre estava de manhã antes que ela se maquiasse. Então olhou para Halstead.

— Eu preciso falar com você. *Em particular.* Você me deve isso.

Halstead olhou para Clint e assentiu. Clint uniu as mãos como um estudante obediente e saiu.

Nora esperou que a porta se fechasse, depois se virou para Halstead.

— Ele é um homem horrível.

— Eu sei o que ele é — disse Halstead. — E nós temos uma situação horrível que exige os serviços dele, não é?

Ele se sentou na cama devagar. Harold Halstead não era jovem, e os eventos da manhã pareciam tê-lo envelhecido dez anos.

— Voltando ao Billy. Você descobriu?

O tom de Halstead não era acusador.

— Descobri — retrucou Nora. — Mas não da maneira que eu deveria ter descoberto. Meu trem chegou cedo ontem. Eu encontrei os dois juntos.

Halstead suspirou. Seu corpo parecia pesado.

— Ele deveria ter contado, Nora. Eu sinto muito.

— *Alguém* deveria ter me contado, Harold.

Halstead suspirou outra vez.

— A notícia ia ser publicada nos jornais. Eles tinham fotos. Isso teria destruído tudo: Billy, Ford, o estúdio… Você era simplesmente efervescente, minha querida. Desde o instante em que a conheci. Achei que você poderia ajudar, e ajudou. Só não achei que eu que deveria explicar tudo. — Halstead olhou para as próprias mãos. — Tenho uma pergunta, querida. É delicado.

— Diga.

Nora deu uma última tragada no cigarro. Notou que suas unhas estavam lascadas e que havia sujeira sob elas.

— Você o matou?

Nora se virou para ele.

— Do que você está falando? Você disse que ele se matou.

— Bom, isso não está claro. É verdade que foi um tiro, mas se foi ele ou alguém que fez parecer que ele se matou... Bom, isso ainda precisa ser descoberto. A arma foi colocada na mão dele, mas a cena pareceu montada.

— Ele era diretor e maníaco por detalhes. Ele montaria o próprio suicídio. — Nora começou a andar de um lado para o outro. — O que a polícia disse?

O homem balançou a cabeça.

— Ainda não chamamos ninguém.

Ela ergueu a sobrancelha.

— Vocês o quê?

— O Clint cuidou de tudo. Vamos chamar a polícia depois que sairmos daqui.

— Bom, o Billy estava vivo na última vez que o vi. — O fato de Clint já ter estado na cena do crime deixou Nora ainda mais desconfiada. — Como foi que você ficou sabendo sobre ele?

— Recebi um telefonema anônimo.

— E você não acha isso estranho?

— Acho tudo nessa história estranho, Nora, mas tenho um diretor morto e um filme inacabado. O Monumental não vai suportar um escândalo como o do William Desmond Taylor ou do Fatty Arbuckle. Nós não sobreviveríamos a isso.

Nora foi até a janela e abriu a cortina. O sol já estava brilhando no Hollywood Boulevard.

— Você tem certeza... — Ela indicou a porta com a cabeça. — Que não foi ele que criou a situação?

— Aonde você quer chegar?

— Estou dizendo que Clint quebra as coisas para que ele mesmo possa consertar, para criar situações em que ele seja indispensável. Não é possível que você não veja que ele está obcecado por mim.

— Eu o contratei na semana passada, Nora. Todo estúdio tem um faz-tudo, você sabe disso. Tudo que você odeia nele é o que o faz ser bom nesse trabalho, infelizmente. E ele é bom.

Ela se virou para Halstead.

— Você vai se arrepender de ter contratado esse cara.

— Hoje, não, Nora.

Ela se virou para a janela.

— Obrigada, Harold, por me avisar. Agora tenho que organizar o enterro do meu marido.

21

HELEN LAMBERT
Paris, 12 de junho de 2012

Mickey me acordou.

— Meu Deus do céu, você dormiu o voo inteiro e ficou toda babada.

— Desculpe — falei. — Ando dormindo mais do que de costume.

Mickey balançou a cabeça.

— Eu falei que você estava dormindo, mas era como se estivesse inconsciente. Em determinado momento, achei que tivesse morrido.

Ele não estava errado. Eu estava dormindo, mas ao mesmo tempo não estava. Parecia que a energia necessária para me reunir outra vez — Juliet, Nora e eu em uma só — exigia que eu estivesse inconsciente. Ao acordar daquele último sonho, senti uma estranha afeição por Nora Wheeler. Ela não tinha a vulnerabilidade de Juliet. Nora era uma sobrevivente e eu precisaria da força dela nos próximos dias. Apesar de Billy com certeza ser Marchant, Luke ainda não havia aparecido na vida dela. Eu tinha que admitir que estava esperando vê-lo de novo, mesmo que fosse só em meus sonhos.

O beijo da outra noite tinha me deixado abalada. Sentia-me culpada por ter mentido para ele sobre a viagem de trabalho. Tinha inventado uma entrevista maluca que ia conduzir com um famoso ator britânico para a *Em quadro*. Será que tudo aquilo era loucura? Aquela viagem secreta para

Paris para conseguir sangue? Bruxas e maldições não existiam na vida real. Parte de mim achava que devia voltar para Washington e viver minha vida, ignorando Luke Varner. Tudo ia ficar bem. Mas como explicar as vidas que entravam em meu cérebro de maneira tão vívida todas as noites? As cores pareciam mais fortes em cada uma delas: vermelhos e azuis suaves para Nora... verdes, azuis-claros e dourados para Juliet. Eu conhecia o cheiro dos eucaliptos, mesmo sem nunca ter estado perto de um. Podia ver o desenho do papel de parede florido e amarronzado da pensão da mãe de Nora em Akron, que não existia mais. Sabia o barulho que a geladeira fazia quando a fechava. *E sempre havia odiado o cheiro de cravo.* Quando me lembrava da pasta fedida que a mãe de Juliet havia aplicado em todo o corpo dela, aquilo finalmente fazia sentido para mim.

Não, a realidade era que minha mãe havia lançado um feitiço havia mais de cem anos em Challans e eu tinha menos de duas semanas para acabar com aquela maldição ou nasceria de novo e continuaria repetindo os mesmos erros como em uma versão horrenda de *Feitiço do tempo*. Será que Roger Lambert era alguém com quem eu devia estar ou será que ele era apenas um ator — um substituto — que havia sido posto em minha vida graças a um erro cometido por uma mulher furiosa? Pela maneira como Luke havia descrito tudo aquilo, os papéis que representávamos eram como papéis em um palco. E, claro, parte do motivo pelo qual eu não conseguia admitir que aquilo era real era a mãe de Sara, Johanna. Se toda aquela história fosse verdade, eu era a causa de sua morte, mesmo que de maneira involuntária. A maldição era perigosa e eu precisava acabar com ela.

Mickey e eu passamos pela alfândega e pegamos o trem de Heathrow para Londres, depois o Eurostar na estação de St. Pancras. Mesmo tendo dormido durante o voo, não me sentia descansada.

— Você está muito quieta.

Mickey pediu uma taça de vinho, embora ainda não fosse nem meio-dia.

— Estou tentando processar tudo isso.

— Você não acredita nessa história de maldição, acredita?

— Você não? — Ergui a sobrancelha, cética. — Se não acredita, por que está aqui?

— Estou aqui porque *você* acredita. — Ele me encarou, sério. — Me prometa uma coisa. Se essa história toda em Challans for besteira, você vai a um médico em Washington fazer uma ressonância magnética como uma pessoa normal. Estou com medo de você estar com um daqueles tumores no cérebro, igual ao filme do John Travolta em que ele ganha superpoderes.

— *Fenômeno*?

— É um filme ótimo.

Ele girou o vinho na taça.

— Eu não estou com um tumor no cérebro, Mickey.

— Isso mesmo. Você está com uma maldição. Como eu poderia esquecer?

— Acho que preferia ter um tumor no cérebro.

Chegamos à Gare du Nord e decidimos passar a noite em Paris. Pegaríamos o primeiro trem até Challans, onde procuraria a neta de Michel e Delphine Busson, Marielle Fournier, que tinha setenta e oito anos e morava em um apartamento no centro. Eu ainda me sentia assombrada por Delphine ter se casado com Michel Busson. Será que ela fora forçada a se casar com ele depois que Juliet havia ido para Paris? Fechei os olhos e pude ver a menininha inocente que nem conseguia carregar um balde cheio de água. Imaginá-la casada com aquele monstro me deixava enojada. Por que o dinheiro que Juliet tinha mandado para casa não havia sido suficiente para mantê-la segura?

No dia seguinte, chegamos a Challans às dez da manhã. O apartamento de Marielle Fournier ficava em um grande edifício, com vestíbulos abertos e escadas largas. Mickey e eu batemos na porta dela, mas ninguém respondeu.

Uma vizinha voltava do mercado e nos viu parados diante da porta. Ela nos olhou desconfiada.

— Vocês estão procurando a Madame Fournier?

— Estamos.

Ao ouvir a mulher falar francês, respondi em um francês perfeito.

— Ela não mora mais aqui. — A mulher batalhou para abrir a fechadura da porta de seu apartamento. Depois ajeitou os óculos de gatinho com o indicador. — Ela se mudou para uma casa de repouso do outro lado da cidade.

— Ah… você tem o endereço?

Comecei a vasculhar minha bolsa em busca de uma caneta.

— Você é da família dela?

A pergunta me pareceu estranha. Eu endireitei as costas.

— Sou. Sou sobrinha-neta dela.

— Ah — respondeu a mulher. — Ela nunca falou sobre você.

Olhei nos olhos dela e sorri.

— Vim dos Estados Unidos para vê-la.

A mulher pareceu impressionada com aquela última informação e sua expressão se suavizou.

— Imaginei que você fosse parisiense. Não tem sotaque americano. Vou pegar o endereço.

Até a semana anterior, eu não falava uma palavra de francês. Agora já falava como uma parisiense.

A mulher, Eve, fez mais do que apenas nos dar o endereço. Ela ligou para a casa de repouso e pediu que esperassem a visita da sobrinha-neta de Madame Fournier. Depois preparou um maravilhoso bule de café para nós dois.

Quando saímos do prédio e subimos a rua, Mickey desenrolou o mapa que Eve havia desenhado para nós.

— Quem disse que os franceses não são legais?

— Ela foi *muito* simpática, não foi?

Analisei meu celular, para o qual havia contratado um plano de dados absurdo para poder receber as mensagens de Luke, mas ele não havia deixado nenhum recado.

— Ei, eu não sabia que você falava francês — disse Mickey. — E sem sotaque americano.

— Meu tumor deve ser parisiense.

Juro que o ouvi rir, fazendo barulho pelo nariz.

— Então, vamos espetar Madame Fournier com um alfinete? — Mickey ainda analisava o mapa enquanto subíamos a colina em direção a um complexo mais novo que Eve nos havia descrito. — Você já *tem* um plano para colher sangue da coitada, não tem?

— Estou pensando — retruquei.

— Não fique irritada comigo — disse Mickey. — Você tem uns cinco minutos para descobrir como fazer isso.

A Casa de Repouso de Challans podia ter sido construída em Topeka. Todo o charme francês se perdia logo que passávamos pela porta. Parecia que todas as casas de repouso do mundo tinham o mesmo visual: sofás Chippendale rosa empoeirados, almofadas de estampa floral e mesas de cerejeira cobertas com um vidro espesso. Uma versão francesa do "Close to You", dos Carpenters, tocava baixinho enquanto gavetas de arquivos eram abertas e fechadas, fazendo barulho. Havia um formulário de entrada. Notei que os franceses eram defensores ferrenhos de procedimentos, quaisquer que fossem; e a concierge simpática, mas distante, deixou claro que não iríamos a lugar algum antes de nos registramos e conferirmos que todos os campos tinham sido preenchidos corretamente. Em protesto, Mickey assinou como "Lorenzo Lamas"; depois me passou a caneta, me desafiando a ser tão criativa quanto ele. Assinei meu nome como "Dorothy Hamill". Mickey e eu às vezes fazíamos isso em conferências para sacanear as pessoas. A concierge verificou se havia mesmo algo escrito nos campos "*nom*" e "*visite*". Depois, a mulher entediada apontou para um corredor e disse:

— *Quatre gauche*.

— O que isso significa?

— É o quarto cômodo à esquerda.

O corredor cheirava a xixi, creme de rosto e algum tipo de comida cozida e nada apetitosa que lembrava remotamente cenoura. Era uma combinação nojenta. O lugar em que minha avó havia morrido tinha o mesmo cheiro. O desinfetante que usavam para disfarçar o cheiro de xixi só realçava o fedor.

No quarto cômodo, uma enfermeira estava parada ao lado de uma velha em uma cadeira, *tirando sangue* do braço esquerdo dela. Mickey se virou para mim com olhos de cavalo selvagem.

— Pegue aquele frasco — sussurrou baixinho.

Entrei no quarto e Mickey parou do lado do carrinho da enfermeira. Se o carrinho fosse deixado no corredor enquanto ela entrava no quarto ao lado, então Mickey poderia simplesmente pegar o frasco. Tudo isso foi dito sem uma palavra — eu tinha olhado para o carrinho da enfermeira e Mickey, assentido.

— Não estrague tudo — sussurrei. — Pegue o frasco certo.

— Arraste esse seu tumor cerebral lá para dentro logo, Dorothy Hamill.

Sorri para a enfermeira quando ela se aproximou, tirando as luvas de látex.

— Você deve ser a parente?

— Sou — falei. — Vim dos Estados Unidos. Estou estudando minha genealogia. — Olhei para o frasco de sangue. — A tia-avó Marielle está bem? Por que está tirando sangue?

— Diabetes — explicou ela — e alguns problemas renais. Espero que você não queira conversar com ela. A demência piorou. Por isso ela deixou o apartamento. Alguns dias são melhores do que outros, mas... — Ela examinou Marielle Fournier. — Infelizmente, hoje não é um desses dias.

Imaginei que as leis francesas sobre a privacidade dos pacientes deviam ser mais tranquilas do que as americanas. Não podia acreditar que estava recebendo informações da enfermeira sem fazer muito esforço. Havia algo estranho ali. Então me lembrei de que Eve também tinha sido muito gentil conosco. A enfermeira parecia confusa e percebi que já tinha visto aquilo — no rosto do senador Heathcote, quando eu havia sugerido que ele falasse sobre sua nomeação para vice-presidente. Eu tive um palpite.

— Tem uma coisa na sua camisa. — Apontei, começando com algo simples. — Pode deixar que eu seguro o frasco enquanto você tira.

Mickey ficou parado à porta, os olhos arregalados.

A enfermeira me entregou o frasco sem hesitar e começou a escovar a blusa por nada.

— Ah, droga — disse ela. — O que foi que caiu na minha camisa?

— Não sei. Parece terra — sugeri, apontando para a camisa branca impecavelmente limpa. — Talvez seja melhor você ir lavar *agora*.

— Vou fazer isso — respondeu a mulher, andando rápido pelo corredor. — *Merci*.

Acenei e sorri para ela.

— Vamos embora — disse Mickey. — Isso foi incrível.

— Espere — falei.

Entrei no quarto de Marielle Fournier e vi a mulher olhando pela janela. Ela não se parecia em nada com Delphine nem com Michel Busson. Eu não sabia direito o que queria, mas a mulher me viu e sorriu.

— Madame Fournier. — Eu me abaixei. — Eu sou uma parente sua.

O rosto da mulher era gentil, mas sem graça, e senti uma pontada de culpa pelo que estava fazendo.

— A sopa estava boa — disse Marielle, esperançosa.

— É — falei. — Hoje a sopa estava boa *mesmo*! Posso fazer uma pergunta?

A mulher piscou e não disse mais nada.

— É importante que você se lembre, está bem?

— Rápido — sussurrou Mickey, que vigiava o corredor.

Estendi a mão para calá-lo, e ele cruzou os braços, indignado. Eu me virei para Marielle e me agachei ao lado dela.

Ela olhou para o meu rosto e tocou nele.

— Eu já vi você antes.

Balancei a cabeça.

— Não, eu acho que não.

Marielle Fournier balançou a cabeça para mim.

— Vi, sim. Você é a garota do quadro do sótão. Ficava coberto com um pano velho, e me disseram para não olhar para ele, mas olhei mesmo assim. Estava queimado nas bordas. Era você. — Ela pensou por um instante. — Mas isso não é possível, é?

Lembrei que Michel Busson tinha levado o quadro com ele, uma primeira versão de *Juliet* que a empregada tentara queimar. Não era a versão final da pintura. Aquela tinha sido levada pela mãe de Juliet.

— *Oui* — falei. — *C'est possible, Marielle.* Me diga uma coisa: sua mãe falava sobre a infância dela? Ela teve uma infância feliz?

— Ah, não — respondeu Marielle. — Minha mãe teve uma infância horrível. Meu avô Michel era um filho da mãe. — A mulher fez sinal para eu me aproximar. — A sopa estava maravilhosa. Minha mãe gostava de sopa.

— Seu avô Michel tratava mal sua avó?

Marielle olhou para longe como se tentasse recuperar as lembranças.

— Acho que tratava. — Ela olhou para mim. — Mas não tenho mais certeza.

Eu sorri.

— Descanse um pouco, Marielle.

Voltei a ficar triste com a possibilidade de Delphine ter sido infeliz. Ela havia sido uma criança encantadora. O feitiço que a mãe de Juliet lançara arruinara a vida de todos. Toquei no ombro de Marielle e pude sentir o calor emanar de minha mão direita. Ergui minha mão e a analisei, chegando a tocar nela com a outra mão, mas percebi que estava fria ao toque. Balancei a cabeça. Tinha começado a sentir coisas. Mas voltei a pousar os dedos e depois a palma da mão em Marielle e ela olhou para mim. Seu foco se tornara mais intenso, como o de um amante.

— Quem é você?

Foi uma pergunta clara.

— Essa é a pergunta que não quer calar — respondi, rindo.

— Um anjo?

Sorri. Um anjo parecia ser a coisa mais distante da verdade.

— É. — Minha mão estava quente, como se eu a tivesse colocado sobre uma chama, mas não a afastei do corpo da senhora. Quanto mais tempo eu tocava nela, mais claro o olhar dela se tornava. Quando não aguentei mais, eu a soltei. — Adeus, Marielle.

Enquanto saía do cômodo, pude vê-la olhando para os móveis desconhecidos, provavelmente se perguntando o que tinha acontecido com seu apartamento.

— Já era hora — disse Mickey quando passei por ele no corredor. — Achei que ia organizar uma reunião de família.

— Ah, fica quieto.

Eu levava o frasco escondido na mão quando saímos da casa de repouso, passando devagar pela mesa da concierge, como pessoas que não haviam acabado de roubar um vidro com o sangue de uma mulher idosa.

Quando estávamos do lado de fora, Mickey apertou o passo.

— Somos quase dois criminosos.

— Você está adorando isso. Acho que pode andar mais devagar — falei. — Ninguém vai vir atrás da gente.

Ele diminuiu a velocidade.

— O que aconteceu lá?

— Não sei.

— Não banque a boba, Helen.

— Meu tumor no cérebro agora parece ser capaz de mandar nos outros... ah, e de curar também.

— É sério? — Mickey tocou na própria testa. — Estou com uma leve dor de cabeça desde que chegamos. Será que pode curar isso?

Fiz cara feia para ele.

Ele então viu um café.

— Vamos ver se você está certa.

Ele me pegou pela mão como uma mãe irritada com a filha e me levou até o café.

— Peça um café com leite e aquele doce que parece delicioso para mim.

Ele apontou para um croissant de amêndoa.

Franzi o cenho, bati na vitrine e pedi dois cafés com leite. Enquanto a mulher os preparava, Mickey sussurrou atrás de mim:

— Agora diga que você não tem dinheiro para pagar, mas que espera que ela não se importe de ficarmos com eles.

— *Pardon, mademoiselle. Je n'ai pas d'argent... mais... je voudrais un café au lait et croissant, s'il vous plaît.*

A mulher pareceu aliviada, como se quisesse ter um cliente pedindo fiado diante dela.

— *Mais oui* — exclamou, entregando o doce para mim, quase insistindo que eu o levasse, como se fosse ideia dela.

— Adorei — suspirou Mickey.

— Bom, você só tem mais duas semanas para abusar disso antes de eu morrer, então aproveite. — Entreguei a ele a sacola com o doce. — O que você estava dizendo sobre a ressonância magnética?

— Não venha com essa merda de influência mental para cima de mim! — Ele esticou o indicador na minha direção e começou a vasculhar a bolsa. — Você acha que temos que refrigerar o frasco?

— Não — respondi. — É para uma maldição, Mickey, não para uma transfusão.

Guardei o frasco na bolsa, embrulhado em um pedaço de plástico-bolha que tinha tomado o cuidado de trazer.

— Mickey — comecei —, podemos fazer uma coisa? Quer dizer... já que estamos aqui.

Fui até o ponto de táxi perto do trem. Perguntei ao motorista se ele era da região e ele disse que havia morado em Challans a vida toda. Perguntei se sabia como chegar a La Garnache. Ele assentiu e logo saímos da comuna de Challans rumo ao campo. Em cem anos, os arredores da cidade haviam mudado, mas, à medida que avançávamos pelo interior, as casas de pedra branca que tinham se mantido por gerações começaram a se parecer com o que eu havia visto através dos olhos de Juliet. As ruas eram diferentes, porque haviam sido abertas em antigas terras agrícolas. Perguntei ao motorista se ele conhecia a mansão Fonteclose, e ele assentiu.

— Eu sou de La Garnache — respondeu ele.

— Talvez você possa sugerir que a gente não pague — sussurrou Mickey.

Eu o ignorei e me concentrei no motorista.

— Você conhecia a família Busson?

— *Oui* — respondeu o motorista com pouco interesse. — São um povo desagradável. A loucura corre solta naquela família.

Desconfiei que ele estivesse falando mais do que normalmente diria em um passeio casual, e o coitado não tinha a menor ideia de por que estava fazendo aquilo.

— Eles moravam perto da Fonteclose, não moravam?

— *Oui* — disse ele. — Eu conheço bem. Eles venderam a casa quando eu tinha uns vinte anos. — Ele fez uma pausa. — Tenho sessenta agora.

— Podemos ir até a casa dos Busson? Eu só quero dar uma olhada.

Atravessamos rapidamente os vales e as colinas verdes e amareladas. Quando ele virou à direita, uma avassaladora sensação de *déjà-vu* tomou conta de mim. Eu tinha, literalmente, estado ali nos meus sonhos na semana anterior, mas aquilo não era um sonho. Era como uma lembrança engarrafada, um pouco como em *Alice através do espelho*. Eu já havia andado por aquelas estradas empoeiradas. Meus pés já tinham ficado sujos e eu, bronzeada por ficar ao sol. Ainda podia sentir os vestígios do leve cheiro de suor de uma criança no verão, como o perfume do dia anterior que fica em nosso pulso.

Ele subiu a rua por cerca de oitocentos metros e apontou para o topo da colina. A casa dos Busson ainda estava de pé, mas tinha uma cor diferente. A varanda onde Michel Busson havia agarrado e beliscado meu braço. Olhei para o alto da colina e pude vê-la: minha antiga casa de pedra. Para minha surpresa, ela permanecera a mesma.

— Pode esperar a gente aqui?

— Mas é claro — disse o motorista, assentindo.

Como se eu mesma estivesse sob um feitiço, saí do táxi e subi a colina em direção a minha antiga casa. Havia sinais de vida nela — roupas penduradas no varal e uma imagem terrivelmente estranha: linhas de transmissão de energia que se conectavam à rua. Havia brinquedos coloridos espalhados por todo o quintal. Conforme nos aproximávamos, pude ouvir o som familiar de galinhas. Sorri.

Mickey me seguia de perto.

— Provavelmente um francês irritado vai apontar uma espingarda para a gente.

— Não se eu puder conversar com ele primeiro — disse.

Para falar a verdade, eu estava gostando do meu novo poder de persuasão e estava tão à vontade com ele, como se tivesse vestido uma camiseta velha, que sabia que aquela não era a primeira vez que recebia um dom como aquele.

Eu vi uma área de grama mais alta. Afastando um pouco as folhas, encontrei o poço de pedra onde eu ia diariamente tirar água. Instintivamente, procurei em volta por um balde. A casa não estava bem cuidada: havia equipamentos agrícolas e ferro-velho espalhados por toda a grama em pilhas aleatórias. A cinco metros do poço, vi o local exato em que Michel Busson e seu amigo haviam segurado Juliet e a estuprado durante a noite. Isso significava que havia apenas mais uma colina para subir. Depois de caminhar um pouco, pude ver a ponta do telhado de Marchant. Voltar a ver aquela casa tirou meu fôlego. Eu me aproximei da ponta do muro de pedra e toquei nele. Não era tão alto quanto eu lembrava. Lembranças inundaram minha mente como filmes caseiros antigos. Não as mais importantes que me haviam sido mostradas, mas uma enxurrada delas: meus pés nas pedras frias, o som da voz de minha mãe, as dobras suaves dos tecidos do estúdio de Marchant e, claro, o próprio Marchant. O portão era mantido aberto com o peso de um vaso de planta quebrado. Caminhei pelo pátio até o ateliê. Estava vazio. De alguma forma, aquele detalhe tornou o espaço suportável. Ele precisava estar vazio. Meu Auguste Marchant tinha desaparecido muito tempo antes.

Na hora, percebi como o tempo pode nos enganar. Não é natural testemunhar tantas mudanças radicais provocadas pelo tempo. As pessoas deveriam viver em seus pequenos bolsões de tempo e os acontecimentos deveriam ocorrer em intervalos digestíveis. Ver tanto tempo de progresso diante de nós é chocante demais — quase incompreensível. Isso nos faz duvidar de nossa importância no mundo. E sentir que somos importantes é essencial para nossa sobrevivência.

O que eu estava sentindo não era natural. Eu não devia estar ali naquela época e naquele lugar. Juliet não devia ver os brinquedos de plástico e as linhas de transmissão. Mas ali estava ela e ali estavam eles.

O cheiro das pedras cobertas de musgo, a sensação da brisa leve, o som do pincel dele sendo esfregado na tela... a enxurrada de sentimentos por Auguste Marchant voltou correndo. Lembrei-me de como Juliet o amava por inteiro, de maneira tão tola.

— Seu nariz está sangrando. — Mickey tirou a camisa de botão que usava por cima da camiseta e a entregou para mim. — Sente aqui.

— Não — falei. — Temos que ir.

Limpei o nariz com as costas da mão. Tive a estranha sensação de que estava ganhando forças. Vislumbrar meu passado era exatamente o que eu precisava.

O motorista estava nos esperando, como eu havia pedido. Mickey voltou a ficar encantado por eu "ter lançado um feitiço" sobre o homem como se fosse uma Samantha Stephens moderna.

Pegamos um trem em Challans. Enquanto seguíamos para Paris, percebi que a última vez que havia visto aquelas colinas e os tons de verde das terras férteis tinha sido mais de cem anos antes. Fora a última vez que vira meu pai, minha irmã e meu irmão.

Mickey ficou em silêncio durante todo o percurso de volta, como se soubesse o que a viagem havia exigido de mim. Nós aproveitamos ao máximo nossa noite em Paris. Eu me vi gravitar em direção ao Quartier

Latin, em direção ao boulevard Saint-Germain. Mickey aceitou tudo que pedi. Nós jantamos em um café a duas quadras do antigo apartamento. Quando eu morava ali, o café era completamente diferente. Durante o jantar, contei a história de Juliet para Mickey.

— Como era morar em Paris há cem anos?

— Sujo, mas colorido. — Sorri. — A cidade fedia e, mesmo assim, tinha uma opulência incrível.

— E você morou aqui com *ele*.

Balancei a cabeça.

— Não como você está imaginando.

— Mas você o amava.

Tomei um gole de vinho e considerei minha resposta.

— Não no começo, mas, sim, eu me apaixonei por ele. Estava convencida de que o amava quando morri.

— E agora? — Ele sorriu. — Eu acho que você *gosta* dele.

Enquanto caminhávamos os dois quarteirões até o antigo apartamento, pensei naquela possibilidade. De pé embaixo da janela, olhei para minha antiga varanda. Foi como voltar à minha cidade natal e descobrir que as ruas não eram tão grandes quanto me lembrava. As coisas pareciam menores, mais velhas. Mas, ao olhar para o prédio, me lembrei do medo e do descontrole que havia sentido quando era aquela garota saída de uma fazenda em Challans, sem saber nada sobre o acordo entre minha mãe e Lucian Varnier. Fiquei admirada com a capacidade de Juliet de confiar tão cegamente na promessa da mãe, especialmente depois do que havia acontecido na cozinha e do trauma de ter sido estuprada por Michel Busson.

— É — respondi. — Eu gosto dele.

No entanto, ao dizer aquilo, percebi que, mesmo depois de todas aquelas vidas, eu ainda não havia realmente entendido o acordo que minha mãe fizera com Varnier.

Mickey tinha as mãos no bolso e me observava com atenção.

— Você quer ir à Pont Neuf?

Balancei a cabeça. A Pont Neuf era um lugar que eu achava que não conseguiria rever.

— Posso dizer uma coisa?

O cabelo de Mickey brilhava ao luar.

— Claro.

— Você está diferente agora. Você é você, mas está um pouco diferente. Você não é mais a antiga Helen.

Sorri, sabendo exatamente o que ele queria dizer — eu havia me tornado Juliet, Nora *e* Helen.

22

NORA WHEELER
Hollywood, 1934

Nora organizou tudo para que Billy fosse enterrado no cemitério Forest Lawn, e comprou um espaço em um mausoléu particular para o marido. Os pais dele chegaram no fim da semana e Nora garantiu que tudo fosse providenciado para eles. Eles haviam feito apenas um pedido a ela, que chegara por meio de uma carta entregue em seu quarto no Roosevelt. Tinham pedido para ver a casa dele, queriam saber onde o filho deles havia morado. Nora os encontrou no saguão ornamentado para lhes dar a chave do imóvel e oferecer os serviços de um dos motoristas do Monumental. A mãe de Billy olhou para o teto opulento e segurou a bolsa com força.

— Por que você quis nos conhecer?

O pai de Billy era um homem pequeno e magro. Ela não conseguiu imaginá-lo trabalhando o dia todo na siderúrgica de Youngstown.

— Billy falava de vocês com muito carinho.

— Ele nunca falou de você para a gente — respondeu o pai, sem a intenção de insultá-la, apenas declarando um fato.

— Eu amei muito seu filho — disse Nora, alisando a saia, querendo uma tarefa para suas mãos depois que entregara a chave aos dois.

Os pais de Billy se entreolharam, mas nenhum dos dois respondeu de imediato. Nora percebeu que o pai era quem falava na maior parte do tempo. Ele tirou o chapéu.

— Srta. Wheeler, sabemos o que nosso filho era. Não sei bem aonde você quer chegar.

O rosto de Nora empalideceu.

— Eu não entendo...

— A mãe de Billy e eu sofríamos muito por causa disso, mas, sim, nós sabíamos de tudo.

— Eu não sabia — Nora deixou escapar. — Quando me casei com ele. Ele não me contou.

— Sinto muito por saber disso — respondeu finalmente a mãe de Billy. — Você parece ser uma boa moça.

— Obrigada — disse Nora. — Se eu puder fazer alguma coisa por vocês, por favor, me avisem.

Eles assentiram, mas não fizeram mais pedidos e recusaram o motorista.

Por mais que sua casa perto do Hollywood Bowl ainda estivesse vazia, Nora não suportaria ficar sozinha, por isso tinha decidido ficar no Roosevelt. Os barulhos, as vozes, as portas se fechando e o som de carrinhos sendo empurrados pelo corredor pareciam reconfortantes para ela. Halstead tinha começado a trabalhar com a história do suicídio e a polícia investigava outras teorias em segredo, mas tenho que admitir que Clint havia feito um trabalho decente na cena do crime. Um bilhete foi encontrado na cópia que Billy guardava do roteiro.

"Acho que isso tem que acabar. Me perdoe."

Ela imaginou que talvez fosse apenas um recado para ela sobre o casamento deles. Billy costumava guardar recados em seus roteiros, como uma lista de coisas de que precisava se lembrar. Aquilo era provavelmente uma anotação para o discurso que ele estava ensaiando para ela.

No dia do enterro de Billy, Halstead havia mandado um grande carro preto para ela. Nora ficou abalada ao ver que Clint seria seu motorista. Ele tinha começado a aparecer no Roosevelt o tempo todo. Até então, não havia tocado nela nem sequer sugerido isso. Nora havia pedido a Halstead que fosse deixada em paz, quase dizendo que ele devia isso a ela. O homem tinha concordado, mas Nora sabia que seria apenas uma questão de tempo até que Clint ultrapassasse o limite. Clint ultrapassava limites. Será que ainda achava que Nora era propriedade dele? Agora que ela era uma estrela, ele se considerava seu "primeiro investidor" e com certeza exigiria sua parte. E, sem a presença de Billy para protegê-la, era quase certo que Clint voltaria a espancá-la.

Será que Clint havia matado Billy por ser obcecado por ela? Afinal, a morte de Billy o tornara indispensável para Harold Halstead e tornara Nora vulnerável. Era coincidência demais.

Clint deixou Nora se sentar no banco de trás e se acomodou no banco do motorista.

— Você sabe para onde está indo?

Nora olhou pela janela e ajustou o vestido preto.

— Sim, eu sei para onde estou indo.

Ele dirigiu alguns quarteirões pela Sunset Boulevard. Clint falava demais, não conseguia se controlar.

— Então foi você, boneca?

— O quê?

— Que matou seu marido. Porque a cena que vi quando entrei... Bom, era uma cena de assassinato. Levei uma hora para ajeitar tudo.

— Claro que não. — Nora ajeitou os óculos escuros. — Eu amava o Billy. Eu não o matei.

— E o namorado dele? Ele o matou?

— Como eu ia saber?

Ele riu.

— Claramente você não sabia.

— Vai se foder, Clint. Será que você pode demonstrar algum respeito, pelo menos?

Nora podia ver o suor se formando acima do lábio de Clint. Logo sua camisa estaria toda suada com aquele calor.

No cruzamento, ele se virou e a agarrou pelo braço.

— Você acha que é melhor do que eu, não acha?

Nora nem hesitou.

— Acho — cuspiu ela.

— Eu poderia dar um jeito de *você* ser presa por isso, querida. É melhor começar a ser *muito* legal comigo de novo.

O braço dela havia sido torcido na direção dele e doía muito.

— Olha só. Quer deixar uma marca como costumava fazer? Tenho certeza de que o Halstead vai adorar isso, especialmente hoje. Use a cabeça, Clint.

Ele sorriu, soltou-a e seguiu pela Sunset Boulevard depois que o carro atrás deles buzinou.

O velório foi realizado na Igreja da Epifania, em estilo espanhol, na rua Altura. Os pais dele haviam insistido em uma cerimônia religiosa. Nora tinha escolhido a igreja por causa do nome — ela realmente havia tido uma epifania durante toda aquela confusão. Ela e Billy nunca haviam existido de verdade, ela tinha ficado sabendo disso. Os dois eram apenas outra ilusão criada pelo Monumental Pictures. Dirigida por Billy, produzida por Halstead, com Nora no papel principal.

Ainda assim, Nora se sentia culpada em relação a Billy, pelo que havia dito a ele naquela noite. Ele havia pagado um preço alto demais por um segredo que fora forçado a esconder. Será que Nora não podia ter simplesmente continuado com aquela história por ele? A tristeza que ela sentia era tão visível que Louella Parsons depois escreveria em detalhes sobre o fato de Inez London e Harold Halstead terem tido que ampará-la durante a procissão fúnebre para que ela se mantivesse de pé. A ausência mais aparente durante o velório foi a de Ford Tremaine. O comunicado oficial dizia que ele estava gravando no México, mas Nora sabia que não era verdade. Pelo que ela tinha ficado sabendo, ele estava bebendo havia dias, e tão mal que quase havia se afogado na própria piscina.

Nas semanas após a morte de Billy, muitos sentiram pena da viúva Nora, mas uma série de boatos de que ela havia levado Billy a se suicidar circulava por Hollywood. O desprezo de Ford Tremaine por ela — e seu frequente discurso embriagado sobre aquele desprezo — provocou uma onda de publicidade negativa contra ela. Alguns até sugeriram que Tremaine tinha sido amante *dela*. Nora achou que aquilo parecia ter sido plantado por Halstead. Os burburinhos causaram muitos danos. A versão cinematográfica do espetáculo da Broadway foi adiada e depois permanentemente cancelada devido à morte de Billy, deixando Nora sem nenhuma perspectiva de trabalho — pela primeira vez desde que ela havia chegado a Hollywood. O enterro de Billy tinha custado quase quatro mil dólares. Embora ainda estivesse contratada e duvidasse que Halstead fosse demiti-la, ela sabia que provavelmente seu contrato não seria renovado no ano seguinte. Precisando reduzir as despesas, Nora pôs a casa de Billy à venda, mas, devido à história recente do imóvel, nenhum comprador se interessou e ela foi orientada a esperar e recolocá-la à venda no ano seguinte. Com certa relutância, Nora aceitou uma oferta por sua casa. Depois, vendeu seu carro, mas se recusou a vender o Phaeton de Billy. Era a única lembrança que tinha dele e dirigi-lo a fazia sentir que ele ainda estava com ela.

Um mês depois do enterro de Billy, um convite foi deixado para ela na recepção do Roosevelt:

Sr. Luke Varner convida
para um cruzeiro de fim de semana em homenagem a Lillibet Denton
24 de julho de 1935
14h
A bordo do "Aurora"
Píer 12
Long Beach, Califórnia
A festa de aniversário é uma surpresa

Aquela era justamente a distração de que precisava. Sua velha amiga Lillibet. Nora fez as malas para o fim de semana e estava parada no saguão em estilo italiano do Roosevelt, à espera de seu carro, quando Clint entrou no hotel.

— Está indo para algum lugar?

— Na verdade, estou. Uma festa de fim de semana.

Ela estava calma. Tirou um cigarro da bolsa, levou-o aos lábios vermelhos e o acendeu. Então deu as costas para ele.

— Você já fugiu antes. — Ele a analisou. — Você está diferente agora, mas não é tão bonita quanto acha que é.

— Ah, meu Deus, vamos fazer isso de novo? — Nora soprou uma fumaça na direção dele. — Eu sou a porra da Nora Wheeler, Clint.

Ela tinha medo daquele homem, mas precisava reunir todas as forças e ser firme.

— Eu levo você.

— Não precisa. Meu carro está chegando.

— Mandei de volta para a garagem. — Ele pegou as malas dela. — Eu disse que vou levar você.

Nora ficou assustada. Ela não queria fazer uma longa viagem de carro com Clint, mas ele a empurrou até a porta e depois para o Hollywood Boulevard, levando a mala dela com ele.

Ele abriu a porta do passageiro, mas ela abriu a porta traseira e entrou no carro, tratando-o como se ele fosse seu motorista.

— Entra logo, porra.

Em um cruzamento, ele parou para pegar um cigarro e acendê-lo.

— Procurei você por vários meses, sabia? Até fui para Akron achando que você tinha voltado a morar com sua mãe.

Saber que ele tinha ido até a pensão de sua mãe a assustou, mas sua mãe nunca mencionara a visita de Clint.

— Você sabia que eu queria vir para cá. Eu nunca escondi isso.

— Mas saiu no meio da noite. Você com certeza manteve isso em segredo, não foi?

— Eu pedi para você me ajudar. Você disse que conhecia pessoas.

— Então você decidiu agir pelas minhas costas? — Clint balançou a cabeça. — Você me fez parecer um idiota. Aí eu vi você em um filme e você não era mais Norma Westerman, era *Nora Wheeler*. — O tom de voz dele era de deboche. O carro tinha acelerado. Ele estava ficando irritado, nervoso. — Bom, eu precisava ver aquilo de perto. E o que vi? Você tinha arranjado um namoradinho famoso. — Ele riu. — Então, pensei, era assim que as coisas iam ser. — Eles estavam rápido demais. Nora agarrou a maçaneta da porta. — Você vai fazer essa viagenzinha e, quando voltar, vai se casar comigo.

— Isso não pode acontecer, Clint. Eu sou viúva — respondeu Nora. — Pegaria mal se me casasse com você tão cedo.

— Você acha que eu me importo com isso? Acha mesmo?

Nora precisava pensar rápido.

— Isso deveria importar para *você*. O Halstead tem que renovar meu contrato. Você trabalha para o Halstead e eu ganho muito dinheiro. O público precisa gostar de mim. Se eu me casar com você, as pessoas não vão mais gostar de mim e, assim, não vou ganhar dinheiro.

— Você não entende mesmo, não é? — Ele jogou o cigarro pela janela e, com a mão livre, estendeu a mão para o banco traseiro e agarrou os cabelos dela, arrastando-a pelo espaço entre os bancos da frente com um puxão firme. — Você é, sempre foi e sempre será *minha*. Está me entendendo? Está? — Ainda segurando a cabeça dela, ele a fez assentir. — Diga que está.

Nora assentiu.

— Diga.

— Sim. Sou sua.

Ele a soltou com um empurrão e ela se arrastou para o lado do passageiro do banco da frente, encolhendo-se.

— A gente nem precisa tornar o casamento público agora, mas eu cansei de perseguir você pela porra do país inteiro. Olhe só para você. — Ele a analisou. — Você parece uma vagabunda, uma puta de merda. Ouvi dizer que ele deixou você assim. Billy Rapp…

Nora fechou os olhos.

— Você nem é bonita. — Ele balançou a cabeça. — Eu nem sei por que gosto de você desse jeito. Eu sou só um cara legal. Você vai voltar e limpar essa merda do rosto.

Nora suspirou alto, como se estivesse entediada. Era perigoso, mas ela não conseguiu se conter. Estava cansada de fugir daquele homem.

Aquilo enfureceu Clint. As veias de seu pescoço começaram a saltar e seu rosto, a ficar vermelho.

— Ainda se acha melhor do que eu? — Ele bateu na cabeça dela. — Eu posso fazer você ser presa pela morte dele. Você sabe disso, não sabe? Sua vagabunda burra. — Ele agarrou a cabeça dela e a bateu no volante várias vezes. — Você não sabe que eu *fiz parecer* suicídio? Fui eu que fiz aquilo! Se me desafiar… ou se não se casar comigo, vai pagar pelo assassinato dele. Você entendeu?

Ele a segurou pelos cabelos.

Baixinho, ela murmurou:

— Você o matou, não foi?

— Claro que matei, Norma. Você é minha. Por que você não vê isso? Você é retardada? — Ele riu. — O engraçado é que eu não precisava ter matado o filho da mãe. Ele nunca dormiu com você. A coisa toda era uma farsa.

Ele olhou para ela, percorreu alguns quilômetros e pôs a mão entre as pernas dela. Por sorte, ela estava usando uma calça. Nora estremeceu e Clint confundiu a reação com desejo.

— Você quer que eu pare? O fato de eu ter matado o cara excita você?

— Não — retrucou Nora. — Eu tenho que chegar lá antes que o barco saia.

— Acho que vou gerenciar sua carreira — disse Clint, recuperando a compostura.

Nora fechou os olhos. Depois de mais alguns quilômetros, eles pararam no porto e Nora saiu rápido do carro. Clint deu a volta e pegou a mala dela. Segurando-a contra o carro, ele a beijou com força e sua mão encontrou seu lugar familiar em volta do pescoço dela.

— Sua puta. Você vai fazer essa merda de viagem e depois vai voltar para cá e vai fazer do meu jeito ou vou matar você também. Entendeu?

Nora não conseguia respirar, mas tentou assentir.

— Está acontecendo alguma coisa aqui? — uma voz soou atrás de Clint.

Por instinto, ele a soltou. Ela o viu sorrir antes de se virar.

Nora viu um homem com cabelos cor de caramelo acender um cigarro ao lado do barco.

— Não — disse Clint. — Minha mulher só está sendo difícil.

Ao ouvir o "mulher", Nora achou que fosse vomitar. Ela teria que fugir de novo. Clint acabaria matando Nora. Ela sabia que tinha que sair de Los Angeles e nunca mais voltar.

— Você é Nora Wheeler?

O homem deu dois passos para pegar a mala dela.

— Sou.

Ela se afastou de Clint.

— Estávamos esperando por você — disse o homem.

Ele se virou para Clint, dispensando-o.

— Obrigado.

Nora percebeu que Clint não havia gostado do homem e menos ainda de estar sendo dispensado. O desconhecido era bonito, tinha o rosto perfeito para as câmeras — as maçãs do rosto, o rosto esguio. Ele tinha pele bronzeada e olhos azul-claros profundos. Parecia já ter participado de algumas brigas de bar na vida. Havia algo nele que deixava Nora à vontade.

— Lembre-se do que eu disse, Nora.

Clint se virou e entrou no carro.

O homem ajudou Nora a entrar no barco. Havia outro homem de uniforme branco segurando uma bandeja de prata com comida.

— Sou Luke Varner. — O homem pousou a mala de Nora no chão e estendeu a mão. — Este é meu barco, o *Aurora*. — Ele apontou para a cabeça dela. — Você está sangrando.

— Ah. — Ela tocou nos cabelos e sentiu um galo considerável se formar no ponto em que Clint havia batido contra o volante. — Eu sou a única passageira?

— Você é a primeira — disse Varner. Ele apontou para o homem de branco. — Pode levar a bolsa da srta. Wheeler até a cabine dela? — Varner caminhou até o bar, serviu uma taça cheia de champanhe e entregou a Nora. — Vamos tomar um drinque. Vou pegar gelo e uma toalha para você.

Pareceu uma boa ideia para Nora. Luke saiu da sala e voltou com uma toalha branca e vários cubos de gelo. Ela a pôs na cabeça.

— A novas jornadas.

Nora virou o champanhe e Luke voltou a encher a taça.

— Aquele homem — disse ele. — Ele é tão ruim quanto parece?

— Pior.

Varner deu a volta no bar e olhou para o pescoço dela.

— Ele também deixou marcas aqui.

Nora olhou no espelho pendurado perto da porta. Marcas vermelhas de dedos tinham sido pintadas em seu pescoço. Ela fechou os olhos, envergonhada.

— Você está segura aqui — disse ele. — Eu prometo.

Ela soltou uma risada amarga.

— Sr. Varner, infelizmente não vou estar segura em lugar nenhum.

Nora tomou outro grande gole de champanhe.

— Você quer descansar um pouco na sua cabine?

Nora assentiu.

— Venha. — Ele a ajudou a descer um lance de escada. — Vou estar no andar de cima se precisar de mim.

— Você pode me chamar quando Lillibet chegar?

— Claro.

O quarto era modesto, mas confortável. Tinha uma janela com vista para o Oceano Pacífico. Uma repentina onda de tontura a dominou. Nora se sentou na cama. Ia descansar apenas por um instante. Seus olhos ficaram pesados e ela se encolheu na cama.

⁂

Sinos de igreja. Sete deles. Nora acordou lentamente, se ajustando à luz que iluminava o quarto. Algo parecia errado no cenário ao seu redor. Ela se sentou e olhou para o quarto — e era um quarto — em terra firme, tinha certeza disso. Confusa, ela tentou recuperar sua última lembrança. Estava em sua cabine no *Aurora*, onde havia tomado várias taças de champanhe. Ela tocou na cabeça. O galo ainda estava lá. Pelo menos isso estava normal. Olhando em volta de novo, percebeu que estava em uma cama — uma cama grande com cortinas e um tapete elaborado. A luz entrava pelas portas-janelas — dois pares delas. Não era uma cabine de navio. Ela olhou para baixo — estava usando uma camisola de seda, não o suéter e a calça que usara no barco. Deslizando para fora da cama, foi até a janela e puxou a cortina transparente. A paisagem era estranha. Ela estava no terceiro andar. Abrindo a porta, saiu para a varanda e olhou para a rua movimentada abaixo dela. Definitivamente não era Hollywood — nem mesmo os Estados Unidos. Ela podia ouvir as pessoas rindo e gritando umas para as outras.

— *Allez* — disse um homem, chamando um menino.

Onde será que ela estava?

Nora olhou em volta, procurando sua mala. Abriu o armário e encontrou seis vestidos pendurados. Tirou o primeiro — um vestido azul-claro que ia até a altura dos joelhos e que lhe serviria perfeitamente, assim como um vestido de seda e veludo que se ajustava firmemente aos quadris e pendia logo abaixo do joelho. Nora verificou as etiquetas. Eram dos melhores estilistas franceses e cabiam perfeitamente nela. Ao pé da cama, havia um roupão de seda que combinava com a camisola. Nora o vestiu e abriu a porta do corredor. Tudo estava em silêncio, mas ela podia ouvir o tique-taque de um relógio. No final de uma grande escadaria havia um saguão com uma mesa redonda e flores frescas. Nora desceu a escada, se perguntando se deveria ter calçado sapatos. Ao lado do saguão, ela abriu as portas duplas e observou o cômodo. Era uma sala de estar com um piano de cauda, uma estante e uma lareira de mármore. Nora parou para observar o piano. Algo naquele instrumento em particular parecia familiar. O quadro acima da lareira chamou sua atenção. Era uma coisa curiosa. Parada embaixo dele, ela contemplou o olhar triste no rosto da garota.

— O nome dele é *Garota na escada* (*Descalça*).

Nora se virou e viu Luke Varner, o homem do barco, parado atrás dela.

— Onde estou?

— Paris.

Ele entrou na sala calmamente, como se tivesse acabado de dizer *Pasadena*.

— Paris? — Nora achou que precisava se sentar. — Como eu cheguei aqui?

— Eu trouxe você.

— Como?

— Isso não é importante.

— Eu acho que *talvez* seja importante.

— Confie em mim. — Ele riu. — Isso é o *menos* importante.

— Eu tenho que voltar para Los Angeles.

— Não seria sensato. — Ele se apoiou em uma cadeira. Usava um suéter cinza com decote em V, camisa branca e calça preta larga. — Mas você já sabe disso. Você estava planejando sair de Los Angeles depois do cruzeiro.

— Como você sabia disso? — Ela franziu a testa. — Já sei. Não é importante.

Ele deu de ombros.

— Bom, eu não posso ficar aqui.

— Por que não? Esta é sua casa.

— Estou confusa, sr. Varner. Este é um apartamento lindo, mas não é minha casa.

Ele sorriu. Era um sorriso gentil.

— Você é minha convidada pelo tempo que precisar. Aquele homem, Clint, não vai encontrar você aqui.

Ao ouvir o nome dele, Nora empalideceu.

Confundindo a expressão dela com fome, Luke estendeu os braços para segurá-la.

— Você quer comer alguma coisa? Posso pedir para os empregados prepararem.

— Não tenho certeza.

— Por que não se senta?

Luke Varner se aproximou e a posicionou no sofá Chesterfield.

Ela olhou para ele desconfiada.

— Não estou entendendo nada.

Ele se sentou ao lado dela e tocou em sua mão.

— Não há nada para entender. Você está segura agora.

— Este lugar. — Ela olhou em volta para a sala de paredes escuras e elaboradas molduras de madeira. — Parece familiar, mas isso não é possível. Eu nunca estive em Paris.

Luke começou a falar, mas se interrompeu.

— Por que não vamos pegar alguma coisa para você comer? Vou pedir para a Marie levar para o seu quarto.

Nora assentiu.

Luke se comportava como se ela tivesse sido hospitalizada. Ele a ajudou a se levantar.

— Você vai ficar bem. Eu prometo.

Ela sorriu. Quando atravessaram o saguão, Nora ficou impressionada com as flores. Eram ramos de jacintos, e os verdes, os azuis e as folhas pareciam brilhar. Nora quase caiu. A intensidade das cores a deixara zonza.

— O que houve?

Luke parecia assustado.

— Foram só as flores.

Ele olhou para elas.

— Vou pedir para que tirem daqui.

— Não. — Ela ergueu a mão. — Elas são lindas. São as cores. São demais para mim agora. Estão me deixando um pouco enjoada.

Nora subiu a escada segurando o corrimão. Já no andar de cima, em seu quarto, ela comeu um pouco do pão e do queijo que tinham sido trazidos por uma mulher mais velha chamada Marie.

Marie esperou para ter certeza de que Nora tinha comido o suficiente. Depois que ela saiu, Nora se sentou à penteadeira e instintivamente abriu a gaveta do meio para pegar uma escova de cabelo. O fato de seus dedos terem realmente encontrado uma escova na gaveta do meio não a surpreendeu. Ela sabia que a escova de cabelo prateada estaria exatamente ali, como se estivesse se lembrando daquilo. Analisando a escova de cabelo, ela encontrou vários fios castanhos avermelhados longos. Tirou-os da escova e os examinou. Não eram conhecidos e com certeza não eram seus cabelos curtos e louros, quase platinados.

Depois de comer, Nora caiu em um sono profundo. Na manhã seguinte, ela acordou suando. O sonho tinha sido tão vívido... A garota, Juliet, se sentira como ela. Ela havia sido enganada por seu amante Auguste Marchant e estuprada por Michel Busson. No fim do sonho, uma carta chegara, convidando-a para trabalhar para um homem chamado Lucian Varnier em um apartamento em Paris.

Ela olhou em volta. *Aquele* era um apartamento em Paris.

O que mais impressionou Nora foi Juliet. Nora sonhara com o quadro que estava pendurado no andar de baixo. No sonho, ela tinha *posado* para ele. Mas aquela ideia era loucura! Não havia como ela ser aquela garota. A escova de cabelo estava ao lado de sua cama. Nora a encarou antes de pegá-la e olhar atentamente para os fios castanhos. Aquela tinha sido a escova de cabelo de Juliet.

Ela abriu as portas da rua e deixou o ar envolvê-la. Aquela rua. Juliet a havia conhecido bem.

Nora preparou um banho quente e se arrastou para a água, deixando o calor relaxar seu corpo até a água esfriar e ela começar a tremer. Vestiu rapidamente uma camisa de seda e uma calça de lã larga e desceu a escada. Encontrou Luke lendo o jornal à mesa de jantar. Ele olhou para ela, cuidadoso.

— Como você está?

— Estou bem.

— Café?

Ele ergueu o bule e serviu um pouco em uma xícara de porcelana com listras cor de coral.

Ela assentiu, esperando que ele terminasse e pousasse o bule para adicionar creme e começar a mexer. Nora tocou as delicadas joias incrustadas na xícara.

— Posso perguntar uma coisa?
— Claro.

Ele se recostou na cadeira, dobrando o jornal.

— Eu não sei como perguntar isso sem parecer louca.
— Tente.
— Ando tendo uns sonhos. Tem uma garota nesses sonhos.

Uma das sobrancelhas dele arqueou, o que encorajou Nora.

— Eu sou ela? — deixou escapar com mais empolgação do que queria. — Eu sei que isso não faz sentido, mas... esses sonhos são tão reais... e é a garota do quadro... o que fica pendurado na sua parede.

Luke olhou para o chão.

— Bom... É... — gaguejou.

Luke também parecia estar ensaiando o que ia dizer. Ele hesitou. A dificuldade despertou ainda mais o interesse dela, por isso ela insistiu:

— Sou eu?
— É — respondeu com calma, como se tivesse sido derrotado.
— Mas isso não é possível.

Ele pareceu chocado e abalado. Dobrou o guardanapo à sua frente, muito sério, e olhou nos olhos dela.

— O que você sabe?
— Que Juliet era modelo de Auguste Marchant. Aquele retrato sobre a sua lareira — Nora apontou para o cômodo ao lado — é ela. Sou eu.

Luke assentiu, mas Nora não tinha certeza se o gesto indicava que ele havia entendido ou estava concordando com a afirmação.

— Esses sonhos? — Ele se recostou na cadeira. — Eles são muito vívidos?
— Muito. Como se fôssemos a mesma pessoa. — Ela arqueou uma das sobrancelhas. — Você parece surpreso com isso.
— É estranho que você esteja vendo Juliet nos seus sonhos, só isso.
— Não — corrigiu Nora. — Eu sou a Juliet nesses sonhos. Eles são contados do ponto de vista dela. Vejo tudo o que ela faz. Sinto tudo o que ela sente.
— E eles estão progredindo cronologicamente?

— Parece que sim.

— Humm. — Luke bateu os dedos na mesa.

— O que foi?

— É estranho, só isso.

— Estranho como?

— Estranho porque você não deveria ter nenhuma lembrança de Juliet LaCompte.

— Eu deveria ficar preocupada por você estar tão confuso quanto eu?

— Não.

Luke dispensou o comentário com um gesto, mas aquilo só deixou Nora ainda mais preocupada. Ele estava escondendo alguma coisa dela.

Nora o pressionou.

— Minha mãe fez isso?

Ele parecia resignado com alguma coisa.

— Ela era o que chamamos de *une sorcière mineure*.

— Uma bruxa menor?

— Uma amadora.

— Em comparação a quê?

— Uma bruxa *de verdade*.

— Essas coisas existem?

— Você ficaria surpresa.

Ele ergueu uma das sobrancelhas.

— E você é o quê?

— Sou o administrador.

— O administrador de quê?

— Da maldição de amarração da sua mãe. Você vive em uma maldição de amarração.

Ela o encarou.

— Isso não me parece muito bom.

— Não é tão ruim assim.

Por fim, Nora se sentou.

— Você pode começar do começo? O que é uma maldição de amarração?

Ele adicionou um pouco de creme a seu café, fazendo a colher bater na xícara de porcelana fina como um sino.

— Você viu a… hum… *performance* da mãe de Juliet.

— Na cozinha?

— *Oui*. Sua mãe escolheu uma maldição estranha. Ou ela não sabia o que estava fazendo ou pretendia amarrar você a Auguste Marchant. Como sei que ela estava com raiva do Marchant, duvido que quisesse amarrar você a ele por toda a eternidade, então cheguei à conclusão de que ela cometeu um erro de uma bruxa menor. No entanto, ela queria que ele sofresse por toda a eternidade, então o problema é que vocês dois sofrem e estão amarrados um ao outro. E agora, estamos todos presos: você, eu e Auguste Marchant…

— Para toda a eternidade.

— Isso mesmo.

— Essa maldição que ela lançou. Isso a matou?

— Venha comigo.

Ele se levantou e caminhou pelo corredor até o escritório, onde destrancou a gaveta central da escrivaninha. De lá, tirou um pedaço de papel-manteiga e uma faca afiada. Com um movimento rápido, cortou o próprio antebraço, derramando sangue no papel. Nora gritou assistindo à cena, mas Luke nem pareceu sentir. Em questão de minutos, o jornal pareceu absorver ou beber o sangue, fazendo com que palavras aparecessem.

— Isto é um contrato?

— Claro. Não somos bárbaros — respondeu Luke. — Foi criado por um sacrifício de sangue, por isso requer sangue quando tentamos lê-lo. Bom, quando uma bruxa menor lança uma grande maldição, algo mais forte do que ela pode controlar, bem, um pagamento é necessário, especialmente quando ela invoca a maldição de um demônio importante e, sobretudo, quando pede a ajuda de um administrador.

Nora viu que o corte no braço de Luke havia se fechado totalmente.

— Uma morte?

— Nesse caso, sim. — Ele colocou os óculos e leu. — Você pode ver aqui que O INVOCADO tem o direito de solicitar um sacrifício à altura, não excluindo a essência imaterial do ser senciente que invocou a maldição… — Ele se interrompeu. — O texto continua, mas significa que a alma de sua mãe podia ser usada como pagamento.

— Então ela sabia disso?

— Bom, Nora, não é como se ela estivesse fechando um acordo com o papa. — Ele se sentou na beira da escrivaninha, como um professor. — Este é um acordo com Althacazur, um dos demônios originais, uma péssima escolha, diga-se de passagem. As consequências deviam ser tão horríveis que ela achou que tinha que fazer isso. Ou isso ou ela não leu o contrato, mas acho que o fato de sua mãe ter adicionado um administrador é uma prova de que sabia que não estaria por perto para proteger você.

Nora se lembrou da fúria da mãe de Juliet quando percebeu que a garota estava grávida. Ela tentou ler o contrato por cima do ombro dele, mas estava em alguma língua estranha. No fim da página, havia o que parecia ser um selo carimbado com sangue velho, que se tornara preto e contrastava com o restante das cláusulas, que ainda tinham o tom vermelho do sangue fresco de Luke.

— Isso é o que eu acho que é?

— Seu sangue.

Nora se lembrou da visão da mãe de Juliet cortando a garota.

— E o Billy?

— Ah, é — disse ele. — Billy Rapp e Auguste Marchant têm a mesma essência. Sua preocupação constante com Marchant é encantadora em ambas as suas vidas. O problema é que você não *devia* ficar com Auguste Marchant na sua primeira vida. Sua vida ia levar você para um caminho diferente, mas sua mãe tinha outros planos para você, acidentais ou não, e agora você está amarrada a ele. Graças a essa maldição, você *sempre* vai estar amarrada a ele, mas nunca vai ser feliz com ele, porque não era a ordem natural das coisas. As bruxas menores tendem a não pensar nesses problemas.

— Você está falando da minha mãe.

— Desculpe.

— A gente não pode simplesmente rasgar o contrato?

Ele franziu a testa.

— Ah, claro, porque isso o tornará nulo e sem efeito. Você não tem ideia de com quem está lidando, não é? — Ele entregou o papel a ela. — Tente rasgar. Vá em frente.

Nora se lembrou do nome do demônio que a mãe de Juliet havia escolhido no livro e do bicho que havia entrado pela porta da cozinha. Sim, ela sabia com quem estava lidando. Nora pegou o papel e tentou rasgá-lo ao meio, mas o papel parecia aço. Quando tentou de novo, o papel a cortou e ela começou a sangrar.

— Ai!

— Você pode tentar o dia todo. — Luke cruzou os braços. — Ele só vai ficar mais irritado.

— E o que aconteceu com Billy?

Ela devolveu o contrato a ele.

Ele suspirou e entregou um lenço a ela.

— Você quer mesmo saber? *Claro* que você quer saber. É o Marchant… Você quer saber todos os detalhes, não é?

— É, eu quero saber.

— Está bem. — Ele deu de ombros. — Você já me viu nos seus sonhos?

Ela balançou a cabeça.

— Paul de Passe mandou um convite de um tal Lucian Varnier para Juliet. Imagino que Lucian Varnier seja você?

Luke suspirou.

— Funciona assim: você e Auguste Marchant não deveriam estar juntos, mas agora estão amarrados. Você sempre vai pensar que o ama, mas esse sentimento não é real. Sinceramente, é chato, mas a maldição foi escrita dessa maneira, para que vocês dois desempenhem seus papéis. Faz sentido você ser atriz desta vez. Seu relacionamento com o Marchant, ou o Billy, como você o chamava nesta vida, sempre acaba mal. Quando isso acontece, você me chama e a maldição é invocada. *Voilà*, meus deveres como seu protetor começam.

— Porque você é o administrador?

— Isso mesmo.

— Como eu chamei você desta vez?

Luke pigarreou.

— Tem certeza de que quer saber?

— Tenho, quero saber tudo.

— Tudo?

— Você é sempre insuportável assim, sr. Varner? Você não trabalha para mim?

— Não. Tecnicamente, estou às ordens da sua mãe.

— Que péssima notícia para você... — Nora se serviu de mais café.

— Estar às ordens de uma bruxa *menor*.

Ele sorriu.

— Você não tem ideia. — Ele inclinou a cabeça. — Tudo começou quando você desejou que Billy Rapp morresse.

— Você o *matou*?

Nora pousou a cafeteira com mais força do que pretendia.

— Não — disse Luke. — Tecnicamente, *você* o matou. Quer dizer, eu ajudei você com isso, claro, mas foi você. O pedido de ajuda tem que vir de você.

Nora pareceu abalada, mas no fundo sempre soubera daquilo. As palavras que dissera para ele.

— Eu quis que ele morresse.

Luke pigarreou.

— Na verdade, Clint atirou nele, mas só fez isso porque você colocou em andamento a sequência de eventos. Você *sempre* vai colocar a sequência de eventos em movimento. É a maneira como a maldição foi criada. Você não pode se culpar. Não tem controle sobre ela porque está conectada ao Marchant.

— Isso é loucura.

Nora empurrou a cadeira para trás.

— Você sabe que é verdade. Podemos ficar aqui falando eternamente sobre isso. Você pode sair correndo para o seu quarto... você pode pular... — Ele se interrompeu. — Você sempre vai ser o que é. De alguma forma, você sabe disso.

Nora ficou analisando o tapete embaixo dela para não ter que encarar Luke.

— Eu amava Billy Rapp.

— Um hábito irritante — disse Luke, amargo. — Como eu disse, é assim que a maldição funciona.

— E não tenho controle sobre isso? Não tenho livre-arbítrio. Não me apaixono por um estranho aleatório.

Luke balançou a cabeça.

— Você não consegue.

— E se a família do Billy tivesse se mudado para a África? E se ele nunca tivesse se mudado para Hollywood?

— Se Billy Rapp decidisse acompanhar Sir Edmund Hillary até o Monte Everest, você estaria escalando logo atrás dele. Vocês estão amarrados. Vocês dois se encontram. A terra se abre para facilitar esse pequeno exercício de futilidade diversas vezes. Ela também desempenha o papel dela.

— Mas isso não faz sentido.

— Exatamente — suspirou Varner. — Agradeça à bruxa menor por isso. E a Althacazur, o demônio que ela invocou. Na verdade, ele faz a maior parte do trabalho.

— Se o senhor não se importa, acho que não vou agradecer a nenhum deles.

Luke devolveu o contrato à gaveta e voltou para a sala de jantar. Naquele exato momento, uma porta se abriu e Marie entrou carregando um prato com ovos. Depois que os dois se sentaram, Nora puxou o prato para si e olhou para os ovos. Em vez deles, pegou um pedaço de torrada e começou a espalhar manteiga nele, seguida de geleia. Algo na sala de jantar, na torrada, em Luke, em Marie, tudo parecia muito familiar.

Luke analisava o rosto dela.

— O que foi?

Nora o encarou enquanto dava uma mordida no pão. Como não estava com fome, ela se forçou a engolir.

— Nada — disse Luke, a voz mais suave. Ele estendeu um guardanapo para ela. Sangue escorria de ambas as narinas de Nora. — É melhor você voltar lá para cima.

Luke pegou Nora no colo e a carregou escada acima, como em uma cena de filme hollywoodiano. O nariz de Nora sangrou muito por um dia inteiro e ela perdeu a consciência várias vezes. Quando finalmente acordou, percebeu que Marie havia enfiado algodão em suas narinas. Luke estava sentado ao lado da cama dela com uma expressão preocupada.

— Você parece pior do que eu — disse ela.

— Não tenho tanta certeza disso. — Ele levantou da cadeira e se sentou ao lado dela na cama enorme. — Eu sinto muito. Falei demais. — Ele parecia chateado, mas havia alguma outra coisa errada. — Isso tudo é novidade e você precisa de tempo para se adaptar.

Luke mudou de posição e, por um instante, Nora achou que ele fosse se levantar da cama. Ficou surpreendentemente decepcionada ao pensar que ele sairia do quarto. Mesmo sem nenhum motivo, ela se sentia segura com aquele homem. Ele abriu um sorriso triste e Nora percebeu, pelo olhar angustiado em seu rosto, mesmo sem saber o que Juliet pensava, que mais coisas tinham ocorrido entre eles.

Nora demorou mais de uma semana para se recuperar dos violentos sangramentos nasais, e Luke não voltou a visitar o quarto dela. Quando descia para tomar café da manhã, ela o encontrou saindo pela porta.

— Se você tiver que ir, vai me levar com você?

Ela pareceu surpreendê-lo.

— Não sei se você está pronta para isso.

Ele vestia uma capa de chuva.

— É exatamente disso que eu preciso — insistiu ela. — Por favor.

— Está chovendo — disse ele, ajeitando o casaco. — Você vai precisar de um guarda-chuva.

Nora sorriu e pegou um do suporte de cerâmica do corredor.

— Imagino que eles funcionem da mesma forma em Paris e em Hollywood?

Com suas ruas molhadas de manhã, cafés e livrarias, Paris era exatamente como Lillibet Denton havia descrito. Carros pretos e bicicletas passavam por ela e Luke enquanto os dois desciam o movimentado boulevard Saint-Germain. O Quartier Latin fazia parte de Paris e ainda assim tinha uma personalidade única. Quando passaram pela Sorbonne à esquerda, Nora ficou impressionada com a arquitetura imponente. Ela ouvira os clientes ricos do teatro de Nova York falarem sobre mandar seus filhos para estudar na Sorbonne, mas o lugar não havia parecido real até aquele instante. Ao se virar, viu o topo da Torre Eiffel espreitando por cima de um edifício. Luke pegou a mão dela e eles atravessaram uma rua e seguiram em direção ao que Nora supôs ser Notre Dame. Ela não sonhava havia uma semana e não tinha lembranças daquelas ruas, embora Juliet tivesse passado por elas centenas de vezes.

— Aonde estamos indo?

— Estamos dando um passeio — disse Luke. — Venha, pegue meu braço.

Ainda zonza por ter perdido tanto sangue, Nora deu o braço a Luke.

— Eu não venho aqui há algum tempo e acho que ainda não me satisfiz.

— Há quanto tempo? Semanas? Meses?

— Anos — disse ele.

— Quantos?

— Muitos — respondeu ele.

— Muitos como em...

Ele parou no meio da rua e se virou, colocando as mãos no rosto dela com carinho.

— Mais tempo do que eu queria ter ficado longe.

Os olhos dele fitaram os dela, e ela viu dor neles.

— Eu sinto muito. É que eu tenho muitas perguntas.

— Você teve mais sonhos?

Ela balançou a cabeça.

— É melhor assim. Espere um pouco. Não vou forçar você a lembrar de novo. Você sangrou demais.

— Você acha que é por isso?

— Não sei direito, mas posso sugerir que, enquanto você estiver esperando, a gente simplesmente passeie pelas ruas desta cidade de tirar o fôlego? De preferência em silêncio?

Ela sorriu e deu o braço a ele. Pensou ter visto um pequeno sorriso surgir nos lábios de Luke.

Na manhã seguinte, Nora acordou encharcada. Desta vez, não parecia suor; era mais como um renascimento — Vênus emergindo de sua concha, mas só se Vênus estivesse sufocando. Era água? Ela pulou da cama e caiu no chão, tossindo. A camisola estava úmida. Quando se sentou no chão, pedaços de seus sonhos e a história que faltava da vida de Juliet chegaram a ela em ondas, e ela foi tão dominada por náuseas que vomitou em todo o tapete de seda azul e verde em que estava deitada.

Seus pulmões doíam, o que era impossível, mas nada daquilo fazia sentido. Ela preparou um banho quente e conseguiu voltar para a água. Ficou sentada na banheira por quase uma hora, até ficar enrugada. Marie havia entrado em seu quarto e colocado vestidos novos em seu armário. Nora podia vê-la olhando para a banheira, mas não disse nada. Para qualquer pessoa que a observasse, Nora com certeza pareceria maluca — cabelos molhados e olheiras, lábios feridos por mordidas. *Então Juliet pulou da Pont Neuf e se afogou.*

Nora finalmente desceu a escada, depois de tentar se maquiar várias vezes. Ela sabia que Luke não estava no apartamento, porque tinha ouvido a porta bater mais cedo. Queria ficar sozinha, então havia esperado até que ele saísse.

Ela desceu com cuidado e analisou os cômodos principais à medida que ia entrando em cada um deles. Tudo estava como ela havia deixado em 1897. As mudanças que a esposa de Varner — Lisette — tinha começado a fazer haviam sido todas revertidas. No dia em que tinha morrido, Juliet vira os empregados trazerem tecidos e levarem as cadeiras para serem estofadas, mas aquelas eram as cadeiras que estavam ali antes de Lisette. A única mudança na casa fora a inclusão do quadro de Juliet que Auguste Marchant pintara, que havia sido posto no local onde antes ficava o retrato de Varner. Nora foi até o piano e se sentou, posicionando os dedos sobre as teclas e pressionando-as em uma sequência que resultaria no tom que estava procurando, exatamente como havia feito na festa em Beverly Hills. Mas aquele piano era diferente. *Era dela.* Seus dedos se moveram de uma maneira que ela nunca havia visto. Era como se ela estivesse se reencontrando com um amigo — ou até mesmo um amante. Quando terminou, ela fechou os olhos e colocou as mãos no piano. Foi diante das teclas que entendeu. *Ela era Juliet e tinha voltado à vida.* Instintivamente, Nora se virou e viu Luke parado no saguão, o rosto pálido. Ele deu vários passos em sua direção. Ela se virou no banco do piano para encará-lo.

— Você teve mais sonhos?

Ela assentiu, séria.

— Juliet de novo?

Ela olhou para ele e pôde sentir a dor que Juliet sentira antes de pular no Sena. Ele deve ter visto isso no rosto dela, porque deu outro passo em sua direção, se inclinou e beijou sua testa.

— Juliet, é você?

Nora percebeu que estava emocionada. Lágrimas começaram a escorrer por suas bochechas e ela se levantou — ou Luke a puxou, ela não tinha certeza. Mas Nora envolveu o corpo dele em um abraço e o beijou suavemente nos lábios.

— Você voltou para mim?

— Eu voltei.

— Eu sinto tanto, Juliet. — Ele segurou o rosto dela em suas mãos. — Eu fui horrível.

Nora sabia o que ele queria dizer. A lembrança e a dor estavam próximas dela, como se tudo tivesse acontecido não quarenta anos antes, mas há apenas algumas horas. Para Nora, podia ter acontecido no dia anterior. Ela era — e não era — uma pessoa diferente. Todas as lembranças de uma vida como Nora devolveram a carne ao esqueleto de Juliet — expandiram suas experiências, e tanto ampliaram quanto suavizaram sua dor.

— Eu amava você e você sabia disso. Como podia não saber?

— E eu amava você, mas estava apavorado. Não achei que pudéssemos ficar juntos. Você não imagina a vergonha que senti depois...

Nora viu as lágrimas nos olhos dele e a rigidez em sua mandíbula. Ele estava tentando não desabar na frente dela.

— Depois que eu morri.

Luke fechou os olhos.

Nora o puxou para si e o beijou. Depois, viu a escada, o quarto dele, a cama dele. Um longo dia que entrou pela noite e se tornou manhã, como se eles tivessem uma vida inteira para recuperar.

23

NORA WHEELER
Paris, março de 1940

Paris estava estranhamente silenciosa quando Nora entrou na Rue des Écoles. Ela se acostumara a ver os sacos de areia, as estátuas desaparecidas, os caminhões saindo da cidade — sempre saindo da cidade. Muito orgulhosos, os parisienses morriam de medo de que suas construções se tornassem escombros, então tinham começado a embalar discretamente seus objetos de valor e a colocá-los em caminhões que seguiam para o sul em um fluxo constante desde o outono de 1938. As crianças também tinham ido embora, esvaziando os parques, embaladas como tesouros e enviadas para a Borgonha.

E aqueles que haviam permanecido em Paris tinham os olhos voltados com atenção para uma única coisa: uma série de fortalezas e fortificações que corriam do norte de La Ferté até o rio Reno. A Linha Maginot prometia impedir que as forças alemãs entrassem na França… Paris. Mas o assunto em todos os jantares era se a linha se sustentaria. Paris tinha que ser mantida, tanto a cidade quanto o estilo de vida. Havia algo especial a ser protegido ali, por isso os parisienses removiam suas coisas e faziam contenções, procurando por sons de qualquer coisa que estivesse por vir. Ao longo do ano anterior, os jantares tinham ficado visivelmente menores com as pessoas recusando convites porque estavam viajando para o sul ou para os Estados Unidos, para fazer uma "rápida" visita para a família. Mas ninguém nunca voltava. O esvaziamento da cidade era um voto silencioso à falta de confiança na tão anunciada Linha Maginot.

Nora parou na livraria da Rue des Écoles. A cada semana mais lojas fechavam, e era comum Nora ir até uma loja apenas para encontrá-la fechada. Ela teria que empreender uma busca por algo que ainda estivesse aberto, mesmo que em outro arrondissement. Quando as lembranças de Juliet voltaram, ela andara pelas ruas olhando para as vitrines, maravilhada com as mudanças. E, por um longo tempo, ficara parada na Pont Neuf, tentando tomar coragem para olhar para baixo. A menina que havia pulado parecia bem próxima dela em suas lembranças recentes, mas Nora tinha toda uma vida de outras tristezas, que tinham deixado marcas indeléveis.

Ao passar pela prateleira onde ficavam os jornais, olhou para a capa do *Le Figaro*. Mussolini anunciara que se juntaria a Hitler, e os britânicos não haviam conseguido fazer o ataque aéreo a Sylt. O governo distribuíra máscaras de gás na semana anterior, mas ela duvidou que veria essas notícias no jornal. Na pequena seção inglesa, Nora viu Lillibet Denton. Mais precisamente, foi Lillibet Denton quem a viu. E isso era um problema.

De pé em um banquinho, Nora tentava pegar uma edição da Obra Completa de Shakespeare que não conseguia alcançar.

— É você? — disse uma voz vinda de baixo.

Nora olhou para baixo e viu a amiga sorrindo para ela. Por um instante, Nora foi tomada de alegria, mas então percebeu que não podia ser reconhecida. O mundo seguro que ela havia criado com Luke tinha sido invadido.

— É você. Disseram que você se afogou. — Lillibet colocou a mão no rosto e riu. — Algo sobre uma festa para mim em um barco em Long Beach — continuou ela. — Você sabia disso? Como se algum dia *eu* fosse me dignar a ir até Long Beach. Achei que era tudo uma grande "bes teira".

Nora sorriu ao se lembrar do hábito de sua amiga de cortar palavras em duas. "Bes teira". Enquanto Nora, a menina de Akron, teria simplesmente dito *besteira*. Ela sentira falta da amiga e percebeu o quanto havia sido absurdo ela ter acreditado que Lillibet a tivesse convidado para um cruzeiro de aniversário. Se Nora não estivesse tão abalada com a morte de Billy, talvez tivesse prestado mais atenção no convite.

— Bem, eu não morri — disse Nora, descendo do banquinho para abraçar a amiga.

— Parece que não — respondeu Lillibet, tocando nos cabelos dela. — Quase não reconheci você.

— É a cor natural — explicou Nora. — Está cada vez mais difícil encontrar tintura de cabelo hoje em dia.

— É — disse Lillibet. — Vou voltar para os Estados Unidos de navio em dois dias. Espero que não sejamos torpedeados. — A mulher olhou para Nora como se estivesse tentando absorver todas as rugas e poros do rosto da amiga. — Nora Wheeler, o que aconteceu com você?

— Ah, Lillibet... é uma longa história — começou Nora. — Fui salva de um homem muito ruim.

— Disseram que você matou Billy. Eu não acreditei.

— Não — disse Nora. — Eu não atirei no Billy.

Nora achou que a distinção era correta. Ela havia matado Billy — ou a maldição o matara; ela simplesmente não tinha puxado o gatilho. Clint havia feito isso.

O funcionário tocou o ombro de Nora e avisou que não tinha a tradução de Émile Zola que ela estava procurando. Nora sorriu e perguntou quando eles a receberiam. O funcionário levantou um dedo para indicar que ia verificar. Ao se virar para Lillibet, Nora viu a sobrancelha da amiga levantada.

— Seu francês é muito fluente — disse Lillibet.

— Bom, eu moro aqui agora — admitiu Nora. — Paris é tão bonita quanto você descreveu.

— Você não tem nenhum vestígio de sotaque americano — insistiu a mulher. — Que estranho...

Nora sabia que devia uma explicação à amiga, mas, sinceramente, como podia explicar que era, na verdade, uma francesa de Challans que saltara da Pont Neuf antes da virada do século? Ela não podia dizer que às vezes visitava o Louvre e se sentava em frente às pinturas de Auguste Marchant apenas para se ver como a jovem que posara para aquele retrato quase 45 anos antes. A verdade não ajudaria Lillibet a entender. A verdade parecia loucura.

Nora levantou a gola da capa de chuva, com medo de que Lillibet estivesse chamando atenção para ela. O medo que sentia de ser descoberta era visceral. E assim como havia sentido um formigamento no dedo antes de tocar piano em Beverly Hills, começou a sentir um formigamento na ponta da língua e passou a fluir através dela. Lembrando-se de ter sentido aquilo na Pont Neuf, na noite em que um homem tentara ajudar Juliet antes que ela pulasse, Nora sabia o que aconteceria a seguir. Sua boca começou a pronunciar palavras que não eram dela.

— Lillibet, é melhor não contar a ninguém que me viu. Entendeu?

Era mais do que um pedido, era quase uma súplica, mas Nora notou o estranho efeito de suas palavras.

Lillibet piscou e inclinou a cabeça.

— O quê?

— Você quer esquecer que me viu — disse Nora. — Para seu próprio bem.

Nora estava pensando em Clint. Se Lillibet começasse a contar a todos que tinha visto Nora viva e isso chegasse aos ouvidos de Clint, nem ela nem Lillibet estariam a salvo.

— Você me entendeu?

Lillibet olhou para ela, sem expressão, piscando rapidamente.

— Lillibet?

A mulher pareceu se desequilibrar e Nora estendeu a mão para segurá-la.

— Sinto muito — disse Lillibet. — Acho que estou zonza. — Ela sorriu para Nora, mas foi um sorriso estranho, sem passado nem reconhecimento. — Parece que você me salvou, minha querida. Você faria a gentileza de pegar uma cadeira para que eu pudesse me sentar por um instante? Parece que levei um choque.

— E levou — concordou Nora, guiando a mulher até a cadeira desocupada na seção de teatro francês.

Ela olhou para Nora e deu um tapinha na mão dela.

— Obrigada, querida — disse. — Vou ficar sentada aqui um pouquinho. Acho que você já estava de saída.

A mulher apontou para o casaco de Nora.

— Eu estava — respondeu Nora. Ela se afastou de Lillibet. — Você vai ficar bem?

— Ah, vou. — A mulher sorriu. — Qual é seu nome mesmo, querida?

Sem hesitar, Nora respondeu:

— Juliet.

— Que nome lindo... — disse Lillibet. — Tão shakespeariano.

— É — concordou Nora. Ela se virou e olhou para trás. — Adeus, Lillibet.

— Adeus, Juliet.

Nora saiu da livraria e virou a esquina rapidamente, desviando do seu caminho por dois quarteirões, antes de atravessar outra rua sem sinalização que a levaria de volta à segurança do apartamento. Lillibet tinha mais de sessenta anos, então Nora duvidava que a mulher a tivesse seguido, mas ela não ia se arriscar. Tinha detestado enganar a amiga daquele jeito, mas não podia correr o risco de ser encontrada. Com as mãos tremendo de adrenalina, teve dificuldade de colocar a chave na fechadura. Ela olhou para a rua, mas viu apenas um entregador de jornal.

Encontrou Luke na biblioteca, avaliando uma nova pintura.

— Alguém me viu.

Jogando a capa de chuva no sofá, ela sacudiu os cabelos. Estavam molhados por causa da névoa fina da rua.

Ele não tirou os olhos da série de livros espalhados pela mesa de mogno.

— Muitas pessoas veem você, meu amor.

Nora balançou a cabeça.

— Quis dizer que me reconheceram.

Ao ouvir isso, Luke olhou por cima dos óculos.

— Quem?

— Lillibet Denton.

— Isso não é bom — disse ele, antes de se recostar na cadeira e cruzar as mãos. — Você falou com ela?

— Foi estranho. — Nora se aproximou da mesa e se apoiou nela. — Eu estava na livraria. Ela me viu e me fez um monte de perguntas, principalmente sobre como as pessoas foram burras a ponto de acreditarem que ela teria comemorado o aniversário em um cruzeiro em Long Beach.

Nora lançou um olhar para Luke.

— Você acreditou — disse ele, dando de ombros. — E daí?

— Ela me pressionou para saber onde eu estive e por que meu francês era tão bom.

— Você disse alguma coisa a ela?

— Que eu nasci na década de 1870 em Challans e me atirei da Pont Neuf?

— Só para começo de conversa.

Nora fez cara feia para ele.

— Mas essa não foi a única coisa estranha.

Luke empurrou a pintura para o lado e se levantou.

— Estou ouvindo.

Ele deu a volta e começou a empacotar suas coisas.

— Acho que você não precisa fazer isso. — Nora o impediu de juntar as coisas. — Eu disse que ela precisava esquecer que me viu.

— Como ela reagiu?

— Ela me esqueceu — afirmou Nora. — Como se nunca tivesse me visto antes. — Nora começou a chorar. — Foi perturbador, na verdade. Alguém que me conhecia. Foi bom, e então aquele olhar vazio, como se eu tivesse apagado todas as lembranças que Lillibet tinha comigo. Foi horrível.

Ele voltou para sua mesa e olhou para os papéis empilhados.

— Eu queria falar com você sobre uma coisa. — Ele pegou o *Le Figaro*. — Acho que talvez seja melhor deixarmos Paris em breve. Com a adesão da Itália, estamos cercados.

— Para onde iríamos?

— De volta para os Estados Unidos. A Europa está instável demais agora.

Nora não queria nem pensar em voltar para os Estados Unidos. Ela grunhiu.

— Nora, me escute.

— Não quero voltar para Hollywood.

— Não estou sugerindo isso. — Ele se sentou novamente. — É um país grande.

— Então, onde você estava pensando? Nova York?

— Não. — Ele sorriu. — É muito complicado, e Clint conhece Nova York.

Ao ouvir aquele nome, ela estremeceu. Embora Paris tivesse sido uma distração agradável, Nora não havia realmente escapado de seu passado. Ela se sentou à mesa e cruzou as pernas.

— São Francisco?

— Mais quente.

— Ah, meu Deus! Las Vegas? Aquele lugar é horrível.

— Não, mas você está chegando mais perto.

— Isso está me soando cada vez pior. O que sobrou? Oklahoma?

— Taos.

— Taos? O que é *Taos*?

— É um lugar no Novo México. Encontrei uma casinha espanhola fantástica. Tem um terreno enorme... É isolada. Você pode ter cavalos.

— Me diga uma coisa, Luke. Alguma vez eu demonstrei alguma vontade de ter cavalos?

— Não exatamente.

— Nunca exatamente.

— É uma comunidade vibrante de artistas. Pode ser um ótimo lugar para nos esconderemos por um tempo.

— Estou vendo que você pensou bastante nisso.

— Você está brava?

— Não. — Nora deu de ombros. — Luke?

Ele se sentou na cadeira em frente a ela.

— Luke, por que a Lillibet fez o que eu disse para ela fazer? Não foi a primeira vez que isso aconteceu. A Juliet fez a mesma coisa com um homem que tentou impedi-la de pular da Pont Neuf.

— Eu não sei.

— Não foi você que fez isso?

— Não. Talvez você tenha poderes especiais.

Ele estava pensando profundamente em alguma coisa.

— O que houve? O que você está me escondendo?

Luke pareceu desconfortável.

— Pode ser.

Ele se levantou e foi mexer em seus livros, mas era tudo encenação. Estava tentando solucionar algum mistério em sua cabeça e não queria que ela notasse.

Nora sabia que isso significava que ele não daria uma resposta direta a ela. Desde os terríveis sangramentos no nariz que ela tivera depois de sonhar, ele havia parado de lhe contar as coisas. Ela odiava ficar no escuro.

— Você não vai me contar?

— Qualquer coisa que eu disser vai ser só um palpite, e eu não quero fazer isso até saber mais, está bem?

— Eu achei que você soubesse de tudo.

— Eu sei o que está no contrato, Nora. Você viu o contrato. — Ele deu de ombros e pôs as mãos no bolso. — O que aconteceu com a Lillibet com certeza não está no contrato.

Nora suspirou. Aquilo não a fazia se sentir nem um pouco melhor.

Eles chegaram a Nova York em abril de 1940. Em um mês, os nazistas haviam atravessado a Linha Maginot na Bélgica e estavam seguindo para Paris. Embora eles tivessem trancado o apartamento, nenhum dos dois sabia se voltaria a vê-lo.

O navio tinha levado muito mais tempo para trazê-los para Nova York porque precisara fugir dos torpedos alemães. Quando chegaram, Nora ficou estranhamente feliz por estar de volta ao seu país. Ao contrário de Paris, que estava fechando as portas, Nova York estava viva, vibrante e aparentemente intocada pelo medo e pela guerra que haviam assolado a Europa no ano anterior.

Luke e Nora pegaram um trem para Chicago. Era a terceira vez que Nora pegava aquela linha e ela a conhecia bem. Embora estivesse feliz por estar de volta aos Estados Unidos, ela também estava preocupada por causa do que havia acontecido com Billy e Clint. A ideia de morar no deserto também não era das melhores, mesmo que Luke tivesse prometido a ela que seria uma comunidade artística próspera.

A casa tinha uma enorme porta de madeira que dava para um grande saguão de madeira escura. Um banco comprido ladeava o corredor; Nora percebeu que era um banco de igreja e encontrou nomes gravados no assento antigo de madeira. Com paredes brancas texturizadas e tetos altos com vigas escuras, era uma casa que ansiava por pessoas. Nora teve medo que ela engolisse os dois.

— Paul e Marie vão chegar daqui a algumas semanas — assegurou Luke, como se tivesse lido a mente dela.

— Eles conseguiram sair do país?

— Claro, eles são como eu — disse ele, sem elaborar muito.

Ela suspeitava disso, já que era a segunda vida em que os via, mas definitivamente havia uma hierarquia, já que os dois trabalhavam para ele.

Como se estivesse pressentindo que ela ficaria entediada, Luke havia comprado um piano de cauda em mogno — um Steinway Modelo M. Até Juliet mostrar o instrumento para Nora, ela nunca tivera nenhuma opinião sobre pianos. Todos os pianos patéticos que Nora vira ao crescer na pensão ou na igreja eram quebrados, com teclas lascadas, faltando ou emperradas. Mas Juliet tinha opiniões *fortes* sobre pianos, que tinham se tornado as opiniões de Nora. Ela nunca testava uma tecla individual para perceber se um novo piano tinha sido afinado corretamente. Em vez disso, ela gostava da sensação pesada de "Tristesse" de Chopin para ter uma noção da personalidade do instrumento. Quando Nora puxou o banco e se sentou, sentiu o medo familiar de que um instrumento de tamanha perfeição física não tivesse a qualidade de som necessária e decepcionasse seu ouvido. Alguns dos pianos com melhor som não eram bonitos.

Ela tocou os primeiros acordes com mais força do que normalmente faria. O instrumento tinha um som encorpado, com graves profundos e exuberantes e agudos nítidos; nenhum deles emitiu som de estanho. Nora ainda se maravilhava com o que vinha da ponta de seus dedos — uma habilidade que havia desenvolvido da noite para o dia — e com os sons que ela podia criar com eles. A execução foi perfeita.

Quando terminou a peça, um cheiro maravilhoso surgiu no quarto. Ela sorriu, deslizou o banco para trás e seguiu o cheiro até a cozinha. Essa casa ainda não era o lar dela e ela não tinha certeza de que algum dia seria, mas o que importava era que tinha Luke e estava feliz. Na cozinha ampla, com panelas penduradas, Luke cozinhava pimentões e alho para uma receita de porco. Para uma cozinha no deserto, isso lembrava muito a cozinha rústica de Juliet.

— Precisamos de um fogão melhor.

Ela cruzou os braços enquanto o observava.

— Eu não sabia que você cozinhava.

— Você só nunca tinha me visto cozinhar.

— É verdade — reconheceu ela. — Você pode contratar muitos cozinheiros por aí, mas eu nunca vi você realmente preparar algo.

Ele riu.

— Há muitas coisas que você não sabe sobre mim.

— Eu sei disso — disse ela. — Tenho uma vida inteira para descobrir.

Ele sorriu, inquieto, mas voltou à sua tarefa.

— Estão exibindo um filme do Ford Tremaine na cidade. Você sabia disso?

Luke tirou os olhos das batatas que picava.

— Eu não fazia ideia.

— Talvez eu vá. — Ela deu a volta no fogão e mexeu no que estava na panela. — Apesar de ele ser um idiota.

— Você sente falta?

— De quê? De fazer filmes?

Ele assentiu.

— Infelizmente, um pouco.

Ela deu de ombros.

Luke empurrou as batatas para longe e se aproximou, puxando-a para si.

— Eu sinto muito.

Ela tentou empurrá-lo, mas ele a puxou para mais perto.

— Eu sei que você sente. — Ela sorriu. — Há outras coisas que podem me fazer feliz.

Ela foi até o armário, pegou uma pequena pilha de pratos e começou a arrumar a mesa.

— Tipo o quê? — A voz de Luke soou cautelosa. — Você não pode atuar. Não seria seguro. Até uma produção de teatro local seria arriscada. Não pode ser reconhecida. Você está supostamente morta, e ainda há pessoas por aí que pensam que você matou Billy Rapp.

— Eu não estou falando disso. — Ela foi até a gaveta de talheres, o som das facas de metal batendo uma contra a outra em sua mão. — Estou falando de filhos. Esta casa é grande demais… vazia demais. Seria perfeito.

O rosto de Luke se fechou.

— Não é uma boa ideia, Nora.

— Por que não? — Ela olhou nos olhos dele. Uma pontada de medo a atingiu. — Nós nos amamos. Ninguém vai me procurar aqui. Podemos ser felizes.

— Somos felizes — disse ele. — Só nós dois.

— E se eu não quiser que seja só nós dois?

Luke suspirou e passou as mãos no cabelo. Ele parecia abalado, como um homem em um barco naufragado.

— Não é tão simples assim.

— Por que não? — Ela achou que ia desmaiar. — O que você está me escondendo?

Apoiando-se contra a pia, inquieto, ele cruzou os braços.

— Prometi que ia contar a verdade desta vez. Mesmo que seja dolorosa.

— Fala.

Ela caminhou até a mesa e largou os talheres nela, espalhando-os. Preparando-se, ela o encarou.

Ele literalmente estremeceu.

— Você nunca vai poder ter filhos. — Ele foi até a mesa e tentou pegar a mão dela, mas ela se afastou. — Eu sinto muito.

— Ah — exclamou ela enquanto desabava em uma das cadeiras. — Ah.

Ele se inclinou na frente dela.

— Ah, querida. Eu faria qualquer coisa para dar isso a você, mas...

Ela o interrompeu.

— Eu nunca vou ser normal, não é?

Os olhos dela estavam frios. Ela se lembrou da cena da cozinha em Challans, da camisola de Juliet pingando sangue e sua mãe dizendo que ela tivera um filho de Marchant, mas que aquilo já havia sido resolvido. A esposa grávida de Marchant havia morrido e seu bebê também.

Ele pegou as mãos dela.

— Estou tentando, Nora — disse ele. — Estou tentando te dar a vida mais normal possível.

Ela balançou a cabeça.

— Não é culpa sua, Luke. Nada disso é culpa sua.

No outono de 1940, Luke abriu uma galeria de arte perto do Taos Plaza. A cidade ainda consistia em uma estrada de terra com algumas vitrines, mas ele começou a negociar e vender o trabalho de artistas locais. Toda semana, Nora ia para a cidade assistir a um filme, e preferia ir sozinha. Os filmes estavam diferentes em comparação aos dos anos 1930, e havia nomes que ela não reconheceu. Depois de alguns anos, ela não conseguia mais se imaginar nas telas — o fato de seus colegas terem, em grande parte, desaparecido, lhe dava algum conforto. Os Monumental Studios fecharam logo depois que Harold Halstead morreu de ataque cardíaco repentino em 1939, também não se recuperando das mortes de seu principal diretor e de sua esposa. Ela não sabia mais nada a respeito de Clint e parou de procurá-lo por trás do ombro. Ela deixou o cabelo voltar ao tom avermelhado e o corte na altura dos ombros. Ela passou a enrolá-lo em um coque, além de usar botas e sobretudos de lã. Ninguém suspeitaria que ela já fora a atriz Nora Wheeler.

Durante a exibição de *Rebecca* no South Side Plaza, ela ficou impressionada com a trilha sonora do filme. Correu para casa e se viu ao piano, derramando ideias sobre composições em folhas de papel. Ela nunca havia pensado em ser compositora. Nora se contentara em interpretar as obras de outras pessoas — cada vez mais difíceis —, mas seu próprio trabalho, sua própria voz nunca haviam chamado atenção.

Ela dirigiu até Albuquerque e encontrou uma loja de música que vendia cadernos de música em branco. Sentada em seu Steinway, começou sua primeira composição, e logo em seguida a segunda. Nos quatro anos seguintes, Nora criaria 28 músicas para o piano.

Em 22 de junho de 1944, ela acordou ao descobrir que Luke havia feito um prato de ovos espanhóis — o favorito dela. Por mais que ele preparasse seu café da manhã todos os dias, recebê-lo na cama não era comum.

— O que eu fiz para merecer isso?

— É seu aniversário.

Ela gemeu.

— Trinta e quatro. Eu esperava que você tivesse esquecido.

— Infelizmente, não. — Ele se sentou na cama ao lado dela e arrumou seus cabelos, um gesto íntimo que ela adorava. — Nossa vida é boa, não é?

Ela riu, fazendo barulho pelo nariz, e arrumou a bandeja à sua frente, admirando a flor que ele havia colocado ali.

— O que deu em você hoje?

— Só estou perguntando. — Ele se ajeitou no travesseiro ao lado dela, observando-a. — Nós somos felizes, não somos? Apesar do que o destino nos pregou.

Ela pegou a faca e o garfo e começou a cortar os ovos pochê.

— Sim. Somos muito felizes. — Ela sorriu. — Eu não poderia estar mais feliz.

O rosto de Luke parecia triste e havia lágrimas em seus olhos.

Ela estendeu a mão e tocou no rosto dele.

— O que houve?

Ele balançou a cabeça e observou o rosto de Nora por um longo tempo.

— Não é nada. Nada mesmo.

— Bem, eu não consigo comer com você fazendo isso.

Ela riu e estendeu a mão, tapando os olhos dele.

Depois de tomar café, ela concordou em acompanhar Luke até a galeria. Ela tinha outras coisas para fazer. Tinha pedido a partitura de *Contos de Hoffmann*, de Offenbach, e demorado meses para conseguir uma de uma loja em Montreal, mas havia recebido uma mensagem de que ela chegara. Ela planejava buscá-la assim que a loja abrisse, mas Luke insistira para que passassem o dia juntos.

Ele estava ocupado pendurando um quadro quando ela olhou para a praça e notou o letreiro de um lançamento, *O bom pastor*. Era um musical estrelado por Bing Crosby, e Nora estava morrendo de vontade de vê-lo.

— Vou comprar ingressos para hoje à noite — disse ela a Luke, enquanto mexia em sua bolsa.

Depois de comprar os ingressos, ela daria um pulo na loja de música para pegar a partitura. Voltaria em um minuto.

Ela pensou tê-lo ouvido gritar para ela algo como "Não vá", mas era ridículo. Nora estava sorrindo, caminhando em direção ao teatro, admirando o nome de Bing Crosby escrito quando o caminhão a atingiu com tanta força que a fez voar três metros e cair no parque. Um minuto o nome de Bing Crosby estava lá; no seguinte, não estava mais.

Ela ouviu a voz *dele* e viu seu rosto.

— Fique parada. Não tente ficar de pé.

Nora levou a mão à cabeça.

— Está doendo...

Ela viu que um caminhão tinha atingido uma estátua. O capô esmagado soltava fumaça por causa do impacto. Não era engraçado que ela não tivesse ouvido? Ela não tinha visto o acidente, mas estava na praça.

Ele a puxou para si.

— Está tudo bem.

— Engraçado — disse ela, esvaziando como um balão nos braços dele. — Não parece tudo bem.

— Você está bem. — Ele a embalou, sentado no chão. — Você está bem.

Ele continuou a niná-la muito tempo depois de ela ter parado de falar. Muito tempo depois de ela ter parado de respirar. Muito tempo depois de seu corpo ter começado a esfriar.

24

HELEN LAMBERT
Washington, D.C., EUA, 14 de junho de 2012

Aterrissei no aeroporto de Dulles à tarde e, embora estivesse tentando agir normalmente com Mickey, sabia que ligaria para Luke assim que chegasse no meu apartamento. Tinha escondido o frasco de sangue na minha nécessaire, e ele passou pela segurança sem problemas. Depois, enrolei-o em uma meia de ginástica e o tranquei no meu cofre.

Eu estava confusa, tanto por ter voltado a Paris, algo que reabrira muitas das feridas que tinha por causa de Juliet, quanto por ter ficado sabendo sobre a morte de Nora — ou por ter revivido minha morte, na verdade. Embora não pudesse admitir para Luke que tinha ido até Paris, a história de Nora responderá a muitas perguntas que eu tinha sobre minha própria vida, especialmente minha incapacidade de ter filhos.

Pousei a mala na entrada de casa, lembrando-me de tirar a etiqueta, declarando que ela tinha vindo do aeroporto Charles de Gaulle para manter a história de que tinha ido para Londres. Apertei o número de Luke na minha discagem rápida. A conversa foi curta.

— Você pode vir até aqui?
— Quando?
— Agora?

— Posso.

Tomei um banho depois do meu voo. Meu nariz não havia começado a sangrar e eu achava que ele não sangraria mais. A cada história de cada uma de minhas vidas, eu sentia que estava reunindo forças. Era diferente do que havia acontecido com Nora, que sangrara tão profusamente. Eu estava servindo uma taça de vinho quando ouvi uma batida na porta.

A história de Nora era uma ferida tão nova para mim que, quando o vi, comecei a chorar — de puro desespero. O pobre homem mal tinha passado pela porta e eu já estava acabada. Ele me abraçou e disse que sentia muito. Era diferente do Varner de Juliet e Nora, mas só mudara por causa da época — do casaco formal e barba do Varnier de Juliet para o cardigã e os cabelos ondulados do Varner de Nora, para a versão atual de jaqueta de couro e jeans com cabelos mais curtos e espetados. Eu não tinha percebido quantas vezes ele tivera que fazer aquilo comigo, com todas as explicações confusas e as pistas sobre quem eu era e quem ele era para mim. Ocorreu-me que isso devia ser enlouquecedor para ele, mas ele apenas me abraçou. O silêncio e a sensação da sua respiração eram as coisas mais românticas naquele momento. Por isso, me afastei o suficiente dele para beijá-lo.

Algo em meu beijo fez com que seus olhos analisassem meu rosto.

— Nora?

— Sinto muito, Luke.

Assenti. Agora eu entendia por que Nora tinha sido tão especial para ele. Eles haviam tido uma vida inteira juntos.

Era como se estivéssemos famintos. Mal conseguimos sair do saguão. Eu tirei sua jaqueta no corredor e arranquei meu suéter como se fosse uma proteção indesejada. Conhecia o corpo dele dos meus sonhos — conhecia o corpo dele pelos olhos de Nora, o que era um pouco estranho, porque ambas éramos e não éramos eu ao mesmo tempo. Eu me lembrei de sentir uma pontada de ciúmes de Nora em meus sonhos. Eu não era exatamente Nora nem Juliet. Tinha as lembranças das duas, mas também uma vida inteira de experiências próprias... amantes... um marido. Eu era diferente. E ele também era diferente comigo.

Horas depois, estávamos sentados no chão da minha sala de estar comendo comida tailandesa, usando minha mesa de centro e pratos descartáveis de plástico vermelho. Estiquei as pernas e peguei um pouco de berinjela picante.

— Por que você não contou a Nora o que aconteceria no aniversário dela?

Ele se encostou no sofá.

— Eu não podia fazer isso com ela. Ela só queria uma vida normal. Você sabe como ela sofreu... Billy... Clint...

— Filhos. — Balancei a cabeça. — Você sabe por quantos tratamentos de fertilidade eu passei?

— Sinto muito — disse ele.

— Ninguém conseguiu descobrir o que havia de errado comigo.

— Eles nunca conseguiriam — disse ele. — Infelizmente, você não é uma pessoa normal com problemas de fertilidade normais. É uma maldição, não um problema físico. Você estava grávida de um filho do Marchant. Sua mãe se livrou da criança, mas infelizmente fez isso para todas as suas versões. Marchant, Billy e Roger também.

— Porque eu vivo em uma maldição de amarração. — Até aquele momento eu não tinha entendido realmente tudo o que havia acontecido comigo nas semanas anteriores. E então a outra verdade me atingiu, realmente me atingiu. — Eu vou mesmo morrer?

Ele olhou para o tapete e depois me encarou.

— Vou entender isso como um sim.

Ele assentiu.

— Isso é ridículo — falei. — Não consigo imaginar minha mãe, minha mãe atual, lançando um feitiço porque Ryan Garner me comeu no banco traseiro do Buick dos pais dele depois do baile de formatura.

— Era uma época diferente — disse ele. — Você e sua família teriam sido arruinadas em Challans.

— Isso não faz sentido. Acabar com a família inteira de um homem, matar a esposa grávida dele e forçar um aborto demoníaco na minha filha de 16 anos, mergulhando os dois em um sofrimento eterno por vingança — falei. — Foi uma reação extrema, você não acha? Mesmo para 1895.

— Acho que sua mãe viu muito dela mesma em você. Acho que isso a assustou.

— O que você está escondendo?

— Eu contei tudo o que sei sobre a maldição, Helen.

— O quanto duas pessoas, ou três pessoas, precisam sofrer? Sem contar as pessoas inocentes como a mãe da Sara e a esposa de Auguste Marchant. Elas não tiveram nada a ver com isso e estão mortas.

Analisei seu rosto e seus traços, tentando ver se poderia fazer um retrato falado dele, caso fosse necessário. Ele tinha um ligeiro topete, rugas na testa, um nariz masculino e uma barba grisalha por fazer.

— Você não pode se culpar. Você não pode controlar isso.

— Mas você pode.

— Não. Não posso. Tenho limites.

— Está preparado para fazer isso por toda a eternidade?

Eu sabia que ele não queria responder; ele sempre parecia estar escondendo alguma coisa em relação àquilo.

— Estou.

— Para sempre é muito tempo, Luke.

Ele tocou no meu cabelo.

— É, sim.

— Você já foi mortal?

— Já.

— Quando?

— Não muito tempo atrás.

— Estamos falando de cinco anos atrás ou de 1595?

— Acho que foi no século XVIII.

— Você *acha*?

— Sinceramente, Red, eu não sei. Todas as minhas lembranças foram roubadas de mim, mas as recupero cada vez que volto, vamos dizer assim.

— Comigo?

Ele assentiu.

— Isso é conveniente. — Percebi que a falta de lembranças dele era o oposto da minha vida, porque eu estava acrescentando várias vidas a um único corpo. — Como isso acontece?

— É da natureza da punição. Saber que você está sendo punido, mas não saber por quê. Eles acham que vou sofrer mais se não tiver contexto no começo. Eu apenas recebo ordens.

Malique havia me falado sobre aquilo. Eu não tinha pensado no que Luke havia feito para acabar a serviço de um demônio.

— Punição pelo quê?

— Eu fui imprudente na minha vida real, então agora sou forçado a esperar e ver você amar outra pessoa várias vezes. Meu inferno é a espera e a observação. É a punição perfeita, na verdade: ver você amar versões diferentes de Auguste Marchant repetidas vezes, mesmo depois de termos tido uma vida maravilhosa juntos.

— O que você fez no século XVIII? Roubou um pedaço de pão?

— Matei um homem por uma mulher que não me amava. Isso é tudo que eu sei.

Ele se inclinou sobre a mesa do café e pôs meu prato em cima do dele, depois me puxou para cima de seu corpo no chão.

— Pensei muito sobre isso e acho que esse é meu castigo. Um dia, vou recuperar todas as minhas lembranças e entender qual foi meu crime. Então, terei a opção de voltar como mortal ou continuar sendo um demônio.

— Isso me parece uma escolha fácil.

— Será? — Ele riu. — Você tem muita certeza porque ninguém escolhe a mortalidade, Helen. O poder de um demônio é inebriante demais. Quando recuperar minha essência, vou ter estado *nesta situação* por muito tempo. — Ele olhou para o próprio corpo. — Ninguém escolhe a mortalidade em vez desse poder. Ninguém.

— Talvez você seja diferente.

A ideia de ele querer escolher algo tão sombrio me deixou triste. Respirei fundo para tentar mudar o rumo da conversa.

— O que vai acontecer comigo quando eu morrer?

Vi que ele ia me dar uma resposta ambígua, então fiz a pergunta com mais veneno do que normalmente usaria.

— Não existe só *uma* maneira de você morrer — disse ele. — Pode ser em paz na sua cama; pode ser… em um acidente como aconteceu com Nora. Não existe um padrão definido, mas eu vou estar com você.

— Como você estava com a Nora.

Ele assentiu.

— Pensei em ir para algum lugar… como Tulum… Barbados… e simplesmente aproveitar nosso tempo juntos. Em qualquer lugar perto do mar.

Ele abriu um sorriso triste.

A ideia de estar em algum lugar no fim tornou minha morte tão real para mim que comecei a chorar, soltando longos e profundos soluços. Ele me abraçou por um bom tempo.

— Eu não preciso estar em uma praia qualquer — falei. — Com a merda da minha sorte, vou ser comida por um tubarão.

Pensei no jogo bobo que Roger e eu costumávamos jogar. Você prefere morrer em uma guilhotina ou afogado? Comido por um urso ou por um tubarão?

Mas eu não aceitava que ia morrer em menos de duas semanas. Estava mais determinada do que nunca a encontrar uma maneira de quebrar aquela maldição.

Luke e eu não saímos do apartamento no dia seguinte; as sacolas e caixas de delivery se acumulavam na cozinha. Tinha 12 chamadas de Mickey no meu telefone quando Luke voltou para casa por algumas horas. Malique tinha finalmente ligado de volta e dito a Mickey que nos encontraria no dia seguinte, na loja de sua prima em Georgetown ao meio-dia.

Quando coloquei o frasco de sangue na mesa, Malique pareceu impressionado.

— Eu disse que ela precisava refrigerá-lo — explicou Mickey, prestativo.

Ao ouvir aquilo, Malique soltou uma gargalhada. Ele abriu o frasco de sangue, derramou uma gota na palma da minha mão e a esfregou. Então voltou a analisá-la, entrando em um transe que fez com que seus olhos revirassem. Ele retomou a consciência alguns minutos depois e pareceu atordoado, como se estivesse bêbado.

— Você conseguiu o sangue certo — disse. — Mas agora preciso de algo dele.

— De quem?

— Da outra pessoa envolvida na maldição. O objeto, o objeto original.

— Auguste Marchant? Droga. Tenho que pegar o sangue dele também?

— Não — respondeu Malique. — Eu só preciso de algo dele. A maldição estava amarrada a alguma coisa dele e ao seu sangue. Ela só pode ser desvinculada com os elementos originais.

— Merda, merda, merda! — exclamei. — Preferia ter sabido disso quando estava em Paris. — Então me lembrei. — Pode ser qualquer objeto?

— Qualquer coisa que ele tivesse ou que tenha tocado.

— *Isso* eu acho que posso conseguir — indiquei.

Vinte minutos depois, meu táxi parou na galeria da Coleção Hanover. Empurrei as portas, atravessei o saguão de concreto e subi as escadas até os escritórios onde Roger trabalhava. De repente me dei conta de que podia encontrar com Sara e, sinceramente, mesmo que fosse morrer dez dias depois, eu ainda não sabia se estava pronta para encarar aquele corpinho magro, sempre vestido em um tom de bege, os cabelos louros arrumados e quase sem maquiagem.

A assistente de Roger me reconheceu e pareceu se assustar com minha visita repentina, antecipando a calamidade que poderia acontecer no escritório.

— Oi, Maggie.

Eu sorri. Literalmente a vi engolir em seco.

— Trouxe uns papéis para o Roger assinar. Ele *vai* querer me ver.

Ela retribuiu meu sorriso. Meu Deus, eu adorava aquele dom.

— Claro, sra. Lambert. — Admito que ouvi-la se referir a mim como *sra. Lambert* me deixou animada. — Vou chamá-lo agora mesmo.

Ela levantou rápido e correu para o escritório dele. Através da divisória de vidro, eu o vi girar em sua cadeira Herman Miller e uma onda de puro horror tomar seu rosto. Achei que meus novos superpoderes talvez não funcionassem com ele. Ele era a outra pessoa envolvida na maldição. Mas aquela era minha única chance.

Observei enquanto Roger — uma versão mais jovem e bem-arrumada de Marchant — andava em minha direção. Ele nem se preocupou em fingir um sorriso quando se aproximou de mim, e eu me senti como Juliet na Ópera de Paris naquela noite tantos anos antes — vestígios dos dois pairavam entre nós em algum lugar. Percebi que ele olhou para o corredor, com medo de que Sara nos visse. Isso me deixou com raiva o suficiente para que pudesse literalmente sentir o poder pulsar através de mim. Sua voz soou baixa e muito pouco receptiva.

— O que você está fazendo aqui?

Decidi tentar algo leve, caso ele fosse imune às minhas habilidades sugestivas. Eu precisava de algo que me permitisse dar uma desculpa e sair dali se não funcionasse.

— Eu preciso da sua ajuda com uma coisa. Você poderia me ajudar?

Era uma sugestão bastante inocente. Se ele mantivesse a cara feia, eu poderia pedir um favor para minha mãe. Ele gostava dela. E ela o odiava.

Ele me lançou um olhar confuso e eu fiquei paralisada. *Mas que merda*, pensei. Então ele sorriu.

— Claro que posso ajudar você! Do que precisa?

A expressão dele mudou. Ele pôs as mãos no bolso, como se tivéssemos voltado a ser os velhos colegas de faculdade.

Baixei minha voz, fazendo com que ele se aproximasse.

— Preciso ver os itens pessoais de Auguste Marchant que você tem aqui no museu. As tintas, os pincéis. Você me levaria lá?

Eu sorri. Aquilo era divertido!

— Claro, Helen — disse ele. — Venha.

Ele trotou escada abaixo como se estivesse dando um passeio. Como o museu só tinha sido terminado quando já estávamos separados, admito que não havia passado por ali, a não ser durante minha visita noturna com Luke. Roger havia montado um espaço impressionante. Além do circular Hirshhorn, a maioria dos museus de Washington eram lugares sérios com uma arquitetura em estilo grego. Era uma cidade de colunas e mármore. Aquele imóvel era feito de concreto e vidro. Fazia sentido que Roger tivesse escolhido construir aquele museu perto da água. Olhando em volta, não pude deixar de sentir orgulho do meu ex-marido, embora estivesse me perguntando se Roger alguma vez havia pensado em tudo de que tinha aberto mão para consegui-lo.

Como se liderasse um ataque, ele me levou pela escada até uma parte reservada do porão. Abriu a porta com um cartão e me acompanhou até uma sala que cheirava a pó e tinta. Algo que só pode ser percebido ao vivo, nunca nos livros de história, é que os cheiros de uma época são únicos. Alimentos, odores corporais, sabonetes, flores, produtos químicos — eles mudam com o tempo e sua maturação cria paletas olfativas inteiramente diferentes, mas o cheiro é o sentido mais difícil de descrever. O perfume floral da Paris da belle époque não é o mesmo de hoje, assim como o cheiro do alho cozinhando também se torna diferente, já que os óleos usados não são os mesmos. Os odores corporais também mudam — com o tempo, a combinação de produtos químicos usados vai se alterando. Viajei no tempo quando entrei naquela sala. Eu podia sentir o cheiro das tintas abertas de Marchant no pátio. Vi a velha maleta de madeira que ele sempre tinha no estúdio. Imediatamente atraída por ela, tirei-a da prateleira e coloquei-a sobre a mesa. Ao abri-la, senti meu coração parar. Era mesmo a maleta *dele*. Fechei os olhos. Ah, como eu havia amado aquele homem! Amara tantas versões dele ao longo do tempo, incluindo a que estava ao meu lado, mas aquele era o original — a gênese de tudo. O amor puro que sentira por *aquele* homem *naquele* momento com *aquela* maleta. Peguei um pincel — um pincel que o vira usar para pintar meu quadro.

— Eu preciso disso emprestado. Tudo bem?

— Claro, Helen.

Roger sorriu. O modo como todos queriam me ajudar com tanto entusiasmo era meio mecânico e assustador, mas eu precisava do pincel e Roger precisava que eu pegasse o pincel, mesmo que não soubesse disso.

Eu estava prestes a fechar a maleta quando percebi que a profundidade da paleta não era igual à da maleta. Quando puxei a paleta de pincéis, descobri um fundo falso. Dentro do espaço havia um pedaço de papel. Antes mesmo de desdobrá-lo, eu sabia o que era. Em um pedaço de papel envelhecido havia um esboço da minha nudez. Era o estudo do rosto para a pintura de *Juliet*. Os contornos do meu corpo tinham sido apenas esboçados — embora, no verdadeiro estilo de Marchant, fossem quase perfeitos —, mas os detalhes do rosto, mesmo depois de todos aqueles anos, eram mais precisos do que a foto em minha carteira de motorista. Ele dissera a Juliet que havia guardado o retrato dela para se lembrar de sua loucura, mas aquela imagem não tinha a ver com loucura, nem com desejo. Era um desenho de Juliet feito por um homem que queria manter cada detalhe de cada linha e curva de seu rosto gravada em sua mente. Por causa das manchas de dedo na folha — os dedos dele —, vi que o papel havia sido muito manuseado. Auguste Marchant a amara e guardara em um espaço secreto.

Aquele papel refletia como o romance deles terminaria: Juliet e Marchant seguindo caminhos separados para enfrentar destinos diferentes. Sorri, triste, e me senti no direito de fazer o que fiz a seguir. Dobrei a folha e, em vez de recolocá-la no lugar, eu a pus no bolso traseiro de minha calça. Roger parecia estar em um transe estranho, feliz por estar me ajudando, e não percebeu que eu havia descoberto um compartimento secreto em meio às tintas de Marchant. Se ele estivesse em seu juízo normal, teria me empurrado e começado a investigar o compartimento secreto. Fechei a tampa com força. Seria um pequeno segredo entre mim e Marchant.

— Tudo pronto — falei.

Ele me acompanhou, orgulhoso, até a porta da frente e até a abriu para mim. De soslaio, vi Sara nos observar de sua sala com uma mistura de nojo e choque.

— Roger — pedi. — Por que você não me dá um leve beijo nos lábios?

— Claro — disse ele.

Seu beijo foi entusiasmado, como o do velho Roger. Foi até um pouco mais longo do que o do nosso casamento.

Ajustei a gola da camisa dele. Bem, não havia nada de errado com o colarinho dele, mas era um gesto íntimo e a emoção de estar sendo observada por Sara fez parecer que o universo tinha voltado ao eixo apenas por um segundo.

— Sabe, Roger, acho que você está se cansando da Sara — falei.

Ele pensou por um instante.

— Olhe, Helen, acho que você pode estar certa.

— Se cuide, Roger.

Pude ver Sara travar o corpo e tenho que admitir que abri um sorriso um pouco maior enquanto chamava um táxi de volta para Georgetown.

25

SANDRA KEANE
Los Angeles, maio de 1970

Enquanto Tom Jones cantava no alto-falante acima dela, Sandra Keane abria outra sacola de papel. Ela apertou o botão e observou a comida se aproximar lentamente pela esteira. A sra. Gladney estava comprando vários tipos de carnes em todos os tons de sangue.

— Vai preparar alguma coisa especial, sra. Gladney?

A mulher segurava um cupom na mão com certa tenacidade.

— Vou, Sandra! Vou fazer sanduíches de rosbife italiano e salada de batata. O Jared vem para casa neste fim de semana. É o prato favorito dele.

O número de Jared Gladney havia sido sorteado na primeira loteria no final do ano anterior e ele ia voltar do treinamento básico do exército antes de ser enviado para o Vietnã. Entre os clientes regulares da loja, todos sabiam quem estava nas selvas do sudeste asiático e quem estava a caminho dela. Agora que tinha 21 anos, Sandra conhecia vários garotos com quem havia estudado que haviam sido convocados. Jared Gladney recebeu a notícia apenas um mês antes de terminar o ensino médio.

O pai de Sandra era o gerente regional da A&P e tinha cinco lojas na região sul da Califórnia. Aquele era apenas um trabalho de meio expediente para ela, cortesia de seu pai, que sempre fazia questão de apontar a sorte dela por ter o emprego. Neste momento ele estava em algum lugar na frente da loja, observando a rapidez com que ela registrava os preços na registradora. Sua mãe, que trabalhava como secretária no escritório do reitor da UCLA, ficou muito satisfeita por terem vendido recentemente a casa em Los Feliz para se mudarem para uma casa maior em Hancock Park, cercada de vizinhos dentistas, advogados da indústria do entretenimento ou astros da televisão. Embora sua mãe nunca tivesse admitido, Sandra suspeitava de que ela sentisse falta das amigas do bairro antigo, com quem bebia e fumava longe do marido. Elas conversavam sobre a quantidade de elixir paregórico que lhes haviam receitado para seus estômagos problemáticos, problema esse geralmente causado pelo marido ou crianças rebeldes e mal-agradecidas, sobre as aulas de cerâmica e macramé, que fez com que quase todas as casas em Los Feliz exibissem a mesma dupla de gatos em cerâmica. O novo vizinho em Hancock Park tinha uma empregada que trabalhava para Lana Turner. A mãe de Sandra agora estava determinada a fazer a mulher trabalhar para ela, apenas para que pudesse dizer que empregara a governanta de Lana Turner.

Sandra abriu outra sacola com uma das mãos, habilidade que desenvolvera nos três anos em que trabalhara aqui, apenas com o jeito certo do pulso. Ela estudaria na UCLA no outono. Seus pais ainda achavam que ela ia se formar em enfermagem — uma omissão um tanto quanto intencional, depois de ela ter mudado para apresentação musical no ano anterior. Pessoas práticas com empregos estáveis, seus pais não viam futuro para a filha na música, a menos que ela fosse professora — uma profissão pela qual Sandra não tinha interesse. A pedido deles, ela havia escolhido o curso de enfermagem, mas, no final do primeiro ano, decidira que o odiava.

— Sr. Tremaine.

Sandra olhou para cima e viu o pai dar um tapinha nas costas de um homem magro. Embora uma multidão de antigos astros de cinema passasse pelas portas da A&P, Ford Tremaine, uma estrela de cinema dos anos 1930, era mais estranho do que a maioria: sempre esperava na fila de Sandra, mesmo que os outros caixas estivessem vazios. Os famosos se dividiam em dois grupos diferentes: os que apareciam esperando serem notados no corredor de enlatados e os que se escondiam com chapéus e lenços, tentando não serem vistos, e acabavam chamando mais atenção por suas tentativas ridículas de fazer compras sem serem reconhecidos.

Com dedos trêmulos e uma crina espessa de cabelos castanhos com raízes brancas, Ford Tremaine era do primeiro tipo. Ele cheirava a tintura de cabelo e colônia barata e usava anéis de ouro e uma pulseira — um homem que se esforçava demais. Sandra sempre observava seus anéis enquanto ele preenchia o cheque para três latas de comida de gato, que custavam menos de 75 centavos. Seu pai, um grande fã de cinema, conhecia todos pelo nome e suas obras. Seu primeiro emprego fora como bilheteiro no Pantages Theatre e ele ainda reconhecia todos os antigos atores, por isso aprovava dramaticamente seus cheques e os fazia sentir que ainda eram da realeza de Hollywood, mesmo que fosse apenas entre as paredes do supermercado. O pai dela era bom nisso.

— Encontrou tudo de que precisava, sr. Tremaine?

O pai de Sandra a empurrou para o lado e começou a registrar os itens de Tremaine. Era tudo encenação. Sandra tirou a lixa do bolso e lixou uma unha aleatória.

Ford Tremaine olhou para ela do jeito de sempre: como se ela fosse um fantasma. Era de dar nos nervos, e ela se escondeu atrás do corpo largo do pai para evitar o olhar do homem.

— Deu um dólar e nove centavos — disse o pai, pegando uma sacola e permitindo que o velho astro de cinema voltasse a olhar para ela.

Sandra abriu um sorriso fraco e olhou nos olhos de Ford, feliz por não estar aprovando um cheque de um dólar. Seu pai pegou o carimbo de borracha e pressionou-o contra o cheque, assinando-o e colocando-o embaixo da gaveta do caixa.

Certa vez, Tremaine lhe dissera que o diabo estava pregando peças nele e perguntara:

— Nora, é você?

Ela garantira que não era Nora.

— Tenha um ótimo dia, srta. Keane.

Depois de todos esses anos em Hollywood, Tremaine ainda tinha o forte sotaque sulista do Mississippi. Pelo menos ela achava que era a terra natal dele. Ela empurrou a sacola na direção do homem.

À porta, ele se virou para olhar mais uma vez para ela. Seu olhar dava arrepios em Sandra.

— Esse homem é estranho — disse ela.

— Ele foi um grande astro na época dele.

O pai de Sandra estava ocupado contando as notas de um dólar da caixa registradora.

Ela bufou ao pensar naquilo.

— Não. — O pai dela parou de contar. — Ele era muito bom… Foi um dos primeiros atores a ser indicado ao Oscar por aquele filme do Billy Rapp… *Além da costa*. Parou de trabalhar depois que o Rapp morreu.

Satisfeito com a pilha grossa de notas de um dólar, seu pai fechou a caixa registradora e seguiu em direção ao escritório.

Depois que o turno terminou, Sandra desceu a avenida Larchmont até o carro, soltando os longos cabelos louros do rabo de cavalo que era obrigada a manter no trabalho. Apesar de estar em uma cidade de belas mulheres, Sandra era atraente e não era incomum uma motocicleta encostar ou um carro buzinar no caminho de volta para casa. Enquanto se dirigia para oeste na avenida Melrose, na direção contrária aos estúdios da Paramount, ela abaixou a janela de seu Corvair azul-claro.

O sol estava quase se pondo e lançava um brilho suave e quente em direção ao oceano como uma fogueira que estava morrendo. Apesar de o clima quente ser ótimo ali, Sandra sempre havia achado que crescer em Hollywood deixava as pessoas meio malucas. Crianças que, como ela, haviam crescido à sombra da placa de Hollywood, viam a flagrante disparidade entre o real e o falso, algo que tornava os adolescentes anormalmente céticos. A mãe ideal do programa de TV favorito dos anos 1950 que você assistia depois da escola podia estar pagando boquetes no estacionamento da pista de boliche perto do Sunset Boulevard.

Ver as estrelas de cinema dos anos 1950 envelhecidas e corcundas empurrando carrinhos de supermercado, mandando crianças saírem de seus gramados ou andando de bicicleta bêbadas pelos bairros chiques acabava com a ideia de perfeição de Hollywood. Era uma cidade que sabia enganar os olhos. Devia ser difícil, pensou Sandra. Todas aquelas velhas estrelas deviam ver fantasmas de si mesmas em todos os cantos, enquanto ônibus de turistas circulavam a cada quinze minutos, como se eles fossem animais em um zoológico.

Era sábado à noite e, quando chegou em casa, sua mãe estava ocupada se arrumando para o jantar semanal com o pai no Musso & Frank. Parecia que sua mãe estava indo para a ópera. Betty Keane arrumou seu cabelo em um bouffant que Sandra achou um pouco antiquado; era um pouco demais para um coquetel de abacate ou um prato de fígado acebolado. Betty se virou e posou em frente ao espelho, esperando Sandra dizer alguma coisa. Sua mãe usava uma camisa de poliéster rosa e laranja que ia até o joelho e ficava justa em seus quadris largos. Sandra teve a sensação de que ela cabia no vestido no verão anterior.

— E então? — Sua mãe passou o peso do corpo de um pé para o outro, esfregando as pernas da meia-calça uma na outra. — O que você acha?

— Você está ótima.

Sandra ouviu seu tom de voz aumentar. Era a voz que usava para mentir. Sua mãe olhou para ela.

— Você não vai sair com aqueles garotos hoje à noite.

Era uma afirmação — um aviso, na verdade.

Aqueles "garotos" eram Hugh Markwell, Lily Leotta e Ezra Gunn. Juntos, os quatro formavam uma banda, a No Exit. Com exceção de Ezra, cujo pai era um famoso produtor de TV, os pais de Sandra odiavam seus amigos.

Assim como fizera com a maioria dos pais, o assassinato da atriz Sharon Tate pela família Manson, uma seita de adolescentes seguidores de Charles Manson, em agosto do ano anterior, os deixara nervosos. Nenhum roteiro de Hollywood poderia ter produzido algo tão aterrorizante quanto os assassinatos e as cenas macabras no tribunal, com os seguidores de Manson gravando símbolos em suas testas. Mas não tinha sido o assassinato de Tate que perturbara os pais *dela* — e sim os assassinatos de Leno e Rosemary LaBianca na noite seguinte. Os LaBianca eram pessoas normais que viviam no mesmo bairro de Los Feliz que os Keane. Pessoas normais simplesmente não eram assassinadas em seus quartos em Los Feliz; portanto, por insistência de sua mãe, a família se mudara para uma casa de arquitetura italiana de dois andares em Hancock Park, e sua mãe comprara dois boston terriers — Buster (cujo nome havia sido inspirado em Buster Keaton) e Basil (inspirado em Basil Rathbone) — para protegê-los.

Quando Sandra olhava para Buster e Basil, que roncavam na cama dos pais, alheios à sua presença, ela se perguntava o que aqueles dois podiam realmente proteger.

Na verdade, os pais dela tinham dado uma única olhada para Hugh Markwell, com seu cabelo louro sujo e barba castanha desgrenhada, e determinado que ele era exatamente o tipo de garoto que desencaminharia a filha.

— Aquele tal de Hugh ligou mais cedo.

Sua mãe tinha começado a fazer a sobrancelha.

— Quando?

Sandra encostou no batente da porta, tentando não parecer muito interessada.

— Quando cheguei do trabalho. Eu disse que você não estava aqui e que não sabia quando você voltaria. — Sua mãe se virou e a encarou. — Você sabe o que achamos da sua banda.

A banda era um assunto delicado. Sandra era a tecladista, mas estava sendo modesta. No meio da sua primeira aula de piano, aos dez anos, ela havia dominado "Cai, cai, balão" e "O bife", enquanto a professora preparava uma xícara de café fraco no fogão. Na segunda aula, Sandra notara que sentia uma eletricidade saindo da ponta dos dedos, não muito diferente da sensação que tinha ao passar as meias pelo tapete e tocar no interruptor da luz. Dentro de uma hora, Sandra estava tocando sonatinas com tanta facilidade quanto soletrava o alfabeto. Animada com o rápido progresso de Sandra com base no livro de instruções de Hal Leonard, a professora dela usara expressões como "Nunca tinha visto nada parecido" e "Precisamos levá-la para Nova York". Os pais de Sandra ouviram a palavra "prodígio" e não quiseram saber do talento estranho e inexplicável que brotara da noite para o dia nas pontas dos dedos da filha. Apesar dos pedidos de Sandra e das muitas ligações da professora, eles nunca mais levaram a filha para as aulas. Um mês depois, venderam o piano para uma família que morava na mesma rua. Às vezes, Sandra passava e olhava pela janela dos vizinhos. Depois, começara a tocar sozinha na escola e a esconder que não precisava de aulas para dominar Chopin e Rachmaninoff aos 11 anos.

Para evitar outra conversa com a mãe sobre a banda, Sandra vestiu depressa uma blusa branca, pegou sua bolsa, saiu pela porta da frente e desceu a escada em direção ao seu carro com um rápido "tchau".

O calor era sufocante e ela abriu a janela para deixar um pouco de ar entrar no carro. Já estava atrasada para se encontrar Hugh, que sairia do trabalho na Vogue Records em Westwood em uma hora. Como eles não fariam show naquela noite, estavam planejando ensaiar na casa de Hugh, em Laurel Canyon, antes de irem até a Sunset Strip para ver outras bandas.

Quando empurrou as portas da Vogue Records, a campainha tocou. Hubert Markwell III estava de pé atrás do balcão. Os jeans sujos e as botas de cowboy faziam parecer que ele tinha dormido de roupa. Sandra sempre se surpreendia ao vê-lo com a camisa abotoada. Na maioria dos dias, ele não usava sapatos.

Para um sábado, a Vogue Records estava vazia. Era ali que todos se reuniam para ouvir novas músicas que saíam semanalmente. Dos adolescentes aos astros do rock que vinham da vizinha Beverly Hills para conferir os lançamentos, todo mundo conhecia Hugh. Ele foi até o toca-discos e, depois de ficar uns cinco minutos procurando o que queria, colocou uma grande pilha de discos no aparelho e posicionou a agulha. Obediente, o disco caiu da pilha e os compassos familiares de Crosby, Stills, "Ohio" de Nash & Young ecoaram pela loja.

Quando ela o conheceu, Hugh falou sobre sua própria coleção de discos e teve medo de admitir que a maioria era de piano clássico — Debussy, Satie e Chopin. O último álbum que ela comprara tinha sido o *Honey* de Bobby Goldsboro. Então Hugh a sentou na frente da coleção dele e perguntou do que ela gostava. Ele ficou satisfeito por ela gostar dos Rolling Stones, Eric Burdon and the Animals, e ser uma grande fã de Ray Manzarek, do The Doors.

Quando "Ohio" girou no toca-discos, uma pequena voz veio de algum lugar nos corredores.

— Isso é incrível.

A voz pertencia a uma coisa minúscula, com longos cabelos castanhos e um rosto de cupido. Lily Leotta, com um cobertor Pendleton enrolado por cima da camiseta e calça boca de sino, parecia flutuar. Ela abraçou Sandra com força — algo que fazia com todos que conhecia para poder sentir sua aura. Lily disse que era da Flórida, embora de qual parte da Flórida permanecesse um mistério, como tudo o mais sobre Lily, exceto que ela parecia conhecer Hugh intimamente e que tinha morado em Laurel

Canyon em Los Angeles com um músico semifamoso antes de se mudar para morar com Hugh a menos de dois quilômetro dali. O "lugar" de Hugh em Canyon era uma tenda que ele construíra no quintal arborizado de sua irmã um pouco perto demais da fogueira, o que Sandra achava prudente, mas Hugh não se preocupava com essas coisas.

Depois que o substituto de Hugh apareceu, chapado e vinte minutos atrasado (eles estavam felizes por ele ter ao menos aparecido), Sandra seguiu Hugh e Lily pelo Laurel Canyon Boulevard.

Encontrar a casa de Hugh foi complicado. Era uma cabana que parecia feita de biscoito, marrom e baixa, e se misturava às árvores logo antes da Lookout Mountain Road, onde músicos como Joni Mitchell e Cass Elliot tinham casas. A entrada de automóveis nunca fora marcada, então a primeira coisa que Sandra sempre olhava como referência era a tenda saindo da casa. Com suas casas na árvore e festas que duravam a noite toda, o Laudel Canyon, de certa forma, parecia um acampamento de verão para adultos, não importando que crianças de verdade estivessem por toda a parte com suas bicicletas espalhadas pelas estradas sinuosas. O Canyon era mágico.

Por mais que todo mundo se referisse como a casa do Hugh, a casa na verdade pertencia a Kim Markwell Nash, a irmã mais velha de Hugh. Filhos pródigos de um milionário do petróleo de Bakersfield, Kim era quatro anos mais velha que Hugh e era escritora freelancer. O marido de Kim, Rick Nash, era fotógrafo do *Los Angeles Times*. Nenhum desses empregos pagaria por uma casa como a que eles alugavam no Canyon, então Sandra sabia que o pai deles provavelmente bancava a casa, embora Hugh não falasse mais com o pai, já que ele havia se casado com a enfermeira de sua mãe após a morte dela dois anos antes. Kim, no entanto, ainda era próxima do pai, então, de acordo com Hugh, ainda tinham dinheiro de sobra.

Ao redor da sala, de piso e painéis de madeira, sofás espalhados cobertos por mantas berrantes e tapetes felpudos alaranjados, havia fotos em preto e branco tiradas por Rick. Várias capas da revista de domingo do *Los Angeles Times*, *West*, que exibiam fotos de Rick, tinham sido emolduradas e penduradas nas paredes.

— Rick está trabalhando hoje também?

Dizer o nome fez uma onda de eletricidade percorrer o corpo de Sandra. Hugh a apresentara ao cunhado havia alguns meses, e Sandra se vira tentando estar nos mesmos lugares que ele sempre que podia.

De óculos octogonais roxos que a faziam parecer um pouco com Janis Joplin, Kim estava deitada no sofá fumando um baseado. Pela primeira vez, Sandra notou uma foto de Janis Joplin sentada naquele mesmo sofá, segurando um cinzeiro, com aqueles mesmos óculos. Sandra viu quase oito cinzeiros na mesa de café, todos cheios de cinzas velhas.

Ela passou o baseado para Sandra, que ponderou por um instante se fumaria. Eles tinham que ensaiar, e era difícil para ela se concentrar chapada. Ela inalou duas vezes e se sentou no sofá, esperando pelo momento em que a maconha a atingisse e o chão se abrisse debaixo dela como num passeio de bote nas corredeiras do Pacific Ocean Park.

— Sim — disse Kim, meio atrasada. — Ele deve estar chegando.

Kim tinha longos cabelos ruivos, sardas e quadris largos. A combinação de Kim era linda e, de fato, sua forma nua agora adornava uma foto gigante sobre a lareira, obviamente outra foto tirada por Rick. Era costume de Rick ligar do telefone público de Doheny para ver se alguém queria comida antes de ele subir o Canyon. Não ficou claro para Sandra se ele já tinha feito isso esta noite.

— Ele vai trazer comida?

— Vai, querido irmão. Pizza. Ele está cobrindo Creedence no fórum hoje à noite. Eu não o vejo há uma semana. Eu realmente adoraria fazer mais do que apenas *pensar* em transar com meu marido, então talvez todos vocês precisem ir embora.

Kim voltou sua atenção para um gato que havia parado na almofada ao lado dela e começado a rolar de costas.

Sandra nunca tinha visto aquele gato na casa. Os gatos estavam por toda parte nas estradas sinuosas do Canyon, tomando sol e pulando de casa em casa. Quando olhou para cima, viu Rick atravessar a porta carregando sacos de comida. Sandra sentiu a respiração escapar. Ela nunca se cansava de vê-lo.

Rick Nash era um dos fotógrafos mais famosos de Los Angeles — se não do país —, conhecido por tirar as fotos para a maioria das reportagens. Ele esteve na Sunset Strip na Pandora's Box durante os protestos de 1966 e no Whiskey, quando Jimi Hendrix subiu ao palco. No ano anterior, ele havia fotografado o The Doors, os Flying Burrito Brothers, Jimi Hendrix e Stephen Stills, além de cobrir a construção da rodovia 405.

Rick estava pondo filme em sua câmera Nikon.

— Ei, idiota, você vai ensaiar hoje à noite? — Ele dirigiu o comentário ao cunhado.

Hugh assentiu enquanto vasculhava as sacolas procurando algo para comer.

— Eu estava pensando que seria legal tirar algumas fotos para documentar o que está acontecendo. Pode ser legal capturar o início de uma banda.

— Isso é fofo, querido. Quantas bandas Hugh já teve?

Kim estava entediada com o gato. Tinha se aconchegado no sofá e fechado os olhos.

Rick lançou para Hugh um sorriso de desculpas.

— Quando você vai chegar em casa?

— Meia-noite — disse Rick. — Eu só preciso de algumas fotos do Creedence hoje.

— Um dia seu marido vai dizer que nos conheceu antes de sermos famosos.

Hugh se posicionou no chão bem em frente à foto de Kim nua. Sandra se perguntou se aquilo era estranho para ele.

— E eu vou vender ingressos para sua tenda, seu filho da mãe. — Kim bocejou.

— Tem algum ingresso extra para hoje à noite?

Hugh acendeu um cigarro. Rick sempre tinha alguns ingressos.

— Eu tenho, para falar a verdade. — Rick olhou para Sandra. — Eu tenho quatro no seu nome, Hubert.

Ele encostou o corpo alto contra a porta e enfiou a mão no bolso. Usava jeans largo e desbotado com uma fivela prateada gigante no cinto de couro claro. Enquanto ele falava, limpava a Nikon com a camisa.

— O Ezra vai se atrasar hoje — disparou Lily, entrando pela porta, como se estivesse mantendo um segredo.

— Como você sabe?

A voz de Hugh subiu um decibel.

— Ele ligou.

Lily olhava para seu sapato, tentando ser vaga de propósito, para que Hugh pensasse que provavelmente havia algo se formando entre ela e Ezra. Sandra tinha certeza de que não havia nada acontecendo, mas Lily gostava de provocar Hugh.

— Quando?

Hugh estava claramente mordendo a isca.

Que merda, pensou Sandra. Lily tinha despertado o ciúme de Hugh logo antes do ensaio. Lily sabia exatamente o que estava fazendo aqui. A estratégia de Lily era dupla. Ela gostava de deixar Hugh com ciúmes, mas também gostava de lembrar a todos que Ezra, com seu problema com as drogas, era o elo fraco da banda, porque tirava a atenção dela. Lily tocava pandeiro. Essa era a extensão de sua habilidade musical, além de ser a musa de Hugh, uma posição que ela disputava de tempos em tempos para garantir que ainda estivesse em terreno firme. Pela reação de Hugh, parecia que essa tinha sido a intenção.

Uma coisa eram os integrantes da banda fumar maconha — todo mundo em Laurel Canyon tinha crescido fumando maconha, apertando baseados antes, durante e depois dos ensaios. Mas Ezra parecia estar perdendo cada vez mais ensaios da banda, porque tinha passado a consumir heroína. Os pais dele o haviam internado em uma clínica de reabilitação em fevereiro. Durou cerca de um mês. Ele era um baterista notável, então todos o haviam esperado enquanto estava no hospital. Na época, conseguiram alguém para cobrir sua ausência, mas Sandra não tinha certeza de que poderiam fazê-lo outra vez.

Sandra se levantou do sofá e decidiu ir para a garagem para não ter que ouvir outra briga entre Lily e Hugh. Quando ela saiu na noite, o cheiro de eucalipto e pinheiro a atingiu. A noite estava fria para maio, mas ela se demorou, aproveitando o ar fresco, porque a casa sempre tinha um cheiro doce, como o de um baseado velho. Em algum lugar distante ao longo do Canyon, ela ouviu risadas e uma garrafa quebrando. A garagem onde eles ensaiavam devia ter sido um estúdio de cerâmica em algum momento, porque ainda havia fornos e rodas de cerâmica em todos os estágios de conservação por ali. Eles haviam limpado um lado para colocar a bateria e a Gibson G-101 de Sandra com vários amplificadores. Acima de tudo, uma viga central parecia estar cedendo, e Sandra se perguntou onde todos estariam quando finalmente cedesse. Hugh e Kim eram como crianças brincando de casinha. Eles não se preocupavam com coisas como encanamento. Era o contrário da maneira como Sandra havia crescido.

Rick a seguiu pelo caminho até a garagem. Depois de puxar as cordas de todas as lâmpadas antigas para iluminar o espaço, ele tirou alguns rolos de filme do equipamento. Em todas as bandas havia muita espera, mas, naquela noite, o tempo extra estava abrindo espaço para uma briga entre Lily e Hugh. Sob o brilho da única luz da rua, Sandra podia vê-los discutindo, quase enlouquecendo um ao outro e depois ambos declarando seu amor.

Rick sorriu e tirou fotos deles do batente da porta, suas vozes se erguendo ocasionalmente.

— Isso acontece com frequência?

Sandra ergueu os olhos de seu caderno.

— Você quer dizer eu sentada aqui sozinha enquanto eles brigam e Ezra aparece doidão? — Ela ergueu a cabeça. — Acontece.

Enquanto ela falava, Rick tirou uma foto dela. Ela franziu o cenho para ele.

— Você não gosta de tirar fotos? — Ele passou a mão pelos cabelos castanhos, que pareciam uma juba. Tinha deixado a barba crescer durante a primavera. Ela equilibrava seus penetrantes olhos verdes, que praticamente apagavam o restante dos traços de Rick. — Você se parece com a Peggy Lipton.

Sandra bufou.

— Eu *adoraria* parecer com a Peggy Lipton. E não, eu não gosto de ser o centro das atenções.

Ela voltou a atenção para seu caderno, mas sorriu. Tinha jogado sobre os ombros um longo casaco azul-claro com punhos e gola de pele falsa marrom-clara. A garagem não tinha aquecimento e, quando ela não estava tocando, estava sempre com frio.

— Então você está na profissão errada, minha querida.

Ele estava flertando com ela? Sandra girou o lápis e considerou isso. Rick deu a volta na garagem, tirando fotos da bateria vazia, a Fender desconectada. Sandra não pôde deixar de notar tudo sobre aquele homem: camisa amarela tipo Western, jeans desbotado e botas de cowboy, a maneira como a Nikon soava quando ele avançava no filme e a maneira como ele parava entre cada cena, raramente tirando várias fotos.

Sandra pegou a Fender desconectada de Hugh e começou a tocar acordes que ela pensou que funcionariam. Hugh amava aquela guitarra e a levava para todos os lugares. Ele disse que tinha pertencido a Roy Clark, mas Sandra tinha dúvidas de que Roy Clark já possuíra uma Fender; mais provável alguém ter contado a história a Hugh para vender por um preço mais alto. Era uma guitarra surrada, e Sandra sabia que Hugh podia pedir dinheiro ao pai para uma melhor, mas nunca pedira, e isso fez Hugh subir no seu conceito.

— Então, em quantas bandas ele já esteve?

Rick continuou tirando foto dela enquanto apontava para Hugh.

— Hugh? Acho que ele disse que essa é a sexta.

Hugh parecia ter um bom histórico na formação de bandas, mas pouco sucesso em mantê-las juntas depois dos ensaios. Na primavera, ele estava entre bandas e espalhou folhetos em todo o campus para formar uma nova. O primeiro integrante que encontrou foi Ezra Gunn, um baterista que ia se formar em filosofia.

— Como ele achou você?

Ela notou os olhos de Rick pela primeira vez sobre o visor da câmera — eram verde-claros com cílios escuros, um forte contraste.

— Ele viu Ray Manzarek no London Fog e ficou convencido de que um tecladista era o que ele precisava dessa vez.

— Para a sexta banda?

— A sexta banda tem um nome. No Exit — corrigiu Sandra.

— Ah, todas elas tinham nomes — disse Rick. — Eram horríveis. O nome tem que ser sua influência porque é bom. Sartre?

— Ezra disse que estar em uma banda era um tipo de inferno. A música era boa; eram os colegas de banda que ele odiava. Hugh e eu pensamos na peça do Sartre, *Entre quatro paredes*. Só que nós tínhamos quatro pessoas vivendo no inferno juntas pela eternidade, em vez de três.

— Como vocês se juntaram ao Hubert?

Ele tirava mais fotos enquanto ela falava, aqui e ali como pequenos beijinhos na bochecha.

Hugh era uma força poderosa, como a maré. Se você não tivesse cuidado, poderia ser puxado pela certeza dele, pela maneira como ele pensava que o mundo deveria funcionar. Mas havia algo nele de que Sandra precisava — talvez precisasse que Hugh desafiasse o próprio pai para que ela soubesse que poderia fazer isso sozinha. Até Hugh, Sandra nunca tinha pensado que poderia estar em uma banda — nunca imaginou que pudesse fazer parte de algo maior. Em compensação, Hugh precisava da disciplina de Sandra. Enquanto ele estava confuso, ela estava concentrada. Quando ele começava as músicas, ela as terminava.

— Ele começou a procurar nas salas de estúdio da UCLA, subindo e descendo os corredores, espiando pelas janelas até ouvir o som que estava buscando. Eu estava trabalhando em algo, compondo uns blues, quando ouvi um barulho terrível. A porta até tremeu. — A lembrança a fez sorrir e ela apontou para Lily e Hugh, entrelaçados, a silhueta dos dois marcada pela luz. Sandra sentiu uma pontada de inveja. — Encontrei aqueles dois olhando pela janela para mim. Hugh ficava gritando: "Eu encontrei."

— Acho que esta pode dar certo. — Rick mudou o flash. — A Kim também acha, mas ela gosta de provocar o irmão.

— Por que você acha que a sexta banda vai dar certo?

— Por sua causa.

Ele apontou a câmera diretamente para ela e clicou.

Ezra entrou correndo, atravessando Hugh e Lily, que ainda estavam discutindo.

Com seu cabelo desarrumado, que ele raramente cortava, havia um senso infantil, presente em tudo que Ezra Gunn fazia. Sandra sempre pensava que seria fácil se apaixonar por Ezra, mas havia algo perigoso e trágico nele que a forçava manter distância, quase como se ele fosse impermanente.

— Eu me atrasei — disse Ezra, mergulhando na bateria.

Hugh e Lily deram uma trégua e entraram na garagem. A banda começou a se aquecer com alguns covers, "Sunshine of Your Love" e "All Along the Watchtower" — músicas que eles conheciam bem. Ezra marcava o ritmo.

Eles mudaram para músicas próprias, "You Slept On" e "The Fall", ambas as letras profundamente confessionais escritas por Hugh sobre a morte de sua mãe. Sandra havia escrito a música para as duas canções. "You Slept On" tinha uma melodia de piano mais clássica que estava em sua cabeça. Às vezes, a música chegava a Sandra enquanto dormia. Quando ela acordava, costumava correr para as salas de estudo da UCLA para ver se conseguia captar no teclado a melodia fugaz em sua cabeça.

Eles estavam experimentando outra parte para "The Fall", uma transição que estava prestes a funcionar. Hugh parou.

— Eu não acho que é isso.

Sandra tinha uma melodia com um tempo diferente na cabeça. Ela estava se segurando, esperando que eles pudessem usar pelo menos em outra música, nunca confiando exatamente que outra melodia estaria lá, mas algo naquele riff parecia certo para aquela música. Ela apertou alguns botões para obter um som diferente e tentou. O rosto de Hugh se iluminou.

— É isso aí… Ficou foda, Sandra.

Sandra podia ouvir a câmera de Rick avançando. Por um momento, ela ficou tão absorta com o que eles estavam criando que se esqueceu de Rick. Ele estava sentado no chão, captando a conversa entre Sandra e Hugh.

Hugh pegou a Fender e acrescentou outro floreio ao riff de Sandra até que parecesse mais completo. Um sólido guitarrista autodidata, o verdadeiro dom de Hugh era compor letras. Ele escrevia poemas e letras em pequenos pedaços de papel e em sua grande variedade de cadernos. Ao ouvir o que Hugh estava tocando na Fender, Sandra adicionou uma camada com alguns floreios adicionais no Gibson. Foi essa pressão entre eles que fez a banda funcionar. Os gostos de Sandra eram mais clássicos e folclóricos; Hugh, por outro lado, abraçava o som psicodélico que ela pensava estar chegando ao fim. Ela quase podia sentir o que estava por vir, os sons despojados do folk acústico emparelhados com melodias simples, quase influenciadas pelo som do interior.

— Vamos tentar do começo.

Hugh se virou para Ezra para a contagem e depois tocou os primeiros acordes de "The Fall", cantando em seu barítono nasal, que se tornara o som característico da banda. As melodias perseguiam e a música tinha uma qualidade atemporal, fazendo com que as pessoas tivessem a certeza de que era um cover de algo mais antigo.

Ainda assim, a banda precisava de um baixista. Sandra tinha visto Ray Manzarek se apresentar; inspirada por ele, ela aprendeu a imitar a linha de baixo nas teclas pretas de seu Gibson. Teria que servir até que eles pudessem encontrar um quinto membro para a banda.

No meio de "The Fall", o tempo de Ezra estava fora de compasso, muito fora.

Rick lançou um olhar de preocupação para Sandra, enquanto continuava tirando fotos.

Hugh continuou tentando contornar o tempo de Ezra, mas estava ficando mais lento e depois mais rápido. Lily, Hugh e Sandra se entreolharam.

— Vou precisar de uma pausa — disse Ezra, parando abruptamente. — Alguém quer cerveja?

Os três suspiraram e trocaram olhares. Esta noite só ia piorar e eles sabiam disso. Se por um lado Ezra abria as portas para eles, e os colocava em festas e pós-festas, por outro lado, ele não conseguia parar com as drogas. Sempre cheio de dinheiro do pai, Ezra não resistia em comprar a melhor maconha e a melhor heroína. E nunca tinha sido um problema encontrar drogas na Strip.

— Claro — disse Lily, a voz desanimada, tentando identificar o quanto ele estava chapado.

Depois que ele caminhou em direção à casa principal, o trio se entreolhou.

— Eu acho que você devia dizer alguma coisa para ele — disse Lily para Hugh.

— Você acha que ele está cheirando no banheiro?

Rick estava carregando filme.

— Quem sabe? Ele só escuta a Sandra. — Hugh continuou trabalhando no dedilhado que estava pensando para uma nova música. — O que você acha disso, Sandra?

Mas Sandra não conseguia se concentrar em Hugh. Ao longe, ela ouviu algo cair no chão — uma garrafa de cerveja, talvez, depois duas. Ela viu o que parecia ser uma figura, que se transformara em Ezra quando se iluminou sob a luz da varanda cambaleando pela porta dos fundos e caindo no quintal perto da tenda de Hugh. Por instinto, Sandra saiu da garagem e entrou no quintal.

— Ezra.

Ela caiu de joelhos e deu um tapa leve no rosto dele. Sandra podia ver que ele não estava respirando. Ela verificou o pulso de Ezra, que estava fraco.

Hugh e Lily estavam ao seu lado.

— Chamem uma ambulância. — A voz dela era aguda.

— Ele está ficando azul — disse Hugh.

— Eu sei — disse Sandra. — Liguem para a porra da ambulância. Diga a eles que é overdose.

Olhando para as árvores e a luz restante que brilhava, Sandra se perguntou se uma ambulância os encontraria tão dentro do Canyon, sem marcação nas ruas e entradas escondidas.

Sandra tocou o peito de Ezra e pôde sentir — não sentir, na verdade, mas ver — que seu coração estava desacelerando. As drogas estavam relaxando seus pulmões a ponto de ele não conseguir respirar. Quando ela o tocou, sentiu um zumbido na ponta dos dedos. Ela os puxou para trás como se tivesse tocado em um fogão quente e olhou para eles, se perguntando se aquilo era efeito da maconha que ela havia fumado. Tinha que ser uma viagem ruim, alguma maconha com outra merda dentro que Kim deve ter conseguido. Mas ela teve uma sensação avassaladora de que podia puxar a heroína da corrente sanguínea através das pontas dos dedos como se estivesse drenando uma mordida de cobra. Essa foi uma viagem estranha da porra.

— Que porra é essa?

Era Rick ao lado dela.

Ezra começou a espumar e parecia que estava tentando vomitar. Sandra o virou de lado, mas ele estava fazendo barulhos.

— Ele está sufocando.

Rick apareceu e a ajudou a sentá-lo, mas o corpo de Ezra estava mole. Sandra encarou Rick.

Foi então que um cheiro começou a sair de Ezra. Por experiência, Sandra sabia que ela era a única que o sentia. Desde bem nova, Sandra podia sentir a morte pelo cheiro. A primeira vez que aconteceu foi com um garoto na escola que estava com febre. Quando ela se sentou ao lado dele no ônibus escolar naquela sexta-feira, Sandra sentiu um cheiro doce, mas desagradável. Ele foi internado com meningite bacteriana e morreu na segunda-feira. Ela sentiu novamente o mesmo cheiro doce apodrecido após o ataque cardíaco da avó. Quando ela estava na cama do hospital, Sandra se lembrou de seu médico dando um tapinha no ombro da mulher e declarando-a "sortuda", exceto pelo que Sandra sabia então. Quando ela se despediu, quase engasgou com a fragrância doce e podre que exalava dos poros da avó. Uma hora depois que eles saíram, ela morreu em sua cadeira em frente a um tabuleiro de xadrez de uma loja de brinquedos barato.

E agora ela sentia o cheiro em Ezra. Suas mãos começaram a formigar, como se estivessem ganhando vida. Ela as colocou sobre ele e uma sensação aguda de queimação a percorreu. Era estranho, mas ela podia ver que o peito de Ezra se movia enquanto ela o tocava e parava quando ela afastava a mão.

— O que você está fazendo?

Rick a encarou.

— Eu não sei — disse Sandra. — Quando eu toco nele, ele parece responder.

— Então faça isso.

Sandra colocou as mãos firmes no peito de Ezra, e ele começou a subir. Os braços de Sandra tremiam de dor, mas Rick e Sandra podiam vê-lo ficando mais lúcido.

— Você está bem?

Ela assentiu para Rick e segurou firmemente as mãos em Ezra até que ele começou a vomitar muito. Rick segurou Ezra na vertical, dando-lhe um tapa nas costas. Quando ela não aguentou mais, afastou as mãos, esperando que estivessem com bolhas, mas elas ainda estavam pálidas e rosadas.

Foi então que Ezra abriu os olhos e respirou fundo.

— Que porra foi essa?

Ele sentou e limpou a boca.

— A Sandra salvou sua vida, seu idiota. — Rick se levantou. — Que merda que você está fazendo?

— Nada, cara. — Ezra balançou a cabeça. — Não usei nada, eu juro.

Ezra olhou para Sandra e algo não dito se estabeleceu entre eles. *Ele sabia o que ela havia feito.*

Em algum lugar distante, Sandra ouviu as sirenes se aproximando — a ambulância estava a caminho do Laurel Canyon Boulevard. Eles não encontrariam nada no corpo de Ezra, disso Sandra tinha certeza. Ainda assim, ela podia sentir o cheiro da morte em Ezra. Ela só o salvara por esta noite. Haveria outra noite.

Após o colapso de Ezra, o ensaio daquela noite foi suspenso. Os paramédicos não conseguiram encontrar nada de errado com Ezra. Ele mentiu e disse que muitas vezes tinha convulsões; a equipe, então, juntou suas coisas e voltou ao Canyon.

O grupo interrompeu a noite, todos inquietos pelo que havia acontecido. Hugh e Lily foram para o Forum. Ezra disse que estava voltando para casa. Sandra decidiu ir ao Shack para ver se conseguiria um show para a banda na noite de quinta. Ela precisava de um tempo sozinha. Enquanto se dirigia para o carro, ela ouviu uma voz atrás dela. Era Rick.

— Ei, eu queria ver se você estava bem. — Ele fazia malabarismos com dois estojos de câmera e Sandra podia ver que ele estava indo para o jipe. — Ele teve sorte por você estar aqui hoje.

— Não foi nada.

Sandra mudou o peso de uma perna para outra. Por que ela ficava tão nervosa conversando com esse homem?

— Eu estava lá, Sandra — disse Rick. — Foi *alguma coisa*.

Ele estendeu a mão e tocou com cuidado em seu braço. Foi um gesto inocente e protetor, mas Sandra sentiu seu estômago revirar.

— Você está indo para o Forum?

Ela balançou a cabeça.

— Vou tentar conseguir um show na quinta à noite no Shack.

— Você quer que eu ligue para o Milo?

Milo — pois ele não tinha sobrenome, pelo menos um que Sandra conhecesse — era o dono do Shack, uma das boates mais antigas da Strip.

— Claro — disse Sandra. — Se você não se importar.

— Eu não me importo — disse Rick.

Eles ficaram ali no seu jipe por um instante.

— Eu tenho que ir — disse Sandra.

— Posso entrar rapidinho e ligar para ele — ofereceu Rick.

Rick sempre teve bastante influência em Los Angeles para conseguir com que o dono do Shack lhes desse um espaço para tocar. Ele tinha aquele tipo de poder. Mas por que estava fazendo isso? Seu cunhado também fazia parte da banda, então ele poderia ter oferecido aquele favor a qualquer momento. Parecia que era um grande gesto para ela pelo que tinha visto naquela noite. Por mais que ela subestimasse Rick, precisava admitir que o que tinha feito era extraordinário. Ela não fazia ideia de como aquilo tinha acontecido.

Sandra dirigiu por Sunset passando pelo Trocadero e pelo Ciro, relíquias de outra época em Hollywood. A Strip estava no centro de algo maior. Grande parte do trecho de um quilômetro e meio de Sunset Boulevard conhecido como Sunset Strip estava cheio de clubes sujos e decadentes. Sua localização fora dos limites da cidade de Los Angeles o tornou um lugar onde a vida noturna de Hollywood prosperava. Ela tinha uma queda por antigas assombrações, embora não soubesse muito bem por quê. Talvez fosse porque o pai dela sabia tudo sobre esse trecho de Los Angeles. Ele a trazia aqui quando tinha algo para resolver e contava a história de todos os estabelecimentos. Se ele desconfiasse que ela não estava ouvindo, ele a questionava na viagem de volta. Ela conhecia todas as boas histórias: apostando que a Lei Seca seria revogada, Billy Wilkerson, proprietário do Ciro e do Trocadero, gastou cada centavo que ele trouxera em um navio europeu para comprar vinho francês. O vinho ficou no porto de São Francisco até a Lei Seca ser revogada, mas estabeleceu a Sunset Strip como o local ideal para a vida noturna. Ou a falsa lenda que Lana Turner foi descoberta na farmácia Schwab (ela não foi). Para seu pai, a história *verdadeira* era que F. Scott Fitzgerald havia sofrido um ataque cardíaco não muito grave do lado de fora da loja (ele morreria depois de comer uma barra de chocolate dois meses após o infarto). Era uma noite quente, então Sandra abriu a janela para deixar a brisa entrar e desligou o rádio. A KHJ-AM tocava uma música de B.J. Thomas que não era a favorita dela. Em vez disso, se concentrou nos sons do lado de fora: buzinas, zumbido de multidões, risadas bêbadas e música — cítara e algo que era indiano, mas também uma bateria improvisada. Nas noites de sábado, a Strip ficava tão lotada que os pedestres costumavam passear nas ruas, por isso não era incomum ver músicos carregando seus equipamentos. Estava demorando muito tempo para chegar ao Shack. O trânsito estava parado, motocicletas parando e cambaleando. Ela teve tempo de ler os outdoors vaidosos que ladeavam as ruas, artistas procurando voltar aos palcos, celebridades pouco conhecidas esperando que um executivo as notasse no caminho para o estúdio. No outdoor à sua frente, uma estátua de vaqueira espiava uma placa que anunciava o Sahara Hotel em Las Vegas. Ela sabia que era uma propaganda de algum filme novo de Raquel Welch, mas não sabia ao certo qual era.

O que havia acontecido naquela noite? O cheiro da morte era algo que a seguia desde criança, mas a capacidade de curar alguém era completamente nova. Sua vida era repleta de incidentes que ela tinha que encobrir para parecer normal, para tentar se encaixar. Primeiro, ela era especialista em piano e agora aparentemente podia curar pessoas. Ela analisou os próprios dedos em cada semáforo que parava, procurando algo diferente neles, mas pareciam os mesmos de sempre.

Com as lâmpadas queimadas no letreiro, onde se lia apenas ack, o Shack era um dos clubes mais antigos de Sunset Strip. Sandra levou semanas para ter coragem de pedir a Milo uma chance em uma noite vazia como uma terça-feira. Esta noite o homenzinho a cumprimentou calorosamente e disse que Rick Nash acabara de ligar.

— Nash estava certo. Ele me disse que Julie do *Mod Squad* estava vindo me ver.

Milo piscou. Sandra estava vestida da maneira adequada. Como sabia que Milo gostava de flertar, ela havia posto uma blusa amarela e uma minissaia de camurça marrom com franja e botas. Ele mostrou a ela um assento no bar e perguntou o que ela queria beber. Sandra pediu ao barman gin e tônica.

Ela esperava ter mais trabalho, mas o homem disse que Rick a atestara e que ela era linda — ele não precisava de mais nada. Milo usava um paletó branco com calças boca de sino. O paletó era tão pequeno que ela achou que ele pudesse ter comprado em uma loja infantil.

— Vocês sabem tocar?

Ela assentiu.

— Então venha na quinta à noite. A passagem de som começa por volta das cinco. Se eu gostar de vocês, vocês podem voltar. Combinado?

— Combinado.

— Ótimo!

Ser a banda principal da Strip era um sonho para qualquer músico. Com esse trabalho regular e remunerado, a banda podia trabalhar em seus sets, ganhar algum dinheiro e aperfeiçoar seu som na esperança de que algum estúdio se interessasse por eles enquanto angariavam novos fãs.

Na quinta-feira, eles se apresentaram pela primeira vez no Shack. Hugh era o líder da banda — uma força no palco —, algo pelo qual Sandra era grata. Havia alguma coisa que a fazia sentir que ela não podia ser vista.

Eles tocaram um total de 12 músicas para um set de quarenta minutos. Hugh havia ensinado a Lily alguns acordes básicos de guitarra, então ela podia lidar com algumas das partes da guitarra enquanto Hugh tocava o violão. Ezra estava limpo e sua bateria nunca tinha sido melhor. A multidão respondeu. As letras confessionais, as harmonias entre Hugh e Sandra, as melodias que não saíam da cabeça com um toque de nostalgia. A banda havia se transformado. O show foi bom.

Rick apareceu no Shack no show de abertura deles, uma Nikon e uma Leica, cada uma pendurada em um ombro. O fato de Rick Nash estar fotografando a banda ao vivo era incrível, já que ele era conhecido por cobrir bandas que já haviam feito sucesso. Ele caminhava pela sala compondo as fotos. A banda se arrumando, a frustração de esperar, a ansiedade no rosto de Hugh e o próprio show: a banda e a multidão.

No dia seguinte, após o turno de Sandra na A&P, Hugh ligou para avisar que Rick havia revelado as fotos do Shack.

— Elas estão tão iradas, Sand — cantou ele. — Você precisa vir aqui para ver. — Ela ouviu alguma coisa. — A Lil também disse que você precisa ver.

Depois que fechou a loja com o pai, ela dirigiu até o cânion. Sandra chegou lá mais tarde do que esperava, todos já tinham ido embora, exceto Rick, que estava na câmara escura. O quarto escuro foi criado em outro espaço anexo à casa e, como o estúdio de cerâmica, também parecia ter um teto caído. Sandra nunca tinha estado em uma câmara escura. Rick parecia estar esperando por ela e estava feliz em vê-la. No brilho suave da sala, ela temia que fosse ser estranho ficar ali com ele, mas enquanto ele se movia pelo estúdio, colocando o papel em uma solução, mergulhando e agitando, ele conversava com ela sobre a banda.

— Vocês realmente precisam de uma foto oficial — disse ele.

Ele observou a foto como se estivesse cozinhando em uma panela, antes de puxá-la para fora e pendurá-la em um barbante, onde outras fotos balançavam como roupas no varal.

— Você acha?

— Vocês estão melhorando. Vão precisar de uma foto publicitária para os cartazes. Eu esperava ter algo aqui, mas não consegui uma de vocês quatro.

Sandra observou as fotos de uma atriz secando na corda.

— Ela é linda — disse Sandra. — As fotos ficaram ótimas.

Ele parou o que estava fazendo e deu a volta para ficar atrás dela.

— Onde foi isso?

— No Roosevelt.

Sentada à beira da piscina, a modelo — uma morena exótica e mal-humorada —, vestida com um roupão de banho, fumava um cigarro, entediada.

— Você estava deitado no chão para tirar essa foto?

Sandra se inclinou para mais perto. Os ângulos da foto eram dramáticos e irreverentes.

— Estava. — Ele riu. — Ela estava completamente chapada. Tivemos que levá-la para o chuveiro para acordá-la. É por isso que o cabelo dela está molhado. Fiz o que pude. Eu pensei que uma foto mais artística poderia funcionar. É para a seção de estilo. Eles vão gostar.

Ao redor da câmara escura havia fotos de Jimi Hendrix no Forum, Jim Morrison no London Fog, Elton John no Troubadour, os protestos no Sunset, outra atriz que Sandra não reconheceu no Chateau Marmont. A foto favorita dela — e pela posição que a imagem ocupava no estúdio, ela suspeitava que fosse a favorita dele também — era outra foto de Janis Joplin em uma festa no que parecia ser a sala de estar de Rick, vestindo um casaco de penas e óculos de sol roxos octogonais, entretida na conversa em seu sofá.

— Estão incríveis.

— Tome.

Ele entregou a ela a pilha de fotos da banda.

Quando Sandra as examinou, pôde ver a diferença nas fotos — havia uma progressão na confiança e na música deles, e isso ficava evidente nas imagens. Era como se Rick tivesse capturado algo que eles tinham visto em si mesmos; sua documentação sobre eles quase dera vida aos quatro, como uma unidade. Sandra não tinha tanta certeza de que a banda se veria assim se não fosse por Rick.

Ela olhou para ele, o brilho da sala destacando o branco de seus olhos.

— Você realmente nos captou.

— Acha mesmo que consegui?

— Acho. Você nos captou de um jeito que nem nós nos enxergamos. Isso faz sentido?

— Quer saber a verdade? É uma ilusão. Nunca vemos a nós mesmos de verdade, mas esta câmera chega perto. Às vezes, mostra coisas que não queremos ver. — Ele apontou para a foto de Ezra e Lily no que parecia ser um momento íntimo, saindo do banheiro do Shack, sem nenhum sinal de Hugh. Rick pegou a foto e rasgou. — Hugh disse a Kim que sua família não apoia sua carreira musical. — Ele estava colocando outro conjunto de fotos para secar. — Isso é ridículo. Você sabe compor, sabia?

Sandra não se lembrava de falar muito sobre sua família com Hugh. O fato de ele ter compartilhado aquilo com Kim pareceu uma pequena traição. Ela ficou estranhamente silenciosa.

Ele olhou para as bandejas de solução quando ela não respondeu.

— Eu não queria deixar você desconfortável — disse Rick.

— Não deixou — mentiu Sandra. — Eles querem uma vida normal para mim, só isso.

— Mas você é normal. — Ele cruzou os braços e se encostou na parede. — Você é talentosa. Eles deviam ficar orgulhosos.

Sandra quase bufou.

— Você devia ter visto a cara deles quando minha professora de piano os chamou depois da minha segunda aula. Eles estavam esperando uma versão mal executada de "Cai cai balão" e o que viram foi o começo de uma peça de Grieg.

Sandra ainda estava folheando as fotos que Rick havia tirado no Shack. O que ela estava começando a notar era que ela era o ponto focal de todas. Ela olhou uma segunda vez apenas para ter certeza.

— Você é um prodígio. Eles deviam ter ficado felizes.

— Estou longe de ser um prodígio. Meus pais não queriam ter uma aberração como filha. Eu nunca mais voltei para a aula. Acho que a professora ficou um ano inteiro ligando para eles.

— Isso é horrível.

— Depois disso, tocar piano era tudo que eu queria fazer, mas eles o venderam.

— Eles venderam seu piano?

Ela riu.

— Venderam e me incentivaram a experimentar a flauta.

— Como foi isso?

— Ah, eu era terrível, então a flauta ficou. — Ela sorriu com a lembrança. — Mas sempre que podia, ia até o auditório depois da aula e tocava o piano que tinha lá.

— Eu nunca fui normal — revelou Rick. — Quando vejo Kim e Hugh com o pai deles, percebo que me sinto um estranho em uma vida normal.

— Mas o Hugh odeia o pai.

Rick riu.

— O Hugh é uma criança mimada que não sabe o quanto é bom ter um pai. Ele só está chateado porque o pai se casou de novo. Kim também, mas está tentando superar isso. Minha mãe nos alimentava com o pouco que ganhava de vários empregos em fábricas e com a gentileza dos namorados que ela trazia para casa. Talvez seja por isso que vejo a vida através de uma lente. É uma espécie de barreira. Todo mundo está lá. — Ele abriu os braços. — Estou aqui. Sou um voyeur, vendo a vida a uma distância segura, tentando capturar um momento. É exatamente isso que estamos fazendo aqui agora. Estamos vivendo um momento no tempo que nunca mais veremos e o que quero é capturar tudo. Eu juro que fui pintor ou algo assim em uma vida passada, é como se não tivesse sido suficiente: narrar a vida. Parece loucura?

Sandra não sabia nada sobre a infância de Rick.

— Eu sei quando alguém vai sobreviver ou morrer — Sandra deixou escapar. Ela não sabia por que havia sentido a necessidade contar aquilo para ele. — Isso é estranho?

Ela olhou para as fotos — estava em três delas. Ele se mexeu, percebendo-a de uma maneira que não tinha percebido até então.

— Eu diria que é estranho, se não fosse pela outra noite, quando vi você com o Ezra.

Ela olhou para as fotos e as espalhou. A confissão a deixou corajosa.

— Eu estou em todas estas.

Ele não parava de encará-la.

— Eu sei.

Foi a simplicidade da declaração — sem negar a constatação dela — que deu ao lugar uma eletricidade estranha.

— Por quê?

Ele não respondeu. O silêncio forçou uma tensão que parecia atraí-los. Ele estendeu a mão para tocar a mão dela, e ela não se afastou.

Com "Mr. Soul" de Buffalo Springfield tocando no rádio, ele a puxou, ergueu seu queixo e a beijou. Seus lábios e mãos pareciam tão estranhos para ela, e ainda assim ele era tão familiar. E mesmo que tenha sido seu primeiro beijo com ele — o que deveria ter sido um começo entre eles —, havia também uma profunda sensação de perda que ela não conseguia parar de sentir.

No dia seguinte, Rick sugeriu que a banda descesse no início da noite para o leito do rio Los Angeles e fizessem algumas fotos publicitárias para cartazes. O concreto rígido do rio coberto era um cenário perfeito. Rick não parava de mudar a posição deles, acertando a foto. Com os ângulos do rio coberto, ele pôde posicioná-los em diferentes alturas. Ele os colocou sentados em um set e em pé em outro. Rick e Sandra tinham uma consciência aguçada um do outro, mas mantinham distância.

Depois que algumas semanas se arrastaram e ela o viu sentando ao lado de Kim na sala ou tirando fotos da banda foi que seu desejo por ele se concretizou. Agora ela estava mais sintonizada com as histórias dele. Havia uma vulnerabilidade em seus olhos que Kim, com a confiança de uma criança criada por um milionário, não sentia. Ambos eram criaturas tristes — Sandra e Rick. Hugh e Kim estavam apenas fingindo.

Mas havia mais uma foto que se tornaria *a* foto. Certa vez, Kim e Sandra acompanharam uma sessão de bastidores no Hollywood Bowl em uma noite vazia. Um piano tinha sido montado para uma apresentação e Sandra se sentou para tocar; o Bowl estava vazio, exceto pela equipe da limpeza.

Rick tinha ido até os bastidores para tirar uma foto de um pianista de jazz que estava ensaiando, e deixou Kim e Sandra sozinhas no palco.

— Eu não sei de onde o Hugh tira isso — disse Kim.

— O quê?

— Esse desejo de se apresentar. — Kim balançou a cabeça. — Eu não sei como você consegue.

Sandra se sentou na frente do instrumento — um Mason & Hamlin — e posicionou os dedos sobre as teclas.

— Vamos fingir que você está no palco.

Kim se sentou ao lado dela.

— Você está morrendo de medo agora?

Kim riu olhando para a escuridão.

— Não. Os assentos estão quase todos vazios.

Para Sandra, o piano de cauda era onde ela se destacava e, quando seus dedos pressionavam as teclas, era como se algo tocasse através dela. Ela nunca tocara com tanta precisão; as notas delicadas nunca tinham sido tão cuidadosamente executadas. A performance foi tão fascinante que a equipe de limpeza sentou na primeira fila para assistir. Sandra passou por Chopin, Rachmaninoff e Beethoven, Debussy e Satie com fúria, as mãos batendo com força.

Ela estava tão absorta naquele momento que não viu que Kim havia escorregado do banco e Rick havia tirado uma foto dela tocando no Bowl vazio, com exceção de três pessoas da equipe de limpeza, hipnotizadas na primeira fileira. A foto foi única, visto que Sandra estava tocando para um auditório vazio com o sol se pondo atrás do Bowl. A composição era um ótimo exemplo da manipulação do espaço negativo, que ocorreu por pura sorte. No final, Sandra fez uma profunda reverência e acenou para a equipe, momento capturado por Rick. Quando se afastou dos assentos vazios, ela viu o rosto do fotógrafo. Ele estava pálido. Sandra não sabia dizer se o momento tinha durado cinco segundos ou cinco minutos. Era como se o tempo tivesse parado enquanto eles olhavam um para o outro. Finalmente Kim puxou a manga da jaqueta dele para que fossem embora.

Rick usou a foto de Sandra na capa da revista *West*. Ela se tornou a foto definitiva da carreira dele.

Na semana seguinte, Sandra estava saindo do ensaio quando Rick, conhecendo sua programação, se aproximou dela em seu jipe.

— Você quer ir a algum lugar?

— Quero — disse ela.

Ele havia achado um pequeno motel, Le Bon View, no Olympic Boulevard, e ela o seguiu até lá. Enquanto estavam deitados entre lençóis amarrotados depois de uma primeira tentativa desajeitada e desvairada de adultério — uma mistura de culpa e nervosismo que resultara em uma performance que nenhum deles considerara sua melhor —, Rick disse:

— Acho que estou apaixonado por você desde que tirei *aquela* foto.

Com aquela confissão, Rick deixou de ser de Kim e, pelo menos na mente de Sandra, se tornou dela.

A segunda tentativa de fazer amor não foi prejudicada por nenhuma culpa embaraçosa, e eles estabeleceram um ritmo e um sentimento de completude. Isso levou a horas na cama e a uma familiaridade que Sandra nunca havia sentido com mais ninguém. E, no entanto, ela era assombrada por Rick — um sentimento de que os dois durariam pouco. Não era a impermanência da situação. Era como se Sandra soubesse como era perder Rick, como se tivesse aquela lembrança.

Enquanto o verão se arrastava, eles se viam alguns minutos por semana. Numa terça-feira à tarde, os dois escaparam e pararam no píer de Santa Mônica. Não era incomum que o grupo deles saísse junto, mas Rick e Sandra tinham o cuidado de não se tocar em público com medo de que alguém que eles conhecessem os vissem. Ainda assim, na praia de Santa Mônica, Sandra teve uma incrível sensação de *déjà-vu* — uma com outra versão de Rick em pé na praia e ela sendo tão fria. Sandra, que passava incontáveis horas na Feira de Pasadena todos os anos jogando Skee-Ball, acumulou uma tonelada de fichas para ganhar uma girafa de pelúcia.

Quando se sentou no banco da frente do jipe, Sandra começou a se sentir incrivelmente culpada pelo que ela e Rick estavam fazendo. Ela sabia que Kim havia começado a pressioná-lo para ter um filho. A vontade que a mulher tinha de ter um filho parecia tê-lo abalado, criando em sua mente um contraste maior entre as duas. Rick não estava pronto para ter filhos nem para se acomodar; estava focado em sua arte. Ele começou a falar sobre como ele e Sandra podiam ir juntos para Nova York — estava recebendo ofertas de outras revistas. Poderia ser um novo começo para eles.

Enquanto dirigiam pela Pacific Coast Highway, ela não conseguia se livrar da imagem borrada de outro Rick — um bronzeado e fumando, andando por um corredor com o oceano atrás dele, as calças tremulando com o vento. Aquele Rick sorria para ela. Com o loop do Rick girando em sua cabeça, ela se lembrou de segurar a girafa barata quando outro carro cruzou o canteiro central na frente deles. Ela viu o carro, mas não teve certeza de que Rick o vira.

Como se saísse de um filme, Sandra recobrou a consciência. Ela ainda estava no jipe.

— Temos um engavetamento de quatro carros — disse uma voz.

— Mais dois atrás...

O paramédico nem terminara de falar, mas Sandra podia ouvi-lo. Ela se arrastou para fora do jipe, segurando a girafa nas mãos, esfregando as mãos para cima e para baixo na pelúcia áspera e barata, com a certeza de que estava morta.

Ela encontrou Rick jogado para fora do jipe e espiou uma maca com o que parecia ser um braço sem vida pendurado. Havia cheiro de fumaça e óleo queimado. Ela ouviu o barulho de botas.

Ela os ouviu conversando sobre Rick, mas não conseguiu entender o que estavam dizendo. O paramédico olhou para ela, seu rosto sombrio. Havia uma troca de olhares entre eles. Sandra sabia o que isso significava.

As pernas dela falharam. Ela viu um corte enorme no jeans com sangue escorrendo, mas sabia que sobreviveria. Com os joelhos e as mãos, ela se arrastou até Rick, o concreto quente.

— Você devia ficar parada — gritou uma voz, mas Sandra continuou.

— Você conhece este homem?

A voz era urgente, mas tudo para Sandra estava lento e embaçado, como se ela estivesse vendo através da estática na televisão.

Ela o conhecia? Ela traçou cada centímetro do corpo de Rick. Ela tinha olhado nos olhos dele, enfiado algodão doce entre seus lábios e agarrado sua nuca ao gozar.

— Conheço.

— Vamos precisar de um nome.

— Rick Nash.

Os minutos seguintes foram puro instinto. Sandra implorou a Deus — a qualquer um — que salvasse Rick. Ela trabalhou em uma negociação — se Rick vivesse, ela se afastaria dele. Era a única coisa que tinha a oferecer — por mais mísera que fosse. Ela esperava que fosse o suficiente.

O paramédico balançava a cabeça. Sandra colocou as mãos levemente no braço de Rick, e a cena era tão terrível que eles a deixaram fazer isso. E então veio o cheiro. Calor emanava da mão de Sandra.

— Você deu uma olhada nela? — vociferou um bombeiro.

Sandra afastou um par de mãos enluvadas.

Quando ela olhou para Rick, viu que os olhos dele estavam abertos. Ele olhou para ela, abalado e inseguro.

— Você vai ficar bem — assegurou Sandra.

Ela tocou o rosto dele e estava queimando, mas percebeu que não era Rick, e sim ela mesma. A sensação de queimação se intensificou a ponto de parecer que estava com a mão no fogão, mas por Rick ela nunca tirou as mãos, segurou seu braço até quase desfalecer com uma dor lancinante. Só quando a sensação de queimação desapareceu, ela finalmente se afastou.

Como Ezra, ela podia ver claramente o que estava acontecendo além da pele dele. Ela via a ferida em seu baço e outra no coração — ambas causadas pelo impacto. Ela desejou que as feridas se fechassem e, para seu espanto, como se estivesse olhando através de um olho mágico na pele dele, viu as bordas ásperas da ferida se juntarem. Para *ela*, a dor era insuportável, como se estivesse absorvendo aquilo, mas a cada segundo que ela o segurava, podia vê-lo se mexendo. Tirando as mãos por um momento, ela se firmou para segurar a mão dele. A mão de Rick a agarrou. Era como uma luva de fogo, mas ela aguentou e pôde sentir que o estava trazendo de volta, o cheiro da morte enfraquecendo. Algo — em algum lugar — estava cedendo à sua vontade, devolvendo-o para aquele mundo. Ele a encarou com os olhos arregalados, incapaz de falar, parecendo entender que havia algo acontecendo e que Sandra estava no centro disto.

— Você *vai* sobreviver — disse Sandra. — Você vai ficar bem.

Eles carregaram Rick para a ambulância e Sandra finalmente o soltou, os dedos de Rick tentando alcançá-la depois que ela o soltara.

Sandra olhou para a própria mão. Estava tudo bem. Sem queimaduras, apesar de parecer que sua pele estivera em chamas. Sozinha, Sandra disse em voz alta:

— Se ele sobreviver, vou me afastar dele.

Quando Kim apareceu na sala de espera, ela estava com o rosto vermelho, perturbada.

— O que aconteceu?

— Um carro cruzou o canteiro central.

— E você estava no carro com ele?

Sandra olhou para ela. Segurava uma xícara de café morno na mão. Um médico dera uma olhada nela no pronto-socorro. Ela só sofrera arranhões, mas havia sangue — o sangue de Rick — na camiseta toda. Ela assentiu.

— Ele vai ficar bem.
— Como você sabe disso?
— Eu simplesmente sei.
— Que porra é essa, Sandra? — O tom de voz de Kim se erguia. Ela estava olhando para o corredor tentando descobrir alguma coisa. — Você está apaixonada por ele? — Ela se interrompeu. — Ele está apaixonado por você?

Sandra encarou a parede, pensando nas perguntas de Kim. A história deles não fazia mais sentido.

Em duas horas, Rick saiu da cirurgia. Eles não haviam encontrado nenhum sangramento, mas Sandra não ficou surpresa. Outra vítima do acidente tinha morrido na mesa de operações e uma terceira morrera ao chegar ao hospital.

Sandra ficou longe de Rick por um dia. Por fim, quando soube que Kim tinha ido para casa, ela foi até o quarto dele.

Quando a viu, ele sorriu.

— Estava me perguntando onde você estava.
— Eu não podia vir. — Ela se sentou na cadeira ao lado dele. — Ela sabe.

Ele tocou a mão dela, ignorando-a. Daquela vez ela não sentiu a queimação. A mão dele estava quente, normal.

— Venha aqui.

Ele puxou a mão dela em direção à cama.

Ela o beijou suavemente e tocou sua testa na dele.

— O que aconteceu na outra noite?
— Um motorista atravessou o canteiro central e bateu em você de frente. Outro carro bateu em você e outro neles.

A voz dele soou distante.

— Não foi isso que quis dizer, e você sabe disso — disse ele. — Não me enrole. Eu estava morrendo. Eu sabia disso. Você sabia disso. Agora estou sentado aqui. Foi igual ao que você fez com o Ezra, não foi? O que você é?
— Eu não sou nada. Você só teve um ótimo cirurgião.

— Não foi o cirurgião, Sandra.

Ela se sentou e olhou para ele.

— Só não era sua hora de morrer, eu acho.

Ela se levantou da cama e juntou suas coisas.

— Não vá.

Ele a puxou para mais perto.

— Eu não devia estar aqui.

— Devia, sim — disse ele. — Quase morrer me mudou.

— Como?

— Eu preciso ficar com você.

— Não diga isso. Eu já falei que a Kim sabe.

— Eu não me importo.

— Você devia se importar.

— Eu te amo, Sandra. — Os dedos dele correram sobre a mão dela. — Eu sei que você também me ama.

Sandra desabou na cama dele. Ela se inclinou sobre ele e deu um leve beijo em seus lábios.

— Quando você estava deitado na estrada, estava morrendo, e eu implorei a Deus... a quem quisesse me ouvir... para salvar você. Fiz um acordo por você. E você sobreviveu.

Ele a observava atentamente.

— Jurei que se você sobrevivesse, eu me afastaria. Entendeu?

— Eu não aceito isso, não por causa de uma superstição maluca.

— Mas você sabe que é verdade. Algo aconteceu. Você sentiu aquilo. Eu não sei o que era. Eu realmente não sei. — Ela se levantou e tentou se preparar para o que estava prestes a dizer. Ela podia ver monitores apitando, lembretes do que fora dado de volta a ela, do que ela havia negociado. — Nunca duvide do meu amor por você, Rick, mas nunca poderemos voltar a ficar juntos. Não vou desafiar o destino. Não com você.

Ele se sentou e segurou a mão dela, puxando-a para trás.

— Você precisa aceitar.

— Eu não tenho que aceitar. Eu não vou viver sem você.

Ele segurou a mão dela, não querendo quebrar a conexão.

— Você pode e você vai. Não torne isso ainda mais difícil, Rick.

Ela se virou e apertou a mão dele, virando-se.

— Sandra?

Ela se virou de volta para ele.

— Você pode me dar apenas um último minuto. Apenas finja que somos um casal normal, nos despedindo como se fôssemos nos ver amanhã de novo. Você pode fazer isso por mim?

Devagar, Sandra voltou para a cama, saboreando o momento e sabendo em algum lugar no fundo de sua mente que essa cena já havia acontecido. O conhecimento era ao mesmo tempo um conforto e um desgosto para ela. Ela se inclinou e o beijou. Quando seus lábios tocaram os dele, ela foi dominada por uma sensação notável de algo maior. Naquele momento, Sandra soube com certeza que houvera outros Ricks — outras versões dele com outras versões dela. Mas essa ideia era impossível. No entanto, quando a pele dela encontrou a dele, ela sabia que não era a primeira vez que se despedia dele. Essa tristeza era como uma marca nela.

Rick estendeu a mão e tocou seu rosto.

— Eu te amo.

As lágrimas de Rick se misturaram às dela e ele segurou a cabeça dela, não a deixando ir, pequenos movimentos levantando seu peito.

— Eu também te amo. Sempre vou amar você.

Sandra se virou, enxugou os olhos e não olhou para trás. Se olhasse, ela não teria certeza de que poderia deixá-lo. Cruzando a esquina, ela deslizou pela parede, soluçando.

Na semana seguinte, a No Exit conseguiu um show no Gazzarri's por causa dos shows no Shack. O Gazzarri's era um lugar maior e uma grande oportunidade. Sandra não tinha certeza de como Hugh agiria com ela após o acidente. Se ele sabia sobre o caso dela com Rick ou se Kim tinha contado a ele, ele nunca deixou transparecer.

O barítono nasal de Hugh combinou com a harmonia de Sandra de uma maneira que nunca tinha acontecido e ele parecia alimentar a energia de um local maior. Após o show, um homem alto estava parado no canto esperando por ela. Enquanto caminhava pela multidão, notou que ele ainda a seguia até o Sunset Boulevard. Ela sentiu uma leve emoção ao ver que as pessoas queriam conversar com ela após o show. Tinha até dado alguns autógrafos naquela noite.

— Mademoiselle.

O sotaque do homem fez Sandra se virar.

— Sim?

— Você é uma mulher difícil de achar. — O rosto do homem era agradável, e havia algo familiar sobre isso que deixou Sandra à vontade. — Foi um show fabuloso.

— Obrigada.

— Vocês já pensaram em gravar um disco?

Sandra riu.

— Você está de brincadeira? É só nisso que pensamos.

— Eu posso fazer isso acontecer. — O homem entregou um cartão a ela. — Temos disponibilidade no estúdio em duas semanas, se vocês estiverem interessados. — Ele assentiu, colocou as mãos no bolso e passou por ela em direção à Sunset.

Sandra olhou para o cartão. Era azul-claro com um logotipo em relevo dourado — um cartão caro:

Pangea Ranch Studios
Estrada Kit Carson
Taos, Novo México

Luke Varner, produtor

— Ei — gritou Sandra para o homem. — Qual é seu nome?

— Paul de Passe.

O homem sorriu e se virou, andando em direção ao Sunset Boulevard.

※

Hugh estava ao volante do Chrysler Imperial Crown de 1965 conversível de sua mãe. Parecia o carro de uma mulher — branco com um estofado creme —, mas ninguém se atrevia a dizer uma palavra a ele, porque era a única lembrança dela que lhe restava.

O momento do convite de Paul de Passe para gravar um álbum foi perfeito. Sandra precisava sair de Los Angeles por um tempo. Ela tinha que honrar o acordo que havia fechado para que Rick vivesse. Talvez ela fosse supersticiosa, mas sentia que a continuidade do bem-estar de Rick dependia de ela cumprir essa promessa.

Eles carregaram seus equipamentos em um pequeno trailer de carga alugado — a bateria de Ezra, o órgão Gibson e as guitarras de Hugh — que o Chrysler agora rebocava atrás dele. Segurando duas malas azuis que sua mãe insistira que ela levasse, Sandra não sabia bem o que esperar, mas nunca tinha visto uma mala de carro tão grande quanto a de Hugh.

Ezra viajou no banco de trás com Sandra; quando chegaram ao deserto do Mojave, ele estava dormindo profundamente no ombro dela.

— Você sabia que isso estava aqui?

Lily pegou algumas fitas debaixo do banco da frente.

— Não. De quem são?

Lily os virou para lê-los.

— Patsy Cline.

— Esse é o álbum *Story* — disse Sandra, espiando por cima do ombro dela. Era um dos poucos álbuns que ela tinha e que Hugh aprovava. — Eu adoro esse.

Ela começou a cantar "Strange" a plenos pulmões, sua voz forte o suficiente para fazer um Ezra adormecido acordar num pulo.

— Porra. — Ezra se encolheu do outro lado do carro. — Eu estava dormindo.

— Tem dois iguais.

Lily os analisou.

— Era um álbum duplo. — Hugh parecia distante. — Minha mãe adorava.

As fitas começaram no meio de "She's Got You". Sandra, uma grande fã de Patsy Cline, pegou a letra. Para sua surpresa, Hugh se juntou a ela e virou a cabeça, sorrindo.

Ezra colocou as mãos sobre os ouvidos.

Eles dirigiram pelo arrebatador deserto de Mojave, salpicado de arbustos, o sol cozinhando.

— Parece Palm Springs — disse Ezra.

— Não se parece em nada com Palm Springs — declarou Lily.

Nesses momentos em que eles brigavam como irmãos em uma viagem em família, Sandra achava que os quatro poderiam ter sucesso como uma banda — e como amigos. De alguma forma, Ezra poderia ficar limpo, e Lily e Hugh poderiam focar na banda e não um no outro. Sandra temia que ela quisesse demais que essa banda desse certo.

— Pai, falta muito? — Ezra se recostou no banco e cobriu o rosto. — Eu tenho que mijar.

— Você devia ter ido antes de sair — disse Hugh, imitando a voz do pai, algo que ele costumava fazer. — Não paramos para nada neste carro.

— São 14 horas de carro. — Ezra riu. — A menos que você queira esses preciosos assentos brancos encharcados com meu xixi, você vai encostar.

— Por favor, encoste — brincou Sandra. — Estamos na estrada desde as três da manhã, não quero ficar sentada na urina do Ezra.

— Ninguém quer isso — acrescentou Lily.

Ela imaginava areias finas e limpas como em *Lawrence da Arábia*, não terra, mato e rocha. Havia pouca sinalização na estrada, e todo desvio parecia o mesmo. Eles atravessaram Flagstaff e Albuquerque, finalmente virando para o norte em Santa Fé e subindo para as montanhas. Às cinco da tarde, eles entraram em uma praça da cidade e, em seguida, Hugh deu uma guinada e fez o carro seguir por uma rua estreita, com um canteiro de cactos na entrada e uma placa escondida que dizia PANGEA. A cerca era um conjunto aleatório de galhos finos de árvores.

A casa era como um castelo de areia bege com um telhado vermelho brilhante. Ela se misturava ao restante do terreno, e essa parecia ser a intenção. Quando ela saiu do carro, um cheiro a atingiu.

— Que cheiro é esse?

— Lareiras.

Ela se virou para ver o homem alto e magro do Sunset Boulevard, que agora exibia uma terrível queimadura de sol visível mesmo no escuro, estendendo a mão.

— Paul de Passe?

Sandra estendeu a mão.

— Mademoiselle Keane. — Ele se curvou. Olhou para o carro com o reboque. — Posso ajudá-los com as malas? E quaisquer outras coisas que vocês possam ter.

— Claro.

Sandra enfiou a mão no porta-malas e entregou a bolsa maior a ele, ficando com a menor, que continha suas roupas de baixo e produtos de higiene pessoal.

— Eu nunca estive no Novo México.

Sandra não sabia ao certo por que estava balbuciando, mas Paul simplesmente assentiu e continuou andando.

— Eu também nunca tinha estado no Novo México antes de começar a trabalhar na Pangea, srta. Keane — disse ele. — Não tenho certeza do que acho disso. Taos. Não sei se o tempo aqui em cima gosta de mim.

O sotaque dele era pesado, e ela não o entendeu a princípio.

— Você quer dizer que não sabe se ele *é bom* para você?

— Isso. — Ele sorriu. — Não sei se esse clima de deserto é bom para mim. Também não sei se gosta de mim. Em breve, você entenderá.

Ele riu.

— Esse cheiro. — Sandra inspirou. — É maravilhoso.

— Sim, mademoiselle. As pessoas usam lareiras aqui o ano todo. É o cheiro de várias lareiras queimando. É o cheiro de Taos. Maravilhoso, não acha? — Paul limpou a garganta e apontou uma mala à frente. — Esta casa foi feita no chamado estilo de "hacienda" — disse ele. — É bastante antiga.

A casa na frente dela era enorme. Duas grandes portas duplas marrons — quase de ébano — se abriam para um hall de entrada com vigas redondas marrom-escuras e paredes brancas. Pendurado no centro do hall de entrada havia um imponente lustre de cristal com delicadas ramificações em ouro. Do hall, um grande pátio se revelava; além disso, havia uma tenda.

— Isto é uma...

— Uma tenda? É. — Paul bateu na janela. — O sr. Markwell nos escreveu dizendo que insistia que ficasse aí. Chamou de "viver na natureza".

— Ele disse isso? — Sandra olhou por cima do ombro para Hugh e Lily. — Eu sinto muito. Espero que não seja um problema.

— Pelo contrário, mademoiselle. Vocês ficarão trancados aqui gravando por um mês. O sr. Varner quer que vocês se sintam confortáveis.

— Hugh está de volta à natureza, até que ele precise de um banho moderno — disse Sandra baixinho.

Ela tocou uma das portas duplas esculpidas.

Algo na arquitetura de estilo espanhol deu uma pontada surpreendente de tristeza em Sandra. Coisas estranhas começaram a remexer dentro dela desde que trouxe Rick de volta dos mortos. Os cactos verdes no pátio estavam quase brilhando, como se ela estivesse chapada de ácido. Além disso, ela estava sonhando com uma fazenda na França e jurou entender o que as pessoas estavam dizendo.

— De onde você é?

— Eu sou de Paris — disse Paul, pronunciando *Parrí*. O homem queimado de sol levantou a mala de Sandra do chão e caminhou até a escada. — O sr. Varner estará esperando todos vocês para jantar por volta das sete e meia.

— Adoraríamos ver o estúdio. — Ezra estava carregando suas próprias malas. — E eu não gosto de dormir ao ar livre.

— Não se preocupe, sr. Gunn. Temos um quarto para você aqui em cima. — Paul subiu as escadas. — O sr. Varner ficará feliz em fazer um tour pelo estúdio mais tarde.

Tentando se livrar de uma estranha sensação de *déjà-vu* de que Paul já carregara suas malas, Sandra passou pelo pátio em direção à escada, notando um banco de igreja antigo que se estendia por todo o comprimento da parede. Ela parou por um momento e decidiu vasculhar os espaços no andar de baixo antes de ir para o quarto. Havia uma sala de estar com um teto com vigas rústicas e uma grande lareira que se misturava com o restante das paredes de reboco. As estantes de livros cobriam as paredes e Sandra achou que o lugar parecia mais uma biblioteca do que uma fazenda com um piano de cauda na janela.

— Você deve ser Sandra.

Ela se virou e viu uma mulher de meia-idade, com cabelos longos e seios baixos, encostada na porta.

— Eu sou Marie. Bem-vinda ao Rancho Pangea.

— Obrigada.

— Você deve estar exausta depois de horas de viagem. Ajudamos o sr. Markwell e a srta. Leotta a entrar na… tenda. — O sotaque francês da mulher não era tão pesado quanto o de Paul. — Paul levou sua bagagem?

— Levou, sim.

Sandra seguiu Marie de volta ao hall de entrada e subiu um lance de escadas ornamentadas.

— Vocês vieram em um ótimo momento. Taos está em alvoroço — disse Marie. — O ator Dennis Hopper acabou de comprar a casa de Mabel Luhan no final da estrada, então todos estão muito, muito animados. Muitas pessoas de Hollywood na cidade. Dizem que Michelle Phillips, do Mamas and the Papas, está com ele. Você a conhece?

Sandra sorriu. Ela vira o Mamas and the Papas muitas vezes na Strip. A música deles era parecida com a do No Exit. Ser tão famosa quanto Michelle e John Phillips era algo pelo qual ela e Hugh estavam esperando.

— Não, mas eu a vi.

— Eu adoraria vê-la. — Marie continuou andando e apontando para as coisas. — O sr. Varner, que você conhecerá em breve, se interessa por arte e música. Ele é mais famoso aqui na cidade, porém, como curandeiro. Eu só trabalho para o sr. Varner, trabalho há muito tempo.

— Um curandeiro? — Sandra parou. — Sério?

O misterioso sr. Varner estava ficando cada vez mais interessante.

— Ah, sim — disse Marie. — Ele é bem conhecido aqui. Temos pessoas indo e vindo a noite inteira. O homem é um santo.

— Como ele é?

O nome Luke Varner era familiar. Marie sorriu quando chegou ao topo da escada.

— É um homem incrível. Ele tem uma galeria na cidade, mas essa nova criação, esse estúdio de gravação, *c'est magnifique*. Ele é o que poderia se dizer… um homem da Renascença. Ele é uma alma antiga. Mas deixarei que ele conte sua história. — Ela parou em uma porta e abriu, revelando um quarto com cama de casal, colcha simples e tapete de lã.

O cômodo ficava em frente ao pátio e tinha varanda privativa. Ela ouviu portas abrindo e fechando e o som de Lily rindo em algum lugar.

Sozinha em seu quarto, Sandra caiu na cama. Essa coisa toda — Taos e gravar um disco — parecia surreal. Ela adormeceu e acordou quando o sol já estava baixo no céu. Olhando para o relógio, viu que eram quase sete horas. Sandra escovou seus longos cabelos loiros até brilhar. Sem saber o que esperar, ela pegou um vestido de mangas compridas e botas marrons e franziu o cenho para o reflexo, se achando pálida. Marie usava um elaborado cinto de concha e joias turquesa, as pulseiras tilintando enquanto ela subia as escadas. No entanto, esse era o melhor que ela podia fazer. Ela suspirou e desceu as escadas para jantar.

Lá fora, luzes foram acesas por toda a parte de trás da casa. Conforme escurecia, o deserto ficava mais frio — Sandra não estava esperando por isso. Fazia frio em Los Angeles à noite, especialmente em Laurel Canyon, mas ali o clima era quase congelante. Havia uma espingarda perto da porta e Sandra ficou divagando até ouvir os sons de animais rompendo a calmaria do deserto com seus gemidos.

Ela ouviu Lily já envolvida em uma conversa.

— Nós gostamos de viver perto da terra.

Ela estava entretendo, sentada no chão em frente ao toca-discos conversando com um Paul cativado.

— Vivemos no Canyon.

Sandra tinha certeza de que Paul não tinha ideia do que significava viver "no Canyon".

— Sim. Nós cultivamos a maior parte da nossa comida neste verão — concordou Hugh, deslizando ao lado de Lily e apertando a mão dela. Ambos estavam claramente chapados enquanto se apoiavam um no outro.

— Feijão verde, abóbora, pimentão...

— *C'est magnifique.*

Marie chegou bem a tempo de se animar com a palavra *pimentão*.

— O jantar está pronto.

— Eu ainda estou doido para ver o estúdio.

— Depois do jantar.

Marie o espantou da cadeira.

Sandra caminhou pelo corredor passando pelo piano de cauda e foi instantaneamente atraída por ele. Como não havia ninguém por perto, ela queria ouvir como era o instrumento, apenas uma breve parada antes do jantar para tocar uma música. Deslizando rapidamente para o assento, ela posicionou as mãos e começou com o aquecimento Grieg que fazia desde criança. Daí, mudou para uma peça de Satie, sua favorita. Quando terminou o primeiro movimento, parou as mãos e tirou o pé do pedal de sustentação. O som do piano era claro e profundo. Era o instrumento mais perfeito que ela já tocara.

— Isso foi adorável.

Ela se virou para encontrar um homem sentado no que deveria ter sido usado como algum tipo de cadeira de bispo gótico feita em ébano. Enquanto completamente mergulhado na cadeira com suas pinças de dois metros, costas ornamentadas esculpidas com figuras aladas e garras nos pés, o homem sentado nela não era dominado por sua opulência. Seu rosto bronzeado, barba por fazer e botas sujas pareciam zombar de tal indulgência.

— Eu sinto muito. Não sabia que tinha alguém ouvindo.

— Eu sei que não — disse o homem, sorrindo. — Isso tornou tudo mais interessante.

Suas mãos estavam cruzadas e ele demorou para analisar o rosto dela, como se não o visse há muito tempo.

— É uma cadeira muito grande essa em que você está sentado — disse Sandra.

— É, não é? — Ele acariciou os braços. — Eu adoro! Consegui numa missão católica em Albuquerque. É a cadeira de um bispo. Mas perdoe minhas maneiras. — O homem ficou de pé. — Luke Varner.

Ele era magro, não tão alto quanto Paul de Passe ou a cadeira em que estava sentado, mas bronzeado como se estivesse exposto ao sol o dia todo. A pele de Luke era cor de caramelo, seus cabelos castanhos ondulados e os primórdios de uma barba levemente cinza estavam se formando. Sua camisa vinho e jeans desgastados o faziam parecer um vaqueiro de Gunsmoke.

— Sandra Keane. — Ela ofereceu a mão. — Mas você já sabe disso, sr. Varner.

Ele não disse nada, mas fez um gesto para segui-lo pelo corredor e sair. Havia uma mesa ao ar livre e uma fogueira ardente nas proximidades. Hugh já havia colocado uma pilha de álbuns no toca-discos na varanda. Agora, o disco tinha sido alterado para "Hurdy Gurdy Man", de Donovan. O jantar era mole de frango que Marie assara lentamente. Quando passou pela sala, Sandra também viu um fogo ardendo na lareira.

Todos perceberam quando Luke Varner entrou no espaço. Marie se inquietou atrás dele, e Sandra viu Lily mudar a atenção de Hugh para Luke. Hugh pareceu notar a mudança, mas a aceitou.

Sandra ficou surpresa por ter achado Luke Varner tão atraente. Parecia estranho e muito cedo depois de Rick — parecia uma pequena traição a ele —, mas havia algo nesse homem que parecia trazido do passado. Uma porta se abrindo.

Eles conversaram sobre Lily ter visto um papa-léguas naquela manhã, o primeiro que ela vira. A conversa mudou rapidamente para Karl Marx, o favorito de Hugh. A conversa sempre mudava para Karl Marx quando Hugh estava por perto.

— O homem ficou alienado de seu próprio trabalho — disse Hugh. — Você não concorda?

— Acho que Marx é superestimado — disse Luke.

— O que Luke está fazendo é incrível — acrescentou Lily. — Marie disse que ele não vai deixar os capitalistas corruptos explorarem o trabalho de artistas locais aqui.

Hugh começou a falar sobre arte. Sandra não tinha certeza se Hugh realmente sabia alguma coisa sobre arte, mas isso nunca o impediu.

A campainha tocou e Marie pediu licença para atender. Houve um barulho no hall de entrada e alguns murmúrios. Marie veio à porta e fez sinal para Luke. Todos, tão envolvidos em conversas, continuaram falando e bebendo.

Curiosa, Sandra esperou um momento antes de se levantar e seguir Luke até o hall.

Um jovem estava deitado no chão, o sangue escorrendo de uma ferida no abdômen. Um homem mais velho que falava espanhol transmitia algo a Marie, que pelo jeito falava espanhol muito bem. O atraso na tradução era frustrante enquanto o menino sofria. Estranhamente, Luke ficou ouvindo a história, em vez de cuidar do garoto.

— É o filho dele. Ele foi baleado acidentalmente — disse Marie. — Ele não sabia o que fazer. Eles ouviram falar de você.

Luke se ajoelhou ao lado do jovem. Uma espessa poça de sangue quase preto se formava ao redor de seu quadril. Sandra sentiu o cheiro da morte — a doce podridão que sempre flutuava dos corpos. O garoto estava morrendo.

Então essa era a "cura" de que Marie havia falado. Ela prendeu a respiração.

Luke olhou para Sandra.

— Você quer tentar?

Sandra balançou a cabeça vigorosamente. *Como ele sabia o que ela podia fazer?*

— Tente — disse ele.

Não era uma ordem, mas também não era um pedido. Ele se afastou, dando espaço a ela, mas também avaliando o que ela estava prestes a fazer.

Parecia uma espécie estranha de teste.

Afastando os cabelos, Sandra ficou de joelhos e olhou para Luke em busca de orientação. O fato de ele pensar que ela poderia fazer isso lhe deu confiança. Ela tentaria. O homem mais velho estava chorando, Marie o amparando. Assim como fez com Ezra e Rick, Sandra tocou a barriga do jovem. Ela fechou os olhos e pôde ver o caminho que a bala havia percorrido, rasgando tecidos e ossos. Entrara pelo lado direito, rasgando o fígado. Suas mãos molhadas e ensanguentadas começaram a esquentar, e ela podia ver as bordas rasgadas do homem começarem a se fundir como se ela fosse uma cirurgiã. Sem saber o que fazer com a bala, ela olhou para Luke. Ele a estava observando atentamente. Em sua mente, ela começou a encolher a bala até imaginar que era do tamanho de um benigno grão de areia.

O sangue ainda estava fluindo para fora do homem, então Sandra fez com que parasse e começou a pensar em um novo sangue se formando nas artérias dele. O corpo do homem respondeu, criando novo sangue e fundindo a ferida.

Ela havia se acostumado com a queimação nas mãos, mas aquele era um caso mais difícil. O homem começou a tossir, o que era encorajador. Sandra viu que agora ela tinha toda a atenção de Luke. Quando não conseguiu mais aguentar a dor lancinante, ela tirou as mãos ensanguentadas da barriga do homem e caiu para trás, praticamente se atirando pelo hall de entrada. Ela virou as mãos; achou que estivesse com bolhas, mas descobriu que ainda estavam cor-de-rosa e macias. Olhou para cima e viu todos na casa — Marie, Paul, Hugh, Lily, Ezra e o pai do homem — observando-a.

No que pareceu uma verdadeira dissonância existencial, o garoto, com as roupas ensopadas com o próprio sangue, se ajoelhou e se levantou com a ajuda do pai. Suas roupas estavam tão ensanguentadas que era impossível imaginá-lo vivo e muito menos andando.

O pai se virou para Sandra, que havia levantado de maneira semelhante com a ajuda de Paul.

— Eu ouvi sobre coisas mágicas neste rancho, mas nada como você.

Ele agarrou as mãos dela cobertas de sangue.

As dele estavam frias e Sandra ficou grata por pegá-las por um momento para aliviar a queimação de sua pele.

Sandra não sabia o que dizer. Isso tudo era novo para ela. Houve um silêncio na sala, e ela não soube se havia feito a coisa certa. Olhou para Luke, que parecia satisfeito, mas não chocado. Ela tentou ler sua expressão, mas ele transpareceu pouco. Sandra, no entanto, estava chocada e confusa. Foi praticamente ordenada a curar o garoto como em um truque de salão.

Parecendo tão atordoado quanto Sandra, o garoto levantou a camisa. Havia o que parecia ser uma cicatriz por onde a bala havia entrado. Era como se a bala tivesse causado seu estrago anos atrás, não minutos.

O pai se virou para Luke.

— Não sei como agradecer.

— É o que fazemos aqui. — Luke conduziu o homem e o filho para longe do alcance dos ouvidos e em direção à porta. A porta preta gigante se fechou com um baque alto e Luke se inclinou contra ela. — Isso foi *brilhante*, Sandra.

— Essa é a merda que ela fez contigo, Ezra.

Hugh a agarrou e a beijou na boca. Ele estava bêbado.

— Da hora. — Lily revirou os olhos. — *Essa* foi a coisa mais incrível que eu já vi. E olha que eu já vi coisas incríveis.

— Já mesmo — concordou Hugh.

Apenas Ezra ficou ali, em silêncio. Sandra olhou nos olhos dele. Eles nunca haviam conversado sobre o que ela tinha feito com ele na noite da overdose. Ele parecia atordoado.

— Eu vou trocar de roupa.

Sandra olhou para si mesma, coberta de sangue, duas marcas onde distraidamente enxugou as mãos no vestido. Ela cambaleou em direção à escada, encontrou o corrimão e se apoiou.

Felizmente, ela tinha seu próprio banheiro, que incluía uma banheira profunda com pés com garras. No banho, Sandra afundou na água. O que estava acontecendo com ela?

Mais tarde, sentada na varanda, envolta em um roupão de banho, ouviu uma batida na porta. Abrindo, ela encontrou Luke Varner parado lá.

— Eu queria ver como você estava.

Suas mãos estavam no bolso.

Ela fez um sinal para ele entrar. Ela se moveu em direção à cama e se sentou, mas ele se apoiou na cômoda. Eles ficaram calados. Sandra não sabia mais o que dizer. As palavras pareciam não ser tão importantes para ela como antes.

— O que foi aquilo?

— Você acabou de salvar a vida de um homem.

— Como você sabia que eu poderia fazer isso? Nem eu mesma sei como faço isso.

— É complicado.

— Isso foi um teste?

— Foi. — Ele suspirou e parecia que queria dizer mais. — O que você fez lá embaixo. Eu nunca vi nada parecido.

— Ouvi dizer que você é um curandeiro, sr. Varner. Certamente você já viu *alguma coisa* parecida.

— Além de mim, eu quis dizer — acrescentou com uma risada. — Não, eu nunca vi nada parecido.

— Você consegue fazer *isso*?

Sandra se inclinou para ele, com as mãos estendidas.

— Consigo. — Ele suspirou. — Mas eu nunca vi você… — Ele parou. — Eu nunca vi mais ninguém fazer isso. Posso perguntar? Como funciona?

— Eu não sei — disse ela honestamente. — Eu consigo dizer se alguém está morrendo ou não. É um perfume que eles têm. Aprendi que tenho o poder de mudar o resultado. Eu posso persuadir o corpo a fazer o que eu quero.

— Você sempre foi capaz de fazer isso?

— O cheiro, sim. Desde criança. — Ela olhou para as mãos. — Mas a cura, isso é novo. Vem das minhas mãos, eu acho. — Ela as virou e examinou. — Não sei ao certo, mas elas ardem enquanto eu faço. — Ela ponderou alguma coisa.

— Algo mais?

— Como assim?

— Poder de persuasão? Você consegue entrar na mente de alguém?

— Você está de brincadeira? — Ela olhou para as mãos. — Eu acho que tudo vem das minhas mãos. Também nunca tive aula de piano. Bem, não depois da primeira aula.

— E você tocou como você fez lá embaixo?

Ela assentiu.

— Seu dom é poderoso.

— Não é um dom. É uma maldição — sussurrou ela, como se tivesse medo de expressar o que diria a seguir. — Eu sou uma aberração.

— Você não é uma aberração. — Ele sorriu tristemente. — Lamento que você se sinta assim. Bem-vinda à Pangea, Sandra. Você tem um lar aqui. — Ele se virou para a porta e bateu as mãos na madeira. — E você ainda não viu o estúdio de gravação.

Ela sorriu.

— Obrigada, sr. Varner.

— Pode me chamar de Luke.

— Obrigada, Luke.

Na manhã seguinte, eles começaram a gravar. Luke abriu toda a parte de trás, que era dividida em duas salas. A primeira era uma sala de controle; atrás do vidro estava o estúdio.

— Essa merda é incrível — disse Hugh, sua mão pairando sobre os botões e alavancas.

— Não toque — disse Luke.

Hugh rapidamente afastou a mão.

Aquela mesa de som era a coisa mais elaborada que ela já tinha visto, com mais de trezentos botões e alavancas. Aquilo tudo parecia impossível — que eles estivessem aqui neste estúdio e alguém como Luke Varner acreditasse o suficiente no que eles estavam fazendo para permitir que gravassem um álbum.

— Vamos começar com a bateria — disse Luke a Ezra. — Quando ouvirmos esse som, definiremos a faixa.

— Como funciona? — Ezra olhou por trás do vidro para sua bateria, que havia sido montada com pelo menos seis microfones colocados ao redor dela. — Como gravamos um álbum?

A montagem era intimidadora. Entre Hugh e Sandra, eles tinham cinco músicas autorais. Eles as ensaiaram no Shack nos últimos dois meses e ajustaram as partes mais difíceis, mas fixaram os olhos na mesa Neve e quase leram a mente um do outro. *Puta merda! Estamos prontos para isso?* Eles tinham um mês aqui para trabalhar em suas músicas sob a direção de alguém que pudesse moldar seu som — era uma oportunidade única, e todos sabiam disso.

— Não tem como ser melhor que isso, não é?

Hugh disse tão baixo que apenas Sandra o ouviu.

— Não — ela respondeu. — Não tem.

Luke olhou para cima.

— Ah, a cavalaria chegou. — Ele se virou para Ezra. — Esses caras podem explicar como vocês vão gravar um álbum.

Dois homens estavam na porta.

— Este é Bex Martinez — disse Luke, apontando para o homem mais alto. — Ele será seu baixista para a sessão. Paul disse que você está sem um baixista. Bex é um músico de estúdio originalmente de Santa Fé. — Bex era alto e magro. Ele usava um chapéu de cowboy e uma camiseta com as mangas rasgadas. Em vez de falar, ele apenas acenou para todos. — Acho que Bex também pode tocar guitarra e guitarra steel, se vocês precisarem.

— Banjo também — ofereceu Bex.

— E banjo também. — Juntando as palmas das mãos, Luke se virou para o segundo homem à porta, um homem pequeno e careca, com uma longa barba. Ele parecia um elfo de um especial de Natal que Sandra tinha visto. — E este é Lenny Brandt. Ele é o engenheiro de som. É inglês.

Ele se virou para Hugh.

— *Ele* pode tocar o equipamento.

— Legal — disse Lily.

— Quero ouvir o que vocês têm — disse Lenny, que na verdade era australiano.

Durante as 24 horas seguintes, Lenny e Luke fizeram a banda tocar as cinco músicas que haviam escrito. Lenny os parava, fazia correções e sugeria mudanças, seus dedos se movendo rapidamente sobre os mostradores e com um excelente ouvido; suas unhas eram roídas até o sabugo.

Ele fazia rabiscos furiosos em um pequeno caderno, cada música ocupando sete páginas ou mais antes de passar para a próxima.

À noite, eles estavam exaustos. Marie trouxe o jantar para o grupo no estúdio. A não ser para ir ao banheiro, ninguém saiu do estúdio o dia todo.

— Algo mais?

Lenny olhou para Sandra e Hugh.

— É tudo o que temos até agora — disse Hugh.

— Eu tenho duas músicas. — Ezra levantou a cabeça da bateria.

— Vocês já tocaram?

Lenny se virou para Sandra e Hugh, que balançaram a cabeça.

— Está bem, pratiquem essas duas músicas à noite, se puderem, para prepará-las. Temos cinco músicas para trabalhar no momento, para o álbum. Vamos tentar gravar uma música por dia, embora seja uma meta ousada porque acho que todas precisam de um pouco mais de trabalho. — Lenny se virou para Bex. — O que você acha?

Bex assentiu.

— Acho que Hugh e eu podemos acrescentar um pouco mais de guitarras.

— Exatamente o que eu estava pensando. — Ele se virou para Sandra. — Quero um teclado eletrônico comum aqui. Ou isso ou então trazemos aquele belo Steinway, embora eu ache que precise de afinação.

— Ele precisa de uma afinação — Sandra concordou.

— Eu acho que todas essas músicas têm reverb demais. Vocês têm ótimas letras, mas estão tentando parecer com Hendrix. Hendrix é Hendrix. Entenderam? Encontrem suas próprias vozes. — Lenny estava encostado no vidro. — Está bem, vamos apertar um baseado.

— Porra, com certeza — disse Hugh.

Na manhã seguinte, eles começaram a gravar a primeira música, definindo as faixas da bateria, a faixa rítmica posterior, seguida do teclado e, finalmente, os vocais. Quando a primeira música terminou, Lenny entregou a eles uma fita e uma garrafa de tequila.

— Leve para algum lugar especial, cara.

Hugh sorriu, e os cinco — pois Bex Martinez agora já era totalmente do grupo — estavam todos sentados no Chrysler com a capota aberta ouvindo a faixa principal e passando a tequila ao redor do carro enquanto o sol batia. Eles nunca tinham se ouvido antes.

Lenny tinha puxado a bateria para frente para equilibrá-la e misturado com a guitarra, adicionando as faixas de Bex também. O produto final era uma música que não era complicada demais com reverberação, mas era bem construída.

— Nossa — disse Ezra. — Somos nós.

A garganta de Sandra ficou embargada e ela teve que engolir em seco para não chorar. As partes de cada um deles nunca haviam sido tão grandes quanto o todo. *Eles eram bons. Eles podiam fazer aquilo.*

Nos dois dias seguintes, todos seguiram caminhos separados pela manhã e trabalharam em peças individuais e depois voltaram a se reunir para ver o que tinham. Enquanto definiam mais duas faixas, os estranhos sonhos de Sandra continuavam. A França estava se tornando algo saído das aventuras de *Alice no País das Maravilhas* — e Sandra sentia que estava habitando outra pessoa. Havia um pintor em seus sonhos. O sexo com esse pintor, cujo nome era Marchant, era selvagem, brutal e intenso. Ela descia as escadas de manhã exausta, mas tinha mais clareza sobre as coisas ao seu redor, como cores e sons.

Estranhamente, aqueles sonhos a tornavam mais criativa no estúdio, e isso aparecia em suas composições. Ao ouvir uma música que eles tinham tocado por seis meses, Sandra começou a vê-la de maneira diferente. Achou que devia ser mais sonhadora, ter um ritmo mais lento. Vendo para onde ela estava seguindo, Bex pegou a guitarra steel e fez Ezra suavizar a caixa. O resultado foi um som exuberante que ficava em sua cabeça e que parecia com seus sonhos.

Na terceira noite, o mais estranho foi que uma versão de Luke Varner também apareceu neles. A garota em seus sonhos, Juliet, começara a morar com ele em Paris. Ela tocava piano — tocava o Grieg, o Satie, peças que eram muito, muito familiares para Sandra.

Quando a garota pulou da Pont Neuf, Sandra acordou assustada, cuspindo água de verdade no travesseiro.

— Meu Deus.

Sandra olhou para as vigas de madeira acima dela.

— O que diabos está acontecendo comigo?

No café da manhã, no dia seguinte, Luke se sentou em frente a ela na mesa.

— Posso mostrar uma coisa para você?

Ela o seguiu pelo corredor e entrou na sala com o Steinway. Ele pegou vários livros de composição; Sandra viu que eram composições musicais, pelo menos quatro volumes.

— Você pode obter alguma inspiração disso? Lenny disse que vocês precisam de mais quatro músicas.

Sandra olhou para a escrita e algo a atingiu. Ela reconheceu os primeiros compassos e se inclinou para analisá-los de perto.

— Quem compôs isso?

— Isso não é importante no momento — disse ele. — Apenas tente tocar algumas.

Sandra pegou os livros e se sentou no Steinway, abrindo os que pareciam estar fechados há anos. As lombadas estavam amareladas e se espalhavam pelas bordas de cada página individual, mas a tinta preta permanecia clara. Havia algo familiar nas torções das semínimas e mínimas. Ela tirou as sandálias de salto alto e deslizou o pé direito sobre o pedal de sustentação. Lendo fielmente a música da página, Sandra tropeçou nos primeiros compassos até que algo a atingiu. Ela parou e se afastou do teclado, como se tivesse tocado uma panela quente.

— Eu conheço essa música.

Sandra examinou o restante do livro, colocando outra composição à sua frente. Depois de tocar os primeiros compassos, ela fechou os olhos e tocou de memória. Quando terminou, tirou o pé do pedal de sustentação, e o instrumento emitiu um ruído de reverberação enquanto mantinha a última nota.

— O que é isso?

— Você quer mesmo saber?

— Claro que quero. Essas músicas estão nos meus sonhos. Passei anos tentando colocá-las em composições, e aqui estão elas. — Ela folheou o livro, examinando o restante das músicas. — Tem algumas músicas que eu não consegui entender. — Ela abriu uma música e começou a tocá-la, parando no meio da primeira página. — Está aqui também. *Como* isso é possível?

— Porque você as compôs.

Sandra olhou para eles e depois para Luke.

— Não.

— Você não acredita em mim? — Ele se sentou ao lado dela no banco. — Mas o problema é que você também não *desacredita*.

— Ninguém em sã consciência acreditaria em você, sr. Varner.

— Luke.

— Ninguém em sã consciência acreditaria em você, Luke.

Ele deslizou o banco e se levantou, estendendo a mão.

— Vamos dar uma volta, pode ser?

Ela seguiu atrás dele, hesitante em ouvir o que ele estava prestes a dizer. O ar frio da manhã a atingiu quando eles abriram a porta e entraram na varanda dos fundos. Os cinzeiros cheios da noite passada e as garrafas vazias de cerveja cobriam o chão. Sandra chutou uma pedra e cruzou os braços.

— Você está tendo sonhos?

Ele começou a seguir o caminho para a estrada.

Ela olhou para ele cautelosamente.

— Estou, sim.

— Estou neles?

Sandra parou de andar.

— Vou entender isso como um sim. — Ele quebrou um galho de árvore perdido e começou a abrir caminho até um antigo local de fogueira. — Aposto que há um pintor e uma garota chamada Juliet. Você quer que eu dê um nome para seu gato enquanto eu estou nisso?

Ela franziu a testa, sentindo o sangue escorrer de seu rosto até que ficasse dormente e ela o tocou apenas para marcar sua fala.

— Como você sabe disso?

— Eu não lhe pareci familiar quando nos conhecemos?

— Pareceu, mas eu pensei que fosse algo subconsciente, ou que eu tinha usado drogas demais.

Sandra sacudiu alguns arbustos altos com a mão, fazendo um coelho pular e assustá-la.

— É algo subconsciente, a propósito. — Ele pegou um par de luvas do bolso de trás e começou a mover pequenas pedras enquanto falava. — É melhor fazer isso de manhã antes que o sol realmente se ponha. Esses sonhos são você. Você nunca achou que fosse diferente? — Ele olhou para ela. — Bem, você é.

— Isso nunca foi uma coisa boa.

— Na verdade, é uma coisa fabulosa. Você tocava piano, mas seus pais a fizeram parar.

— Como você…?

— Você tinha medo de ser estranha, ou, como você disse na outra noite, uma aberração, mas você não era. Você viu o sonho com sua mãe, a mãe de Juliet. Você viu o que ela fez.

Sandra assentiu.

— É uma maldição, especificamente uma maldição de amarração. Você volta de novo e de novo.

— Você está dizendo que eu sou essa garota? Isso não faz sentido.

— Ainda assim, uma parte de você sabe que estou dizendo a verdade.

— Foi por isso que você me trouxe até aqui? Essa coisa de gravar um álbum era tudo armação?

Luke a ignorou.

— Se você viu Juliet em Paris, em breve terá outro sonho, como Nora Wheeler. Vai se passar em Hollywood na década de 1930… Será uma visualização interessante para você, pelo menos.

— Falando nisso, vou ser visitada pelo Fantasma do Natal Passado?

Ele riu muito.

— Não, apenas pelo fantasma de Nora Wheeler. Mas eu não posso dizer mais, você precisa sentir isso sozinha.

— E a cura?

— Isso foi uma grande surpresa.

Ele se virou e voltou para casa, deixando claro que terminara de falar.

À tarde, enquanto a banda estava no estúdio, Sandra encontrou Marie assistindo a *O segredo da tempestade*.

— Eu amo televisão desta vez — comentou ela com seu forte sotaque francês.

Sandra não sabia exatamente o que ela queria dizer com "desta vez", mas jurou que tinha visto Marie e Paul em seus sonhos também.

Luke estava certo. Como algo extraído de um romance de Dickens, Sandra foi visitada novamente pelo fantasma de Juliet e depois de Nora Wheeler. O conjunto das histórias de Nora e Juliet deu a Sandra uma maior estima por Luke. Nora o amava. Eles viveram juntos até Nora morrer na praça da cidade de Taos, onde Sandra estivera no dia anterior, comprando cartões-postais.

Sandra começou a folhear os livros de composição de Nora — seus livros de composição. Era como se ela tivesse encontrado um pedaço perdido de si mesma. As respostas para todas as suas perguntas estavam escritas nessas páginas desbotadas, uma das poucas conexões concretas que ela tinha com Nora. Sandra ficou com os livros o tempo todo, sempre ao alcance da vista. Nora os enviara a ela através do tempo, e eles eram preciosos.

Dois dias depois, Luke a encontrou sentada no banco, reescrevendo algumas das composições que poderiam ser usadas na gravação.

— O que você está fazendo?

Ele se sentou no "trono" novamente, o que fez Sandra sorrir.

— Você parece ridículo nessa cadeira.

— Qualquer um pareceria ridículo nesta cadeira. Essa é a questão.

O foco de Sandra voltou ao seu livro de composição. Ela tinha um lápis e havia desenhado várias novas pautas em um pedaço de papel em branco.

— Eu posso usar isso se eu refizer. Não sabia como encontrar uma linha melódica para um dos poemas de Hugh, mas isso aqui realmente funciona.

Ela tocou os compassos no Steinway.

— Veja só.

Luke se levantou e folheou o livro de composição original, abrindo um espaço mais para trás.

— Mas você mudou o andamento aqui. — Ele apontou para um trecho três páginas depois. — Este é melhor, não acha?

Sandra olhou para a música e depois a tocou. Ele estava certo.

— Como você…?

— Eu conheço todas essas músicas.

— Claro que conhece — disse Sandra baixinho.

No estúdio de gravação, porém, algo mágico estava acontecendo. Uma equipe moveu o Steinway para o estúdio e Sandra teve afinadores de prontidão o dia inteiro, levando o instrumento para onde ela quisesse. Lenny então trocou Hugh de sua Fender para um violão.

— Tirem as firulas — disse ele a Hugh e Sandra. — Apenas confiem na música que vocês escreveram.

Hugh queria experimentar uma nova música. Ele escreveu algumas letras e tocou um riff básico que tinha feito. Bex pegou a ideia e começou a estabelecer uma linha de baixo para ela, o que realmente a fez ganhar vida. Sandra achou que o riff de Hugh poderia se misturar bem com uma das composições de Nora. No piano, ela começou a improvisar o riff. Os três — Sandra, Hugh e Bex — elaboraram as principais melodias e letras. À tarde, eles estavam prontos para adicionar a bateria de Ezra. Lenny apertou o botão de gravação com a banda tocando a música por várias horas. Isso se tornaria o padrão para o restante de suas músicas. Todas as noites, eles ouviam o trabalho do dia e conversavam sobre o que poderia ser adicionado.

Nos raros dias em que saíram, Sandra e Marie exploraram Taos. Marie acordava cedo todas as manhãs para fazer café. Rondar a grande casa de manhã era uma das coisas favoritas de Sandra.

Ela gostava de acordar cedo — Marie era geralmente a única outra pessoa de pé àquela hora —, e as duas se sentavam na varanda dos fundos tomando café. Marie possuía uma riqueza de conhecimentos sobre a história artística de Taos — D.H. Lawrence, Georgia O'Keeffe e Alfred Stieglitz, Paul Strand e Rebecca Salsbury James e Mabel Dodge Luhan.

Indo para a cidade, Sandra notou que tudo em Taos era gasto, do jeans às botas, aos cobertores navajos com partes finas meio carecas, até o velho caminhão Chevy que Marie dirigia pela praça da cidade para explorar o mercado ao ar livre em busca de pimentões. A mulher era uma excelente cozinheira de comida mexicana, assando pimentões vermelhos e verdes com alho e acrescentando-os aos pratos de carne de porco e frango. Sandra nunca tinha visto, cheirado ou provado algo assim. Em contraste com a correria de Los Angeles, Taos era calma.

Hugh ensinou Lily e Sandra a atirar. Eles pegavam bicicletas e iam para o deserto para atirar em latas de cerveja, lebres e, uma vez, até em uma cascavel. Bex e Ezra costumavam ir a Santa Fé, todos vigiando qualquer mudança no comportamento de Ezra, mas ele manteve o foco durante as sessões de gravação.

Com o passar das semanas, os quatro gravaram um total de oito músicas para o álbum. O tempo os uniu tanto como artistas quanto como pessoas que haviam melhorado suas músicas. Eles estavam muito orgulhosos de sua primeira gravação — a que Lenny lhes dera para ouvir no Chrysler —, mas ao ouvi-la outra vez, Hugh havia pedido que a regravassem. Eles desenvolveram um som em torno da quarta música que não tinham nos trabalhos anteriores.

Apesar de seu discurso marxista, Hugh fez uma concessão para uma grande indústria capitalista — a música — recebendo novos carregamentos de discos de seus amigos em Los Angeles: os lançamentos de Janis Joplin, Melanie e The Doors.

Os favoritos de Sandra eram "You're Gonna Miss Me", do 13th Floor Elevators, o "No Sugar Tonight" do Guess Who e "Mother Sky" dos Can, embora "Season of the Witch" do Donovan fosse a música que ela mais colocasse para tocar. Hugh dizia que era a "música dela". Ao ouvir a notícia da morte por overdose de Janis Joplin no início de outubro, todos passaram o dia inteiro juntos no sofá, tocando "Try" várias vezes, até que tiveram que ir à cidade para comprar outra agulha para a vitrola.

Uma noite, depois do jantar, Sandra viu Ezra sozinho, olhando o pôr do sol. Ela fechou a porta silenciosamente para não assustá-lo. — Você está bem?

— Você já se perguntou quantas vezes ainda vai ver o pôr do sol?

— Muito Paul Bowles da sua parte — disse Sandra.

Ele riu.

Sandra sabia quantas vezes ela veria o pôr do sol. Ela morreria aos 34 anos, assim como Nora, a menos que tudo se tornasse demais para ela. Mas Ezra era diferente. Ele podia escolher um final diferente para si, se quisesse.

— Eu quero que você seja feliz, Ezra.

Ele balançou a cabeça.

— Isso, infelizmente, não é possível. Quero que esse álbum seja importante, Sand. Como prova de que eu estive aqui.

As pernas dela amoleceram quando ele disse isso, mas Sandra o entendeu perfeitamente. Como Nora, que havia deixado para ela os livros de composição, este álbum era a prova de que ela havia vivido e feito algo de bom apesar de ter nascido nessa situação de merda.

— Prometi a mim mesmo que veria esse álbum pronto.

Sandra podia ler o significado das palavras de Ezra — ele sabia que não tinha muito tempo. Ela estendeu a mão e tocou a dele. Eles ficaram ali juntos por um momento em silêncio e ela apoiou a cabeça no ombro dele.

As duas últimas músicas do álbum foram as que Ezra escrevera.

A primeira foi chamada de "Anjo do Canyon", e as letras eram pungentes. A esta altura, o grupo já conseguia pegar uma ideia de uma linha melódica básica ou um riff e começar a adicionar camadas de música em torno dela. Hugh voltou à sua Fender e aumentou o reverb nos acordes. A música tinha uma exuberância distinta. Era uma canção difusa e atmosférica, e Hugh partiu para um solo de guitarra após os dois primeiros versos. Lenny estava feliz de ter gravado aquilo tudo, porque todos na sala sentiram que era uma mudança em relação às outras músicas e realmente pressionava o som deles.

Havia a sensação de que o que acontecia no estúdio era sagrado — essa conexão nunca seria recriada com outro grupo de pessoas —, eles eram necessários ali, naquele momento específico. Conforme o Halloween se aproximava, ficava um clima pesado no ar pela gravação do álbum estar chegando ao fim, e uma sensação de que todo momento a partir de então seria menor.

— Todo maldito músico se sente assim?

Hugh já havia aprendido a mexer na mesa de gravação e sabia exatamente qual combinação de botões e alavancas tornavam suas músicas vivas.

— Se sabem que o álbum é bom, eles se sentem assim. — Lenny se recostou na cadeira. — E esse é um álbum bom pra caralho. Existe uma superstição nele que você nunca poderá recriar. Todo artista se sente assim, eu acho: que tudo o que eles fizeram, todo ritual que criaram é sagrado.

Logo antes do Halloween, Sandra encontrou uma carta para ela na mesa do hall. A letra era familiar. Ela já a havia visto em fotos, anotações feitas à canetinha, sugerindo cortes ou legendas no verso. Ao abri-la, ficou surpresa com a forma como conseguiu tirar Rick da cabeça. A pura estranheza de Taos e os sonhos que ela tinha de noite sobrecarregaram seus sentidos e a afastaram dele. Mas ver a letra daquele homem novamente fez com que ela sentisse a dor dele, como se ele estivesse impresso nela.

20 de outubro de 1970

Sandra,

Eu espero que você esteja bem. Hugh disse a Kim que as sessões de gravação estão ótimas. Eu sempre soube que a sexta banda seria a melhor.

Penso em você o tempo todo, mas estranhamente não consigo imaginar você no Novo México. Eu espero que esteja feliz. Você certamente merece ser.

Escrevi e reescrevi esta carta diversas vezes. As palavras parecem resumir demais as emoções que sinto por você. Eu entendo por que você foi embora, realmente entendo. Distância e tempo me deram uma perspectiva do que aconteceu entre nós, mas eles não diminuíram meu amor por você. Nada pode fazer isso.

Aceitei um trabalho fotográfico no Vietnã. Há uma história a ser contada por lá e eu vou capturá-la — acho que preciso me sentir parte de algo maior. Aprendi isso com você. Há uma coisa sobre nós que transcende esse tempo e lugar. Eu sei que não estou descrevendo bem, mas tudo — meus sentimentos por você e o que aconteceu comigo no hospital — me mudou. <u>Você me mudou.</u>

Quando terminar, vou encontrar você. Você é minha *"raison d'etre"*, como dizem os franceses. Deveríamos estar juntos — acho que você sabe disso também.

Eu sempre vou te amar,
Rick

Luke a encontrou com a carta na mão, sentada no antigo banco do saguão da igreja.

— Más notícias?

— Rick está indo para o Vietnã.

Ela juntou os cabelos em um elástico de cabelo para dar às mãos algo para fazer. Ela fungou e quando o fez, sentiu algo escorrer pelo lábio e tocou — sangue novamente.

Ele se moveu para lhe dar um lenço de papel, mas ela o dispensou, limpando-se com a barra da camisa. Ele tentou ajudar, mas ela estendeu a mão para detê-lo.

Ele se sentou ao lado dela, as tábuas velhas do banco rangendo.

— O acordo que fiz com você. — Ela olhou para ele e para a carta. — Foi para ele. Ele morreu...

— Eu sei — disse Luke. — Marchant.

— Claro que você sabe.

Ela riu.

— Ou você pensa que sim, só que não. Ele era Rick.

— Não. — Ele suspirou, parecendo entediado. — Ele é Marchant disfarçado de Rick, mas ele sempre é Marchant. Nunca se esqueça disso. Você o viu nos seus sonhos: primeiro como Marchant, depois como Billy Rapp... Ele é um ator interpretando um papel.

— Mas ele é Rick. Ele foi especial desta vez. E você está errado. Marchant, Billy e Rick. Ele sempre é diferente. Este foi único.

Ela cruzou os braços e se virou para olhá-lo.

Algo em sua posição ou feições pareceu fazê-lo recuar e olhar para ela.

— O que houve?

— Então, nós estamos amarrados: você, eu e Rick?

— Você e Marchant.

— Rick — corrigiu ela. — Como essa maldição funciona?

— Bem, sua vida é bem normal, até você conhecer Marchant ou alguma versão dele, e então sempre dá errado e você... — Ele fez uma pausa. — Bem, você me chama para intervir. É como um ciclo, sempre o mesmo. Os sonhos que você tem fazem parte disso. Todas as versões diferentes de você precisam se reconciliar em uma única pessoa para que os sonhos comecem, mas eles não começam antes que você me chame. Eu sou seu administrador. Eu cuido de você. Pense em mim como um anjo da guarda.

— Ou o contrário.

Ele assentiu.

— Ou o contrário. A forma como decide enxergar isso depende de você.

Ela segurou a carta.

— Rick se voluntariou para ir até lá... tirar fotos. Ele diz que depois vem para cá.

— Eu não recomendaria que ele fizesse isso nem que você o incentivasse. — Luke se inclinou, colocou o rosto dela nas mãos dele e a puxou para perto, tão perto que seus lábios estavam quase roçando um no outro. — Você fez um acordo e há consequências. — Ele balançou a cabeça e riu amargamente. — Sempre foi... *sempre*... foi você. Eu tenho uma escolha, lembre-se disso. Marchant *não*, mas eu tenho. Eu sou proibido de amar você.

Houve consequências quando *eu* amei você e *ainda assim* eu escolho voltar a fazer isso toda vez. Você está enganada se acha que esta versão dele é genuína. Não é. Ele não é capaz disso.

— Quais são as consequências para você?

— Não importa.

— É claro que importa. Você não pode dizer algo assim e não terminar. O que você é? Que consequências você sofre por me amar?

Luke se levantou e foi embora, mas pareceu repensar e voltou. Ele agarrou Sandra e a beijou profundamente. Ela se levantou e o puxou para mais perto, balançando por um momento. Como uma impressão, ela se lembrou de cada pedaço de barba e parte lisa do rosto de Luke quando o tocou.

Finalmente, ela se afastou.

— Não.

Ele encolheu os ombros para ela continuar.

— O quê?

— Não vou cair nessa de novo. Você controlando o que eu sei e o que eu não sei. O que nós somos, Luke?

Ele parecia confuso.

— Eu não sei o que você quer dizer.

Seus olhos eram do azul profundo do céu em Taos.

— Não sei o que eu sou.

Ele olhou para o chão.

— Isso importa?

— Muito. Não estou brava por não ter dito a Nora que ela iria morrer, mas notei uma coisa: você esconde coisas de mim. Você acha que é melhor que eu não saiba, mas essa escolha não cabe a você.

Ele olhou para baixo.

— Você acha que está me ajudando, mas não está. E como estou aqui por causa de uma maldição, imagino que você seja algum tipo de demônio. Não é isso que o meu administrador é? Paul e Marie também? Há uma versão deles em cada uma das minhas vidas.

Ele olhou nos olhos dela. Havia derrota naquele olhar, como se ele tivesse sido chutado para escanteio.

— Eles são demônios menores.

— Então, pelo mesmo motivo, devo supor que também sou algum tipo de demônio?

— Não. — Ele passou as mãos pelos cabelos. — Você é uma bruxa. Igual à sua mãe.

Ela olhou para a carta.

— Isso é ridículo. Essa coisa toda é ridícula. Você salvou o Rick, *não* eu. Esse poder que eu tenho, não vamos nos enganar. Desta vez, você o criou para fins de entretenimento, assim como criou essa farsa do estúdio de gravação. Se este disco não fosse o sonho de Hugh, eu não deixaria essa história de que estamos gravando um álbum continuar.

Ela se afastou dele e começou a caminhar em direção aos degraus.

— Você está errada, Sandra. — Sua voz estava calma. — Eu não salvei o Rick, foi você. Você se lembra de Nora ser capaz de fazer Lillibet esquecer que a tinha visto? Foi a primeira vez que notei que algo estava acontecendo. Algo a mais. Você está ficando mais poderosa a cada vida.

— Do que você está falando?

Sandra ergueu a cabeça. Ele ficou calado.

— Ah. Você não vai me contar? Isso é loucura, você sabe. Você deixar que essa história fique se repetindo é loucura.

— Você acha que eu não odeio isso? — Luke nunca olhou para ela com tanta intensidade. — Eu sou impotente. Você sabe qual é minha única razão de existir? Você.

— Bem, se eu sou seu único objetivo, então você faz um péssimo trabalho.

Enquanto falava, Sandra percebeu que tinha ido longe demais.

Ele riu amargamente e olhou para o lustre acima deles.

— Talvez eu tenha feito um péssimo trabalho. Não importa quantas vezes eu veja você se apaixonar por outra pessoa. Estou sempre pegando as peças depois que Marchant acaba com você, como agora.

— Bem, esse é o trabalho, não é?

Ele assentiu.

— Sim. É patético porque sei que, daqui a quarenta anos, farei tudo novamente com outra versão sua. Minha única esperança é que na próxima vida sua nova versão não seja tão escrota quanto esta parece ser.

Ele foi embora e não olhou para trás.

A casa ficou em silêncio pelo resto do dia. Ele não foi ao estúdio.

Tarde da noite, Marie fritou hambúrgueres com pimentões e queijo derretido e deixou um no balcão para Luke, mas ficou intocado. No rádio da cozinha, o presidente Nixon estava fazendo um discurso à nação sobre a guerra. Agora, com Rick lá, a guerra era mais pessoal para Sandra, e ela se viu afundando no sofá ao lado de Marie para ouvi-lo. Quando a noite chegou e a temperatura caiu, Sandra pediu licença para ir para o quarto. Enquanto caminhava pelo corredor, bateu na porta de Luke. Seu rosto estava cansado quando viu que era ela.

— Achei que era Marie com o jantar.

— Posso entrar?

— Claro.

Ele se afastou da porta.

— Eu não quero brigar com você.

A sensação de seus lábios nos dela ainda queimava.

Ele sentou na cama e cruzou as mãos, derrotado.

— Sinto muito pelo que eu disse antes.

Não era verdade.

— Eu também. Você não faz um trabalho ruim. Eu sei que você faz o seu melhor. — Sandra pensou que se parecia com um preso em uma cela, cumprindo sua pena. — Eu acho que você esperava que eu recuperasse minhas memórias de Nora e nós apenas retomássemos o que tínhamos. De onde paramos.

— Esperava. Nós fomos felizes.

Ele passou as mãos pelos cabelos, parecendo tenso. Nas outras vidas em que ela o vira, ele não parecia tão tenso, velho, até.

— Você não parece feliz. Eu posso ajudar, se você deixar.

Ela riu um pouco alto demais.

— Bem, você *poderia*, mas você nunca deixa. Você esconde coisas de mim. Não é?

Ele ficou tenso e Sandra sabia que ele estava esperando outra briga. Num gesto conciliatório, ela se sentou na cama ao lado dele.

— Quero uma explicação real de por que me lembro de minhas vidas, mas Rick e Billy não lembram. Vamos começar por aí.

— Porque você é uma bruxa e Marchant não é.

— Isso não faz sentido. Estou tendo uma crise existencial aqui, Luke, e não sei por que você não está. Nós três somos peões. Nós nem temos livre-arbítrio.

— Não faz sentido ter uma crise, Sandra. Eu tive uma na minha primeira volta com Juliet. Fiquei angustiado com meu fracasso quando ela pulou da Pont Neuf e pensei… — Ele fez uma pausa. — Achei que tinha cumprido minha sentença. Que tudo havia acabado depois que ela morreu. Eles me mandariam para o inferno real ou me devolveriam algumas de minhas memórias. Mas acabei com outra versão dela. Eu estava em agonia. Eu amei Juliet e ela estava de volta, mas não se lembrava de mim. Era assim que deveria funcionar.

— Mas Nora voltou com as memórias de Juliet.

— Não no começo. Como eu disse, era uma agonia vê-la. E então um dia, eu entrei pela porta e ela estava sentada ao piano e vi que ela me reconheceu, vi o amor em seu rosto.

— Esse feitiço nunca vai acabar?

Ele balançou a cabeça.

— Não. Ele vai acontecer por toda a eternidade, mas você está ficando mais forte cada vez que volta. — Ele continuou esfregando a cabeça e depois caiu de volta na cama. — Veja as coisas deste modo. Você vive em uma maldição. Eu controlo os detalhes da maldição. Como eu mato Billy Rapp ou faço Clint fazer isso, realmente não importa. Também protejo você, mantenho nossas finanças fluindo por gerações, compro casas para nós, esse tipo de coisa. — Ele olhou para o teto como se estivesse olhando para as estrelas, sua pele bronzeada contra os lençóis brancos. — Mas essa cura, o controle da mente… Isso não tem nada a ver com a maldição. Está vindo de você. De fato, esse poder que você tem realmente torna mais difícil para mim. Cada vez que você volta, é como se quisesse se recompor, então Juliet começa com as memórias dela e ela envia as habilidades de piano. Essa é a essência de quem você é no coração.

— Por quê?

O beijo mexeu com ela. Ela sabia como era fazer amor com ele e era tentador se rastejar para ele, mas ainda assim eles *eram* estranhos. Ela queria tocá-lo, sabia exatamente como se sentiria, mas se interrompeu.

Ele sempre havia escondido coisas dela, não importava o que ela lhe desse. Embora ela o tivesse amado no passado, ela não podia perdoá-lo por suas omissões.

— Você parece uma criança de seis anos. Você sabe disso, não sabe?

Sandra andava de um lado para o outro em frente à cama.

— Então me ajude. Minha mãe era uma bruxa menor, e daí? Eu a vi. Ela se envolveu com ervas e poções de amor. E daí?

— Porque você é uma maior.

— Muito engraçado.

Ela pegou uma meia em cima da cômoda e jogou para ele. Ele alcançou e pegou com precisão.

— Eu não estou brincando. — Ele se inclinou para a frente na cama, brincando com a meia nas mãos. — Você é um grande talento das trevas, como seu pai.

— Isso é loucura. Meu pai, o pai de Juliet, era fazendeiro.

Luke balançou a cabeça antes de falar, preparando-a para o que estava por vir.

— Não. O pai de Juliet, seu pai, era Philippe Angier.

O nome parecia familiar. Ela ergueu a cabeça.

— Philippe Angier? — Sandra vasculhou suas lembranças: primeiro as de Nora e, finalmente, as de Juliet, até encontrá-las. — O mágico morto no duelo? O cara sobre o qual você estava conversando na loja de Edmond Bailly naquele dia?

Sandra se lembrou do compositor e da artista, discutindo sobre Angier.

— Sua mãe foi assistente dele por muitos anos. Ela também era amante dele. Ele era famoso por engravidar as assistentes e matar seus filhos em sacrifícios. Era um verdadeiro príncipe. Você herdou as habilidades sombrias dele, em todas as suas vidas.

— Você foi ao funeral dele. Eu segui você.

Ele assentiu.

— Eu tinha que ter certeza de que ele estava morto. E queria ter certeza de que uma das noivas dele não estava seguindo você de novo.

— A mulher de vestido vermelho? A que você matou na rua Norvins?

— Sim. Mas não foi a primeira que você viu, foi?

— Não — respondeu Sandra. — Juliet foi seguida até a estação de trem na manhã em que partiu para Paris, uma mulher em um vestido de renda amarelo.

— Ah, ele tinha um harém delas, com certeza. — Luke riu. — Sua mãe usava o vestido azul. Quando engravidou de você, ela fugiu de Paris em busca de Challans com o grimório de Angier. Foi aí que ela conheceu Jean LaCompte, que criou você como filha.

Sandra absorveu o que Luke estava lhe dizendo. Parecia tão verdadeiro e estava finalmente juntando todas as peças do quebra-cabeça para ela. A mãe de Juliet havia dito que tinha morado em Paris. Ela se lembrou do traje roxo e da pintura no rosto. Tinha sido muito teatral, porque aquela era toda a magia que a pobre mulher conhecia. Ela não tinha percebido que estava fora de seu elemento — ou estava tão desesperada que não se importava. E o grimório. Lembrou-se do livro antigo com o nome do demônio.

— Philippe Angier nunca parou de procurar por você. Ele estava procurando por você antes do duelo, especialmente antes do duelo. Ele podia sentir que você estava na cidade, e era por isso que eles estavam à sua procura.

— Para me matar?

— Para sacrificar você. Se tivessem chegado até você, ele não teria morrido. Por isso eu não queria que você se vestisse como um menino e andasse por Montmartre, mas você teve outras ideias.

Foi um momento de leviandade, e ela o cutucou.

— Você não tem nada disso.

Ela abaixou a voz para zombar dele.

— Trancar você? Juliet… é exatamente isso que pretendo fazer.

Ela se sentou na cama, pesadamente.

— Eu não era tão ruim assim.

— Claro que era. Saint-Germain era como Alcatraz.

Ele colocou a mão no rosto e riu.

— Eu estava protegendo você. Foi um jogo de gato e rato com ele.

Os dois olharam para o teto. Ele a tocou levemente com os dedos, segurou a mão dela.

— Por que Angier iria querer Juliet morta?

— Ele pensava que seus filhos davam poder a ele. Enquanto você vivesse, ele ficaria mais fraco. Sua morte lhe daria poder. — Luke parou e ponderou suas palavras. — E isso teria lhe dado poder, Sandra. Philippe Angier era real. Ele não estava fazendo truques e firulas. Seus poderes vinham de um demônio real. Quando sua mãe descobriu sobre você e Marchant e percebeu que você estava grávida, teve a ideia maluca desse feitiço. Ela estava com raiva de Marchant, por sua ruína, mas também porque Angier saberia que você estava grávida. Ele podia sentir. Você corria perigo real; ela estava certa disso. A raiva que ela sentia de Marchant estava errada, mas ela estava tão brava que queria que ele fosse arruinado. Ela acabou fazendo o maldito feitiço errado.

Pela primeira vez, a raiva da mãe por Marchant fazia sentido. Também explicava por que ela nunca quisera que Marchant a pintasse — o risco de Angier reconhecer alguém parecido com ele em um salão de Paris e ficar um passo mais perto de encontrá-la.

— Infelizmente, sua mãe não era uma bruxa talentosa, como Angier. Ela era apenas uma assistente de palco. Ela o viu fazer coisas e o imitou. Mas evocar demônios? Mais emoção que habilidade, eu receio. A triste ironia é que ela nunca precisou fazer o feitiço.

— Por que está dizendo isso?

— Ela roubou o grimório.

Luke deu de ombros como se fosse uma explicação simples.

— E...?

— Bem, um grimório é uma coisa viva. Foi o contrato entre o demônio, neste caso Althacazur, e Angier que foi repassado através da linhagem. É também por isso que Angier não queria herdeiros. O demônio desistiu de sua magia para Angier naquele grimório. Quanto mais herdeiros tiver, mais fraco ficará. Você era uma herdeira legítima, tinha o mesmo sangue dele. Tinha o grimório e o poder. Angier realmente não poderia ter tocado em você. Althacazur teria visto sua reivindicação ao grimório.

— Mas minha mãe não sabia disso.

— Então ela o chamou por um feitiço de proteção, por acidente.

— Por que ele fez isso?

Luke riu.

— Você tem alguma ideia de quantas pessoas, neste momento, estão presas em feitiços de amarração? Seguindo suas vidas como se fossem os arquitetos de seus próprios destinos?

Sandra não respondeu.

— Milhões.

— Milhões?

— É nosso trabalho, Sandra. É o que nós, demônios, fazemos. Coletamos pessoas e as vinculamos a contratos pela eternidade. Foi divertido para ele e ele coletou a alma de sua mãe no contrato...

Ele se interrompeu.

Por fim, continuou:

— O que praticamente resume tudo. É por isso que tem sido tão imprevisível com você. É como tentar colocar um gênio em uma lâmpada. Quando Nora começou a se lembrar de ser Juliet, fiquei chocado. Eu não sabia o que fazer. Você não deveria ter essas memórias, então isso tornou meu trabalho mais complicado. Soube que Althacazur acha terrivelmente engraçado me ver tentando conter você. Você deveria voltar como uma lousa em branco, grata pela ajuda. Eu deveria renovar seu contrato a cada 34 anos ou mais. Simples.

— E você?

— O que tem?

— O que você é?

— Você sabe o que eu sou. Sou um soldado, um demônio menor.

— Parece muito perto de uma bruxa importante.

— Os demônios grandes como Althacazur não gostam de lidar com os humanos. As principais bruxas são seres humanos. Demônios menores, como eu, fazem o trabalho sujo. Espero conseguir minha liberdade quando a maldição terminar. Eu posso subir ou me tornar humano novamente.

— Luke.

— Sim?

— Estamos presos até o fim dos tempos. Exatamente quando você acha que vai recuperar sua liberdade?

Ele não disse nada.

Ela viu algo no rosto dele.

— Espere! Existe uma maneira de sair dessa maldição, não existe?

Ele permaneceu em silêncio.

— Mas você não pode me dizer.

— Já teve respostas suficientes por esta noite?

Ela o beijou na testa, ainda segurando a cabeça dele.

— Obrigada.

Ela estava tão cansada de ter coisas que não lhe pertenciam. Ela passou a mão no cabelo dele. A sensação daquilo — dele — era tão familiar. Eles não falaram. Sandra desabotoou a blusa até a metade e Luke terminou, deslizando-a por seus ombros. No brilho âmbar da luz do banheiro, ela observou o rosto dele e traçou o contorno de seus lábios. Ele a puxou para si e ela se atrapalhou com as roupas dele, puxando a camisa. No calor do deserto, ela aprendeu a desacelerar e saborear os momentos. Enquanto passava as mãos pela pele macia de suas costas, demorou a terminar de tirar as roupas dele, as mãos tocando cada centímetro. Quando eles finalmente fizeram amor, não foi o intenso interlúdio de Luke e Nora, mas a intimidade sutil de duas pessoas que se conheciam por inteiro.

Depois, Sandra traçou as finas mechas de cabelo em seu peito e o beijou, a salinidade de sua pele e sua reação eram tão familiares.

— Você já foi humano?

Ele enlaçou seus dedos nos dela, e ela sabia que ele estava prestes a compartilhar algo com ela.

— Então você não se lembra de nada da sua vida antes?

Ele balançou a cabeça.

— O que eu sei é que matei alguém na minha vida real. Agi contra um homem com raiva por uma mulher que amava, mas na verdade ela não me amava.

Sandra analisou o rosto dele. Era uma lembrança dolorosa para ele.

— Você o matou.

— Matei e estava errado. E agora, essa inação forçada é meu castigo.

— Pela ação.

— Pela minha ação precipitada.

— Então eu sou uma forma de inferno? — Sandra passou a mão sobre os lençóis frios. À distância, em algum lugar no térreo, ela pensou que podia ouvir música, um acordeão. — É Lawrence Welk?

— Acho que sim. — Ele riu. — Marie adora televisão.

— Outra forma de inferno.

— Sim, isso realmente acaba com o clima, não é? — Ele a puxou para si e a beijou com intensidade. Sua voz soou baixa, quase um sussurro. — Você sempre teve um cabelo tão bonito. — Ele tocou os fios. — É mais maravilhoso agora. Você volta e tudo é novo e não se lembra de nada sobre mim, mas eu me lembro de todos os detalhes. E o pior de tudo: não tenho ideia de *quem* você vai ser daquela vez. Você diz que o Rick é diferente, bem, você é totalmente diferente a cada vez. Isso é um inferno para mim.

— Você sente falta da Nora?

— Sinto. Nós fomos felizes. Você tem as lembranças dela, mas não é ela. Também achei. Uma vez, pensei que todas as versões de vocês fossem iguais, mas vocês três não são iguais. Nora está morta. *Minha* Nora está morta. Assim como a sua versão de Rick.

O que ele disse doeu, mesmo que ele não tivesse tido a intenção.

— Eu o amava.

Ela tinha dito isso porque era verdade, mas também porque o que ele disse sobre ela não ser Nora a machucou mais do que ela esperava.

Ele acariciou seus cabelos.

— Tudo que você está me pedindo para contar são coisas que não importam. É simplesmente a mecânica dessa situação. *Tudo* o que importa é o tempo que você está aqui comigo. A Nora entendeu isso.

— Só que você está errado — disse Sandra, tocando seu rosto e abaixando o queixo para que ela pudesse ver os olhos dele na escuridão. — Nora não fez perguntas porque não queria as respostas. Ela tinha medo das respostas. Você sabe disso, Luke.

— Ela foi feliz.

— Você a fez feliz, é verdade — disse Sandra. — Mas ela nunca quis saber muito.

— Eu não posso culpá-la. Não a culparei por isso. Ela teve uma vida difícil como Juliet e depois como Nora.

Ela podia ouvir algo em sua voz. Era ciúme?

— Rick fez você feliz.

— Ele fez. Sei que você diz que é impossível que eu estivesse feliz com ele, mas eu estava.

Pela primeira vez, Sandra sentiu que Luke não estava mais escondendo nada dela, mas também sentiu algo diferente, que nunca havia sentido com ele — decepção com esta versão dela. Ele amava Nora e, infelizmente, Sandra não havia retornado exatamente como o havia deixado. Eles eram como um casal casado há anos — eles se amavam profundamente, mas conheciam os limites um do outro —, que gravou esses lugares através de arrependimento, tristeza, erros e tempo.

Nas semanas seguintes, eles terminaram o álbum — nove faixas no total. Logo antes do Dia de Ação de Graças, Lily, Ezra e Hugh voltaram para Los Angeles. Sandra sabia que não voltaria para a Ação de Graças ou para qualquer outra coisa. Ela não era uma criatura daquela época. Ela pertencia a este lugar com Luke, Paul e Marie.

26

HELEN LAMBERT
Washington, D.C., EUA, 16 de junho de 2012

No caminho de volta a Georgetown para ver Malique, aparentemente desmaiei no táxi. Acordei e encontrei o motorista parado em cima de mim, xingando enquanto eu babava em seu banco de couro. Depois de jurar que não estava bêbada e que poderia, de fato, pagá-lo, saí do carro e subi as escadas até a loja de Madame Rincky. *Então, eu sou filha de Philippe Angier. Sou uma bruxa. E eu sou uma bruxa que vive em uma maldição de amarração.*

Da sala de espera, pude ouvir que Malique estava fazendo uma leitura. Examinei meus dedos. Eu senti a mesma sensação de formigamento e queimação quando toquei Marielle Fournier na casa de repouso. Naquele momento, pensei ter visto uma melhora na condição dela e eu estava certa.

Eu estava curiosa sobre a banda No Exit, então peguei o celular e fiz uma rápida pesquisa enquanto ouvia Malique encerrando a sessão. Tossi algumas vezes para que ele soubesse que era eu aqui fora.

Percorrendo as milhões de referências de Jean-Paul Sartre, finalmente encontrei um resultado curioso, um post em um site de Los Angeles que falava sobre ter visto a banda em 1970 no Gazzarri's, na Sunset. O post dizia que a banda havia sido um destaque na Strip naquele verão, mas eles desapareceram da cena tão repentinamente quanto tinham aparecido.

Havia várias teorias do que lhes havia acontecido. Alguns posts mencionavam rumores de uma fita perdida, e um deles mencionava o endereço de Hugh Markwell no Texas. Que diabos, pensei. Eu estava ficando sem tempo e queria descobrir a história de Sandra o mais rápido possível.

Procurando por Hugh Markwell, encontrei um número de telefone em Austin. Ele era professor de estudos ambientais na Universidade do Texas. Pela imagem dele, pude ver que era o mesmo Hugh. Agora, de cabelos grisalhos, ele realmente não havia mudado muito, ainda se parecia um hippie dos anos 1970 apenas com um rosto mais cheio e marcado por linhas profundas.

Liguei para a universidade e ouvi uma mensagem automática. Deixei um recado dizendo que eu era Helen Lambert, editora da *Em quadro*, e estava interessada em ouvir a história das fitas perdidas de sua banda, No Exit, para uma reportagem de nossa edição de setembro.

A história de Sandra era a última para mim, mas como em qualquer suspense, eu estava morrendo de vontade de saber o que havia acontecido com ela. Então Luke estava produzindo discos em Taos? Eu podia sentir a confusão de Sandra com seus poderes, seu desejo de ser normal. Tentando reunir minhas próprias vidas fraturadas, percebi que ainda não era uma pessoa completa, mas um grupo de mulheres.

Olhei para o relógio.

A porta se abriu e Malique conduziu uma jovem chorando para fora da sala. No entanto, ela parecia estar chorando de alegria, abraçando Malique. Ocorreu-me que eu não tinha abraçado Malique, e fiquei me perguntando se era uma falha social eu não ter feito isso. Ocorreu-me também que poucas pessoas o abraçariam por dizer que estavam vivendo em uma maldição de amarração.

Sentei-me enquanto Malique pegava um punhal decorativo de sua bolsa e o colocava sobre a mesa. Então, mergulhando um pincel no frasco de sangue, o homem mais velho começou a pintar uma fina camada de sangue no punhal, girando a faca em todas as direções para cobrir completamente a lâmina.

Finalmente, ele colocou a adaga em cima da mesa.

— O que você está fazendo?

— Estou deixando o sangue secar.

— A gente diz algum tipo de feitiço?

Ele assentiu.

— Assim que o sangue secar.

Eu podia ouvir um relógio batendo alto em algum lugar. Eu me perguntava por que Madame Rincky teria um relógio tão perturbador em seu salão. O cheiro de incenso velho estava grudado nas cortinas muito tempo depois de ter queimado.

Quando Malique ficou satisfeito, colocou as palmas das mãos sobre a mesa em ambos os lados da adaga e começou a falar. Era um som cantado. Eu já tinha ouvido. Como Juliet, eu ouvi minha mãe cantar da mesma maneira na noite em que ela me amaldiçoou. Os olhos de Malique reviravam em sua cabeça, mas ele continuou falando no mesmo ritmo e voz, alto e inquietante. Finalmente ele estendeu a mão e agarrou a minha, me assustando. Ele começou a tremer e depois convulsionar. Minhas mãos começaram a queimar, e havia um gosto estranho na minha língua. Percebi que meu nariz começara a sangrar. Malique caiu da cadeira e rolou no chão, ainda tremendo.

Eu não tinha certeza se deveria chamar uma ambulância. Inclinei-me sobre Malique, batendo no rosto dele.

— Malique?

Seus olhos se abriram de repente, e eu tive um sobressalto de medo.

— Você me deu um puta susto. Você está bem?

Mas não era ele olhando para mim — sua voz estava alterada, não era a dele.

— Ah, minha linda menina! — Malique se sentou e girou mecanicamente como a boneca de *Os contos de Hoffman*. — *Est-ce toi?*

Colei as costas na parede, tentando ficar o mais longe dele possível, minhas botas rangendo no chão enquanto eu me afastava.

— Você está com medo de mim? Não me reconhece?

Eu levantei minha cabeça.

— *Maman*?

— Juliet, Juliet.

Era Malique, e ao mesmo tempo não era.

— *Maman*, é você? — Analisei Malique atentamente, procurando traços da mãe de Juliet. — Desculpe… Você está um pouco diferente. Bem, você está parecendo um homem jamaicano bastante velho.

— Você também está diferente. — Malique sorriu. — Eu não tenho muito tempo. Fiz uma coisa terrível para você. Preciso dizer que sinto muito.

— Qual eu?

— Como assim?

— Há muitos eus, *maman*. Vivo há cem anos, de novo e de novo, e morro aos 34 anos.

Fiquei um pouco amarga sobre o último fato, e acho que ela percebeu na minha voz.

— *Oh, non* — disse Malique. — Sinto muito, Juliet.

— É, bom... — Eu me inclinei. — Onde você está exatamente?

Malique balançou a cabeça.

— Eu não posso falar sobre isso.

Mas pelo rosto dele eu pude ver dor.

— Você está sofrendo, *maman*?

— Por favor, não me pergunte sobre este lugar. Eu só quero olhar para você. Minha menina linda. Seu cabelo é vermelho.

Malique/*Maman* parecia perturbada com aquele detalhe.

— Ele é. — Toquei nele, sabendo que devia parecer com Philippe Angier. — *Maman* — falei. — Eu sei sobre Philippe Angier.

Era estranho como Malique havia capturado os padrões de fala da mãe de Juliet. Às vezes, eu podia ignorar que na verdade era Malique, tão perfeitamente personificado como Thérèse LaCompte.

O rosto de Malique se contorceu.

— Eu nunca quis que você soubesse. Ele e eu subíamos ao palco todas as noites juntos. Ainda posso vê-lo do mesmo jeito. Ele era alto, cabelos negros, e comandava o palco. Ele começava com hipnose, pegando alguém da plateia, depois passava para as cartas e, finalmente, seu grande ato ao me fazer levitar. Nunca entendi que era para ser um truque. Ele nunca usou fios, então apenas presumi que era assim que todos os mágicos faziam. Não me ocorreu que havia outro lado nele. Que a magia dele era real.

Ela continuou:

— Sim, eu era sua assistente mais valiosa. E também sua amante. Mas eu não sabia que havia muitas de nós. Eu estava com ele havia um ano quando engravidei de você. As coisas então mudaram, mas as mudanças foram sutis a princípio. Minha porta passou a ser trancada à noite, o que nunca havia acontecido antes, para minha "segurança". Quando ele teve certeza de que a gravidez vingaria, disse que eu deveria ficar a seu serviço. E eu *queria* estar a serviço dele. Eu o amava. Ele era mágico, o homem mais incrível que eu já tinha visto. Mas não foi isso que ele quis dizer. Ele me levou para uma casa e me disse que seria nossa depois do seu nascimento. Me deram um quarto e me trancaram lá dentro. Então, ele contratou outra assistente para me substituir. Passei por ela uma vez no corredor. Ela era jovem e loira e usava um vestido vermelho. Eu nunca usei vermelho. Eu era a garota azul, sempre de azul. Era assim que ele se referia a nós, pela cor de nossos vestidos. Logo eu conheceria a garota rosa, a garota violeta e a garota amarela, pois estávamos todas trancadas nesta casa juntas. Jaune e eu estávamos grávidas.

Pude visualizar o vestido que *maman* descrevia. Eu vira as versões amarela e rosa.

— Ah, sim. Foi a garota violeta que mais me ajudou. O nome verdadeiro dela era Esmé. Me recuso a chamá-la por outro nome. Foi ela quem me avisou sobre o que estava por vir, que eu daria à luz e você seria "oferecida" em sacrifício.

Aquilo me deixou desconfortável. Tinha acabado de ouvir Luke contando tudo, mas algo me dizia que seria uma história desagradável de ouvir.

Maman continuou.

— Bem, a garota rosa se tornou sua assistente. Ela havia recrutado todas nós. Ela nos dizia que servir era uma honra, que entregar você a ele seria o maior presente que eu poderia dar. Mas eu não queria desistir de você. Esmé me disse que você seria sacrificada na primeira lua cheia após o seu nascimento. Eu ainda tinha vários meses de gravidez, mas não deixaria que isso acontecesse. Esmé falou que eu precisava fazer todos acreditarem que eu ofereceria você. Nós duas ficamos enjauladas quando outra garota, uma que aparecia no palco antes de mim, trouxe seu filho, um menino, para o altar. A menina estava fraca desde o nascimento da criança, que havia acontecido apenas dois dias antes, então eu a perdoei. Não acho que ela tenha entendido direito. Pelo menos espero que ela não tenha entendido. Esmé e eu fomos acorrentadas para a cerimônia, mas obrigadas a assistir.

Foi uma cerimônia horrível. Tive que testemunhar aquilo três vezes. Havia velas que queimavam mais rapidamente, roupas e depois...

Malique ficou quieto.

— Eu sabia que nunca deixaria isso acontecer com você, mas tinha que ir junto ou eles me matariam após seu nascimento e a levariam de qualquer maneira.

— Por quê?

— Quando levei várias semanas para dar à luz, Esmé me disse que eu precisava escapar. Ela fingiu que estava doente. Ela era uma atriz boa o suficiente para distrair a garota rosa. Ela cortou o braço e drenou o sangue em um copo. Quando a rosa se distraiu, ela jogou a xícara por todo o seu vestido violeta. A garota rosa ficou horrorizada, pensando que algo terrível estava acontecendo, como tuberculose. Enquanto ela estava cuidando de Esmé, que rolava de maneira dramática no chão, escapei pela porta aberta e corri pelo corredor. Era minha única chance, Juliet. Eu tive que correr pelo grande altar e vi o grimório em seu pedestal. Esmé me disse para tentar pegar o livro de couro, o grimório de Angier, se eu pudesse. Disse que sem ele o demônio ficaria com raiva de seu pai e eu poderia ter uma chance de fugir. Peguei a túnica roxa de Angier e a virei de dentro para fora. Era preta por dentro e pude usá-la para me aquecer. Eu os ouvi torturando Esmé quando saí pela porta lateral. Ela me disse que não suportaria outra gravidez e era isso que eles haviam planejado para ela. Disse que preferia ser assassinada. E isso, minha filha, foi exatamente o que fizeram com ela.

— Sinto muito, *maman*. — A história era desesperadora. Eu senti como se tivesse apanhado. — Para onde você foi?

— Arrombei uma janela e roubei alguns sapatos de uma loja. Eles eram pequenos demais, mas melhores que nada. Eu devia estar ridícula com minha longa capa preta e sapatos pequenos. Era assim que estava quando conheci seu pai, o pai que criou você, na estação de trem em Challans. Eu estava doente de fome e muito grávida. Fui expulsa do trem em Challans porque não havia comprado uma passagem. Bom, eu não tinha dinheiro. Nesse ponto, presumi que tudo era inútil e que seríamos descobertas, que não havia ido longe o suficiente, mas ninguém nunca veio atrás de você. Foi a coisa mais estranha. À medida que você crescia, o fato de estar viva e se tornar mais forte teria atraído seu verdadeiro pai. Você teria sido um sacrifício maior. Quando Marchant começou a pintar você, fiquei preocupada que fosse descoberta. Você se parece com seu verdadeiro pai. — Malique tocou os cabelos. — O cabelo, principalmente. O dele só ficou ruivo depois. Achei que ele se veria em um daqueles quadros e descobriria onde você estava. Passei aqueles anos aprendendo mágica na esperança de tentar nos proteger. Eu sabia que o grimório era poderoso, então eu o invoquei. Fui uma tola.

— *Maman* — falei. — Você não estava errada. Rose e Jaune *vieram* me procurar, mas eu estava protegida. Você me protegeu. Philippe Angier morreu em um duelo há cem anos.

— O administrador manteve você em segurança. — Malique sorriu.

Eu assenti.

— Então tudo valeu a pena.

— Bom… — comecei. — Houve complicações.

— Que complicações?

— Seu feitiço meio que me amarrou a Marchant por quatro vidas. Malique pareceu abalado.

— Mas vou tentar acabar com a maldição. Alguma ideia?

— Você precisa saber que será perigoso.

— Eu sei disso, *maman*.

— Sinto muito, minha linda menina. Por favor, me perdoe — disse Malique antes de desabar no chão.

Fiquei ali, olhando para Malique, certificando-me de que ele estava respirando.

— Eu te perdoo — sussurrei.

Ele acordou alguns minutos depois, esfregando a cabeça.

— Malique?

— Eu.

— É você?

— Como assim?

Ele agarrou a cadeira e se levantou.

— Bem, para começar, você foi possuído por alguns momentos.

— Isso explica a dor de cabeça.

Ele esfregou as têmporas.

— Isso acontece muito com você?

— É um risco ocupacional desagradável, mas esse foi um período extraordinariamente longo para ter ficado fora.

Ele olhou para o relógio — vinte minutos tinham se passado. Ele se sentou na cadeira, pegou a faca e enfiou-a em um estojo de couro.

— O que houve?

— Nada — respondeu ele, mas parecia distraído.

— Nada?

— Eu acho que você está se tornando muito poderosa. Eu não consigo evocar o mundo dos demônios nem por dois minutos.

— E...?

Eu me levantei do chão e me sentei em frente a ele.

— Você é uma bruxa muito poderosa, mas essa maldição liga as pessoas pela eternidade, através do espaço e do tempo... Você já entendeu. São pequenas coisas desagradáveis.

— Você encontra muitos desses?

— Infelizmente sim. Meu feitiço. Isso se desamarra. Muito simples. — Ele esfregou a cabeça. — Quem eu era... agora há pouco?

— Minha mãe. A bruxa original.

— Isso é muito bom, mas também muito ruim.

— Por que ruim?

— Muito bom, porque significa que temos o feitiço certo. Muito ruim por termos chamado a atenção para nós mesmos. O demônio vai saber.

— O que fazemos agora?

Malique estendeu a mão e tocou meu braço. Ele deslizou a faca na minha direção.

— Tome.

— O que eu faço com isso?

— Achei que você soubesse.

Senti um pânico se espalhando pelo meu corpo.

— Soubesse do quê?

— Você tem esfaquear seu administrador. Tem que matá-lo. Com uma facada no coração. Isso anula o contrato.

Ele colocou a mão sobre o peito, como uma criança fazendo o juramento à Bandeira.

Eu olhei para a faca, descansando em seu suporte de couro. Senti o ar sair dos meus pulmões. Meu estômago começou a se revirar a ponto de eu quase vomitar. Ele estava olhando para mim, horrorizado, e eu percebi que o sangue escorria do meu nariz para uma poça na minha frente. — Malique, eu não sei se posso.

— Por que não?

— Porque eu estou apaixonada por ele.

Ele balançou a cabeça, pesaroso.

— Então temos um problema sério.

E então a sala começou a girar.

27

SANDRA KEANE
Taos, Novo México, dezembro de 1970

O grupo concordou em voltar na primeira semana de dezembro para terminar mais duas músicas, mas uma semana antes da chegada de todos, Hugh ligou para dizer que Ezra tinha voltado ao hospital. Eles teriam que adiar a gravação até o ano-novo. Lenny Brandt não estaria disponível até fevereiro, então todos concordaram em tentar novamente naquela época. Hugh estava ansioso para terminar a regravação das primeiras faixas, mas sem Lenny seria impossível.

Taos tinha dezoito centímetros de neve nas montanhas, uma camada mais fina cobrindo o Rancho Pangea. Aquele lugar era adorável no Natal. Sandra e Marie foram à cidade ver a iluminação da árvore de Natal e tomaram chocolate quente com canela no local onde Nora havia sido morta.

Na véspera de Natal, Luke sugeriu que fossem à aldeia de Taos para ver a procissão — uma cerimônia sagrada em que a estátua da Virgem Maria era carregada pelas escadas da igreja. No escuro, enquanto caminhava entre as fogueiras que iluminavam o céu vermelho contra as paredes de barro cor-de-rosa da aldeia, ela percebeu que nunca tinha visto tanto fogo antes de se mudar para Taos — das lareiras aos braseiros e galhos aromáticos até as fogueiras que os cercavam na cerimônia.

— E todo esse fogo? — perguntou Sandra. — Para que serve?

Luke estava quieto.

— Elas deveriam afastar a escuridão.

Quando os sinos começaram a tocar na igreja, ela olhou para ele, mas ele não conseguia encontrar os olhos dela.

Eles eram a escuridão.

— Nós não deveríamos estar aqui, Luke — disse ela, pegando a mão dele enquanto eles voltavam da aldeia.

Depois do Natal, Sandra ficou surpresa quando Luke recebeu uma carta, primeiro de Lily, depois de Hugh, dizendo que eles se casaram em Las Vegas. Ezra continuou a ir e voltar do hospital como se Los Angeles o tivesse desorientado. Embora tenha sido a energia inicial entre Sandra e Hugh que conduzira a banda, o fato de Ezra não poder voltar havia sido como um último prego no caixão. Sem ele, a estranha energia que eles criaram no estúdio deixou de existir — eles precisavam dos quatro para continuar. Havia um tom de finalidade na carta de Hugh, como se ele soubesse que a banda acabara. O casamento dele também foi uma indicação de que ele achava que era hora de todos eles crescerem. Ela se perguntava como Luke havia conseguido montar um estúdio de gravação, mas considerou que provavelmente não tinha sido tão difícil prometer uma chance de estrelato a quatro crianças ingênuas. Mas não havia mais a pretensão de outras pessoas no Rancho Pangea. O mundo consistia nela e em Luke agora. Ela achou triste, porque aqueles meses com Hugh, Lily, Ezra, Bex e Lenny trancados no estúdio gravando o álbum tinham sido um dos melhores momentos de todas as suas vidas.

À noite, as batidas na porta da frente continuavam, e Sandra curava as pessoas quando podia e finalmente começou a aceitar dinheiro de agradecidos patronos. Embora agora soubesse que seu poder vinha de um lugar sombrio, ela se convenceu de que o estava usando para uma boa causa. Ela estava ajudando as pessoas com ele.

Um dia, ao olhar para os cadernos de composição, Sandra encontrou algo curioso. Uma mancha de tinta formava uma impressão digital — a impressão digital de Nora. Para Sandra, era algo precioso — prova de sua existência. Derramando tinta em um pedaço de papel, ela pressionou o próprio dedo na tinta e depois no caderno de composição. Lado a lado. Impressões digitais idênticas.

Em uma manhã de primavera, Sandra atendeu à porta e encontrou um homem parado na varanda da frente. O chapéu dele estava baixo e ela olhou para a bolsa preta que ele carregava. Era uma bolsa cheia de roupas, do tipo que se leva um smoking alugado, mas parecia volumosa demais.

Marie chegou à porta e começou a traduzir. O homem disse que sua filha fora atropelada por um caminhão enquanto caminhava na estrada. O homem insistiu em ver Sandra — ele tinha ouvido falar sobre o Rancho Pangea — antes de levá-la para a funerária.

Quando ele abriu a bolsa no chão, Sandra percebeu que a cabeça da menina não estava presa. Nada estava preso. Ela ofegou alto e depois se ajoelhou junto à bolsa.

— Eu tinha alguma esperança — disse o homem.

Sandra podia ouvir a cadência descendo as escadas e sabia que Luke estava parado atrás dela. Ela balançou a cabeça e se virou, tocando-o e sussurrando em seu ouvido:

— Sinto muito. Eu não posso. Ela está... ela está muito longe.

Sandra olhou para Luke, agradecida por ele estar ali.

O homem se encolheu na frente deles e depois pegou a bolsa.

— Eu consigo — disse Luke. — Deixe-a aqui. Volte de manhã. Assim que o dia amanhecer.

O homem tirou o chapéu.

— Você consegue?

— Volte ao amanhecer.

Luke estava arregaçando as mangas.

Quando o pai se foi, Sandra falou:

— Como você pode consertar *isso*?

— Você não vai querer saber.

— Luke. — Ela alcançou a mão dele. — Não. Me escute. Isso não é natural. Está errado.

— Nada disso é natural, Sandra. Apenas aceite isso.

— Quero dizer que é sombrio, Luke. Nós temos uma escolha.

— Nós somos sombrios, Sandra.

Ele se sentou no banco da igreja e olhou para a bolsa. Sandra se juntou a ele, relutante. Ele começou a rir.

— Realmente não temos escolha.

— O que eu posso fazer?

Ela colocou a mão na perna dele.

— Nada.

Ele olhou para o chão por um momento e depois acenou com a cabeça em direção à bolsa, que começara a se mexer. Sandra pensou que vomitaria; a ideia sobre o que estava prestes a sair da bolsa a aterrorizava.

— Está feito. Vou pegar uma bebida. Essa noite um uísque vai cair bem.

Ela o viu caminhar pelo corredor, como se tivesse feito algo banal como varrer a varanda da frente.

Da bolsa veio mais agitação. Em minutos, uma garota completa e inteira se revelou. Os longos cabelos escuros emergiram primeiro, acomodando-se sobre um par de ombros, depois quadris finos e pernas longas. Ela estava nua e Sandra correu para pegar um cobertor. Quando Sandra tocou a criatura — ainda era uma criatura naquele momento —, ela se afastou como um cão machucado.

— Luke! — gritou Sandra.

— Ela está confusa — disse Luke calmamente do corredor, segurando um copo âmbar de uísque. — Foi por isso que eu disse ao pai dela para ir e voltar só amanhã. Ela precisa de tempo para se adaptar ao mundo novamente.

Ele balançou a bebida.

— Que merda você fez? — Sandra enrolou o cobertor em volta da garota. — Nós vamos pagar por isso, Luke.

— Ela precisa dormir — disse Luke, ignorando-a. Ele se levantou e começou a caminhar de volta pelo corredor. — Leve-a para o antigo quarto do Ezra.

— Luke — Sandra ordenou.

Ele virou.

— Isto está errado.

Ele se virou novamente e foi embora.

De manhã, o homem veio buscar sua filha, oferecendo a Sandra um cavalo e uma sacola de dinheiro. Ela recusou os dois. Estranhamente, Luke ficou desaparecido a manhã toda e não tinha dado instruções sobre a garota recém-formada, então Sandra simplesmente a entregou de volta ao pai. Ela ainda estava quieta, mas o homem parecia ter imaginado que alguma coisa seria diferente.

Sandra encontrou Luke sentado na varanda dos fundos. Estava frio — frio demais para ele estar sentado lá fora. Seus lábios estavam tingidos de azul, o que contrastava com o ocasional brilho alaranjado do cigarro que ele fumava.

— Por que você fez aquilo?

— Eu não sei. — Ele deu de ombros. — Porque eu podia, talvez. Às vezes é divertido ser um demônio, Sandra.

— Ela vai ser a mesma?

— Não — disse ele. — Essa não é a filha dele, mas ele não se importa. Será o suficiente para ele. Você ficaria surpresa com as mentiras que vendemos a nós mesmos.

Sandra lembrou-se dele uma vez contando a Juliet sobre o próprio pai dela. Havia algo amargo na voz de Luke, algo que ela não conseguia identificar.

Ela se sentou ao lado dele, pegou o cigarro de sua mão e tragou. Algo no que eles haviam feito a excitara e a fizera voltar a se sentir conectada a Luke de uma maneira que nunca havia sentido naquela vida. Sandra deu outra tragada demorada no cigarro antes de apagá-lo com a bota. Ela estendeu a mão e, depois de alguns segundos, ele a pegou. Suspirando e vendo-o respirar, ela se levantou e o puxou para cima, sentindo o calor do corpo dele tocar o dela, envolvendo-a. Então ela o levou para o quarto e fechou a porta.

Uma semana depois, Sandra encontrou o carteiro pondo uma carta na caixa do correio de manhã cedo. Ele assentiu para ela enquanto dava partida no jipe. Eles nunca recebiam cartas. Vendo o carimbo de Los Angeles, Sandra presumiu que era de sua mãe, mas a letra não era dela. Olhando mais de perto, ela viu o rabisco em inúmeros prontuários. Era de Hugh.

2 de março de 1971

Cara Sandra:

Não acredito que já se passaram três meses desde que nos vimos. Sinto falta de nós quatro. Ser a pessoa que foi deixada para trás é o mais difícil — os seus fantasmas e os de Ezra estão por toda parte aqui em Los Angeles.

Não há uma maneira fácil de dizer isso. Rick foi morto no Vietnã há uma semana. Não tenho muitos detalhes do que aconteceu. Kim achou que você gostaria de saber.

Ela estava esperando relatórios da divisão do exército com quem ele estava viajando, mas eu entendo que eles sofreram muitas baixas. A falta de informações nos dá a esperança de que algum dia ele atravesse a porta, mas no fundo do meu coração eu sei que minha irmã não terá uma terceira chance com ele. Kim disse que ele não era o mesmo homem depois do acidente, mas acho que você sabia disso.

Vou me formar em Berkeley no outono. Não tenho outra banda depois do que vivenciamos no ano passado. Acho que nunca mais faremos nada parecido com aquelas músicas naqueles meses juntos. Lil e eu conversamos bastante sobre você. Sentimos sua falta.

Espero que o Novo México esteja tratando você bem. Diga a Luke, Paul e Marie que pensamos neles com frequência.

Espero ver você algum dia!

Hugh

Sandra fechou os olhos e se apoiou no parapeito da varanda da frente. Depois de se recompor, ela encontrou Luke em seu escritório.

— Rick está morto — disse ela.

Ele assentiu.

— Você *sabia*?

— Eu sempre sei quando algo acontece com vocês dois. Vocês são minha responsabilidade.

— Por que você não me contou?

— O que eu teria dito?

— "Rick está morto" para começar…

— Era Hugh que devia contar para você. Não eu.

Sandra foi até ele e colocou as mãos na mesa.

— Eu o amava.

— Eu sei. É sempre assim.

— Não — Sandra interrompeu. — Ele era diferente para mim, assim como Nora era diferente para você. Ele era uma versão melhor de si mesmo, como Nora era uma versão melhor de mim.

— Eu não disse isso...

— Você não precisa, Luke. Está escrito em cada parte do seu rosto toda vez que você olha para mim.

Ele se recostou na cadeira e ela se inclinou um pouco. Os olhos dele se fixaram nos dela.

— Eu nunca a esqueci.

— Eu entendo perfeitamente — disse Sandra quando se virou para sair.

Ela passou dois dias em seu próprio quarto, a maior parte do tempo deitada na cama pensando em Rick morrendo. Perdê-lo mais uma vez era insuportável.

No terceiro dia, ela finalmente teve coragem de tomar um banho e seguir até a cozinha. Luke estava fazendo o café da manhã. Ele a ignorou, movimentando-se, agitando as coisas em tigelas e colocando-as em panelas. A tensão entre eles era perceptível. Marie desistiu de tentar ajudar, e ela e Paul começaram a ler o jornal, como os bons atores coadjuvantes que haviam sido em todas as suas vidas.

Luke entregou primeiro uma omelete a Marie, logo depois uma para Paul e em seguida para Sandra. Batatas torradas e crocantes foram colocadas no centro da mesa. Os três comeram os ovos em silêncio, esperando Luke falar.

Ele largou seu próprio prato pesadamente na cabeceira da mesa e pegou a seção do jornal que Paul acabara de terminar.

— Aquela garota... aquela que estava na mala.

— O que tem ela?

Sandra olhou para cima, aliviada por ele finalmente ter dito alguma coisa. Todos ao redor da mesa pareciam respirar.

— Você deveria ir vê-la. Verifique se ela está bem. Quer dizer... tão bem quanto pode ficar.

Sandra se viu esperando que ele fizesse contato visual, abaixando o rosto para tentar encarar seus olhos enquanto ele lia o jornal, mas ele permaneceu fixo em seja lá o que estivesse lendo.

— Você não quer ir comigo?

— Não. — Ele virou a página no jornal. — Não quero.

O comportamento de Luke em relação à garota era estranho e despertou interesse suficiente em Sandra para procurar o endereço. Os correios informaram onde ela encontraria a casa e indicaram que ela tinha uma caixa de correio verde. Ela dirigiu a velha caminhonete GMC de Marie até as profundezas do deserto, e teve que dirigir devagar, procurando caixas de correio não numeradas que pareciam identificadas por nomes e cores. Parando o caminhão na frente da casa, o lugar parecia silencioso, como uma cidade fantasma do Velho Oeste. Não havia carros em frente ao simples rancho de adobe. Ao que parecia, a família não era pobre. A casa estava bem conservada. Amarrando os cabelos em um rabo de cavalo, Sandra apoiou os óculos de sol na cabeça para poder enxergar melhor. Um gato de celeiro de três pernas mancou perto da varanda e se agachou, observando-a, como os locais fazem antes de um grande tiroteio nos filmes. Ela pisou na varanda alto o suficiente para ser anunciada e bateu com firmeza na porta. A sensação de que algo estava errado aqui era avassaladora.

Uma mulher abriu a porta ofegante. Ela começou a falar espanhol e Sandra balançou a cabeça, dizendo: "*No hablo español…*" A mulher não prestou atenção e parecia estar contando uma história mirabolante envolvendo algo no final do corredor enquanto apontava. Por fim, Sandra entendeu que ela deveria ir pelo corredor. Enquanto caminhava, podia sentir o cheiro medicinal da sálvia e sabia que um bastão de incenso estava queimando. Imaginando que alguém provavelmente havia comprado um para afastar maus espíritos, ela rastejou hesitante. Essas coisas supersticiosas não funcionavam — não afastavam os espíritos malignos nem os mantinha longe. Ela e Luke eram as personificações dos espíritos malignos mais do que qualquer coisa que ela já tinha visto. Nesse caso, seria mais provável que a família a mantivesse afastada se enchessem o lugar com cravo. As fotos cobriam as paredes e Sandra reconheceu a mulher, o pai com o chapéu, um homem jovem e a garota cujo corpo estava na bolsa. Da sala de estar, a mulher assentiu quando Sandra chegou à porta correta. Ela bateu, mas não houve resposta. A mulher fez sinal para ela entrar de qualquer maneira.

Sandra abriu a porta lentamente e não encontrou um corpo em decomposição — como temera —, mas a garota sentada no peitoril da janela, fumando um cigarro.

— Ah, eu sinto muito… Eu não sabia…

Os longos cachos escuros da menina caíam pelas costas. Ela era uma jovem deslumbrante, com braços esculpidos e dedos finos.

— Que eu estava aqui? — A garota não olhou para Sandra. — Eu não falo nada de espanhol, então não faz sentido tentar falar com eles. Eles acham que voltei com o cérebro danificado.

A garota finalmente se virou para olhar para Sandra.

— Uau, você realmente mudou, mas não tanto quanto eu, hein?

— Não sei se entendi...

Sandra deu um passo para trás.

— Você não está me reconhecendo? Assim fico magoado, querida.

A garota soprou a fumaça do cigarro.

— Eu sinto muito... Eu não...

— Me deixe explicar. — A voz da garota era amarga, fazendo Sandra voltar para o corredor. — Uma hora eu estava em um jipe com outros três jornalistas. Estávamos escrevendo uma história em Hanói e nos garantiram que estaríamos seguros. Estávamos apenas contando a história sem vínculos políticos. Eu era um maldito fotógrafo. — A menina riu. — Como se isso fosse possível.

O estômago de Sandra começou a se revirar. Na sua cabeça, ela fez o cálculo da data da chegada da carta de Hugh e da noite em que o corpo da garota foi levado para Pangea.

— Rick.

Ignorando-a, a garota continuou.

— A próxima coisa que sei é que senti algo pesado nas costas, como se tivesse sido picado e depois picado de novo. O estranho é que levar um tiro não dói como todo mundo acha. Não dói no começo, depois vem em ondas. — Ela respirou fundo. — De qualquer forma, para mim foi indolor, mas talvez tenha sido o choque, não sei. Eu vi os outros caras no jipe, seus corpos se contorcendo enquanto os tiros os atingiam, e eu sabia que também devia estar me contorcendo, meu corpo estava sendo atingido de todos os ângulos. Eu estava reagindo feito uma criança brincando com armas de brinquedo. Foi só quando vi o sangue que eu sabia que não conseguiria. O tiro final deve ter atingido minha cabeça, porque depois disso o que vi foi um lençol branco com uma luz atrás dele.

A garota esfregou os braços, aparentemente surpresa por eles estarem ali.

— Sinto muito — disse Sandra. — Eu não entendo.

— Isso continuou por um tempo. E eu vi as coisas mais loucas. Eu estava pintando em um pequeno estúdio com chão de pedra e depois estava em uma ópera e você estava lá, mas não era você exatamente. O que estou dizendo é que você parecia um pouco diferente do que é agora. E eu podia ver que estava fazendo você chorar. Você estava tentando esconder de mim, mas eu sabia que o que eu estava dizendo estava fazendo você chorar. E então vi umas imagens tremeluzentes do sol, como um rolo de filme danificado. Havia um maldito cavalo de corrida e você estava diferente de novo, mas chorando em um vestido cor de bronze. Você parecia uma deusa. Foi quando eu realmente senti a dor. Era como se alguém estivesse tentando colocar uma capa de chuva pesada em mim. Doía muito para colocá-la, como se eu estivesse sendo puxado para fora da minha pele e para dentro desta capa de chuva.

Sandra sentiu as pernas fraquejarem. Como aquela garota estava descrevendo suas vidas? O que havia de errado aqui?

— Eu…

A garota a interrompeu, sua voz rouca.

— Quando acordei, eu estava no chão… em uma bolsa.

Ela fez uma pausa e olhou para Sandra como se estivesse esperando uma explicação, colocando o cigarro no cinzeiro próximo e acendendo imediatamente outro. Algo na maneira como ela acendeu o cigarro era familiar.

— Pensei que ainda estivesse em Hanói e depois olhei para baixo e não entendi. Achei ter visto você me entregando um cobertor, e pensei comigo mesmo: "Esta é a visão mais absurda do céu que eu poderia imaginar. Sandra está me entregando um maldito cobertor." E então você me mandou embora no dia seguinte, me entregou a esse homem que não falava uma palavra em inglês, e eu percebi que não era um sonho, era um filme de terror.

Sandra fechou os olhos, sentindo a bile subir pela garganta.

— Ah, Rick…

— Sim, mas eu não pareço mais com ele, não é? Como eu vim parar aqui, Sandra? Você sabe que vi o que você fez com o Ezra.

A garota balançou as pernas do peitoril e caiu no chão, provocando um pequeno baque. Ela deu três passos em direção a Sandra, que agora se erguia sobre ela.

— Como?

Sandra espiou a borda do vaso sanitário no aposento do outro lado do corredor. Ela correu, arfando na tigela, sufocando com o próprio vômito. Ela caiu de joelhos e se endireitou com a borda do assento do vaso sanitário antes de vomitar novamente. Ela podia sentir a garota — Rick — atrás dela, iminente.

— Foi isso que você fez comigo antes?

— Eu *não* fiz isso com você.

— Depois do meu acidente de carro. Você me trouxe de volta.

Sandra assentiu.

— Mas não assim. Aquilo foi diferente.

— Bem, alguém me trouxe de volta e me colocou... nisto.

A garota puxou a própria pele.

Sandra se levantou, sem se dar ao trabalho de dar descarga, passou pela garota, cambaleando da casa para o caminhão, e partiu. Depois de perder várias estradas de terra, ela avistou um trecho de árvores de choupo e saiu da estrada. Aquilo era um pesadelo. Finalmente, uma motocicleta passou por ela e ela entrou no caminho de terra, seguindo a motocicleta para a estrada principal. Quando chegou ao Rancho Pangea, encontrou Luke na cozinha ao telefone.

— Desligue a porra do telefone.

Ela andava de um lado para o outro na frente dele, agarrando os cabelos. Finalmente, ela puxou o gancho dele para desligar o telefone.

— O que foi? — Ele não estava bravo. Depois de colocar o telefone de volta na parede, ele cruzou os braços. — Isso deve ser bom.

— Como você *pôde*? — cuspiu Sandra.

— Como *está* Marchant?

— Ele está uma bagunça do caralho. Como você acha que ele está?

— Bom, pelo menos ele não está morto.

— Ele preferiria estar.

— Ah, todos dizem isso. Nenhum deles fala sério. — Luke começou a descer o corredor. — Marchant sempre foi uma porra de uma *prima donna*.

— Não fuja de mim.

Sandra partiu atrás dele.

Ele se virou, fazendo-a ir para trás.

— Me diga. O que há de tão ruim no que fiz por você? Esta versão era diferente, não era?

— Você estava com ciúmes?

— Que você o *amava*… Deus é testemunha de quantas vezes ouvi isso, então encontrei uma brecha para vocês ficarem juntos. De nada. Sejam felizes.

— Não é natural.

— Ah, sinto muito. — Ele riu. — E você e eu somos *naturais*, não é mesmo? Nós somos a *porra* da família Addams, Sandra, caso você ainda não tenha percebido.

— Você não tinha o direito…

— Não me venha com sermão. Você preferiria que ele estivesse morto? Você preferiria?

Sandra demorou a responder.

— Você parou a maldição ao fazer isso com o Rick? Isso vai acabar agora?

— Ah, querida. — Luke riu. — Se fosse assim tão simples… Mas garanto que, como *administrador* desse fiasco em que vivemos, eu poderia tirar o Marchant do corpo dela a qualquer momento e colocá-lo naquele pote de biscoitos ali, e adivinha? Ele ainda se recuperaria e encontraria você na próxima vida. Eu não tenho poder para alterar o feitiço, mas isso não significa que eu não possa sacanear vocês dois. E foder com ele um pouco!

— Você é um homem horrível — disse Sandra. — Como fez isso?

— Como assim, como eu fiz isso? Como faço tudo? Como fazemos tudo o que fazemos? Eu sou um maldito demônio. Você continua dizendo isso, me lembrando do quão *ruim* nós somos.

— Rick está confuso.

Ela sabia que isso parecia patético.

— Meu Deus do céu, Sandra. — Luke passou a mão no cabelo. — *Explique* para ele. Além disso, agora ele está em uma bela capa. Se Rick é sua alma gêmea, então você o aceitará em qualquer pacote, não é? Vá transar com ele… ela… tanto faz… para satisfazer seu coração, até que ele não fique mais confuso. Ame aquele com quem você está, certo? Apenas saia da minha frente. Para mim já chega. É sério.

— Você fez isso por despeito.

Ele suspirou, exasperado.

— Não, Sandra. De verdade... Fiz isso por você com boas intenções. Fui um idiota de achar que ele faria você *feliz*. Estou farto de você cumprindo sua tarefa. Você com certeza não está feliz aqui *comigo*.

A última palavra pairou entre eles.

— Eu estava tentando ser feliz... com você.

— Bom, vá *tentar* com outra pessoa.

Ele passou pela porta de tela e saiu para o quintal.

Sandra esperou alguns dias e voltou para ver Rick, agora Aurora Garcia. Encontrou Aurora sentada na varanda, bebendo uma cerveja como um homem.

— Você voltou.

Aurora a olhou com cautela.

— Você não tem muitos modos — disse Sandra. — Podia pelo menos tentar.

— Não tenho prática em ser uma dama, Sandra.

Aurora deu de ombros e acenou com a cabeça em direção à casa.

— Você pode pelo menos dizer a eles que perdi a capacidade de falar espanhol por causa do trauma? Acho que eles estão planejando um exorcismo. Também não tenho certeza se estão felizes com você, então talvez você não seja muito bem-vinda.

Aurora apontou a cerveja em direção à cozinha.

— Quer sair daqui?

— Claro que quero.

Aurora largou a garrafa no chão e saiu da varanda.

Eles dirigiram até Santa Fé durante o dia, andando pela praça da cidade, Aurora absorvendo tudo. Pararam em um café na Plaza Santa Fe, com as janelas voltadas para a praça. Depois de ficar em silêncio por alguns momentos, Aurora acenou com a cabeça para a janela.

— Não é Los Angeles, não é?

— Não. Este é o oposto de Los Angeles.

— Sinto falta. Talvez eu volte.

— Para Los Angeles?

Sandra elevou o tom de voz. Ela tentou imaginar o horror que seria Aurora tentando voltar à vida de Rick. Não era possível. Ele não poderia contar essa história louca para Kim e Hugh.

Sandra deslizou de volta para a cabine. Ela estava confusa. Não se sentia atraída por Aurora, mas ela era Rick. Havia indícios de Rick em Aurora, maneirismos, inflexões. Provavelmente a aparência de Aurora era diferente para todo mundo que a conheceu antes. Se Sandra fechasse os olhos, ela quase conseguia imaginar o rosto que Aurora deveria ter, aquele antes de Rick entrar nele.

— Você não pode voltar para Los Angeles.

— Por que não?

— Porque você morreu para eles.

— Posso ser alguém novo.

— Aurora Garcia?

— Aurora Garcia.

— Isso não vai dar certo, Rick.

— Então vou ter que ficar aqui e me casar com um agricultor qualquer?

— Vou cuidar de você.

Depois de dizer isso, Sandra sentiu uma raiva estranha surgir dentro dela. Auguste Marchant ficou bem deixando Juliet se casar com um fazendeiro quando a abandonou. Agora, depois de duas iterações, Rick não poderia cumprir o mesmo destino. Sandra escondeu sua irritação.

— Pare de encher o saco. Você ainda sabe como tirar fotos. Pense em você como uma Georgia O'Keeffe de hoje. Você pode voltar a ser fotógrafo, só que... como Aurora Garcia.

Aurora olhou para ela com desprezo.

— Fico feliz que você tenha decidido as coisas por mim. Mas, de novo, é isso que você faz, não é?

— Eu não fiz isso com você. Você ganhou outra chance na vida. Pense nisso como um presente.

Ela podia ouvir Luke em suas próprias palavras.

— Vamos supor o seguinte. Se eu não conhecesse *você*, o que teria acontecido comigo?

Sandra olhou para as mãos.

— Veja, isso foi você que fez...

Sandra pagou o almoço e eles voltaram para o caminhão. Fora da cidade, Aurora apontou para um motel.

— Podemos ficar aqui hoje à noite? Não posso voltar para aquela casa.

— Claro.

Sandra entrou e pegou um quarto. Quando voltou para o caminhão, não encontrou Aurora. Caminhando pela piscina nos fundos do motel, Sandra a encontrou nadando nua enquanto dois homens — funcionários do hotel — a observavam com prazer.

Sandra se abaixou.

— Saia agora dessa piscina, Rick.

— Por que você não entra?

— Saia agora dessa piscina, Rick.

Sandra esperou enquanto Aurora saía da água. Ela entregou a pilha de roupas que havia sido deixada ao lado da piscina. Aurora a seguiu, sem nem fazer menção de se vestir. Sandra abriu a porta do quarto e Aurora caiu na cama, deixando uma grande mancha molhada na colcha.

— Você precisa se secar — disse Sandra, parecendo demais com a mãe para seu gosto.

Será que estava se transformando em Betty Keane? Ela olhou para cima e viu a pintura de mãos em oração sobre a cama. Então se levantou e tirou o quadro da parede.

— Você tem que vir aqui — disse Aurora.

Sandra suspirou. Ela não tinha certeza do que estava prestes a experimentar, mas também não ia voltar para Luke sem ao menos tentar. Sandra se sentou na cama ao lado dela. Sentiu um puxão na blusa e caiu do lado de Aurora na cama, lado a lado, como tábuas no chão.

— É como no Le Bon View.

Aurora se apoiou sobre um dos cotovelos e beijou Sandra, o que foi mais confuso do que Sandra imaginara. Ela nunca tinha beijado uma mulher e aquela não era uma mulher, era Rick, mas ainda era uma mulher. E então Rick, como Aurora, começou a arrancar as roupas de Sandra.

Mas estava tudo errado, era macabro. Aquele não era Rick; aquela criatura havia tido a cabeça decepada quase duas semanas antes. Em vez de se sentir excitada, Sandra quis vomitar.

— Pare.

Aurora pareceu satisfeita com alguma coisa.

Sandra se vestiu e caminhou até o Rambling Coyote Bar do outro lado da estrada. Aurora a seguiu, mas se sentou do outro lado do bar.

A cerveja estava ótima e, assim, Sandra tomou outra e mais outra, sozinha porque Aurora estava tomando shots de uísque com dois homens — um erro que Aurora estava cometendo, pensando que poderia beber como Rick. Com dois drinques, ela estava se desequilibrando e esbarrando no homem ao lado dela.

Sandra pediu outra cerveja e pôde ouvir a voz de Aurora, mais alta que a música. Cansada de ser ignorada, Sandra pagou o barman e foi ao banheiro antes de cambalear de volta pela estrada para o motel — apenas para encontrar Aurora ao lado de um caminhão Ford vermelho fodendo com um homem branco com chapéu de cowboy.

Sandra abriu a porta do quarto do motel e bateu com força demais, mas não tão forte capaz de abafar os últimos gemidos de Aurora.

— Aquilo foi incrível — disse Aurora quando entrou no quarto, colocando a calcinha de volta. — Eu gosto de ser mulher.

Sandra olhou para ela.

Aurora se sentou na cama.

— Não fique cheia de merda por causa disso. Duvido que se você acordasse com um pau não faria a mesma coisa. Não é como se você estivesse disponível.

— Foda-se. Toda ilusão que eu pensava ter foi destruída hoje.

Sandra estava sentada na cadeira barata e arranhada com braços de madeira. Ela olhou para os braços da cadeira e encontrou números de telefone de mulheres esculpidos neles.

— Eu nunca me dei conta de que você era tão nervosa.

Rick sempre fora tão babaca? Talvez Sandra não tivesse visto isso antes?

— Eu tenho que ir — disse Sandra, pegando sua bolsa e suas chaves. — O quarto está pago. Você consegue encontrar o caminho de casa?

— Claro, amor.

Enquanto Sandra ligava o caminhão, Aurora saiu do quarto do motel, fez um sinal para Sandra esperar e caminhou até a porta do motorista. Sandra baixou a janela.

Aurora puxou Sandra para perto dela e a beijou lenta e carinhosamente. Sandra sentiu algo profundo e triste.

— Acho que este é o fim da linha para nós duas. — Aurora tinha lágrimas nos olhos. — Me deixe ir desta vez, está bem?

Sandra olhou para os olhos castanhos de Aurora. Ela podia ver Rick neles, mas esse não era o *Rick dela*. Rick se virou.

— Ei — chamou Sandra.

Rick se virou de volta. Ela decidiu algo e, ao fazê-lo, pensou em como dizer: o jeito certo para dizer aquilo.

— É uma boa ideia que você não se lembre mais de mim ou de sua vida como Rick Nash.

Aurora olhou para ela por um momento, piscando.

— Você não deve se lembrar de Rick Nash ou de mim.

— Posso ajudar com mais alguma coisa?

Aurora olhou, perplexa.

Sandra não disse nada — nem poderia. Ela apenas assentiu, paralisada.

Aurora voltou para o motel e bateu a porta atrás dela.

⁂

Quando Sandra chegou ao Rancho Pangea, encontrou Luke empilhando lenha.

— Você *sabia* que ele estaria diferente.

— Eu não sabia disso. Essas coisas são fluidas. — Ele suspirou, sua voz monótona enquanto continuava a empilhar lenha. Ele se sentou ao lado dela e puxou as pernas dela para cima das dele, tirando as luvas de trabalho. — Eu não sabia de nada, mas imaginei. É o que normalmente acontece.

— Aquela *coisa* não era Rick.

— Ah, era ele mesmo, mas um corpo diferente ou circunstâncias diferentes podem alterar a versão.

— Você quer dizer como eu e Nora?

Ele encontrou seus olhos.

— Eu não fiz isso com você por maldade, se é isso que você acha.

— É exatamente o que eu acho. Olhe em volta. Você me trouxe para cá, não para Paris. Você não mudou nada nesta casa desde que ela morreu. Desde que eu morri… Está com raiva de mim porque não voltei como ela.

Ele se recostou na cadeira.

— É verdade.

— Você estava me ensinando uma lição.

Ele deu de ombros.

— Talvez.

— Sem essa de "talvez". Você queria que eu soubesse como era ser você. — Sandra apontou para ele. — Bem, para começar, eu não posso ter uma namorada.

— Você não foi tão ruim…

Sandra olhou para ele horrorizada.

— Como você sabe?

— Eu sei tudo o que você faz. É meu trabalho.

— Você é um idiota. — Ela deu um leve chute nele. — Isso não incomoda você? O que nós fazemos? Porque me incomoda. Depois de ver tudo isso. Nós interferimos na natureza. Pessoas morrem. Somos pessoas *ruins*.

— Você está amaldiçoada, não tem escolha. — Ele fez uma pausa antes de continuar. — Estou ciente do que fazemos. Não que eu não saiba diferenciar o certo do errado, mas se está *errado* e a protege, então, não, isso não me incomoda. Você pode me odiar por isso, se quiser, mas esse é meu propósito aqui.

— Seu propósito já acabou há muito tempo, Luke. Temos que acabar com isso — disse Sandra.

— Você precisa me ajudar.

Ele se afastou dela.

Ao anoitecer, houve uma batida frenética na porta. Em particular, Sandra gemeu. Eles receberam duas pessoas doentes à noite, precisando de cura. Depois da última, ela voltou para o quarto e descobriu que o nariz havia começado a sangrar. Ela tinha escondido de Luke, como era de costume nos últimos tempos, mas levou boa parte da noite para estancar. Ela não tinha certeza se podia curar mais alguém naquele dia.

Abrindo a porta, Sandra encontrou a varanda vazia. Saiu e olhou em volta, mas ninguém estava lá. Inquieta, ela voltou ao hall de entrada. Ela se virou e viu o sr. Garcia parado perto da cozinha, tendo entrado pela varanda lateral.

— Sr. Garcia. — Sandra riu. — Você me assustou.

O homem manteve a mão direita ao seu lado e virou de maneira que ela não pudesse ver o que ele estava carregando. Como se estivesse praticando inglês, ele formou as seguintes palavras:

— Que tipo de demônio você é?

Ele levantou a mão e apontou uma espingarda para ela.

— Eu não sei do que você está falando.

A voz de Sandra ficou mais alta.

A comoção na varanda trouxe Marie, que era quem melhor falava espanhol. Ela começou a suplicar ao homem.

— Ele diz que a filha não voltou para ele. Algum monstro voltou em seu lugar.

— Diga a ele que nenhum monstro voltou — disse Sandra. — E que eu não sabia de nada.

Marie começou a discutir com o homem.

— Ele diz que vocês brincam com a vida das pessoas. Você é uma bruxa.

Sandra ficou surpresa que ele estivesse tão correto em sua suposição.

O homem balançou a cabeça. Ele estava agitado, e a arma estava apontada entre Marie e Sandra enquanto ele falava.

— Ah, não — disse Marie, o rosto pálido. — Ele diz que matou a filha hoje à noite. Para poder mandá-la de volta.

— Não!

Sandra exalou. Rick, não. De novo, não.

— Você é o diabo — disse Garcia em inglês mal falado enquanto dava dois passos em sua direção.

Instintivamente, Sandra se afastou.

— O que ele fez com Aurora?

Marie fez a pergunta em espanhol. Ela parecia doída ao contar para Sandra.

— Me diga.

— Ele a afogou — disse Marie. — Ele disse que a afogou como um cachorro e depois queimou seu corpo como uma bruxa, para que você não pudesse trazê-la de volta.

— Você nos procurou — disse Sandra, tentando argumentar com o homem. — Você trouxe a Aurora até *nós*.

O homem falou em espanhol animado. Sandra sabia o que ele estava dizendo não por suas palavras, mas por sua expressão. Sandra viu que a arma era pesada e desconhecida para ele.

— Você...

Sandra nem tirou as palavras da boca antes de ver o homem puxar o gatilho. Foi tão rápido que não houve tempo de reagir. Assim como Rick havia dito, a princípio, ela não sentiu dor, apenas uma sensação de desmaio e o sangue escorrendo. Então, a dor lancinante. Ela olhou para baixo. Para um homem com pouca experiência com armas, o tiro de Garcia foi estranhamente preciso entre suas costelas. Sandra sentiu um peso sobre o corpo e caiu de joelhos. Em seguida, dificuldade para respirar. Ela sentiu como se estivesse debaixo d'água. Seus pulmões estavam encharcados de sangue e ela estava começando a se afogar. Ela começou a rir, imaginando se poderia se curar tocando a ferida. Então ela ouviu outro tiro e soube que era o sr. Garcia. Ele também não conseguia viver com o que havia feito.

— Não, não, não!

Luke estava correndo e ela ouviu suas botas escorregarem na madeira gasta, deslizando em seu sangue. Agarrando a cabeça de Sandra, ele a levantou na tentativa de ajudá-la a respirar.

Enquanto dizem que sua vida passa diante dos olhos quando você morre, o que Sandra notou foi a indignidade daquele momento. Sabendo que estava morrendo, Sandra fez uma contabilidade de dez segundos de sua vida, os grandes momentos — o caixa da A&P, Ford Tremaine olhando para ela na porta, segurar o corpo sem vida de Ezra em Laurel Canyon, a banda no palco do Gazzarri's, beijar Rick e Luke, é claro. Isso foi tudo? Como um obituário escrito, o fato de terminar aqui, neste momento, foi uma decepção.

Luke tinha uma expressão feroz que ela nunca tinha visto.

— Duvido que eu possa curar a mim mesma — disse ela, rindo. — Talvez eu devesse tentar então, né?

Quando ela tentou se sentar, sentiu o gosto de sangue e sabia que estava saindo de seus lábios.

— Eu consigo — disse ele. Ele a tocou e ela sentiu que podia respirar novamente. — Podemos ter mais tempo. — Ele a abraçou com mais força. — Sinto muito, Sandra. Eu fui um idiota ciumento.

Ela olhou nos olhos dele. Era muito tentador ficar um pouco mais com ele e acertar as coisas entre os dois, mas ela balançou a cabeça.

— Não.

A última visão que havia tido dele era de um homem desmoronando. Ela se lembrou da mesma visão quando Nora morreu, mas esta parecia ainda pior. Ele se ajoelhou e ainda embalava a cabeça dela com as mãos.

— Por favor, Sandra. Não me deixe. Me deixe tentar.

— Não — repetiu ela. — Luke — disse tão baixinho, enquanto lutava para respirar, que ele se inclinou para ouvi-la. — Talvez da próxima vez, hein?

— Não diga isso — pediu Luke, balançando a cabeça.

— Na próxima...

Sandra assentia.

Ela o sentiu beijar sua testa.

— Vejo você na próxima.

Então houve um peso repentino, como alguém puxando-a por baixo do chão. Parecia que ela estava sendo sugada pelas tábuas do assoalho, mas as mãos estavam muito quentes e Sandra estava muito fria.

28

HELEN LAMBERT
Washington, D.C., EUA, 17-18 de junho de 2012

Eu estava zonza. A história de Sandra fizera muitas peças se encaixarem. Era, de certa forma, a história que eu estava esperando ouvir. Sandra também sabia que a maldição tinha que acabar, mas tinha morrido antes de descobrir como fazer isso.

Ela havia levado um tiro. Estendi o braço para tocar minhas costelas, esperando encontrar uma cicatriz, mas não era assim que aquilo funcionava e eu sabia. No entanto, foi a constatação de que Luke sabia de tudo que Sandra havia feito com Aurora Garcia — todos os detalhes íntimos — que fez um arrepio percorrer minha espinha.

Ele havia dito que saber de tudo fazia parte do trabalho, mas isso significava que sabia o que eu estava planejando: a viagem à França, a faca... Entretanto, ali estava ele dormindo ao meu lado, fingindo que não sabia. Também lembrei que Sandra perguntara se a maldição podia ser quebrada e ele se recusara a responder. Será que ele sabia que podia? Estava me deixando achar um caminho para quebrá-la?

Tomei um banho rápido e pus um vestido Missoni de que sempre gostara. Enquanto o segurava, me lembrei da casa em Taos. Era um vestido de linha com uma estampa chevron em rosa, marrom e bege. Eu já havia usado aquele vestido dezenas de vezes, mas nunca o analisara nem me perguntara por que gostava tanto dele. Olhei para meu armário e descobri que tinha seis versões daquele modelo.

Quando peguei o celular, vi duas chamadas perdidas de minha mãe e uma de um número de Austin, que devia ser de Hugh Markwell, retornando minha ligação. Senti-me culpada por ignorar minha mãe. Faltavam cinco dias para meu aniversário e ela tinha começado a me pedir sugestões para os presentes. Não tive coragem de contar que provavelmente não precisaria de um bolo naquele ano. E aquilo me deixou triste. O que mais eu não poderia fazer neste mundo?

Ao entrar na *Em quadro*, vi que a edição de julho tinha acabado de chegar da gráfica e estava em caixas na recepção. De dentro de uma caixa, peguei a nova edição com o cavalo na capa. Provavelmente seria a última para mim. O que aconteceria com a revista depois que eu morresse? Tudo o que eu tinha ficaria com minha mãe, mas não podia imaginá-la como editora de uma revista.

Pensei muito em minha mãe. Não concordava com Sandra, que dizia que sua mãe era uma substituta. Aquela mãe era minha mãe. Preferi o sofá à cadeira, me sentei e me aconcheguei, tirando os sapatos. Examinando a edição, fui dominada pelo doce cheiro de tinta. Era um dos meus cheiros favoritos, tinta no papel. Olhei para meu escritório e analisei minha vida. Eu gostava da minha vida. Não era perfeita, mas, se não conseguisse quebrar a maldição, aquela vida não teria sido ruim. Tivera altos e baixos, mas isso era normal. Pensei em Juliet, Nora e Sandra. Minha vida tinha sido muito comum se comparada à delas. Roger e eu não havíamos vivido o drama de Billy e Nora, nem mesmo o de Rick e Sandra. Éramos pessoas normais.

Meu telefone apitou, lembrando que havia recado em minha caixa postal. Parei para ouvi-lo.

Oi. Aqui é Hugh Markwell. Estou retornando sua ligação. Uau! Eu adoraria conversar com você sobre a banda. Não sei como me encontrou, mas não falo sobre isso há anos. Meu número é…

Por mais estranho que parecesse, a história de Sandra havia me completado. Ela havia esclarecido muitas coisas sobre quem eu era. O fato de que tudo podia voltar a ser apagado em cinco dias me pareceu sem sentido depois que eu havia reunido todas as lembranças de minhas vidas. Senti muita saudade de Hugh e da banda. Quase pude sentir o cheiro dos eucaliptos diante da casa de Rick e Kim. Disquei o número dele, e ele atendeu no primeiro toque.

— Hugh Markwell.

— Sr. Markwell. Aqui é Helen Lambert, da revista *Em quadro*.

— É bom falar com você, srta. Lambert. Pesquisei um pouco sobre você antes de retornar sua ligação. A revista é ótima.

Ele riu. Era a risada pura e maravilhosa de Hugh, de que eu sentira tanta falta.

— Me diga uma coisa. Como você ficou sabendo sobre a No Exit?

Eu não esperava aquela pergunta. Por que não a esperava? Puxei uma mecha do meu cabelo, procurando uma resposta.

— Estive em Los Angeles recentemente. Um amigo meu comentou que ele tinha visto uma banda ótima tocar uma vez e não sabia o que tinha acontecido com ela.

Hugh suspirou.

— Pensar que alguém se lembrou da gente... Bom, isso é muito especial. — Ele tinha um leve sotaque, que provavelmente tinha adquirido por morar no Texas. — Não sabíamos o que estávamos fazendo. Era a minha sexta banda e nada tinha ido para frente. Lily e eu éramos jovens e apaixonados. Lily foi minha primeira esposa.

Ouvir aqueles nomes outra vez... Tinha acabado de viver aquela vida dias antes. Era tudo muito recente para mim e Hugh estava tornando aquilo real. Era *mesmo* real.

— Lily Leotta?

— É. Ela se tornou Lily Markwell, mas... — Ele se interrompeu. — Lily se afogou na baía de Stinson em 1978. Perdi muitas pessoas naquela época. Nós ensaiávamos na casa da minha irmã em Laurel Canyon. Morávamos em Lookout Mountain, lugar das bandas descoladas. Caramba, Mama Cass era nossa vizinha. Meu cunhado morreu no Vietnã. Minha irmã voltou a morar com meu pai. A coisa toda meio que acabou.

Tínhamos ido para Taos. Um cara tinha nos dado a chance de gravar um disco, então nos amontoamos no carro e fomos: Lil, Ezra Gunn, Sandra Keane e eu.

Percebi pelos silêncios que fazia muitos anos que ele tentava não pensar naquelas lembranças.

— As oito semanas que passamos em Taos foram as melhores da minha vida. Tinha um engenheiro de som, um camarada australiano… Me esqueci do nome dele.

Lenny Brandt, quis falar, mas não disse nada.

— Nós gravamos umas oito músicas, e aquele homem criou um disco incrível. Acho que podia ter feito sucesso. Mas voltamos para Los Angeles para tirar uma folga e eu descobri que meu cunhado havia sido morto. Minha irmã precisava muito de mim porque o casamento deles já não estava muito bem no fim. Então Ezra Gunn sofreu uma overdose logo depois do Natal. A partir disso, acho que a casa começou a cair. Lil e eu nos casamos. Queríamos uma coisa mais concreta, sabe? Fui aceito em Berkeley e moramos alguns anos lá.

Eu não sabia sobre a morte de Ezra. Fechei os olhos. Não que fosse surpresa, mas saber que a vida daquele menino doce de cabelos cacheados havia acabado era de partir o coração.

— E é aí que o mistério começa. Nós deixamos Sandra no Pangea. Ela teve um caso com o produtor, Luke alguma coisa, não me lembro do nome agora. Nós a deixamos lá e voltamos para Los Angeles, achando que logo retornaríamos para Taos. Eu nunca mais tive notícias dela. Simplesmente imaginei que cada um tinha seguido seu caminho. Bom, eram os anos 1970. Mas aí ouvi dizer que ela tinha desaparecido. Tentei encontrar a gravadora Rancho Pangea ou qualquer pessoa que soubesse o que havia acontecido com ela. — Ele riu. — Ficamos tão preocupados que Lil e eu fomos de carro até o rancho. Acho que isso vai parecer estranho, mas meio que queríamos garantir que tudo tinha sido real.

— E o que aconteceu?

— Tudo tinha sumido. A casa estava vazia e a placa do rancho tinha desaparecido, como se nunca tivesse existido. Isso me assombrou a vida toda, srta. Lambert. A casa pertencia a um francês, mas ninguém se lembrava realmente de ter visto o cara. O disco que fizemos, o álbum, desapareceu.

Eu sei que meu cunhado tirou fotos da banda. Me apeguei a elas por muitos anos por serem uma prova de que tudo tinha sido real. Entende?

— Entendo — falei. E entendia mesmo.

— Eu tenho que dar uma aula agora, mas foi ótimo conversar com você. Por acaso, vou a Washington daqui a duas semanas. Tenho um congresso e mais um compromisso por aí. Adoraria tomar um café com você. Poder falar sobre isso já foi muito bom. Aquele disco, srta. Lambert, aquele disco foi especial... se é que um dia existiu.

Fechei os olhos. Provavelmente estaria morta em duas semanas, desapareceria como Sandra. Senti uma culpa enorme por aquele homem. Ele havia passado a vida se perguntando se Sandra, o rancho Pangea, o disco e Luke tinham mesmo existido.

— Vou ficar um mês na Europa a partir da semana que vem, mas às vezes tenho que ir a Austin e adoraria me encontrar com você.

— Seria ótimo.

— Se cuide, sr. Markwell.

— Você também.

Não me aguentei e comecei a chorar. Pelas vidas que havia tido, os acontecimentos históricos que havia testemunhado. Enquanto conversava com Hugh, eu folheara a última edição da revista, algo que tinha o costume de fazer sempre que ela chegava da gráfica. E foi na última seção, sobre artes plásticas, que vi o anúncio. De onde aquilo tinha vindo?

Levantei-me, peguei um táxi e pedi que o motorista me levasse à avenida Maine — à Coleção Hanover. O museu acabara de abrir. Entrei na fila para comprar o ingresso, mas decidi que podia entrar direto. Ninguém ia me impedir.

— Acho que vou simplesmente entrar.

Sorri para o bilheteiro, que acenou com entusiasmo.

Virei uma esquina e desci até a ala das fotografias, com vista para o rio Potomac. Do pé da escada, vi a grande exposição anunciada na revista: *Richard Nash — uma perspectiva fotográfica*. O primeiro painel tinha uma foto de Rick como eu me lembrava dele. A foto utilizada havia sido tirada por mim no Forum. Por mim. Aquele era o *meu* trabalho. Prova de que eu havia vivido. Rick olhava para baixo e sorria para algo além da câmera.

— Ah, Rick...

Enquanto percorria a exposição, vi fotos da casa em Laurel Canyon, a polícia margeando toda a Sunset Boulevard durante os protestos, Jimi Hendrix tocando guitarra, o Dodger Stadium, as Watts Towers, as obras da rodovia 405, Janis Joplin sentada no sofá da casa dele, segurando um cinzeiro e — sua foto mais famosa — Sandra Keane, fazendo uma reverência para a equipe de limpeza no Hollywood Bowl vazio, com o sol se pondo por trás das últimas fileiras das arquibancadas.

Os painéis finais mostravam o trabalho de Rick no Vietnã. Campos de pouso, selvas, jipes, vietcongues, soldados americanos, prostitutas, padres, cobras em cestas na feira. Ele fotografara tudo — construíra uma obra de que qualquer pessoa se orgulharia ao final de sua vida, e ele fizera isso em 28 anos. Uma série de objetos dispostos em uma caixa de vidro chamou minha atenção. A placa abaixo dela explicava que eram os OBJETOS ENCONTRADOS COM O CORPO DE RICHARD NASH. A caixa exibia uma câmera Leica antiga, um maço de cigarros manchados de sangue marcado por buraco de bala e um antigo chaveiro de plástico vermelho. Era a chave do Le Bon View. Pude ver o quarto 41 como se fosse ontem. Cambaleei, meus olhos se enchendo de lágrimas. Ele havia levado a chave para o Vietnã.

Seguindo minha intuição, peguei o elevador para o segundo andar — a ala de cinema e mídia. Quando as portas do elevador se abriram, vi as placas de uma exposição especial: TALENTOS OCULTOS DE HOLLYWOOD: DIRETORES DESCONHECIDOS DA DÉCADA DE 1930. Andando pelo corredor, encontrei os conhecidos cartazes de *Trem para Boston* e *Starlight Circus*. Nora Wheeler aparece no canto do pôster de *Trem para Boston*, de costas, olhando por cima do ombro. A exposição incluía várias fotos de Billy Rapp, nos bastidores dos filmes. Billy e Ford Tremaine e até uma foto rara do casamento de Billy Rapp com Nora Wheeler e do caixão dele sendo carregado até o cemitério de Forest Lawn por celebridades. A exibição seguinte do filme de Billy Rapp, *Trem para Boston*, começaria em quinze minutos. Continuei vagando por entre as fotos da exposição. Vi a carta de Halstead oferecendo a Billy Rapp um contrato com o Monumental. O logotipo e a assinatura de Halstead provocaram uma onda de saudade. Quando era Nora, eu havia recebido uma carta igual àquela.

Na parede, um cartaz informava que, no dia 25 de junho, às onze da manhã, Elizabeth Tremaine daria uma palestra sobre o avô, Ford Tremaine, e falaria sobre o trabalho dele com Billy Rapp. Torci para estar viva e poder vir, mas não achei que fosse conseguir.

Até conhecer a história de Sandra, eu não havia me dado conta de que Luke sabia de tudo o que eu fazia. Tive certeza de que ele sabia onde eu estava naquele exato momento, sentada naquele cinema. Mas por que ele não havia me questionado? A resposta era óbvia: eu não representava uma ameaça para ele. Eu não conseguiria cumprir aquela tarefa e seria enviada de volta para outra vida. Todas aquelas breves vidas me pareceram um grande desperdício. Eu nunca tinha a chance de saber o suficiente antes que o botão de *reset* fosse pressionado. De alguma forma, pensar naquilo era insuportável para mim. Eu gostava da vida que havia criado. Estava longe de ser perfeita — o fim de meu casamento com Roger e o fato de não termos tido filhos quase haviam me destruído alguns anos antes —, mas eu sempre tivera esperança de que algo melhor estivesse por vir.

Sentada no cinema, vi o velho logotipo do Monumental aparecer outra vez no filme craquelado, ao som de uma trilha sonora dramática. Depois dos créditos dos atores principais, a frase APRESENTANDO NORA WHEELER apareceu na tela. Depois de alguns segundos de tela preta, uma plataforma de trem e o som de um apito surgiram. Os sapatos de Nora Wheeler foram mostrados primeiro. Ela andava rápido, então começou a correr para pegar o trem. Vestida com um casaco de pele longo, com o cabelo encaracolado louro escapando de um chapéu preto, Nora era o epítome do estilo dos anos 1930. Ao me ver na tela, fiquei encantada. As imagens dos sonhos haviam parecido reais, mas ver o filme de verdade era assustador. Ela tinha *mesmo* existido. Eu tinha mesmo existido naquela época. Lembrei-me daquele dia no set. Fazia calor e eu estava toda coberta com aquele casaco, mas tinha que fingir que estava com frio. Billy vociferava ordens para todo mundo. Logo ficaria sabendo que ele estava com uma ressaca horrenda, mas não o conhecia bem naquela época. Fechei os olhos e me lembrei do cheiro da mala cenográfica que carregava — do aroma delicado do couro e da cor azul-clara, não branca como aparecia no filme. Incluí as cores que faltavam no filme — o vermelho-azulado do meu batom, o casaco que era marrom, não preto, os uniformes vermelho-vivos dos atendentes, não cinza... As imagens em preto e branco na tela não faziam jus às cores vibrantes da década de 1930.

— O que você está fazendo aqui?

Eu me virei e vi Roger na fileira atrás de mim.

— Estou assistindo ao filme. O que você está fazendo aqui?

— É meu museu, Helen.

— Sou uma grande fã do Billy Rapp.

— Desde quando?

— Ah, fique quieto, Roger, e me deixe ver o filme em paz.

Ele deu a volta e se sentou ao meu lado.

— Eu não sabia que você era fã do Billy Rapp. Desde quando?

— Shhh.

— Helen, estamos só eu e você aqui no cinema. Podemos conversar em um tom de voz normal.

Olhei em volta. Estávamos sozinhos.

— Ele não é valorizado como deveria e morreu jovem demais. Este filme é um dos meus favoritos. Essa atriz, a Nora Wheeler. — Apontei para mim na tela. — Ela é uma das minhas favoritas. Você sabia que ela só fez quatro filmes, mas era maravilhosa? Ouvi dizer que Billy nunca a fazia contracenar com Ford Tremaine porque ele e Ford eram amantes. Billy foi casado com a Nora.

— Foi — disse Roger. — Eu já sabia de tudo isso. Trouxe esses filmes para a Hanover *justamente* porque adoro o trabalho do Billy Rapp. Eu não sabia que você gostava tanto dele.

— Essa era uma característica do nosso casamento — falei, os olhos fixos na tela. — Nós nunca conversávamos direito.

— Helen, você está bem?

— E o Richard Nash — acrescentei. — A exposição dele lá embaixo... Uau! Outro talento perdido. Você sabe que existem versões não reveladas daquela foto famosa, a da moça fazendo reverência para um Hollywood Bowl vazio.

— Sandra Keane.

— Sim — respondi, emocionada por ele ter pesquisado tanto sobre aquelas pessoas. — Ele tem outra série de fotos ótima, de uma banda chamada No Exit. Sandra Keane, a moça da foto, fazia parte da banda. Você tem alguma delas?

— Não. — Ele esfregou o queixo, como se estivesse pensando em algo. — Mas Kim Nash Clarke vai vir hoje à noite para a abertura da exposição. Vou perguntar a ela. Ver se tem alguma.

— Clarke? — Percebi o que ele havia dito. — A Kim se casou de novo?

— Como vou saber? — Roger olhava para mim como se eu tivesse ficado louca. — Você não tinha o menor interesse por este museu. Por que agora?

— Porque está tudo conectado.

— Não estou entendendo. — Ele se remexeu na cadeira e esfregou os braços nervosamente. — Já sei, agora você também é fã do Auguste Marchant. Se me disser isso, vou cair duro bem aqui.

— A *Garota na escada* foi pintada em 1895, não em 1896.

Olhei para ele. No escuro, pude ver seu perfil, tão familiar para mim e composto por todos eles: Marchant, Billy, Rick e, então, Roger com seus grandes olhos verdes. Todos perfeitamente misturados.

Aqueles olhos verdes se arregalaram.

— Como você sabe disso?

— Porque eu estava lá.

Ele riu e balançou a cabeça.

— Que brincadeira boba... Eu tenho um segredo. Sabia que consegui um quadro novo para a coleção Marchant? Ainda não mostrei para ninguém. Chegou esta semana.

— E qual é?

Eu estava ocupada, me vendo ser assassinada no trem. Percebi que não sabia como o filme terminava porque Nora nunca havia assistido ao final.

— Chama-se *Juliet*.

A pronúncia do nome foi como um soco no meu estômago. Eu me virei na hora.

— O quê?

Roger não entendia o significado da pintura. Seu papel em tudo aquilo. Ela havia sido a centelha, a gênese, o motivo do nosso casamento e daquele museu.

— Posso ver?

Roger ficou muito feliz.

— Pode, está no cofre. Os avaliadores precisam examiná-lo antes que eu possa exibi-lo.

Eu o segui pelo corredor, dando uma última olhada para a tela e vendo Nora fingir estar morta no chão. Roger andou rapidamente até a porta de uso exclusivo dos funcionários que levava ao corredor principal do cofre. Ele escaneou um cartão de acesso e nós entramos no cofre do porão. Roger não parecia se lembrar de que eu estivera ali dois dias antes e roubara o pincel de Auguste Marchant.

Ele foi até um caixote e, com muito cuidado, tirou dele uma grande tela. Colocou-a sobre a mesa, retirou o tecido que a cobria e revelou *Juliet*. Vi as cortinas, as sombras, a pele de Juliet e o olhar que ela lançava para o artista — cheio de desejo e conhecimento carnal —, algo que, para uma menina da idade dela, só podia resultar em tragédia. Toquei na tela. Aquele era o quadro que a mãe de Juliet pegara na noite em que invadira o estúdio de Marchant, não um dos esboços que Marielle Fournier mencionara, aquele com as bordas queimadas que Michel Busson havia pegado. Esse era o quadro pronto.

Eu achava que a pintura havia sido destruída, mas a mãe de Juliet ficara doente. Talvez não tivesse conseguido queimá-la.

— Onde você conseguiu isso?

— É a joia da minha coleção — disse Roger. — Este quadro me atrai mais do que qualquer outro. Há algo de especial nele.

Ele fez um gesto em direção à tela.

— É — concordei. — Há, sim.

— Não consigo imaginar alguém me olhando assim. — Roger inclinou a cabeça. — Ela se parece com você.

Eu acho que ri alto.

— Você acha?

Ele piscou.

— Acho.

Embora Roger não se lembrasse de suas outras vidas como eu, ele havia se sentido estranhamente atraído por diferentes versões de si mesmo.

— Bom, a maioria dos quadros do Marchant me foi vendida por um galerista parisiense.

Fechei os olhos.

— Paul de Passe.

Sorri.

— Entendi.

— E faz anos que imploro a ele para conseguir este quadro, mas o vendedor não tinha cedido até agora. Incrível, não é? Sabia que dizem que Juliet foi o amor da vida do Marchant?

— Ela não foi — respondi. — Foi apenas a musa dele. Sempre só a musa.

— O Marchant teve sorte. Olhe para ela.

— Mas ela teve muito azar.

— Não sei — disse Roger. — Ninguém sabe muita coisa sobre ela. — Ele levantou a pintura e colocou o tecido sobre a tela. — Mas a musa é a gênese criativa. É muito mais poderosa do que a amante ou a esposa. Para os artistas, a musa é a mais importante.

— Não naquela época — sussurrei para mim mesma, analisando *Juliet* uma última vez enquanto via o quadro voltar para o caixote. — Era um mundo masculino. Ser uma musa não era uma grande vantagem.

— Mas imagina ser o pintor quando o relacionamento termina?

Eu não sabia aonde ele queria chegar.

— Não sei se entendi o que quer dizer.

— Você cria obras de arte em que a musa é a peça central. Então, por um motivo qualquer, o relacionamento termina. Com isso, sua arte se volta contra você. Pense bem. Você não consegue mais olhar para o seu trabalho. Sua própria obra se torna algo distante, quase estranho para você. — Roger riu. — Eu não consigo imaginar passar por isso.

Mas eu sabia que, de certa forma, Roger conhecia muito bem aquela sensação, a traição da própria arte.

Quando estávamos saindo do cofre, eu me virei.

— Você sabe quem era o verdadeiro dono?

— Acho que sim — explicou Roger. — Um colecionador de arte francês contribuiu com a maior parte do dinheiro que financiou a Coleção Hanover.

— Me deixe adivinhar. Varnier — falei. — Lucian Varnier.

— Nossa, você está cheia de surpresas hoje — disse Roger. — Como conhece o Varnier?

— Eu li sobre ele.

— E sabia que o interesse dele pelo Marchant é comparável ao meu? Não me surpreenderia se ele tivesse conseguido o quadro com um membro da família do Marchant na França por uma pechincha. Ele tem nos apoiado muito nos últimos anos.

Lembrei-me do envelope cheio de dinheiro que o pai de Juliet havia recebido de Varnier. Percebi que Luke sempre tivera o quadro.

— Vou dar uma última volta pela exposição de Auguste Marchant — falei.

— Se importa se eu for com você?

Olhei para Roger.

— Eu adoraria que você viesse comigo. Faria todo sentido.

Toquei seu rosto e ele deixou, mas olhou para mim intrigado.

— Helen, você está muito estranha hoje.

— Eu te amei, Roger. Um dia... há muito tempo.

— Eu também te amei, Helen, mas não foi há *tanto* tempo assim.

Sorri. Seria um adeus para mim e para Roger — de um jeito ou de outro. Depois de subirmos a escada, passarmos pelo saguão principal e entrarmos na ala dos pintores franceses, segurei seu braço. A exposição de Marchant estava igual a um mês antes, quando Luke me levara até ali, mas muita coisa havia mudado desde então. Enquanto andava por entre as pinturas, vi Juliet mais nova; Juliet com Marcel; e então a *Garota na escada* (*Descalça*). Roger me levou de sala em sala, indicando detalhes em cada pintura. As imagens de mim — de minhas muitas vidas com Marchant — estavam todas concentradas naquelas paredes. Nós havíamos existido juntos. Em nossas vidas, nós havíamos nos amado e criado aqueles objetos.

Roger passou a vida criando uma obra, a Coleção Hanover, um santuário em homenagem a nós. Em vez de competir comigo pelo afeto dele, o museu tinha sido seu presente para mim — e eu não conseguira ver aquilo.

E Luke. Luke pagara por tudo.

29

HELEN LAMBERT
Washington, D.C., EUA, 21-22 de junho de 2012

Nem quis fingir que ia voltar para casa. Se o dia seguinte era meu último dia, tinha que passá-lo com Luke.

Todas nós — Juliet, Nora, Sandra e eu — tínhamos voltado a ser uma só. A história de Sandra tinha levado um dia para se fundir com as outras. Desde 1895 até minha época, todas havíamos sido grandes testemunhas da História. E eu me sentia a menos digna de tudo isso. Todas haviam sido mulheres melhores do que eu e lutado mais contra os costumes de suas épocas. Mas as informações que eu tinha neste momento só seriam valiosas se eu fosse acabar com a maldição. E se tinha uma coisa que eu sabia sobre mim era que *eu era capaz de resolver qualquer coisa*.

Pensei na faca que levava na bolsa, coberta com o sangue seco de Marielle Fournier. Se Malique estivesse certo, era minha única esperança de sobreviver. Será que eu conseguiria esfaqueá-lo?

Luke estava fazendo o jantar quando cheguei à casa dele. Preparava algo tranquilamente, como se fôssemos um casal normal. Era uma cena bonitinha.

— Você está bem? — perguntou ele.

— Me fale sobre a Sandra.

Ele suspirou.

— Eu estraguei tudo, como sempre. Acho que dei um jeito de estragar todas as suas vidas. Estava com ciúmes de Rick Nash e, por isso, causei a morte dela. Ela era forte e fez as perguntas certas. Merecia coisa melhor.

Ele voltou para o fogão, como se não pudesse olhar para mim.

— Falando em Rick Nash, fui até a Coleção Hanover hoje — falei.

Na hora, me perguntei por que estava me dando ao trabalho de contar a ele, já que ele obviamente sabia. Ele sabia de tudo.

— Para ver o Roger.

Sua voz soou seca, com uma pitada de ciúmes.

— É, eu vi Roger, mas estava mais interessada na exposição sobre Richard Nash, nos filmes de Billy Rapp e no quadro que havia acabado de ser adquirido para a coleção Auguste Marchant. *Juliet*.

— Hum.

Ele acrescentou vinho ao que quer que estivesse preparando. A bebida liberou um aroma delicioso ao se misturar ao alho.

— Eu sei, Luke.

— O quê?

— Que o quadro *Juliet* estava com você. Não estava? Você o comprou do sr. LaCompte.

— Comprei.

— E você financiou a Coleção Hanover?

— Helen — disse Luke —, eu nunca escondi isso de você. Meu nome está exposto na parede do saguão de entrada. É que você nunca se deu ao trabalho de olhar.

Era verdade. Eu havia passado aquela vida toda deixando de ver muitas coisas. Fui até ele e o abracei.

— Eu me dei conta de outra coisa hoje.

— Do quê?

— A história de amor... não é entre mim e Marchant. Nunca foi. Quer dizer, entre a primeira Juliet e Marchant. Aquilo foi *real*, mas deveria ter acabado naturalmente. Não, minha história de amor, minha verdadeira história de amor... é com você.

Ele parou de picar.

— Nós somos o amor que não deveria ter surgido e, mesmo assim, estamos aqui. Eu fico voltando e repetindo as mesmas situações com o Marchant, mas é você, não é?

A cozinha ficou em silêncio. Ele cobriu o rosto com uma das mãos. Vi que tinha lágrimas nos olhos.

— Você demorou esse tempo todo para descobrir isso? Por que só descobriu no último dia, Red? Por quê?

Abracei Luke com mais força.

— Eu não sei. Você é o grande amor de *todas* as minhas vidas.

Parei para pensar sobre aquilo por um instante.

— Talvez eu não precise morrer amanhã.

Ele olhou para o chão.

— Você só pode viver até a idade de sua mãe. Essas são as regras, estão estabelecidas na maldição, Helen. Não posso mudar isso, e você sabe que mudaria se pudesse.

— Bom, então não vamos perder nem mais um minuto desta vida juntos, está bem?

Ficamos acordados até o sol nascer, tristes por saber o que o novo dia nos traria. Eu também sabia o que tinha que fazer. Tudo terminaria naquele dia, com a minha morte ou a de Luke. Eu não conseguia decidir o que seria pior. Era uma decisão de proporções quase bíblicas. Eu queria proteger o homem que amava, não o matar. Sinceramente, não sabia se seria capaz, mas não fazia ideia de quem seria se voltasse mais uma vez.

A cama estava vazia ao meu lado. Eu me levantei, fui até a sala e vi as portas francesas abertas. Luke estava sentado em uma cadeira de ferro forjado preto, fumando um cigarro e observando uma madressilva que havia invadido o arbusto ao lado dela. Eu me inclinei e beijei sua testa.

Parecíamos estar esperando o carrasco bater à nossa porta. Eu me lembrei da história absurda de Maria Antonieta, que pedira desculpas por ter pisado no pé do homem que logo cortaria sua cabeça.

— E se eu não sair de casa hoje?

— Não adianta. Você sabe disso. Não fale nada. Não aguento isso.

Ele apagou o cigarro e entrou na casa, me deixando na varanda. E eu me senti sozinha. Uma coisa é certa: nossa mortalidade é um caminho solitário que percorremos sozinhos. Eu sentia o peso de tudo aquilo.

Não sei o que queria daquele homem. Talvez não ver todo o sofrimento dele? No entanto, de certa forma, ele também morreria naquele dia. Tinha começado a esperar por mim — e eu sabia que era um processo muito angustiante para ele. Pelo menos, depois daquele dia, eu não me lembraria de mim por um bom tempo.

Peguei o maço da mesa e tirei um cigarro. Depois, o acendi. Era forte demais para mim, mas a fumaça em minha garganta fez com que me sentisse viva, até parar para pensar que aquele cigarro podia me matar. Olhei para cima. A treliça acima de mim podia cair a qualquer momento. Ao meu redor, eletrodomésticos estavam à espreita, eu poderia me engasgar com alguma bebida e me asfixiar e a escada… Bom, eu havia descido a escada tranquilamente de manhã, confiando no corrimão. Não voltaria a fazer aquela besteira.

Apaguei o cigarro e entrei na cozinha, preocupada com o silêncio de Luke. Fui até o corredor procurá-lo. Por fim, encontrei-o no escritório, colocando algo em um envelope.

— Eu já volto, está bem?

— Tudo bem — respondi.

Eu não imaginei que ele fosse me deixar sozinha justamente naquele dia. Se soubesse o que eu havia planejado, talvez me abandonasse. Afinal, ele já havia me traído — nunca de forma cruel, mas eu também nunca planejara matá-lo. E Malique me dissera para não confiar nele.

Ele não se dignou a me olhar quando passou por mim na porta. Uma sensação incômoda começou a se formar em meu estômago. Talvez um aneurisma me matasse enquanto ele estivesse fora, fazendo minhas entranhas sangrarem dentro de meu corpo.

Voltei a subir a escada, com cuidado. Evitei chegar perto das janelas. Verifiquei se a cabeceira da cama estava bem presa e me sentei no edredom fofo. Encarei minha bolsa. De repente, tive o estranho desejo de pensar em todas as minhas vidas anteriores: a trágica Juliet, a esperançosa Nora e a sábia Sandra. Senti um amor avassalador por todas elas, como se fossem minhas filhas imperfeitas.

Ouvi a porta se abrir e fechar de maneira abrupta e, depois, passos que sabia serem de Luke. Seus passos eram sempre iguais. Ele parou à porta e eu olhei para ele. Seus olhos pareciam inchados e cansados, de um tom azul-escuro opaco que eu nunca havia visto, mesmo depois de tantos anos olhando para eles. Naquele momento, pude ver o tamanho de sua dor e o quanto ele me amava. Ele trazia algo nos braços. Estava em uma caixa.

— Aqui está.

Ele pôs a caixa em minhas mãos.

Eu a abri e encontrei o conhecido livro de couro com o símbolo do bode, Althacazur. Luke o havia guardado para mim durante todos aqueles anos.

— É o seu poder.

Ele beijou meu pescoço.

Olhei para a caixa com o livro. Por que ele estava me dando aquilo? Tinha me dado mais partes de minha história e estava me entregando o grimório. Será que achava que eu podia quebrar a maldição? E que, se não conseguisse, teria todas aquelas informações sobre Philippe Angier e o grimório? Se não conseguisse, aquilo me ajudaria na próxima vez? Será que estava me ajudando?

Enquanto estávamos sentados um ao lado do outro, comecei a prestar atenção em todo o corpo de Luke: os pelos loiros em seus braços, o corte da calça jeans, sua respiração. Estendi a mão e o puxei em minha direção. Se esse era literalmente meu leito de morte, então eu ia morrer do jeito que queria. Nora e Sandra não haviam tido a chance de saber. Agarrei o rosto dele, provavelmente com uma brutalidade que nunca demonstrara. Pude sentir o apreço, a finalidade em cada beijo, cada toque, como se o estivesse esculpindo com minhas mãos e precisasse lembrar a localização de cada músculo, cada traço, cada fio de cabelo e contorno.

Quando minhas mãos tiraram a camiseta dele e depois desabotoaram sua calça, não era só eu: senti Juliet, Nora e Sandra — o desejo e a decepção delas. Era como se eu estivesse sentindo a energia, as emoções e os sentidos das três mulheres que viviam dentro de mim — todas nós concentradas naquele homem. Eu me lembrei de quando tentara fazer caramelo e estragara a receita três vezes porque raspara as laterais da panela. Era preciso deixar os ingredientes parados por um tempo, sem mexer. Então foi isso que fiz. Deixei cada mulher dentro de mim aproveitá-lo, sabendo que podia ser a última vez que estaríamos junto com ele. Acho que ele também sabia disso — droga, ele sabia de tudo.

Embora eu tivesse tido muitas encarnações, ele era — e tinha sido — apenas um. Enquanto passava as mãos pela curva de suas costas, senti a fina camada familiar de suor que sempre começava a se formar antes que ele gozasse.

Depois, ele me abraçou por muito tempo. Pegou minha mão e a levou até sua costela esquerda. Mantendo minha mão no lugar, ele disse, a voz soou calma:

— Quando você fizer isso, tem que enfiar a faca para cima. É muito importante que seja para cima. Está me ouvindo?

Senti minhas entranhas incharem. Perdi o fôlego. Lágrimas rolaram de meus olhos.

Ele segurou meu queixo.

— Olhe para mim.

Sua voz era tão suave, tão paciente... Lembrei-me de todas as versões dele: parado na sala de jantar, com a mão no ombro de Juliet; no barco, dizendo a Nora que Clint nunca a encontraria, e segurando uma Sandra ferida em seus braços.

— Não vou conseguir fazer isso.

— Você tem que fazer. — Ele olhou nos meus olhos. — Eu *preciso* que você faça isso.

Balancei minha cabeça com força e me sentei.

— Mas eu te amo demais.

— Então você tem que fazer isso. Eu não aguento mais, Red. Você sabe que não aguento. Essa história foi toda errada. Acho que criamos algo maravilhoso dela, mas talvez você não volte como você na próxima vez. Esta versão foi boa, mas chega. Você não precisa mais de mim.

Pensei na Coleção Hanover. Ele reunira tudo sob um mesmo teto para mim e Roger. Provas de vida. Das nossas vidas. Da dele também.

— Você tem que fazer isso agora — disse ele. Seus dedos se entrelaçaram com os meus. — Dá para ver que você não tem muito tempo.

Virei a cabeça para olhar para ele.

— Não posso ver você morrer de novo.

Eu me levantei, abri a bolsa e peguei a faca escondida no fundo dela, encostada de forma inocente no meu celular. Segurei-a com ambas as mãos. Era pesada e eu podia sentir o aroma adocicado da capa de couro. Sentei-me na beira da cama.

— Tire a faca do estojo, Helen. — O uso do meu nome me assustou. — Você sabe que tem que fazer isso.

— O que vai acontecer com você?

— Eu não sei... e isso não é ótimo, de certa forma? Talvez eu volte a ser livre. Nós dois vamos ser livres.

— Não consigo aceitar um destino incerto para você. Se eu morrer, pelo menos sei o que vai acontecer com essa maldição. Esse roteiro já está escrito. Nós simplesmente vamos atuar de novo. Eu vou ver você de novo.

Ele me puxou para si e me beijou. Sua mão segurou minha cabeça por um instante.

— Helen, você não precisou de mim nesta vida, mas eu não aguento mais. *Por favor, Helen.*

Tirei a faca do estojo. O sangue vermelho tinha ganhado o tom de uma mancha de Cabernet. Olhei para o ponto que ele me mostrara antes, para seu peito.

— Eu amo você. — Ele sorriu. — Todas vocês.

Comecei a chorar desesperadamente.

— Eu também te amo.

— Você tem que ser rápida.

Ele pegou minha mão e a colocou exatamente onde precisava ficar. Chegou a corrigir o ângulo dela, sem nunca tirar os olhos de mim. Acho até que empurrou minha mão. Eu queria pensar que sim. É difícil aceitar que fiz aquilo por vontade própria, que enfiei a faca no peito dele. Assim como Juliet sentira que fora sugada ao mergulhar no rio Sena, eu pensei ter sentido algo puxar meu pulso, no mesmo local que ele o segurava. Ou talvez tenha sido apenas minha imaginação e fosse só minha própria mão.

Todo o cômodo começou a girar. Eu já não sabia se era eu ou o quarto. Então as portas foram escancaradas e ouvi as janelas começarem a se estilhaçar, uma a uma, vindo em nossa direção.

De início, vi sangue, muito sangue. Estranhamente, Luke pareceu calmo e tranquilo, o tronco coberto de sangue. Eu o abracei até ele começar a mudar. Sua pele ficou rígida como uma pedra lisa. Vi partes de seu corpo endurecerem e, por um instante, pude ver que aquela era a aparência real dele, que aquele era um período de espera para ele e que suas feições já haviam sido suavizadas como se ele fosse uma estátua de mármore.

Então, quando tentei tocar nele, Luke começou a se desintegrar. Continuei tocando nele, pedindo para que aquilo parasse, até o corpo de Luke se tornar apenas uma pilha de cinzas. E então elas também começaram a se transformar, ficando cada vez mais finas, até se tornarem apenas partículas, como as que às vezes vemos rodopiando à luz do sol. Depois de observá-las por alguns segundos, olhei para os lençóis.

Estavam brancos, imaculados, vazios. Como se ele nunca tivesse estado ali.

EPÍLOGO

HELEN LAMBERT
Maui, Havaí, junho de 2013

O casamento de Mickey só seria ao pôr do sol, por isso eu ainda tinha tempo. Fui de carro até a praia de Hookipa, situada pouco depois de Paia, para ver os surfistas. Tinha ouvido falar que alguns surfistas profissionais ficavam naquela área, pegando as melhores ondas em Peahi. Depois de passar tanto tempo na Costa Leste, eu queria ver surfistas de verdade. Aquilo se tornara quase uma obsessão. Meu celular apitou: era uma mensagem de Mickey dizendo que precisava que eu voltasse até o meio-dia. Ele ia se casar com o sósia do The Rock, exatamente como Madame Rincky havia previsto.

    Desde aquele ano em que Luke morrera — e era assim que eu pensava, que Luke havia morrido —, minha vida mudara drasticamente. Um pacote misterioso havia aparecido na minha porta uma semana após sua morte. Tinha vindo de Paris, de um advogado, e explicava que eu era a única herdeira de Lucian Varnier. Duas chaves tinham sido anexadas ao pacote. Quando senti o peso da primeira em minha mão, percebi o que era: a chave do antigo apartamento do Quartier Latin — nosso antigo lar. A outra eu não reconheci, por isso liguei para o advogado, que mencionou o endereço descrito nos documentos da casa: Rancho Pangea, no Novo México. Ri quando entendi tudo. Eu nunca havia usado chave nenhuma em Taos.

Vendi a *Em quadro* por um bom preço e me mudei para o apartamento de Paris. Ele havia sido a casa de Luke e eu queria ficar perto dele. Encontrei o antigo retrato dele que ficara pendurado sobre a lareira até ser substituído pelo quadro de Auguste Marchant. Eu o apoiei no sofá e fiquei horas olhando para a imagem de Luke enquanto tocava minhas adoradas *Gnossiennes*, de Satie. Acho que esperava conjurá-lo de alguma forma, mas nada se materializou. Eu havia realizado meu desejo: me tornara uma mortal sem graça, capaz de morrer. Vinha tentando usar o conhecimento adquirido em todas as minhas vidas, como Juliet, Nora e Sandra, mas, como todas estávamos irremediavelmente apaixonadas por ele, nós quatro parecíamos uma família de luto. Sempre pensando nelas, eu caminhava pelas ruas de Paris procurando por ele, mas nunca o encontrava.

No inverno, minha mãe, Margie Connor, aceitou ir comigo para o Rancho Pangea. Ela não conseguia acreditar na fortuna que eu tinha herdado e menos ainda no fato de eu ter me tornado uma pianista prodigiosa da noite para o dia. Como não podia explicar o que tinha acontecido comigo, eu disse a ela que vinha fazendo aulas de piano em segredo havia anos. Ela era minha mãe, então parte dela quis acreditar em mim. Eu me lembrei de Luke dizendo que eu ficaria surpresa se soubesse em quantas mentiras as pessoas se permitiam acreditar.

O aroma de Taos no inverno — a fumaça das lareiras que pairava sobre a cidade — me lançou de volta em uma onda de emoções. Chorei vendo a velha TV que Marie adorava tanto. Esperava ver Paul e ela na casa antiga, mas a ausência deles era mais uma prova de que a maldição havia sido quebrada. Ao contrário de quando Hugh Markwell tinha ido à casa no final dos anos 1970, ela não estava vazia. Podia ser mágica, mas tudo estava igual a quando a vira pela última vez, em março de 1971. Encontrei o velho piano Steinway e fiquei sentada diante dele por muito tempo. No banco, encontrei minhas antigas composições. Então toquei todas no piano desafinado.

Segui no corredor em direção ao que havia sido o estúdio e abri a porta. Ele estava ali, como sabia que estaria. A mesa de gravação Neve havia ficado tristemente silenciosa por quarenta anos. Do outro lado do vidro, vi a antiga bateria de Ezra com os microfones ainda no lugar e, ao seu lado, meu Gibson G-101. Olhei para a mesa e vi que até os cinzeiros ainda estavam nos mesmos lugares, embora estivessem vazios. No armário, abri a gaveta e as encontrei — as fitas das sessões da No Exit, a última de 15 de novembro de 1970. Como tinha as lembranças de Sandra, sabia andar pelo estúdio como se tivesse vivido naquela época. Pus a fita no gravador e a puxei até que ela passasse pelos rolos. Voltando à mesa, achei o canal dedicado ao gravador e aumentei o volume. A No Exit não era ouvida havia quarenta anos. Escutar a trilha sonora do meu passado depois de todo aquele tempo me levou às lágrimas. Tinha sido um momento muito especial. Pus as gravações originais em uma caixa e as enviei pelo correio para Hugh Markwell, na Universidade do Texas, em Austin, com um bilhete: *Foi real.*

Além de Luke, o piano e a música tinham sido os fios que ligavam minhas vidas. Às vezes, depois que toco, eu me viro, esperando ver Luke de pé, ouvir o som de suas botas no chão áspero. Mas o salão está sempre vazio.

— Sinto sua falta — digo para o salão vazio, que faz minha voz ecoar.

Reconciliar todas as minhas vidas não tem sido fácil. Não sei se todas fomos feitas para viver em um único corpo, como bonecas russas. Hoje guardo as lembranças delas, mas também seus pontos de vista. Tornei-me mais filha dos anos 1970, como Sandra. Eu questiono tudo. Sinto mais o peso da vida, como Juliet. No entanto, tenho mais esperança, como Nora — e isso me fez vir até aqui hoje para aprender a surfar. Era Nora quem mais queria fazer isso. Vejo que são ondas grandes. Não vou começar aqui na praia de Hookipa, mas quero ver os verdadeiros surfistas, artistas em ação.

E consigo.

Quando acordei no dia seguinte ao meu 34.º aniversário e percebi que a maldição havia sido quebrada para sempre, senti que sofrera uma perda terrível. Tinha me tornado mortal e, embora não tivesse medo da morte, havia passado a entender melhor minha mortalidade e, pela primeira vez, me sentira vulnerável. Eu não teria outra vida — não recomeçaria como num videogame. Essa vida tinha que ser bem vivida. Eu a havia conquistado a um custo muito alto.

Certa escuridão ainda paira sobre mim. Luke tinha ido buscar o grimório de Angier — e agora meu — na minha casa de Challans e o mantido perto de mim por todos aqueles anos. Agora sei que o grimório me protege, mas, em troca, exige algo de mim. Decidi não usar aquele poder, não invocar a fonte dele, nem mesmo para obter infinitos cafés com leite gratuitos na Starbucks para Mickey. No entanto, quando estou sozinha com meus pensamentos, minha alma me lembra de que só *uma coisa poderia me levar a usar o poder*, se o preço não fosse tão alto.

Tirei os chinelos e apertei a areia com os dedos dos pés. Ao achar uma mesa de piquenique, me sentei e fiquei observando as ondas baterem nas rochas. Havia dois surfistas na água. Estava cedo, então logo outros chegariam.

— Você surfa?

Quando me virei, vi um homem com uma prancha embaixo do braço. Devia ter trinta e muitos anos, o rosto bronzeado e cabelos queimados do sol.

— Não, mas quero aprender. Estou imaginando como é.

— Eu dou aulas, se decidir fazer mais do que só imaginar.

— As ondas havaianas são grandes demais para mim. — Revirei os olhos. — Eu provavelmente me mataria se tentasse.

— Bom, é verdade que temos que respeitá-las. — Ele sorriu. — Tomei um caixote feio no ano passado. Fiquei algumas semanas em coma. Acabei de voltar a surfar. Ensinar outras pessoas tem me ajudado.

— Ah — exclamei. — Tome cuidado agora.

— Está tudo bem — disse ele. — As ondas estão bastante calmas hoje.

— Isso fez você querer parar de surfar? O acidente?

— Não — respondeu ele, enterrando a ponta da prancha na areia. — A experiência me fez mudar. Minha família diz que me tornei um homem diferente quando acordei.

— Às vezes isso pode ser uma coisa boa.

Olhei para o mar, pensando que tinha certa experiência em acordar como uma pessoa diferente.

Quando ele virou a cabeça para olhar para os outros surfistas, vi algo de familiar nele: a malícia nos olhos azul-escuros, o bronzeado e os cabelos claros por causa das horas ao sol. Será que…?

Levantei da mesa de piquenique num pulo.

— Onde exatamente você dá aulas?

— Em Lahaina — respondeu ele. — A água de lá é mais calma para iniciantes.

— Está bem — respondi. — Estou tentando coisas novas. Mas já vou avisando, estou morrendo de medo.

Achei que a frase tinha soado estranha e, na hora, me arrependi de ter dito aquilo.

— Olhe, me disseram que morri no ano passado. Não lembro direito, mas acordei e voltei para o mar. Você só tem que entrar na água. — Ele tirou a prancha da areia. — Rua Prison, 99, em Lahaina. Amanhã nesse mesmo horário?

— Está bem — falei. — Por que não?

— Não vou deixar nada de ruim acontecer com você.

— É bom mesmo!

— Até amanhã, Red.

Ele se virou e começou a andar em direção ao mar.

Fiquei observando o surfista se afastar de mim, entrar na água e começar a remar em direção ao horizonte. Ele ficou sentado na prancha por um instante, analisando a onda que se formava, depois remou até o meio dela. Uma onda grande e violenta o pegou e ele ficou de pé até a água perder a força e largá-lo perto da praia, como um carro enguiçado. Pude ver a alegria — a liberdade — em todos os seus movimentos, mesmo quando a prancha chegou a seu local de descanso final. Ele se levantou, analisou a imensidão à sua frente, depois se virou e voltou a remar em direção ao horizonte.

AGRADECIMENTOS

Quero agradecer a minha agente maravilhosa e incansável, Roz Foster, por acreditar no meu talento. Você foi a melhor pessoa para me acompanhar nessa jornada mágica. E a minha editora, Sarah Guan. Seus comentários sobre o livro o tornaram muito melhor do que eu imaginava! Desde a primeira ligação, ela entendeu os personagens muito bem. Tenho muita sorte de ter sido aceita pelas ótimas equipes da agência literária Sandra Dijkstra e da Orbit/Redhook.

A minha irmã, Lois Sayers, que sempre é a primeira leitora dos meus livros. A opinião dela é tão importante que, quando ela não gosta de alguma coisa, raramente fica no livro. Foi ela que comprou um quadro em Boston e deu início a todo esse esforço criativo, por isso não tenho palavras para expressar o quanto sou grata.

Todo livro tem um grupo fiel de primeiros leitores. Não sei como expressar meu agradecimento a Amin Ahmad por suas ideias sobre o livro e em relação ao mercado editorial. Ele o tornou muito melhor com seu olhar crítico e sua amizade constante. Também agradeço a Laverne Murach, uma amiga fiel e dedicada; a Helle Huxley, pelas informações sobre Los Angeles e por me apresentar ao Museu de Hollywood, no Max Factor Building; a Parthenon Huxley, pelas informações sobre os bastidores da indústria da música e o processo de gravação de discos; e a Daniela Fayer, por me falar sobre os detalhes simpáticos da Laurel Canyon que conheceu na infância. Minha gratidão a

Daniel Joseph por estar sempre por perto com uma bela xícara de café, a Karin Tanabe por ser sempre tão generosa com sua sabedoria e a Mark por seu apoio e inspiração durante todo o processo. Agradeço também ao meu melhor amigo Butters, que seria um grande crítico se pudesse ler!

Eu não poderia ter escrito nada sem o apoio de meus colegas da Atlantic Media. Obrigada a David Bradley por mudar minha vida em setembro de 2000. Também quero fazer um agradecimento especial a Tim Hartman pela amizade eterna e por me permitir trabalhar em um emprego tão inspirador.

Escrever qualquer romance histórico exige muita pesquisa prévia. *The Belle Époque: Paris in the Nineties*, de Raymond Rudorff; o maravilhoso artigo de Mark Walker sobre William Bouguereau, "Bouguereau at Work", publicado no site do ARC (Art Renewal Center); *Bouguereau*, de Fronia E. Wissman; e *Occult Paris: The Lost Magic of the Belle Époque*, de Tobias Churton, foram leituras essenciais para que eu criasse uma imagem de Paris na virada do século. Sou grata a Darrell Rooney e a Mark A. Vieira pelo belo livro *Harlow in Hollywood*. Infelizmente, Agua Caliente não existe mais, mas o livro *The Agua Caliente Story: Remembering Mexico's Legendary Racetrack*, de David Jimenez Beltrans, foi a principal fonte para a construção dos capítulos sobre a pista de corrida mexicana. Incentivo a todos assistirem ao filme *In Caliente* (1935) para ter uma ideia do resort maravilhoso que perdemos.

Devo acrescentar que este é um romance em que personagens fictícios se misturam com figuras históricas. Todos os acontecimentos e diálogos são produtos da minha imaginação e não devem ser considerados reais.